KB111325

하늘에서 별을 따다

하늘에서 별을 따다

초판 1쇄 인쇄일 2014년 4월 24일
초판 1쇄 발행일 2014년 4월 28일

지은이 | 현희
펴낸이 | 김기선
펴낸곳 | 와이엠북스(YMBOOKS)

출판등록 | 2012년 7월 17일 (제382-2012-000021호)
주소 | 경기도 의정부시 의정부동 490-4 삼승프라자 10층 102호
전화 | 031)873-7768 / **팩스** | 031)873-7764
E-mail | ymbooks@nate.com

ISBN 979-11-5619-145-2 03810

하늘에서 별을 따다

YMBOOKS ROMANCE STORY

현휘 지음

목차

프롤로그_별 하나 ··· 007

1. 결혼? 결혼! ··· 014

2. 맞선 피하기 대작전 ··· 031

3. 까칠한 남자, 헨리? ··· 052

4. 인연? 원수? ··· 074

5. 딸기우유 사주던 오빠? ··· 097

6. 별의 사랑, 그리고 상처 ··· 125

7. 별에게 다가가는 방법 ··· 157

8. 진심이 느껴지다 ··· 193

9. 사랑에 도박을 걸다 ··· 216

10. 평범함이 가져다주는 행복 ··· 264

11. 혼란스러움과 믿음직함 ··· 309

12. 떳떳하고 설레는 고백 ··· 340

에필로그_별 마지막 이야기 ··· 372

작가 후기 ··· 397

프롤로그_별 하나

완연한 봄을 맞이하여 마당에는 갖가지 꽃이 활짝 피어나고 있었다. 새하얀 목련을 시작으로 노란 개나리 분홍빛 진달래까지 저마다 핀 꽃들이 마당을 꽉 채웠다. 겨우내 휑하고 조용했던 마당에 꽃과 함께 아이들의 웃음소리가 가득하다.

벌써 반팔 티셔츠를 입고 마당에서 축구공을 이리저리 뻥뻥 차고 다니는 금별과 보균을 진별은 쪼그리고 앉아 물끄러미 바라만 봤다. 같이하자고 옆에서 졸라봤지만 금별과 보균은 끄덕도 하지 않았다.

오히려 둘만 하다가 셋이면 하면 짝이 안 맞아 불편하다는 둥, 넌 여자니까 방해가 된다면서 밀어냈다. 그런 탓에 진별이 할 수 있는 일이라고는 입을 쭉 내밀고 삐죽거리는 일밖에 없었다.

마당 한편에 있는 화단으로 가서 쪼그리고 앉은 진별은 손가락으로 흙을 쿡쿡 찌르고만 있었다. 그런 진별의 옆으로 윤혁이 딸기우유를 가지고 다가왔다.

"뭐 해?"

"미워."

자신이 밉다는 것인가 싶어 윤혁이 화들짝 놀라 진별을 바라봤다. 그 순간 진별이 손가락을 쭉 펴서 보균과 금별을 가리켰다. 무얼 뜻하는지 알아차린 윤혁이 고개를 끄덕이며 진별의 머리를 쓰다듬어 줬다.

"딸기우유 먹을까?"

마트에서 사들고 온 딸기우유를 윤혁이 진별에게 내밀었다. 눈앞에 보이는 분홍빛의 우유팩을 본 진별의 눈에서 빛이 났다. 종전의 시무룩해하던 모습은 그 어디에도 보이지 않았다.

"먹어도 돼?"

손가락으로 분홍빛의 우유팩을 쿡쿡 찔러보며 진별이 윤혁을 바라봤다. 꼭 먹고 싶기는 한 모양인데 조르지는 못하고 눈치를 본다. 진별을 앞에 두고 윤혁이 우유팩을 뜯어 빨대를 꽂고는 쓱 내미는 척하며 자신의 입 쪽으로 가져갔다. 그 순간 거짓말처럼 진별의 눈빛이 환하게 빛이 났다가 금세 시무룩해졌다. 크고 맑던 진별의 눈에서 맑은 물이 잔뜩 차올랐다.

"치……."

뭔가 분한지 씩씩거리는 진별을 바라보는 윤혁의 얼굴 가득 당황스러움이 담겼다. 이걸 어떻게 해야 할지 몰라 윤혁은 곧 울음을 터트릴 것 같은 진별을 멀뚱히 바라보기만 했다. 한참을 허둥거리던 윤혁이 진별의 입에 빨대를 물렸다.

"딸기우유, 너 먹어."

그제야 입을 오므리고 진별은 빨대를 쭉 빨아들였다. 맛을 보고 나서야 진별의 표정이 스르륵 풀렸다.

"휴……."

진별의 작은 표정 변화 하나에 윤혁의 입에서 안도의 한숨이 흘러나왔다. 그런 윤혁의 마음을 아는지 모르는지 진별은 천진난만하게 딸기우유를 쪽쪽거리며 먹었다. 7살짜리 꼬맹이가 윤혁의 마음을 들었다 놨다 하고 있었다.

"맛있어?"

"헤헤."

해맑게 웃는 진별의 웃음소리가 대답으로 들려왔다. 앞으로는 진별에게 올 때 꼭 마트에서 딸기우유를 사들고 와야겠다는 생각을 했다. 지난번에 맛있게 먹던 진별의 모습이 떠올라 사들고 온 터였다. 그때 윤혁은 처음으로 남이 먹고 있는 무언가를 뺏어 먹고 싶을 정도였다.

"아, 목말라."

"나도."

한참을 신나게 뛰어놀던 금별과 보균이 성큼성큼 윤혁과 진별의 쪽으로 다가왔다. 둘이서 어찌나 뛰었는지 땀이 범벅이 되어 있었다. 그런 둘의 모습을 윤혁만이 물끄러미 바라봤다. 진별은 여전히 딸기우유에만 집중한 상태였다.

"형, 나도 줘."

"없어."

진별을 대할 때랑은 전혀 다른 모습으로 윤혁이 보균을 향해 대꾸했다. 그런 윤혁을 바라보며 보균이 입을 삐죽거렸다. 그 와중에 금별이 진별의 입에 물려 있던 딸기우유를 뺏어 들었다. 딸기우유 하나로 금별과 진별은 티격태격했다. 결국 먼저 눈물을 터트린 것은 진별이었다. 그 상황을 지켜보던 윤혁은 어찌할 바를 몰라 진별의 몸을 안아 들고는 집 밖으로 나왔다.

"이제 금별이 없으니까 괜찮아."

자신의 품 안에 꼭 안아 든 채로 윤혁은 진별을 다독거렸다. 평소엔 하고 싶은 말은 다 하고 남자아이같이 굴면서 이럴 때는 영락없는 여자아이였다.

"금별이가 딸기우유 뺏어 먹어서 화났어?"

어느 정도 진별의 울음이 잦아들고 나서 윤혁이 질문을 던졌다. 아까 왜 그리 울었냐고. 평소의 진별이라면 자신이 먹는 것을 가져간다고 해서 그렇게 서럽게 울지는 않았기에.

"아니."

"그럼?"

"오빠가 나 준 거 뺏어 가서."

약간은 뜬금없는 진별의 말을 윤혁은 이해하지 못했다. 제대로 된 이유를 듣고 싶어진 윤혁은 진별의 몸을 내려놓고 시선을 마주했다.

"내가 준 거라서?"

"응."

"그게 왜?"

"오빠가 나한테 선물로 준 거잖아. 난 그게 좋은데……."

7살짜리 꼬맹이 눈에는 이 딸기우유도 선물로 느껴진 모양이다. 그제야 진별이 서럽게 울음을 터트리며 금별이와 실랑이한 것이 약간은 이해되었다.

"오빠가 다시 사줄게."

"……."

"오빠가 진별이한테 딸기우유 사주면 그것도 선물이니까 같은 거야. 그렇지?"

차분한 윤혁의 설명에 진별이 고개를 세차게 끄덕였다. 그런 진별이 기특하다는 듯이 윤혁이 진별의 머리를 마구 헝클였다.

"착하네, 진별이."

다정한 윤혁의 말에 진별의 표정이 다시금 환하게 밝아졌다. 윤혁도 덩달아 웃었다. 참 이래저래 진별과 있으면 웃는 시간이 많아진다는 것을 윤혁은 다시금 느꼈다.

"이제 가자."

"딸기우유 사러?"

"응. 10개 사줄게!"

자신의 얼굴을 뚫어져라 바라보며 묻는 진별을 바라보며 윤혁이 크게 소리쳤다. 물론 네가 원한다면 딸기우유 정도야 얼마든지 평생 사주겠다는 듯이.

"그거 다 진별이 거야?"

"응."

진별이 제자리에서 팔짝팔짝 뛰었다.

"오빠, 나 업어줘."

다리가 아프다는 듯이 매만지고 있는 진별의 모습을 바라보며 윤혁은 한 치의 망설임도 없이 자신의 등을 내주었다. 어린 진별의 눈에는 5살 많은 오빠의 등이 하늘만큼 넓고 커 보였다. 진별은 덥석 윤혁의 목을 감싸 안으며 업혔다.

"헤헤."

뭐가 그리 좋은지 진별은 윤혁에게 업혀 딸기우유를 사러 가는 내내 헤헤거리며 웃었다. 그런 진별의 웃음소리만으로도 윤혁은 하늘을 나는 듯이 기분이 좋았다. 자신을 향해 처음부터 아무런 조건 없이 웃어주고 오빠라고 불러주는 그 말이 한없이 기뻤다.

"맛있어?"

"응응!"

마트에서 가서 딸기우유를 10개 사서 9개는 봉지에 넣고 1개는 빨대를 꽂아서 진별에게 먹으라고 주었다. 여전히 자신의 등에 업힌 채로 진별은 딸기우유만을 마셨다.

"딸기우유 매일매일 사줘."

"매일 사주려면…… 오빠랑 같이 살아야 하는데?"

같이 살아야 한다는 말에 뭔가를 생각하는지 진별에게서는 대답이 들려오지 않았다. 그렇게 얼마나 지났을까, 진별이 윤혁의 귀에 대고 작게 속삭였다.

"오빠, 나랑 결혼하자."

"……."

묵묵히 앞을 향해 걷던 윤혁의 발걸음이 순간 멈췄다. 진별의 말에 윤혁은 그 어떠한 말도 할 수가 없었다. 이 작은 꼬맹이가 지금 자신을 향해 뭐라고 말하는지 윤혁은 알 수가 없었다. 그 순간 진별이 다시금 윤혁의 귀에 대고 말했다.

"나중에 진별이랑 결혼하자. 알았지?"

"응?"

"난 오빠가 좋아."

지금 자신의 저 말이 무얼 뜻하는지 아는지 모르는지 진별의 목소리는 해맑기만 했다. 철부지 9살 꼬맹이의 말에 그저 가슴 두근거리는 사람은 윤혁뿐. 아무 생각 없이 말했을지 모르는 진별의 저 말이 윤혁에겐 특별하게 다가왔다.

아마 이때부터였을 것이다. 윤혁이 진별을 지키기 위해서는 강해져야 하며, 또한 성공해서 멋진 남자가 되어야 한다고 다짐한 것이.

1. 결혼? 결혼!

"아으!"

방금 잠에서 일어난 진별은 기지개를 쭉 펴며 2층에서 1층으로 내려왔다. 족히 10시간은 넘게 자고 일어났음에도 불구하고 피곤한 탓에, 입에서는 사자의 울부짖음과 비슷한 소리가 흘러나왔다. 잠은 자도 자도 왜 이렇게 피곤하고 노곤한 것인지. 정말 잠에는 뿌리가 없다는 말이 맞는 것 같다.

"큰딸 일어났어요!"

항상 그러하듯이 진별은 1층으로 내려와서 제일 먼저 자신의 존재를 알렸다. 남들이 보면 집안의 우두머리가 일어났냐고 할 터였지만, 진별은 우두머리가 아니어도 할 수밖에 없는 존재였다.

매일 촬영장과 미용실을 왔다 갔다 할 뿐, 집 안에 있는 시간은 드물었다. 아니, 집에 들어온다고 하여도 가족들이 모두 잠든 늦은 새벽. 하물며 집에서 머물고 있어도 가족들이 모르는 일이 다반사였다. 그런 탓에 진별은 항상 일어나면 이렇게 존재를 알렸다. 그래야지만 집 안에서 잠을 잤다는 사실을 알려줄 수 있었다.

"엄마!"

"우리 딸 일어났어? 엄마 주방에 있어!"

가오리 티셔츠 안에 손을 집어넣고 배를 벅벅 긁으며, 하품은 여전히 쩍쩍 해가면서 진별은 엄마를 찾았다. 항상 요리를 즐겨하는 엄마인 소라는 여느 때와 다름없이 주방에 있었다.

"배 안 고파?"

"괜찮아!"

"잠 좀 깨거든 홍삼부터 챙겨 먹어!"

딸의 건강을 제일 먼저 생각하는 엄마의 말에 진별은 가볍게 빙긋 웃었다. 평소라면 당장 주방으로 달려가 소라의 품에 안겨 '엄마엄마' 하면서 노래를 불렀을 테지만 오늘은 아직까지 눈도 제대로 떠지지 않은 탓에 뭐든 귀찮았다.

"안 믿겨, 안 믿겨."

소파에 앉은 채로 고개만 뒤로 돌려 진별의 모습을 바라보던 지아는 비 맞은 것처럼 혼자 중얼거렸다. 아무리 생각해도 믿겨지지 않는다는 표정이었다.

"와, 정말 저기 저 사람이 여기에 있는 사람이랑 동일 인물일까?"

지아는 의심스럽다는 듯이 또다시 혼잣말을 했다. 지아가 다시

고개를 돌리자 TV 속에는 일명 15초의 마법이라 불리는 광고가 나오고 있었다. 전혀 매치가 되지 않는 탓에 지아는 눈을 가늘게 뜨고 TV 속의 이진별과 자신의 눈앞에 있는 현실 속의 이진별을 비교해보기 시작했다.

"아무리 봐도 아니야……."

분명 동일인물인데 왜 이렇게 다를까.

"언니!"

"응?"

어느새 가죽 소파에 몸을 편안하게 반쯤 눕힌 진별을 향해 지아가 진지하게 물어왔다.

"G회사 아파트 광고 모델 언니 맞지?"

"응? 아, 맞아."

처음엔 갸우뚱했지만 진별은 얼마 전 촬영한 광고인 것 같아서 고개를 끄덕였다. 요즘 진별이 나오는 광고만 해도 몇 개인지 헤아릴 수 없었다. 그렇기에 진별도 모든 것을 다 기억하기란 힘겨울 정도였다.

"벌써 나왔어? 잘 나왔어?"

"응……."

대충 답을 해준 지아는 눈앞에 아른거리는 TV 속에 나오던 광고를 떠올렸다.

"이중인격."

광고가 끝나자 지아는 진별을 쳐다보며 난데없는 말을 던졌다. 갑작스런 지아의 말에 진별은 황당하다는 표정을 했다.

"지금 이런 모습을 언니의 그 수많은 남자 팬들이 봐야 해. 완전 깬다고 삼십육계 줄행랑치고도 남을 거야."
이건 또 무슨 말인가? 아직 잠도 덜 깬 진별은 지아의 말을 납득하기 힘들었다.
"광고에서는 하늘에서 막 내려온 여신의 포스가 흘러넘치는데 집에서는 이게 뭐야! 완전 깨잖아. 머리는 사자 갈기 털에 가오리 티셔츠 안에 손 넣어서 배는 벅벅 긁고 있고, 거기다가 눈에 눈곱도 있어!"
마른하늘에 날벼락도 유분수다. 갑작스런 벼락에 진별은 입을 크게 벌리고 어버버거렸다. 뭐, 뭐라고? 사, 사자갈기털……?
"뭐가 사자갈기털이야!"
"거울 좀 들여다봐. 얇은 웨이브로 파마를 했으면 그 머리를 묶고 자든가. 그냥 그대로 자니까 아침이면 머리가 사자갈기털이 되는 거지."
다다닥 따지는 듯한 말투지만 지아의 설명에 진별은 쉽사리 이해가 되었다. 촬영 중인 영화 콘셉트에 맞게 머리는 파마를 한 상태였다. 어깨를 넘는 긴 머리에 얇은 웨이브를 넣어 놓은 탓에 다듬지 않으면 사자갈기털이 되고도 남았다. 아무리 그래도 그렇지. 어디 언니 머리더러 사자가 어쩌고 저째?
"아우, 저 머리 좀 봐. 조금 있으면 언니 머리에 새들이 자리잡고 알 낳겠다. 아주 집 짓기 좋은 환경이야."
"야! 이지아!"
1절만 했으면 봐주고 넘어가려고 했거늘. 도가 넘치는 지아의 말에 진별은 결국 참지 못하고 소리를 꽥 하고 질렀다.
"거기다가 입이 찢어지다 못해 턱이 빠질 듯이 하품했잖아.

그 잘난 여배우가 왜 이렇게 집에서는 다르나 몰라."

연속으로 다다닥 쏘아붙이는 지아의 말에 진별은 뒷골이 당겨왔다. 틀린 말 하나 없이 맞는 말만 골라 하는 지아의 입이 현재 진별에겐 얄밉기 짝이 없었다.

"아, 내 뒷골!"

"저 봐, 완전 나이 먹은 티 내고 있어. 언니 벌써부터 뒷골 당기면 안 되는 거 알지? 아직 시집도 못 간 노처녀인데."

헐! 노처녀란다. 아, 정말 갑작스레 여동생에게 두들겨 맞은 시한폭탄에 진별은 어질어질해졌다.

이게 대체 일어나자마자 무슨 날벼락이라 말인가. 침착히 마음을 다스리며 진별은 반박할 것을 찾아 나서기 시작했다.

"넌 고3이 공부도 안 하냐? 공부해!"

할 말이 없어진 진별은 소파에 앉아 편히 쉬는 지아의 현재 위치를 건드렸다. 대한민국 고3이 편히 쉬다니. 보통 고3은 수면 시간이 4시간 미만으로, 이렇게 한가하게 앉아 있을 시간이 없는 것이 현실이었다. 그런 탓에 현재 진별의 눈에는 지아가 팔자 좋게 노는 것으로 보였다.

"난 지금까지 공부하고 소파에 앉아서 쉰 지 10분도 안 되었어. 그리고 언니가 간섭을 안 해도 공부는 내가 알아서 잘하거든요."

연달아 와다닥 터져 나오는 지아의 대꾸에 정말 진별은 뒤로 넘어갈 지경이었다. 하지만 진별의 모습을 바라보며 지아는 회심의 미소를 지어 보였다. 보란 듯이 주방 쪽에 서 있는 소라를 향해 손가락으로 슬쩍 브이까지 그려 보였다.

"작전 성공!"

지아는 더불어 크게 입모양으로 소라에게 작전이 성공했다는 말까지 덧붙여주었다. 평소에 보지 않던 TV를 보며 괜히 진별에게 시비를 건 보람이 있었다. 역시나 단순하게 화르륵 불이 타오른 진별의 모습을 보며 웃음이 터져 나오려는 걸 지아는 허벅지를 꼬집으며 꾹 참았다.

"왜 이렇게 시끄러워."

때마침 안방 문이 열리며 수한이 거실로 나왔다. 여전히 뒷골을 부여잡고 있는 진별의 모습을 보며 수한도 손으로 입을 막고 흠흠거리며 웃음을 참아냈다. 안방 문을 슬쩍 열어 엿보았던 것보다 더 기막힌 상황이 연출되고 있었다.

수한은 엄지손가락을 지아를 향해 치켜세워 주었다. 누가 연기자 딸 아니랄까봐 가르치지 않아도 연기력 하나는 탁월했다. 수한은 속으로 감탄사까지 남발했지만 얼굴 표정은 진중한 중년처럼 유지하며 흠흠거리며 소파에 앉았다.

"큰딸, 바로 앉아. 지아는 올라가서 다들 불러와."

여느 가정의 가장처럼 늠름하게 수한이 분위기를 잡았다. 그런 수한의 모습에 진별도 자세를 바로잡았다.

"여보, 나와봐요."

애정이 담긴 목소리로 수한은 주방에서 분주히 움직이는 소라를 불렀다. 쟁반 위에 주스와 과일을 가지고 소라는 거실로 나와 소파에 앉았다.

"아빠, 할 말 있어?"

1층으로 우르르 내려오는 가족들을 바라보며 진별은 수한을 향해 물었다. 갑자기 무슨 가족회의라도 하는 것 같은 상황이 되어 버렸다.

"오늘 가족회의 하는 날이야?"

"긴급 가족회의."

수한의 명령적인 어투에 진별은 그저 무슨 중요한 일이 있다고만 생각했다. 불과 몇 분 뒤 펼쳐질 앞일은 생각하지도 못한 채.

"아이고, 새아가 너는 내려오지 않아도 된다니까."

임신 8개월의 보은이 남산만 한 배를 이끌며 내려오자 수한은 소파에서 일어서며 어찌할 줄 몰랐다. 며느리 사랑은 시아버지라더니.

보은은 금별의 아내였다. 속도위반을 한 금별은 이제 곧 아빠 될 준비를 하고 있었다. 누가 지극히 아내를 아낀다고 하지 않을까봐 금별은 보은의 허리에 팔을 둘러 받쳤다.

"임신해서 좀 움직인다고 안 죽어. 정말 두 남자가 별나!"

뭐든 적당히 하면 좋을 것인데 항상 도를 넘어서는 두 남자를 향해 진별이 잔뜩 비꼬며 소리를 버럭 질렀다.

"조용히 해!"

금별이 화살과 같은 눈초리로 진별을 쏘아봤다. 그 순간에도 금별은 천천히 소파에 보은을 앉혔다.

"편해?"

고개를 끄덕이는 보은을 보고 나서야 금별도 옆에 자리를 잡고 앉았다. 남들이 보면 유난을 떤다고 할 정도였다.

"아빠도 그만 앉아. 무슨 시아버지가 포스가 없어."

지아와 쌍둥이인 혜아가 진별이 하고 싶은 말을 대신 해주었다. 그에 진별은 고개를 심히 끄덕이며 이때다 싶어 하고 싶은 말을 했다.

"그렇지. 시아버지는 품위도 있고 포스가 있어야 하지."

"너희들도 부러우면 이 아빠 같은 시아버지 만나."

"난 참고로 아빠 같은 시아버지는 사절이야."

괜히 수한이 반박을 하자 진별은 끝까지 지지 않고 맞받아쳤다. 그런 진별의 모습을 보며 수한은 속으로 회심의 미소를 지었다.

'그래, 딸아. 너도 조만간 결혼을 하게 될 거다.'

소파에 몸을 앉힌 수한은 주스를 한 모금 마시며 조용히 진별을 바라봤다. 아, 정말로 저 머리 굵은 녀석을 얼른 해치워야 할 터인데. 수한은 정말 자나 깨나 일에 미쳐 사는 진별을 얼른 시집보내고 싶었다.

"자, 다들 모였지?"

수한은 주스 잔을 내려놓고 소파에 앉은 식구들을 한 번 쫙 둘러보며 만족스러운 웃음을 지어 보였다. 역시 가족은 많고 봐야 할 일이다. 가족이 어디 이렇게 든든하고 따뜻한 품을 느낄 수 있겠는가.

"오늘 모이라고 한 이유는……."

평소답지 않게 수한은 마른입을 적시며 말끝을 흐렸다. 그런 모습을 진별을 제외한 모든 가족들은 느긋하게 기다렸다. 답답하기는 했지만 진별은 주스를 마시며 살짝 어색하고 무거운 공기를 즐기고 있었다.

"오늘 가족회의 안건은 이 집안의 큰딸 시집보내기다."

진별은 느긋하게 딴생각을 하다 수한의 말을 뒤늦게 알아챘다. 분명 지금 자신의 귀가 잘못되어 헛소리가 들린다고 생각하며 조심스럽게 물었다.

"누구를 시집보내?"

어색하게 굳어버린 미소를 지으며 묻는 진별을, 가족들은 모두 웃음이 나오려는 것을 꾹 참으며 바라보았다.

"이진별."

"헉!"

진별은 순간적으로 소파에 앉아 있던 몸을 스프링에 튕기듯 벌떡 일으켰다. 상당히 진지한 수한의 말에 진별은 자신도 모르게 절로 헉! 하는 소리가 입 밖으로 새어 나왔다. 아빠 머리가 어떻게 되었나보다. 진별은 자신의 귀가 아닌 아빠의 머리를 탓하기 시작했다.

"아빠, 요새 심경의 변화가 심하구나. 왜 이렇게 진지한 헛소리를 해."

숨기려고 해도 진별의 마음은 숨겨지지 않았다. 불안한 표정과 말투로 진별은 수한의 말을 헛소리로 치부했다.

"아빠 모시고 병원 좀 가봐!"

병원까지 언급하며 날뛰는 진별을 향해 가족들 모두가 오히려 안쓰러운 표정을 지어 보였다. 얼굴 가득 당황한 표정을 담고 진별은 소파에 앉아 있는 가족들에게 구원의 손길을 내밀었다. 다급한 진별의 눈빛을 가족들은 모두 다 철저하게 외면했다.

"뭐야! 나 빼고 전부 다 한통속이야?"

계속된 외면에 타고난 눈치로 진별은 상황을 짐작했다. 지금 자신을 제외한 이 집안 식구들 모두가 한편이었다.

"이진별 앉아."

수한이 근엄하게 소리치자 진별은 입꼬리를 비틀며 자리에 앉았다. 가족들 모두가 한편이라 하더라도 진별은 꿀리고 싶은 마음은 추호도 없었다.

"시집? 누가 간다고 했어? 나 남자도 없고 마음대로 해."

진별은 마치 배 째라는 듯, 인생을 포기한 표정을 지으며 손을 휘휘 저었다. 마음대로 하라 이거였다.

"남자는 있어."

차분히 앉아 있던 소라마저 조용히 진별을 뒤통수를 마구 두들기는 발언을 했다. 어디 남자가 있단 말인가.

"엄마가 몰라서 그러는 거 같은데 나한테는 남자 없어."

이젠 흥분하면 안 되겠다 싶은 진별은 자신의 마음을 릴렉스시키며 차분하게 응대했다. 어디에서 없는 남자가 나오겠는가.

"대한민국 30대 남자들 대부분이 선 자리에 나와 있지."

"엄마!"

결국 진별은 성질을 참지 못하고 벌떡 다시 자리에서 일어났다.

"저놈의 성격은 잘도 끓어."

지아는 누구도 들리지 않을 만큼 낮게 중얼거렸다. 정말 진별의 성격은 못 말렸다. 우르르, 쾅쾅! 조금 큰일이나 자신의 화를 건드리는 것이 있으면 금세 끓어올랐다. 진별은 남들보다 발화점이 최소 다섯 배는 더 낮다고 보면 될 것 같았다.

지금 이 순간 진별의 귀에 지아의 말은 들리지 않았다. 이 말도 안 되는 상황을 어떻게든 수습을 해야겠다는 생각만 존재하고 있었다.

"난 죽어도 선은 안 봐!"

진별은 허리춤에 손을 떡하니 대고는 마치 장군처럼 소리쳤다. 하지만 가족들 모두 꿈적도 하지 않았다.

"하…… 이제 짜고 치는 고스톱으로 밀어붙이겠다?"

답답한 마음에 진별은 머리를 한쪽을 긁었다. 마음에 들지 않고 지극히 열이 가득 차올랐을 때 나오는 진별의 버릇 중 하나였다.

"난 결혼 안 해."

잔뜩 흥분해서 길길이 날뛸 줄 알았던 진별은 의외로 차분하게 앉아서 냉정한 표정으로 통보했다. 절대 무슨 일이 있어도 결혼 따위는 없다는 듯.

"나이가 몇인데 결혼을 안 해."

평소와 다른 진별의 행동에 수한도 약간 당황하긴 했지만 곧 심하게 호통쳤다. 쌍둥이인 금별은 스물아홉 나이에 곧 애 아빠가 될 상황인데도 진별은 아무렇지 않은 것 같았다. 수한은 사실 그런 행동이 답답한 거였다. 보통은 위기의식 같은 걸 느껴야 하는데 절대 그러지 않은 것 같았다.

"아무리 다들 난리 피워도 난 결혼 안 해."

싸한 냉기를 풍기며 진별은 확실히 자신의 의사를 피력했다. 자신에게 있어서 결혼은 사치였다. 어차피 해봤자 좋은 꼴을 못 볼 것이 뻔했다.

진별은 현재 철저하게 자신이 만들어놓은 틀 안에 갇혀 있었다. 언젠가는 결혼을 해야 할 테지만 지금은 그 순간이 아니었다. 앞으로 노력을 해서 조금이라도 더 잘나고 난 뒤에 결혼이라는 이름 아래 들어가고 싶었다.

결혼 이야기는 절대 꺼내지 말라고 엄포를 놓고 진별은 2층으로 올라갔다. 그 사이 거실에 남은 나머지 가족들은 약간 황당한 표정을 지었다.

"방금 저 사람이 우리 언니 맞지?"

혜아는 믿을 수 없다는 듯이 물었다. 절대 방금 전 모습은 평소 진별의 모습이 아니었다. 무슨 말을 하더라도 실없는 사람처럼 넘어갔다. 그리고 절대 남에게 엄포나 명령조의 말은 하지 않는 진별이었기에 지금의 모습과는 도저히 매치가 되지 않았다.

"우리 언니는 맞는데, 성격에 귀신이 들린 거야."

약간 얼버무리며 내뱉는 지아의 말에 혜아는 동의하는 표정을 지어 보였다. 아무래도 오늘의 진별에게는 이상한 귀신이 씐 모양이다. 그렇지 않고서는 절대 방금 전, 진별의 행동을 이해하고 납득할 수 없을 것 같았다.

"아빠, 언니가 미쳤어."

"미친 것이 아니라 귀신이 쓰였다니까."

"그, TV에 보니까 귀신도 떼어내고 하던데 언니도 데리고 가봐야 해."

한껏 흥분해서 말을 와다닥 쏟아내는 지아와 행동과 달리 다른 가족들은 조금은 의연하게 생각 중이었다. 물론 평소에 결혼에 관심이 없다는 것은 알았지만 이 정도일 줄은 몰랐다.

"제가 올라가서 이야기해볼게요."

현재 진별의 행동에 들어맞는 이유가 있을 것 같았다. 그런 느낌을 지울 수 없었던 금별이 나섰다. 이야기를 해보면 무엇이든 나올 것이다. 물론 쉽사리 진별의 입이 열릴리는 없을 테지만 말이다.

"올라가서 이야기해보고 내려와."

"네."

소라의 말에 금별이 몸을 일으켜 2층으로 향했다.

2층으로 올라가는 짧은 시간에도 금별은 마음이 편하지 않았다.

똑똑-

"들어갈게."

예의상 노크는 했지만 그와 반대로 금별의 말은 일방적인 통보였다. 들어오지 못하게 하더라도 들어가겠다는 뜻이었다. 사실 금별은 노크나 말도 없이 방문을 벌컥 열고 들어서고 싶었지만 꾹 참았다. 아무리 친구같이 지낸 쌍둥이라도 이제 나이가 있으니 최소한의 예의는 지켜줘야 했기 때문이다.

통보 같은 말을 날리고 금별은 방문을 열고 들어섰다. 진별은 아무렇지 않은 표정으로 화장대 의자에 앉아 있었다. 작은 상자를 꺼내 팩 종류를 찾는 그녀 옆으로 금별이 다가갔다.

"이야기 좀 하자."

"결혼 이야기 빼고."

금별이 왜 들어온지 알기에 진별은 애초에 선을 그었다. 주제가 결혼이 아니라면 이야기를 할 의향이 있다는 표정까지 진별은 지어 보였다.

"내가 왜 올라왔는지 모르는 척 굴지 말고 터놓고 이야기해보자."

"할 말 없어."

아까 전처럼 표정을 굳히며 진별은 이야기를 단절시켰다. 정말 할 말이 아무것도 없다는 듯이 말이다.

"얼굴은 할 말이 없다고 하지만 네 마음은 하고 싶은 말이 많다는 표정인데?"

"사람 마음을 잘못 읽었어. 독심술을 하려면 제대로 해."

"귀신을 속여라. 너랑 나 쌍둥이다."

"쌍둥이라고 모든 것을 알지는 못해."

무슨 말을 해도 진별은 꿈쩍도 하지 않았다. 그런 진별의 말투에 금별은 어떻게 해야 할까 계속해서 머리를 굴렸다.

"너 오늘 이해 불가야. 무슨 이유인지 몰라도 왜 그렇게도 정색을 하는 거야."

"아무런 이유 없고 난 정색한 적도 없어."

"지금도 정색하고 있어, 너."

대체 왜 저렇게까지 질긴 것인지. 진별은 유독 오늘따라 금별의 저 끈질긴 성격이 마음에 들지 않았다. 이럴 때는 그냥 아무렇지 않게 어깨 한 대 툭 치고 지나가주면 좋을 것을 굳이 끝까지 따지려 든다.

"가서 만삭인 마누라나 보호해. 나 닦달하지 말고."

"오늘은 마누라보다 너랑 이야기하고 싶어."

아, 정말 이거야, 원. 쇠심줄보다 더 질긴 인간이 바로 이금별이었다. 질기다, 질겨. 정말 저렇게 질기면 옆에 있는 사람이 훽

하고 돌아버릴 것 같았다. 금별의 행동을 보니 웬만해서는 쉽게 넘어갈 것 같지 않았다.

진별은 어떻게 해서라도 금별을 내보내고 싶었다. 급한 마음에 이것저것 생각을 하던 중, 진별은 뒤적거리고 있던 팩 중 아무거나 하나 집어 들어 금별의 눈앞에 흔들어 보였다.

"팩 바르고 조금 더 자게 나가."

"이야기 다 하면 내가 팩 발라줄게."

"내 손으로 알아서 잘 바르니까 얼른 나가."

얼른 방에서 금별을 나가게 하고 싶은 마음에 진별은 귀찮다는 표정까지 지어 보였다. 일부러 피곤해 보이려고 입을 쩍쩍 벌려가며 하품까지 해 보인다.

"정말 이야기 안 할래?"

"할 말이 없어."

딱 부러지는 진별의 말에 안 하려던 말까지 금별은 슬쩍 했다. 분명 연관이 있을 거라는 느낌이 지금 현재로서는 제일 강했기에.

"혹시 5년 전, 너 방에서 안 나왔을 때랑 연관 있어?"

순간 뜨끔했다. 그렇지만 진별은 최대한 내색을 하지 말아야 했다. 그렇기에 서둘러 얼굴에 놀란 표정 대신 아까 전과 마찬가지로 피곤한 기색을 드러냈다.

"아무런 상관 없어."

입은 남의 말을 하듯 심드렁하게 상관없다고 했지만 진별의 속마음은 달랐다. 연관이 있는 정도가 아닌 아주 많은 관련이 있었다. 아니, 지금 진별이 이렇게 사는 것도 전부 다 5년 전 있었던 일로 인해 바뀌어버린 것이었다.

'거짓말…….'

딱히 말을 하지 않아도 금별은 알 수 있었다. 진별이 지금 거짓말을 하고 있다는 것을. 아마도 5년 전의 일과 크게 연관이 있음을 금별은 직감했다.

"팩 바르고 더 자라."

이 상황에서는 무슨 말을 하더라도 진실은 나오지 않을 것 같았다. 금별은 그제야 방을 벗어났다.

"하……."

금별이 방에서 나가는 것을 보고 진별은 손에 들고 있던 팩을 방문 쪽을 향해 힘껏 신경질을 담아 집어 던졌다.

지랄 맞다. 정말 미치도록 지랄 맞게도 금별의 머릿속에는 아직 5년 전 자신이 한 미친 짓이 지워지지 않은 것 같았다. 그때의 일은 진별에게 있어서 생각하고 싶지 않은 사건이었다. 자세한 내막은 가족 중 아무도 모르지만 금별이 아직도 그걸 기억하고 있다는 것 자체가 진별의 기분을 더 나쁘게 만들었다. 검은 페인트로 덮어버리고 싶은 기억이 들춰내진 것보다 금별이 알고 있다는 것이 더 싫었다.

"기억력 하나는 끝내주게 좋군."

진별은 이럴 땐 금별의 기억력이 아주 조금만 나빠도 좋았을 것 같다는 생각이 들었다. 그렇다면 5년 전 일 따위는 저 멀리 바람결에 날아갔을 테니 말이다.

진별의 방을 나와 1층 거실로 내려가는 금별의 발걸음과 마음에는 무거운 돌덩이가 떡하니 매달려 있는 것 같았다.

자꾸 말을 돌리는 진별의 모습에 금별은 그저 짐작과 추측을 한 것이었다.

2. 낯선 피하기 대작전

프런트부터 신분 확인과, 회원증이 확인이 되어야 출입이 가능한 아슬라 에스테틱답게 고급스러움을 한껏 자랑하고 있었다. 바닥과 건물 외벽은 온통 대리석으로 치장되어 있었고, 천장에서는 값비싼 샹들리에들이 화려한 빛을 뽐냈다. 내로라하는 집안이나 아주 유명한 톱 배우가 아니면 출입하기 어려운 곳답게 돈으로 치장되어 있다.

현재 이 에스테틱의 복도를 걸어가고 있는 배가 불룩한 한 여자는 이곳과 상당히 어울리지 않는 차림이었다. 화려하게 차려입고 아찔한 하이힐의 굽 소리를 울리며 걸어야 할 것 같은 이곳에 현재 여자는 임신 9개월의 만삭인지라 임부복과 굽이 전혀 느껴지지 않는 편한 단화를 신고 있었다. 배 때문에 걷는 것이 불편한지 허리에 손을 짚고서도 여자는 에스테틱의 복도를 쿵쿵 울릴 만큼 요란한 발소리를 내며 걷고 있었다.

얼마나 발소리가 요란하면 마사지를 하는 직원들이 저마다 문을 빼꼼히 열고는 누군지를 확인하고는 재빨리 다시금 문을 닫을 정도였다. 누군지 한눈에 봐도 알기에 직원들은 그저 오늘 또 약간의 소란이 있을지도 모른다는 생각을 했다. 말리고 싶어도 이곳의 A급 회원이기에 저지할 수 없었다. 여자가 끌고 들어온 회원 수는 어마어마했기에. 가끔 이런 경우를 제외하고 인사성 밝고 성격 좋기로 소문난 사람이었다. 웬만한 여자들이 이곳에서 마사지를 받고 조금만 거슬려도 성질을 부리는 반면에, 여자는 직원의 실수로 마사지를 잘못받아 얼굴이 뒤집어졌음에도 웃으며 넘어갔다. 치료비를 준다고 해도 웃으며 오히려 직원을 나무라지 말라며 걱정까지 해주었다. 그렇기에 가끔 가다 있는 약간의 소음은 참아줄 수 있었다.

"여기로 오세요."

목적지에 가까워지자 하얀 문이 열리며 분홍빛 유니폼을 입은 직원이 나왔다. 여자는 직원을 향해서는 살짝 웃어 보인 후 곧바로 인상을 찌푸렸다. 그러곤 한숨을 가볍게 내쉬며 열린 문 사이로 들어갔다.

"잡아 쳐 죽일 인간! 똥물에 빠트려 버릴 년! 썩어 문드러질 년!"

들어서기 무섭게 여자는 마사지를 받느라고 엎드리고 있는 사람을 향해 거칠고도 거한 욕설을 내뱉었다. 여자의 입에서 나온 말은 임산부가 하고 있다고는 믿기 힘들 정도로 거칠었다. 보통 태교를 위해서 좋은 것만 듣고 좋은 것만 본다는데, 여자에겐 해당이 없어 보였다.

"뭐가 어째? 밤에는 이렇게 사느니 이대로 죽어버릴 거라고 온갖 협박을 다 하더니, 해가 뜨니까 늘어지게 마사지를 받고 있어?"

여자는 아무래도 어젯밤의 일이 분이 안 풀리는 모양이다. 분명 새벽 2시를 넘어 3시를 바라보는 시각에 전화가 와서는, '이대로는 못 살겠다. 정말 내가 이렇게는 살 수가 없다. 너 나와라, 너 안 나오면 죽어버릴 거다.' 이런 식의 협박을 하는 통에 여자는 걱정이 되어 날이 밝기 무섭게 다시금 연락을 취했지만 되지 않았다. 온갖 방법을 동원해서 알아보니 에스테틱에 가서 마사지를 받고 있다고 했다. 그 순간 여자의 화는 머리끝까지 차오른 터였다.

"스톤 좀 내려줘요."

마사지를 받느라 등에 검은 돌을 올리고 있던 여자가 직원에게 낮게 명령했다. 조금 더 있어야 했지만, 이대로 더 있다가는 저 임산부가 소리를 꽥꽥 지르다가 여기서 애를 낳을지도 모른다는 생각마저 들었다.

"왔어?"

사람 걱정이라는 걱정은 다 시켜 놓은 장본인인 진별은 배가 불룩한 임산부인 자신의 오래된 친구, 하나를 향해 말을 건넸다.

"뭐, 뭐라고? 왔어? 얼씨구!"

하나는 진별의 말이 마음에 들지 않는다는 듯이 비꼬았다. 그런 하나의 행동에도 불구하고 진별은 배시시 웃었다.

"웃지 마, 정들어!"

"헤헤."

"아우! 저런 걸 친구라고 둔 내가 미친년이다."

"히히."

"너 같은 년을 친구로 둔 내 팔자가 죄다, 죄."

면박을 잔뜩 주는 하나를 향해 진별은 여전히 실없는 사람처럼 웃었다. 웃는 얼굴에 침 못 뱉는다는 말이 있었다. 아, 물론 하나의 저 말이 진심이 아니라 자신이 걱정되어 하는 말이라는 걸 잘 알기에 진별은 아무렇지 않게 웃을 수 있었다.

"잠깐만 나가 있어줄래요? 다시 부를게요."

분홍색 유니폼을 입은 직원을 향해 진별이 웃으며 말하자 여자는 고개를 끄덕이고는 조용히 나갔다. 그냥 둬도 자신들의 대화를 듣고 말하지는 않을 테지만 그래도 혹시나 하는 염려였다. 옛말에 모든 소문의 근원지는 미용실이라는 말이 있듯이, 요즘 소위 잘나가는 사람들의 카더라 통신은 이런 숍에서 시작되었다. 그렇기에 조심을 하는 것이 좋았다.

"말 좀 곱게 해라. 배속에 애가 들을까 겁난다."

"너 때문에 이미 태교 따위는 물 건너갔어. 내가 아무리 아름다운 태교 음악을 들으면 뭐 하니? 너 때문에 입에서는 욕설이 나가는데."

핑계 없는 무덤 없다더니 딱 그 짝이었다. 하나의 저 말은 자신을 겉포장하고 남 핑계를 대는 것에 불과했다. 괴팍한 자신의 성질은 탓하지 못하고 하나는 매번 진별에게 뒤집어씌웠다.

"뭔 일이야."

"결혼하래."

"응? 누구?"

여기에 누가 있겠는가. 그럼에도 불구하고 하나는 진별이 하는 말을 타인을 지목해서 하는 말이라고 생각했다.

"나."

아무렇지 않게 건조한 어조로 내뱉은 진별의 말에 하나의 동공이 순간적으로 두 배는 커졌다. 이 무슨 뚱딴지같은 소리인가.

"아직 술이 덜 깼냐?"

"술은 다 깼어. 그리고 어제 맥주 한 병 마시고 장난친 거야."

집에서 결혼을 하라는 말을 듣고, 맞선 이야기를 들은 지 오늘이 일주일 되는 날이었다. 처음 며칠은 무시하고, 그다음 며칠은 화가 치솟아 술도 적지 않게 마시고 헛소리처럼 푸념을 늘어놓게 되었다. 그 대상이 매일같이 바뀌다가 어젠 하나에게 전화를 한 터였다.

"연기자 아니랄까봐, 난 어디 양주 2병이나 마신 줄 알았네."

하나의 말처럼 어젯밤 전화를 건 진별은 양주 2병 정도를 너끈히 마시고 인사불성이 된 듯한 상태였다. 그러니 하나가 오늘 진별의 말을 술이 덜 깬 것이라고 생각한 것도 과언은 아니었다.

"결혼이라니?"

"아빠가 가족회의를 여시더니 이진별 결혼시키자 하시더라."

"갑자기 왜 그러시는데?"

"나도 이유를 모르니 미치고 팔짝 뛰겠다."

"어머니는?"

"대한민국 30대 남성의 대부분이 맞선자리에 나와 있다고 하셨어."

평소와 전혀 다른 어머니의 반응에 친구인 하나도 순간 뒤통수를 맞은 듯했다. 진별과 하나는 중학교 친구였다. 그러하니 지금까지 봐온 것만 봐도 현재의 일이 믿겨지지 않았다. 아니, 아직까지도 하나는 진별이 장난을 치고 있는 것 같았다.

"결혼하려고?"

"미쳤니?"

진지하게 물어보는 하나의 말을 진별은 단 한마디로 간단하게 정리했다. 하나는 이미 진별에게서 저런 답이 돌아올 거라는 걸 예상하고 있었다. 하나는 그다지 놀랍지 않다는 듯이 진별을 향해 씩 웃었다.

"그럼 어쩌려고?"

"방법을 못 찾겠으니 널 불렀지."

"결혼을 피하는 방법?"

순간 진별은 얘가 임신을 하더니 촉이 죽었나, 하는 생각을 했다. 예전에는 척하면 척이더니 이젠 대놓고 말해줘도 알아듣지 못하고 엉뚱한 소리를 하고 있다니.

"결혼이야 피하려면 알아서 내가 피하지. 문제는 그게 아니잖니."

"맞선이 문제군."

이제야 말귀를 알아듣는 듯하자 진별은 고개를 끄덕였다. 아무리 머리를 굴려도 맞선을 피하는 것이 문제였다. 결혼을 하라는 말을 들은 다음 날, 소라는 진별을 향해 5명의 남자 사진을 내밀었다. 그 남자들 중에 한 명을 가리키기만 해도 곧장 맞선 날짜를 잡을 것 같은 분위기에 진별은 머리가 멍했다. 어떻게 해야 맞선을 피할 수 있을지, 방법을 찾을 수 없으니 잔머리가 좋은 하나를 부른 터였다.

“천하의 이진별이 맞선 하나 못 뿌리쳐?”

“나도 미치겠어. 얼마나 독하게 맘을 먹었으면 엄마조차 끄떡도 안 하고 있지, 촬영은 해야 하는데 도저히 집중이 안 돼.”

쿨하게 굴 때는 한없이 쿨하게 행동하는 진별이었지만, 자신의 신경을 과도하게 건드리는 것이 있으면 촬영에 집중을 하지 못한다. 웬만하면 무슨 일이 있어도 프로답게 촬영에 임하는 진별이 이런 말을 할 때에는 그만큼 자신의 상황이 압박으로 다가와 있다는 것이리라.

“어떻게 도와줄까?”

“한방에 맞선 이야기는 없었던 일로 만들 정도?”

“그럼…….”

하나는 더 이상 묻지도 못하고 무슨 일이 좋을까 입을 다물고 곤히 생각에 잠겨들었다. 그런 하나의 모습에 진별은 피식 웃음이 흘러나왔다. 중학교 시절 하나는 학교에서 얼음보다 차가운 아이였다. 하나는 소위 말하는 재벌가 회장님이 밖에서 낳아서 데리고 들어간 딸이다. 그런 탓에 하나는 스스로를 보호하고 막아서기 위해서 차가워진 아이였다. 그런 하나와 친해진 계기는 다름 아닌 부모의 존재였다.

반쪽짜리 아버지를 가진 아이…….

진별이 연기를 시작하고, 평소 꾸미는 것에 관심이 많던 하나는 진별의 스타일리스트 노릇을 자청했다. 처음엔 진별이 유명해지기 전에는 다른 연기자와 매니저를 나눠서 사용했다. 간혹 급하게 촬영이 생기거나 해서 매니저가 없는 날이면, 하나는 직접 운전을 해서 땅끝마을 해남까지도 갔다. 그러고도 피곤한 기색 하나 보이지 않았던 하나였다. 하나가 결혼을 하고 임신을 하면서 현재는 스타일리스트를 그만뒀어도 둘은 여전히 서로의 생활에 대해서 모르는 것이 없었다.

"이진별."

뭔가 불안하다. 왼쪽 입꼬리를 씩 끌어 올리며 웃어 보이는 하나의 행동에 진별은 으스스해졌다. 그 기분이 틀리지 않았다는 것을 증명이라도 하듯이 등줄기를 타고 한 줄기 땀이 흘러내렸다.

화이트와 블랙으로 조화를 이룬 사무실을 빙 둘러보는 중년 남자의 손길이 어딘가 모르게 아련했다. 자신이 쓰던 집기들을 곧 누군가가 그대로 쓰게 될 거라는 생각에 남자의 손길은 애틋하면서도 따스했다. 마치 사물들에게 온기를 심어주듯이.

"좋은 일만 있어라."

나지막하게 내뱉는 중년 남자의 음성에는 언뜻 슬픔이 비쳐 들었다. 부디 이곳에서는 가슴 아픈 일이 아닌 행복한 일만 가득하기를 남자는 바랐다. 자신은 한다고 했어도 부족했을 그 아이에게 이젠 좋은 일만 있어야 했다. 그래야지만 죽어서도 마음 편히 지낼 수 있을 거 같았다.

"아버지."

노크도 없이 갑자기 문을 열고 들어온 젊은 남자를 바라보며 방금 전까지만 해도 슬픔을 담고 있던 중년 남자의 얼굴에 환한 웃음이 깃들었다. 단정하게 다듬은 머리하며 190센티를 바라보는 큰 키에 군살 없는 매끈한 몸매를 감싸고 있는 블랙슈트가 남자를 더 돋보이게 했다. 자신을 향해 웃는 중년 남자를 향해 똑같이 웃어주는 입매가 꼭 닮아 있었다. 서로가 모르는 사이에…….

"윤혁아."

자신의 아들을 부르는 성욱의 목소리도 방금 전과 달리 들떴다. 갑작스레 미국 생활을 정리하고 한국으로 들어온 아들이 못마땅하기는커녕 성욱은 자랑스러웠다. 완벽하게 일을 처리해놓고 한국으로 들어왔으니 반대할 이유는 없었다.

"아버지 얼굴을 보니 정말 한국에 온 것 같네요."

성큼성큼 성욱을 향해 다가온 윤혁이 힘껏 아버지를 끌어안았다. 그런 아들의 포옹에 성욱도 자신의 두 팔로 아들의 등을 두들겨 주었다. 언제 이렇게 컸나 싶었던 아들은 어느새 자신의 키를 훌쩍 넘어 훤칠한 청년이 되어 있었다.

"피곤하지는 않고?"

"괜찮아요. 아버지는 건강하시죠?"

"나야 항상 20대 아니냐."

쉰을 넘긴 나이에도 그의 말처럼 성욱은 항상 20대였다. 매년 윤혁의 성화에 못 이겨 검강검진을 받았지만 그때마다 결과는 똑같았다. 무엇 하나 중년에서는 나오기 놀라울 정도의 결과가 나왔기에 성욱은 건강이라면 자신 있었다.

"일단 좀 앉자."

크고 넓은 사무실 한가운데 편안한 가죽 소파를 놔두고서도 성욱과 윤혁은 한참을 서서 오랜만의 부자간의 인사를 나눴다. 먼저 자리에 앉은 성욱은 윤혁이 앉고 나서도 한참 동안이나 아들의 얼굴을 바라봤다. 근래에 서로가 바빠서 1년가량을 보지 못하고 살았던 탓에 오늘의 만남이 더 좋았다. 1년 사이에 화상통화를 한 것도 대여섯 차례에 불과했기에 성욱은 윤혁의 얼굴을 바라만 보고 있어도 좋았다. 그런 성욱의 마음을 아는지라 윤혁도 잠자코 있었다.

"아버지 아들 얼굴 닳아요."

"하하. 이 녀석이!"

농담을 건네는 아들 윤혁의 말에 성욱은 그저 웃음만 나왔다.

"앞으로 매일 볼 텐데 적당히 좀 보세요. 아들 얼굴 닳아서 사라지면 어쩌려고 그러세요."

항상 윤혁은 미국에서, 성욱은 한국에서 떨어져 지냈다. 그렇지만 오늘부터는 달랐다. 이제 오늘부터 아버지와 아들은 같은 하늘 아래 대한민국에서 살게 되었다. 항상 이런 날을 상상해왔던 성욱이기에 이 상황이 꿈만 같이 느껴졌다.

"앞으로 일주일간 휴가다."

"네?"

"시차 적응도 하고, 그동안 한국에서 하지 못했던 일을 했으면 해."

무슨 말인지 안다. 그렇기에 윤혁은 휴가라는 말에 놀란 것도 잠시, 성욱의 말에 고개를 끄덕이며 수긍했다. 아버지가 뭘 말하는지 잘 알기에 윤혁은 그렇게 하겠노라 하는 눈빛으로 답을 대신했다.

"진별이는 아직 모르죠?"

"아마도. 네가 이른 대로 직원들한테도 철저하게 비밀로 하라고 했다."

만족스런 아버지의 대답에 윤혁의 입가에 저절로 미소가 피어 올랐다. 그와 동시에 그의 얼굴에 어린아이 같은 장난스런 표정이 드러났다.

"어떻게 할 참이냐. 진별이는 아직 결혼 생각이 없는 거 같더구나."

"상관없습니다."

진별과 결혼을 하기 위해 한국으로 찾아온 윤혁과, 아직 결혼 생각이 전혀 없는 진별의 말이 떠올라 성욱은 걱정이 되었다. 무슨 일이든 마음을 먹으면 끝까지 해내는 윤혁은 믿음직하지만, 오랫동안 연예계 생활을 하면서 한층 더 까다로워진 진별의 성격을 익히 알기에 성욱은 저절로 한숨이 나올 지경이었다.

"어차피 제 여자가 될 사람입니다."

이게 지금 뭐 하는 짓일까. 미쳤다는 생각을 하면서도 진별은 현재 자신의 행동을 멈추지 못했다. 머리는 그렇게 생각을 하면서도 입은 반대로 움직였다.

"몇 살?"

"스물넷, 입니다."

"연기 지도 받은 지는 얼마나 됐지?"

"3년 됐습니다."

머리로는 여전히 '올바른 짓일까.' 하는 질문을 던지고 있지만 그와 반대로 질문을 하는 진별의 행동이나 음성은 차분했다. 아니, 오히려 지금 이 상황이 올바른 행동이라고 생각하고 하는 것 같았다.

"연기 잘할 자신 있어?"

"네."

"아주 능숙해야 해. 중년 연기자들을 속여야 하거든."

"자신 있습니다."

옅은 갈색 머리의 귀여운 인상의 남자가 당차게 진별을 향해 답했다. 그런 남자를 보면서도 진별은 믿음이 가기는커녕, 오히려 걱정이 되었다. 아직까지 상황 파악이 안 되고 보수가 괜찮은 단기 알바라는 생각에 달려드는 것일 수도 있으니 말이다.

"나가봐요."

남자의 프로필을 바라보며 머리를 긁적이는 진별 대신에 하나가 대신 나섰다. 문을 열고 남자가 나가자 하나는 진별을 쳐다봤다. 얼굴에 근심 걱정이 산을 이루고 있는 듯했다.

"전부 다 하나같이 연습생만 최소 3년 이상이고, 나름 연기로는 다들 괜찮은 애들이야."

하나의 말처럼 다들 남자들은 연기 경험도 나름 있고, 오랜 연습생 생활로 기본기는 웬만한 신인들보다 탄탄하다. 현재 진별에겐 이런 것이 문제가 되지 않았다.

"정말 이렇게까지 해야 하냐?"

그렇다. 현재 진별에게 있어 문제는 바로 이거였다. 정말 이런 짓까지 하면서 맞선을 피해야 하는가 하는 의문마저 들었다. 처음 하나의 말을 들었을 때는 이런 굿 아이디어도 없다 싶었는데, 어찌 보니 도가 지나치다는 생각도 들었다.

"싫으면 맞선 봐."

"지금 그 말이 아니잖아."

"그럼? 너 맞선 보기 싫다며. 어머니도 그렇게 마음 정하신 거면 넌 무조건 맞선을 봐서 결혼을 해야 한다는 건데, 어떻게 핑계 만들 건데? 남자도 없으면서 무작정 결혼이 싫고 일이 좋다고 할래?"

"말이 안 되잖아."

와다닥 말을 몰아서 한 탓에 숨이 가빠진 하나는 차분히 숨을 고른 다음 진별을 향해 다시금 입을 열었다. 어쩌면 아직까지도 진별이 제일 듣기 싫어하는 말인 줄 빤히 알면서.

"빌어먹고 쳐 죽일 놈 덕분에 난 결혼 따위엔 관심도 없습니다, 이렇게 말씀드릴 거니?"

"신하나!"

역시나 정곡을 찔린 진별은 하나의 이름을 성까지 붙여 불렀다. 다시는 생각도 하기 싫은 이야기를 꺼내는 하나의 분홍빛 입술이 진별에겐 오늘따라 얄밉기 그지없었다.

"내가 말한 대로 할 거 아니면, 이 남자들 중에서 빨리 결정해."

"휴……."

하나의 말도 맞다. 어떤 놈 때문에 전 결혼 생각이 없습니다, 이렇게는 말을 못할 테니 하나의 말대로 속이는 것도 한 방법이었다.

하나가 제시한 방법은 어찌 보면 대책 안 서고, 어찌 보면 탁월한 대응책이다. 소속사에서 신인이나 무명배우 중에 한 명을 골라 집으로 데리고 가서 애인 연기를 하는 것이다. '난 이 남자를 무지

무지 사랑하므로 당분간 맞선은 보지 않을 것이다. 그리고 결혼은 이 남자와 때가 되면 할 터이니 강요하지 말아달라.' 바로 이것이 요점이었다. 하나가 말한 대로만 된다면 맞선과 결혼 두 가지를 피할 수 있는 아주 획기적인 방안이었다.

문제가 있다면 눈치라면 대한민국에서 최고인 아빠와 엄마였다. 오랜 연예계 생활로 눈썰미 하나는 당할 수가 없다. 그런 탓에 웬 시시한 놈을 데려가면 그야말로 망하는 거였다. 그러니 무엇 하나 쉬운 것이 없었다.

"부모님을 속이는 자책감이야 들겠지만 어쩌겠어. 넌 맞선도 싫고 결혼이 싫으니까 이건 그냥 선의의 거짓말이라고 생각해."

"……."

"너 예전에는 부모님 몰래 3년 가까이 연애했으면서 이제 와서 고작 하루 속이는 게 힘들어?"

또다시 떠올리고 싶지 않은 옛 일을 건드리는 하나를 바라보며 진별은 눈살을 잔뜩 찌푸렸다. 틀린 말 하나 없었다. 부모님 몰래 예전에는 3년 가까이 연애를 했으니, 이제 와서 고작 하루 정도 속이는 것은 일도 아니다. 그렇지만 왠지 모르게 이번에는 부모님께 죄책감이 들었다. 그날 이후로 절대로, 다시는 거짓말을 하거나 부모님을 속이는 일은 만들지 않기로 다짐했었는데…….

"네가 왜 그러는지 아는데…… 딱 하루야. 아니, 단 몇 시간이면 돼."

"넌…… 누가 마음에 드는데?"

하나의 말이 틀린 부분이 없었기에 진별은 선택권을 대신 넘겼다. 현재 진별의 눈에는 5명의 남자가 죄다 똑같아 보였다. 같은 소속사에 있으면서도 존재하는지도 몰랐던 남자들을 이런 식으로 마주하다니 이것조차도 유쾌한 일은 아니다. 그런 탓에 진별은 현재 이 상황을 그다지 즐기기란 힘들었다.

"얘…… 어때?"

하나가 한 장의 프로필을 진별 쪽을 향해 쓱 내밀었다. 남자의 사진이나 키 같은 신상정보 대신 진별의 눈에 젤 먼저 사로잡힌 것은 생년월일이었다.

"너무 어린데?"

그도 그럴 것이 5명의 남자들 중에서 최고로 어렸기 때문이다. 23~27살의 남자들이라 전부 진별보다 어린 것은 당연했지만, 하필이면 하나가 꼽은 남자는 23살. 한마디로 진별보다 6살 연하…….

"어중간한 나이보다는 이왕이면 어린 애를 데리고 가서, '얘가 너무 어리니 자리 잡을 때까지는 결혼을 하지 않겠습니다.' 이 대사도 괜찮을 거 같아."

어, 얼씨구……. 이젠 알아서 대사까지 만들어주고 있다.

"얘 프로필 보아하니 군대도 아직인데? 대충 사무실에 알아보니까 내년 봄에 군 입대 예정이라고 하던데?"

"그래서? 얘가 군대 가면 꼼짝없이 2년을 기다리겠습니다, 이러라고?"

"그렇지."

척하면 알아듣는 진별의 말에 하나는 손뼉까지 쳐가며 호응했다. 그런 하나의 행동을 바라보며 진별은 속으로 혀를 찼다. 대체 누가 내일 모레 한 아이의 엄마가 될 임산부로 보겠는가. 배만 나오지 않았다면 철없는 10대 소녀의 모습 그 이상 그 이하도 아니었다.

"내 소원이 하나 있다."

"뭐?"

"네 배 속 애는 부디 너 말고 아빠를 닮기를……."

보통 친구에게서 이런 말을 들으면 화를 내야 하지만 하나는 오히려 고개를 끄덕이며 동의했다. 자신을 닮아봤자 괜스레 인생만 피곤하니, 범생이에 가까운 신랑을 닮는 것이 아이의 삶에도 편할 것 같다는 생각을 자신도 종종 해온 터였다.

"나도 동의한다."

방금 전까지 5명의 남자들을 오디션을 본 곳에서 현재는 하나가 콕 집은 1명의 남자만이 의자에 앉아 있다. 색이 보기 좋게 빠진 갈색 머리를 마주한 순간 진별은 우선 검은색으로 염색부터 해야 한다는 생각이 들었다. 약간 긴 머리카락도 거슬렸다.

"머리는 작품 때문에 염색하고 기르는 건가?"

"아뇨. 본래 머리카락이 갈색에 가까워서 그냥 염색한 거고, 머리는 저번에 촬영한 잡지 이후로 안 건드렸어요."

"그래? 그럼 우선 머리부터 염색하고 깔끔하게 다듬었으면 하는데?"

다른 것은 모두 넘어가는 엄마인 소라가 유일하게 못 봐주는 것이 머리였다. 남자란 자고로 깔끔한 검은색이 멋있다는 거였다. 그런 탓에 현재 남자의 스타일 그대로 데리고 간다면 소라는 당장에 반대일 터였다.

소속사에 있는 신인, 무명 연기자들 중에서 진별에게 어울릴 것 같은 남자들에게 우선 제안을 했다. 보수는 두둑하게, 대신 이 일은 평생 비밀로. 그리고 하는 일은 단 몇 시간 동안 이진별의 가짜 연인인 척 연기하는 것. 사실 보수가 두둑한 것도 한몫하였지만, 스캔들이 전혀 없는 신비로운 여인 이진별과 가짜 연인인 척 연기를 하라는 것은 좋은 기회였다. 물론 속여야 하는 그 대상이 진별의 부모님인 유명한 중년 연기자임을 잘 알기에, 확실하게 속인다면 자신의 연기력을 검증받을 수 있는 기회이기도 했다. 이러하니 어찌 알았는지 몇몇의 지원자가 생겨나기도 했다.

그 중 스물 셋의 강태현이라는 남자가 자신과 함께 연인 행세를 준비하고, 수한과 소라 앞에서 연기를 해야 할 사람이다.

"일단 모레까지 머리 좀 다듬고 염색 좀 해놓고, 그때 연락하죠."

"네."

아무런 내색을 하지 않고 태현을 나가게 한 이후, 진별은 곧바로 깊은 한숨을 쉬었다. 이게 무슨 짓인지. 이 말도 안 되는 상황을 꾸미고 있는 자신의 행동에 진별은 머리가 지끈거리며 아파왔다. 진별은 아무 말 없이 조용히 머리를 감싸 안았다.

"고작 며칠이야."

진별의 마음을 알기라도 한다는 듯이 하나가 차분히 입을 열었다.

"……."

"더럽고 아니꼬워도 며칠만 고생하면 넌 한동안 맞선이나 결혼 이야기는 피할 수 있어."

"정말……."

하나의 말이 하나도 틀린 것이 없다. 그런 탓도 있지만 진별은 뒷말을 잇지 않았다. 딱히 지금으로서는 잇지 않아도 하나도 알 것이다. 현재 이 상황에 서 있는 진별의 기분이 어떠한지…….

"휴……."

가만히 앉아만 있자니 머리에서는 온갖 잡생각이 뒤섞여 진별의 입에서는 저절로 한숨이 새어 나왔다.

수많은 잡생각 중에서도 유독 진별의 신경을 건드리는 것은 딱 하나다. 잊을 만하면 생각나게 만드는 인간……. 한때는 불꽃처럼 타올라 열렬히 사랑했던 남자. 현재는 애증만이 남아 불태워버리고 싶은 남자. 가짜 연인을 만든다는 말도 안 되는 일을 벌이는 자신의 행동을 모두 그 남자에게 뒤집어씌우고 싶다. 그 남자만 아니라면 지금 현재 이러고 있지는 않을 것이란 생각만이 진별의 머릿속을 메웠다.

"지금 이 상황이 싫으면 방법은 간단해. 그 썩어 문드러질 새끼를 잔뜩 욕하는 거야. 내가 너 같은 새끼 덕분에 이런 짓까지 벌이고 산다! 그러는 네놈은 얼마나 잘 살고 있느냐, 이러면서 실컷 이를 갈아. 그렇게 버텨."

가끔은 말하지 않아도 서로의 머릿속을 들여다볼 수 있는 친구라는 점이 좋기도 하지만, 이럴 때는 난감하다. 자리 깔고 점을 보는 것인지, 것도 아니면 자신의 속마음을 들여다보는 도플갱어라도 있는 것인지 가끔 진별은 궁금했다.

"그 사람…… 생각 안 해."

"네 가슴에 손을 얹고 말해라. 그냥 내 말대로 그렇게 생각해.

그 새끼 욕하면서 버텨. 5년 전처럼 지금도 그렇게 버티면 되는 거야."

그래…… 5년 전에도 그랬다. 하나의 말처럼 그 남자 욕을 하면서 버텼다. 그렇게 서서히, 서서히…… 잊어버리게 된 사람이다. 헤어질 때는 그 남자를 향해 나쁜 말 한마디 하지 못한 것을 5년이 흘러서 이렇게 많이 하게 될 줄은 몰랐다. 그리고 그때의 일이 지금 자신의 마음을 이렇게 뒤바꿔놓을지도…….

아직까지 사람의 손길을 제대로 타지 않은 새 가구들이 집 안을 가득 채웠다. 혼자 사는 집이라고 보기에는 과할 만큼 부족한 것 하나 없이 챙겨져 있다. 방금 이사를 온 사람의 집이라고는 보기 힘들 정도로 말이다. 현재 이 집의 가구에 자신의 물건들을 채워 넣는 윤혁도 똑같은 생각을 하고 있는 중이다.

뭐든 잘해주려는 아버지 덕분에 현재 윤혁은 부족한 것이 뭔지 찾을 수 없을 정도였다. 냉장고 문을 열어봐도 당장 윤혁에게 필요한 것들, 싱크대를 열어도 당장 윤혁에게 필요한 것들, 침실에도, 서재에도, 욕실에도 어느 곳 하나 빠진 곳이 없다. 그러니 윤혁은 한국에 21년 만에 돌아왔지만 신경 쓸 것이 없었다. 윤혁이 할 일이라고는 자신의 짐 정리뿐이었다.

서재 책꽂이에 가지런히 정렬된 책들을 살펴보며 흐트러진 곳을 찾았다. 일에 관련된 책과 일반 소설책, 한국 서적과 외국 서적은 따로 정리해서 꽂아놓았다. 자리를 잘못 찾아간 책이 있는지 살펴보는 윤혁의 눈매가 날카롭다. 뭐든 깔끔하고 정리정돈된 것을 좋아하는 윤혁답게 서재정리도 확실했다.

일단 완벽하게 정리된 것 같은 책들을 바라보며 만족스런 미소를 지은 윤혁은 몸을 돌려 책상 쪽으로 다가갔다. 그러곤 3개의 액자를 미국에서처럼 나란히 세웠다. 자신을 낳아준 부모님과 찍은 사진. 길러준 아버지 성욱과 찍은 사진. 그리고 마지막 액자에는 어린 시절 진별이 햇살이 부서질 만큼 환하게 웃고 있는 사진.

"조금만 기다려, 꼬맹이……."

진별의 사진을 바라보며 웃는 윤혁의 미소가 그 어느 때보다 밝았다.

"오빠, 나랑 결혼하자."

윤혁은 어린 시절 진별이 했던 말이 떠올랐다.

"꼬맹아, 연극 조금만 하면서 기다리고 있어."

사진 속 어린 진별을 향해 윙크를 해주며 윤혁은 살포시 경고했다. 진별은 듣지 못할 테지만 말이다.

참 맹랑하다. 7살 때나, 스물아홉을 먹은 지금이나, 귀엽기도 하지만 어찌 보면 맹랑하기 짝이 없다. 대체 무슨 배짱으로 같은 소속사 신인배우를 데려다가 그런 깜찍한 연극을 펼치는 것인지. 단순한 줄만 알았더니 꽤나 잔머리가 돌아가는 것 같아 윤혁은 실소가 삐져나왔다.

일단 어디 한번 잘해봐라 싶은 탓에 윤혁은 뒷짐 지고 구경하고 있는 중이다.

하지만 아버지인 성욱은 애가 타는 것 같았다. 짐정리를 하고 있는 윤혁에게 부리나케 달려와 진별이 꾸미고 있는 계획을 성토하고 가셨을 정도였다. 성욱은 뭐가 불안한지 당장 그 신인 연기자를 데려다가 거짓말을 못하게 하겠다고 하더니 이제는 진별의 부모님을 만나봐야겠다고 했다.

그런 성욱을 막은 사람이 윤혁이다. 당사자인 윤혁이 펄펄 뛰어야 했는데 상황은 반대였다. 어차피 진별의 행동은 즉흥적이라 오래가지 못할 것이란 계산이 이미 다 되어 있었기에 윤혁은 그저 피식하며 웃음만 흘릴 뿐이었다.

그리고 아무리 막아섰어도 지금쯤이면 성욱은 진별의 부모님에게 이 상황을 낱낱이 고하고 계실 터였다.

"뭐든지 적당한 게 좋으니까, 이 정도로만 거짓말하거라. 연극이 지나치면 나도 어떻게 할지 모르니까."

윤혁은 이번에도 어린 시절 진별의 사진을 바라보며 나지막하게 경고했다.

3. 까칠한 남자, 헨리?

미쳤다고 욕을 하면서도 이 말도 안 되는 일을 계속해서 이어가고 있는 이유는 단 하나였다.

당분간 맞선과 결혼이라는 말을 피하기 위해서.

그 빌어먹을 놈 때문에 결혼에 대한 환상이 깨졌다는 것도 문제라면 문제였지만, 아직까지 그 어떠한 남자를 봐도 별다른 감흥이 생기지 않았다. 자상한 남자, 섹시한 남자, 근육질의 남자, 아이돌 외모의 남자까지 봤지만 진별의 마음에 동요를 일으키지 못했다. 그러하니 이젠 진별도 남자라면 쳐다보기도 싫었다. 차라리 마음 편히 일이나 하는 것이 돈도 벌고 인기도 얻는다는 것이 진별의 확고한 진리이다.

이런 진별을 보면서 제일 친한 하나를 제외한 주위의 친한 동료 연예인이며 가족들마저도 일밖에 모르는 일벌레로 생각했다.

그러하니 주위에서는 걱정이 한가득인 반면에 정작 당사자인 진별은 여유작작하다. 짚신도 제 짝이 있다고 하니, 언젠가는 자신의 반쪽이 나타날 것이라 생각하고 있었다. 뭐, 없다면 홀로 화려한 싱글로 사는 것도 나쁘지 않다는 것이 진별의 또 다른 생각이기도 했다.

"오늘 잘해라."

"네? 네……."

드디어 오늘이 결전의 날이다. 오늘 단 몇 시간으로 한동안 이 진별의 편한 일상이 보장될 수도, 그렇지 못할 수도 있다. 지난 사흘간 태현과 공들여 짜놓고 연습한 연기가 단 한순간에 무너질 수도 있는 날이었다.

"……저."

"왜?"

"실패해도 약속한 돈은 주죠?"

"걱정하지 말고 확실하게 연기나 해."

진별의 말에 태현은 안도의 한숨을 내쉬었다. 현재 태현에게는 연기에 성공하는 것보다 어머니께 할 효도가 더 중요했다. 연예인 한답시고 지금까지 제대로 해드린 것 하나 없는 어머니의 다리 관절 수술비에 보태고 싶었다. 돈 많이 벌어서 효도하겠다고 홀로 힘들게 자신을 키워온 어머니께 큰소리를 친 태현이었기에 현재의 상황이 중요했다. 처음엔 자신의 연기력을 인정받아보자는 이유였으나, 얼마 전 어머니의 수술을 알게 된 후로는 수술비가 목적으로 바뀌었다. 이유야 어쨌든 그만큼 그에게도 오늘이 중요한 날이었다.

찻잔을 내려놓으며 소라가 태현의 얼굴을 몰래 샅샅이 훑었다. 대놓고 쳐다본다면 진별이 저지할 것을 알기에 몰래 보는 것이었다. 속마음이야 이야기를 나누다 보면 대략 파악이 될 것이었기에 일단 외적인 인물이라도 보자 싶었다. 사람 외적인 것은 보지 말자고 한 사람이 자신이었음에도 불구하고 딸아이가 데리고 온 남자의 인물을 보는 것은 어찌 보면 엄마의 숨겨진 본심인지도 모른다. 어차피 그래봤자 진별의 진짜 짝이 아니라는 것을 알면서도 소라는 진별이 눈치채지 못하게 연기를 하고 있는 중이었다.

"차 들어요."

"네."

"긴장 풀어요."

살포시 미소 지으며 말하는 소라를 바라보며 진별은 살짝 안도의 한숨을 흘렸다. 제발 지금 이 순간 엄마가 눈치채지 못하기를 진별은 간절히 기도하고 있는 중이었다. 아니, 눈치라면 세계최강급인 아빠가 무던히 넘어가길 말이다.

"나이가 어떻게 된다고 했죠?"

"스물셋."

"우리 진별이보다 6살이나 어리네요?"

"나이가 뭐, 그리 중요해. 숫자에 불과해."

질문은 자상한 미소를 지은 소라가 잔뜩 굳어 돌부처같이 되어버린 태현을 향해 던졌지만 답변은 엉뚱하게도 진별이 했다.

"음…… 군대는 다녀왔어요?"

"아직……."

"이진별, 조용히 해. 너한테 질문한 거 아니다."

태현과 인사만 나눈 뒤로 묵묵히 커피를 마시며 차분히 앉아 있던 수한이 진별을 향해 나직이 경고했다. 그제야 진별의 입이 멈췄다.

"우리 진별이랑 언제부터 만났어요?"

"1년 정도 됐습니다."

"아……. 진별이가 바빠서 데이트하기가 힘들었겠어요."

"괜찮습니다. 한국에 있는 동안에는 잠깐이라도 자주 만났습니다."

"아, 그래요?"

결혼할 남자를 데려다 놓고 하는 질문인지, 아님 이진별을 정말 사랑하는지 안 하는지 테스트하는 것인지. 하는 질문들마다 가만히 듣고 있자니 진별에게는 고역이었다. 일부러 약속 시간도 점심시간을 지나 잡은 터였다. 저녁을 먹기에는 어중간한 시간에. 밥 먹는 시간을 아끼면 빨리 빠져나올 수 있을 것 같았다.

"아직 군대를 안 갔다 왔으면 언제 갈 생각이에요?"

"내년 봄에 입대할 예정입니다."

"그럼, 결혼은……?"

"제대하고 난 뒤에 해야지. 군인이랑 결혼해서 어쩌려고."

이마에서부터 흘러내리는 땀을 본 진별은 태현을 대신해 대꾸했다. 그러곤 빨리 이 자리를 벗어나야겠다는 생각을 했다. 이 자리가 조금 더 길어지면 태현이 스스로 지금 연기하는 겁니다, 하고 말할 거 같은 불길한 예감도 들었다.

"그럼 네 나이가 몇 살인 줄은 알아?"

"알아, 안다고. 그리고 요즘 다들 서른 넘어서 해. 나 이제 스물아홉이고, 내년이면 서른이고, 얘 제대해도 서른둘이야. 그렇게 안 급하다고."

소라는 내 딸이 저렇게 계산을 잘하는지 몰랐다는 눈빛을 지어 보였다. 그와 동시에 너는 안 급하지만 나는 급하다는 눈빛도 진별을 향해 보냈다.

"엄마, 이 정도 하면 되지 않았어요? 그냥 인사하러 온다는 거였지, 엄마더러 남자 호구조사 하라고 하진 않았잖아."

말이 더 길어지기 전에 상황을 정리하자 싶어 진별이 먼저 몸을 일으켰다. 그 후 태현도 일어나라는 듯이 옷깃을 슬쩍 잡아당겼다.

10년이면 강산도 변한다는데 벌써 강산이 두 번은 변하고도 남을 시간 동안 윤혁은 한 번도 한국으로 오지 않았었다. 태어나고 10년 넘게 자랐던 공간의 향수가 그리워 당장이라도 다시금 한국으로 돌아올 것만 같았는데 말이다.

참으로 오랜만에 한국으로 돌아왔다. 예상보다는 훨씬 일찍. 아버지의 부탁과 자신이 맞선을 볼 사람이 진별이 아니라면 이렇게 서둘러 들어오지는 않았을 것이다. 급하게 돌아온 탓에 아무래도 집에는 비어 있는 것이 많았다. 아버지가 부족함 없이 채워놓기는 했어도 세세한 것들은 필요했다.

일을 시작하기 전 자신에게 필요한 물건을 채우기 위해 백화점으로 온 터였다. 자신이 한국에 없던 사이 백화점도 많이 변해 있었다. 눈을 조금만 돌려도 화려하고 반짝이는 것들이 여기저기 즐비해 있으니 사람들의 시선을 끄는 것도 충분했다. 평일 점심시간임에도 불구하고 많은 사람들이 백화점에 있었다.

"1층 화장품 매장에 이진별 있대."

"이진별?"

"오늘 거기서 팬 사인회 한다는 거 같은데?"

남성복 매장에서 옷을 고르던 중년의 여성 3명이 친구의 말을 듣고 우르르 급히 빠져나갔다. 평소 같으면 다른 사람이 나누는 대화를 깊게 새겨듣지 않았을 텐데 이진별이라는 이름에 윤혁도 자연스레 집중하였다.

"오늘 여기서 이진별 씨, 여기서 뭐 하나요?"

"아, 네. 얼마 전에 이진별 씨가 광고에서 바른 립스틱이 인기를 끌어서 팬 사인회 개최해요. 좀 있으면 시작할 거 같은데 고객님도 한번 내려가보세요."

친절한 직원의 설명에 윤혁은 감사의 표시로 고개를 끄덕였다. 맞선을 보기 전에는 우연으로도 마주칠 만한 일이 없을 거라고 생각했었는데 이런 기회가 생겼다. 오늘, 이 시간, 이 백화점에서 진별이 팬 사인회를 한단다. 자연스레 윤혁도 구미가 당겼다.

그동안 미국에서도 진별의 기사나, 출연하는 작품을 간혹 보기는 했어도 실제로는 본 적이 없었다. 그렇기에 윤혁은 더 궁금했다. 어떻게 얼마나 변했을까 하는 기대감도 컸다.

자신이 고르던 넥타이를 잠시 내려놓은 윤혁의 몸은 1층으로 향했다. 1층에 있는 매장 중에서도 어딘지 딱히 보지 않아도 알 수 있을 정도로 한 군데만 사람이 바글바글했다. 벌써부터 사람들이 그 주위를 둘러싸고 있는 탓에 진별의 모습은 윤혁의 시야에 들어오지 않았다.

"진짜 예쁘다."

"그니까."

"난 립스틱 발라도 저런 느낌 안 나던데."

"나도, 나도."

젊은 20대 초반의 여성들이 진별의 얼굴로 이루어진 포스터를 보고 저마다 한마디씩 나누었다. 윤혁이 보기에도 포스터 속에 있는 진별의 모습은 아름다웠다. 물론 립스틱 색마저 그녀의 미모를 한층 더 돋보이게 만들어줬다.

어린 시절 한없이 귀엽던 진별이 어느새 성인이 되어 이제는 만인의 연인이 되어 있었다. 그런 진별의 모습이 윤혁의 눈에는 마냥 신기하게 보였다. 그때의 진별이 연예인이 될 거라는 생각은 하지도 못했었기에.

"언니, 너무 예뻐요."

"감사합니다. 성함이 어떻게 되세요?"

"윤효정요."

"효정 씨가 저보다 더 예쁜걸요?"

사인을 해주며 팬들과 일일이 대화를 나누는 진별의 음성에 윤혁은 얼굴을 보기 전부터 피식 웃음이 흘러나왔다. 어린 시절 진별은 조금만 예쁘거나 잘생긴 사람만 봐도 칭찬을 했었다. 그 모습은 예나 지금이나 변함이 없었다.

진별을 한 번 보고 슬쩍 지나치려던 윤혁은 이유 모를 호기심이 생겼다. 진별이 자신을 기억하는지 테스트해보고 싶었다. 사람들이 진별의 사인을 받기 위해 줄을 서 있는 곳에 윤혁도 자리를 잡고 섰다. 길게 이어진 줄에서도 남자는 윤혁을 포함해서 5명

남짓이었다. 그 남자들 중에서도 윤혁 자신이 나이가 제일 많아 보였다. 학창시절에도 연예인의 사인회를 지나쳤는데 이렇게 진별의 사인을 받기 위해 줄을 서게 될 줄이야. 진별의 사인을 받는다고 들떠 있는 사람들의 무리 속에 우두커니 서 있는 자신의 모습이 윤혁은 어딘가 모르게 우스꽝스럽게 느껴졌다.

"우리 딸이 진별 씨 팬이에요."

"감사합니다. 어머님도 저 좋아해주세요."

"그럼요. 나도 진별 씨 팬인걸요."

"어머! 어머님은 특별히 사인 크게 해드릴게요."

서서히 자신의 차례가 다가올수록 진별의 얼굴이 윤혁의 눈에 들어왔다. 중년의 여성과 가볍게 농담을 주고받으면서 사인을하는 진별의 모습을 윤혁은 뚫어져라 바라봤다. 사인을 다 한 진별이 환하게 웃으면서 그 종이를 팬에게 내밀었다.

진별의 웃음을 본 윤혁은 눈을 뗄 수가 없었다. 순간 옛날 진별의 모습이 같이 오버랩되어 떠올랐다. 예쁘다는 말로는 다 표현할 수 없을 정도였던 진별의 웃는 모습.

그녀는 딸기우유 하나에 좋아서 방방 뛰던 귀여운 꼬맹이 대신에, 어린 시절의 그 웃음을 간직한 채로 어엿한 숙녀가 되어 있었다.

"이모, 이모."

노란색의 모자를 쓴 남자아이가 진별을 가리키며 이모라고 불렀다. 꼬마를 발견한 진별이 자리에서 일어나 아이의 앞으로 걸어갔다.

"몇 살이에요?"

"네 짤."

작고 통통한 손가락 4개를 쭉 펴는 꼬마의 모습에 진별은 귀엽다는 듯이 볼을 한번 만졌다. 진별의 손길에 꼬마도 손을 뻗어 그녀의 뺨에 손을 가져다 댔다.

"이름이 뭐예요?"

우물거리며 자신의 이름을 말하는 꼬마가 귀여운지 진별의 입가에서 포근한 미소가 사라지지 않았다. 꼬마와 약수를 하며 손을 잡아주던 진별이 일어서서 종이에 사인을 했다. 그러곤 조금 전과 마찬가지로 꼬마와 시선을 맞추곤 사인을 한 종이를 내밀었다.

"건강하게 자라렴. 나중에 이모한테 또 사인 받으러 와야 해, 알았지?"

진별의 말을 알아들었는지 꼬마는 고개를 크게 끄덕였다. 그런 꼬마가 귀여워 진별의 웃음이 더 밝아졌다.

쪽.

꼬마가 종종거리며 좀 더 가까이 진별에게 다가가 뺨에 입을 맞췄다. 꼬마의 모습에 주위가 소란스러워졌다. 꼬마의 입맞춤이 좋은지 진별도 꼬마의 뺨에 입을 살짝 맞추고는 자신의 품에 안아주었다.

그런 진별의 모습을 바라보며 윤혁은 자꾸만 옛 생각이 떠올라 저절로 웃음이 흘러나왔다. 엄마의 손을 잡고 멀어져 가는 꼬마와 끝까지 손을 흔들어주고 나서야 진별은 자리에 앉아 다음 사람 사인을 했다.

그렇게 얼마나 더 기다렸을까. 드디어 진별의 앞에 윤혁이 섰다. 조금이나마 떨어진 곳에서 보던 진별과 가까이에서 보는 진별은 또 다른 분위기가 느껴졌다. 어린 시절의 모습은 다 사라졌다고 생각했는데 막상 마주하니 아니었다. 얼굴 군데군데 그 모습이 남아 있었다.

"성함이 어떻게 되세요?"

사인을 하면서 이름을 적어주는 진별이 이름을 묻자 윤혁은 순간 뭐라고 대답해야 하나 갈등했다. 자신을 기억하는지 궁금한 마음을 뒤로하고 윤혁은 자신의 미국 이름을 말했다.

"감사합니다."

진별은 사인을 한 종이를 건네주면서도 눈치채지 못한 것인지 아무런 말이 없었다. 진별의 사인이 담긴 종이를 한 손에 쥐고 뒤돌아서는 윤혁은 한편으로는 씁쓸했다. 정말 자신을 못 알아보는 것인가 하고.

"음……."

그런데 문득 멀어져 가는 윤혁의 뒷모습을 바라보던 진별이 눈살을 찌푸렸다. 어딘가 모르게 닮은 남자다. 자신의 기억 속에 남아 있는 오빠의 모습과. 그러나 얼굴을 봐도 도무지 매치가 되지 않았다. 어린 시절 기억에 어렴풋이 남아 있는 윤혁의 모습을 떠올려서 현재의 모습을 상상하는 게 쉽지는 않았다. 멀어져 가는 남자의 뒷모습과 얼굴이 아주 잠깐 뇌리에 맴돌았지만 진별은 세상에 비슷한 사람은 얼마든지 많다며 그냥 지나쳤다.

진별의 사인을 손에 든, 윤혁은 씁쓸한 미소를 지으며 발걸음을 옮겼다.

그날 저녁, 윤혁은 어릴 적 친구와 만나기로 되어 있었다. 그는 마침 백화점에 간 김에 선물로 넥타이 하나를 샀다. 넥타이가 담긴 종이 백을 손에 든 윤혁이 약속장소로 걸어가고 있었다.

"응, 맞아."

저 멀리서 선글라스 끼고 긴 머리를 풀어 헤친 여자가 청바지에 루즈한 스타일의 와이셔츠를 입고 통화를 하며 걸어오고 있었다.

"난 도착해서 걸어가고 있어. 어디야?"

밝은 음성으로 전화를 이어가며 걸어오는 여자의 모습이 어딘가 모르게 낯이 익었다. 어디서 봤지. 그런 생각을 하고 있을 무렵 윤혁은 멀리서 걸어오고 있는 여자가 진별이라는 것을 알 수 있었다.

길게 이어진 복도에 있는 사람은 윤혁과 진별뿐. 윤혁의 시선이 자연스레 진별에게 집중되었다.

"응, 그러니깐 그게…… 앗!"

뭘 꺼내려고 한 것인지 작은 클러치 안으로 손을 넣으며 걷던 진별은 몸이 옆으로 갸우뚱거리며 넘어졌다. 윤혁은 한 치의 망설임도 없이 뛰어갔다.

"괜찮으세요?"

"아, 네."

민망하고 아픈 것까지 합쳐져 진별은 인상을 찌푸렸다. 어린아이도 아니고 앞을 보지 못해서 발이 꼬여 넘어진 자신이 마음에 들지 않았다.

"어디 다치신 데는 없으세요?"

걱정스러운 마음에 윤혁이 물어봤지만 진별은 대답 대신에 고개만 두어 번 끄덕일 뿐이었다. 진별이 휘청거리며 윤혁의 도움을 받아 바닥에서 일어났다.

"고맙습니다."

"별말씀을."

진별은 자신을 도와준 낯선 남자를 향해 고개를 숙여 인사를 한 다음 발길을 바삐 움직였다. 진별의 뒷모습을 바라보며 윤혁이 눈살을 살짝 찌푸렸다. 벌써 두 번째 만남이군. 보기만 해도 아찔한 높이의 구두를 신은 진별의 모습이 윤혁의 두 눈에 밟혔다.

"푸하하."

사무실 안에서 얌전히 앉아 침묵 중인 진별인 데 반해, 하나의 웃음소리는 한 시간이 넘도록 쩌렁쩌렁하게 울렸다. 하나의 웃음소리가 커지면 커질수록 진별의 표정은 굳어졌다.

"천하의 이진별도 어쩔 수 없구나."

"너 때문이야!"

"내가 뭘?"

"네가 연극을 생각하지만 않았어도 내가 구질구질해지지는 않잖아!"

잔꾀를 생각한 것은 하나 쪽이었지만 그걸 얼씨구나 받아들인 쪽은 진별이었다. 엄연히.

"널 믿은 내가 미친년이지! 누굴 탓하냐고!"

"네가 먼저 나더러 무슨 방법 없냐고 했잖아. 그걸 선택한 건 너거든."

실컷 도와줬더니 돌아오는 말이 타박이자 하나는 진별을 향해

버럭 소리를 질렀다. 지금 이 상황에서 진별이야 죽을 맛이지, 이 상황을 지켜보는 하나에겐 웬만한 코미디 프로그램보다 재미있었다. 남의 불행이 자신의 행복이라고 하더니 딱 그 꼴이었다.

"두 시간만 참아."

네가 참아봐. 자기는 한 시간도 못 참을 것이.

"이진별 인생에 그냥 스쳐 지나가는 추억이 될 이야기라고 생각해."

넌 맞선이 스쳐 지나가는 추억이니.

"정 안 되면 연기하는 데 도움이 되는 일이라고 생각해. 연기 수업 정도?"

경력 10년의 연기자가 이제 와서 뭔 연기 수업? 그것도 누가 실전으로 맞선을 보냐고.

"남자 얼굴이랑 몸매 뜯어보면서 점수나 매기든가. 그럼 시간이 잘 가니까."

맞선 전문가 신하나 님의 말씀이니 새겨듣겠습니다. 근데 그 점수도 매기지 못할 정도의 최악의 남자면?

"어머니가 어련히 좋은 남자를 골랐겠어."

엄마의 눈썰미는 나도 인정한단다. 근데 엄마랑 결혼한 것 빼고는 사람 보는 눈이 아주 많이 낮은 아빠가 문제라고.

"난 솔직히 어머니가 고른 남자가 궁금하다?"

그럼 네가 대신 나가든가. 개똥도 약에 쓰려면 없다더니 하필이면 이럴 때 넌 내일모레 애를 낳을 만삭의 몸이냐?

"아주 잘생겼을 거 같아. 그리고 키도 훤칠하게 클 것 같아. 음…… 아이돌 같은 꽃돌이는 아니더라도 웬만한 인물은 될 것 같다 말이지."

사진조차 보지 못한 남자에 대해서 상상도 참 풍부하구나.

"100점 만점에 90점은 될 거 같은 남자일 거야. 인물도 좋고 직업도 좋고……."

쯧. 남자의 얼굴이나 직업도 듣지 못하고 맞선 자리에 대해서 열심히 소설을 쓰는 하나를 바라보고 있자니 진별은 저절로 혀가 차졌다. 어쩜 이렇게 아직도 철이 없을까 하고.

"넌 잼있지? 이 상황이 아주 재미있어 죽겠지?"

"응."

더더욱 얼굴이 구겨진 진별을 앞에 두고도 하나의 입가에서는 즐거운 미소가 사라지지 않고 있었다.

"으음……."

그런데 한순간 미친 듯이 웃어젖히며 흥분감에 들뜬 10대 소녀 같았던 하나가 진별의 얼굴을 똑바로 바라보며 물어왔다.

"어머니가 정말 뭐라고 하신 거야?"

연극이 거짓이었다는 것을 들킨 이후 진별은 소라 때문에 맞선을 결심했다. 그러하니 소라가 뭐라고 했는지 궁금한 것은 당연했다.

"그냥……. 자기 때문에 결혼 싫다고 하는 거냐고 말씀하시면서 눈물지으시는데 뭐라 할 말이 없더라. 솔직히 엄마…… 잘못은 아니잖아."

맞다. 엄마인 소라의 잘못이 아닌…… 그 빌어먹을 놈이 문제니까. 그런 이유도 모른 채 자신의 탓인가 눈물지으시는 엄마의 모습에 진별은 맞선을 봐야 한다는 생각이 들었다. 친자식도 아닌 아이를 하나도 아닌 둘이나 친자식 그 이상으로 사랑을 베풀어 감싸 안으며 키워주신 분이니까.

금별과 자신이 소라의 친자식이 아니라는 기사가 인터넷을 도배하고 있을 무렵에, 잠이 들어 있는 자신에게 엄마가 그랬었다. 이제 더 이상 우는 일이 없도록 해주겠다고. 세상 사람들 입방아에서 지켜주겠다고…….

누구보다 강하게 자신을 감싸 안아주며 지켜주었던 엄마인 소라가 그런 말을 할 줄은 몰랐다. 부모의 잘못된 결혼의 시작이 상처가 되어 그런 것은 아닌가 하는 생각을 하는 소라를 보는 순간 진별은 깨달았다. 말도 안 되는 연극을 꾸민 자신의 생각이 잘못되었다는 것을……. 그것이 오히려 엄마에게 큰 상처를 줬다는 것을 알아버렸다.

"난 엄마가 그런 생각을 하는 줄 몰랐어. 엄마가 그 말씀을 하시는데 내가 참 불효를 저질렀다는 생각이 들더라? 스물아홉이나 먹은 딸이 의젓하게 행동하지는 못할망정 오히려 속이나 썩이고……."

말끝을 흐리는 진별을 바라보며 하나도 말을 삼켰다. 철없이 친구를 도와주겠다는 일념 하나에 생각해낸 잔꾀가 이렇게 꼬일 줄이야. 진별의 말처럼 의젓하게 행동하지는 못할망정 하나는 자신이 한심하다는 생각이 들었다.

"오래 기다렸지? 옷 골라봐."

사무실의 문이 열리며 윤영이 다섯 벌의 옷을 들고 들어왔다. 아빠에겐 친한 친구이자 엄마에겐 좋은 언니인 윤영은 언제나 한결같았다. 나이에 어울리지 않게 해맑은 웃음을 짓는 것에서부터 말이다.

"너무 다 예뻐요. 내가 다 입고 싶어!"

배불뚝이 만삭이 되어버린 자신의 처지를 한탄하는 듯한 하나의 말에도 불구하고 진별은 별다른 감흥이 생기지 않았다. 엄마를 생각하면 제일 예쁜 옷을 골라 입고 나가야 하지만 맞선이라는 존재를 생각하면 이런 옷들이 아까워졌다.

"옷이 아깝다."

"응?"

"이모의 멋진 작품을 입고 나가서 처음 보는 남자한테 보여줘야 한다는 점에서 옷이 아깝다고."

혼자 속으로 삭이지 않고 겉으로 뱉어버린 진별의 말에 하나는 고개를 끄덕이다, 이내 자신의 의견을 말했다. 진별과 전혀 다른 생각을 말이다.

"난 오히려 매일 보는 사람보다는 낯선 사람에게 보여주고 싶어. 한 번을 보더라도 날 어쨌든 예쁘다고 기억할 거 아니야."

"난 싫어. 처음 보는 사람에게 뭣하러 예쁘게 보여야 하냐고."

"이왕 나가야 하는 거 좋게 생각해. 꾸미고 나가기 싫으면 차라리 몸뻬를 입고 나가든가."

몸뻬……. 하나의 말에 진별은 입가에 미소를 지었다. 장난기 가득한 모습으로.

"이모!"

"응?"

"몸뻬 없어?"

순간 진별의 말에 윤영은 놀라 눈을 크게 떴고, 하나는 어이가 없어 피식하며 웃었다. 진별의 속을 굳이 들여다보지 않아도 훤히 보이니 말이다.

"이진별 미쳤구나."

"정상이야. 이모, 없어?"

"몸뻬는 왜?"

"맞선에 입고 나가려고."

진별의 말뜻을 그제야 알아차린 윤영은 실소를 터트렸다. 맞선을 나가야 하는 애가 몸뻬를 찾으니 뭐라 말하겠는가. 그저 엉뚱한 생각으로 여기며 윤영은 자신이 골라온 옷들 중에 제일 마음에 드는 옷 한 벌을 골라 진별에게 내밀었다.

"이모는 이 옷이 제일 좋아. 진별이는 어때?"

"몸뻬 없냐고!"

"대한민국 어느 디자인 의상실을 가봐. 몸뻬가 있는가."

"이모, 난 지금 심각해."

"이모도 심각해."

엉뚱한 진별의 생각을 무시하기로 작정한 윤영은 계속해서 옷들을 차례로 내밀었다. 옷들의 장점과 단점을 말하면서.

"몸뻬 좀 구해달라고!"

그로부터 한참이나 더 윤영의 사무실에서는 진별의 몸뻬 타령이 계속되었다.

싫다. 정말로 싫다. 지금 이 자리에 앉아 있는 자신도 싫고 값비싼 액세서리며 옷도 아깝다. 싫어도 엄마를 위해서 참자. 엄마의 웃는 얼굴을 위해서 죽을 만큼 싫어도 맞선을 참자. 두 가지의 이질적인 마음을 왔다 갔다 하며 진별은 스스로를 납득시키고 있었다. 자신의 앞에 앉아 있는 낯선 남자를 바라보면서 말이다.

"반갑습니다, 헨리입니다."

"이진별입니다."

아주 자연스레 영어 이름으로 인사하는 모습도 진별은 별로 마음에 들지 않았다. 외국에서 살다 왔어도 그렇지, 분명 한국 사람이지 않은가.

"몇 살이세요?"

"제 나이도 모르고 나오셨나요?"

"네."

맞선 시작 10여분 만에 나이를 물어보는 진별의 행동은 당당했다. 엄마에게 듣기는 했지만 제대로 기억이 나지 않았다. 대충 감을 잡아 아는 척을 하는 것보다는 그냥 다시 물어보는 것이 좋을 것 같아 택한 터였다.

"예의가 없으시네요."

"네?"

"맞선을 나오면서 상대방에 대한 기본적인 정보는 숙지하고 나오는 것이 상대편을 위한 예의입니다."

인물로 보자면 그다지 깐깐하게 생기지 않은 남자가 입을 여니 까칠하다. 까먹어버린 자신의 탓도 있지만 그걸 가지고 예의를 운운하는 남자를 바라보고 있자니 상당히 재수 없다.

"서른넷입니다."

"늙으셨네요."

"네?"

"늙다리라고요."

까탈하게 군 남자의 태도가 마음에 들지 않아 진별은 괜스레 늙다리라는 말을 했다. 맞선 자리에 나오는 남자들 대부분이 서른이 넘었으니 서른넷이면 괜찮은 편이다. 그렇지만 진별은 헨리가 자신보다 훨씬 늙은 남자라는 것을 상기시켜주고 싶었다. 뭐, 훨씬까지는 아니지만 말이다.

"그러는 그쪽도 늙어 보이네요."

"네?"

"TV에서는 20대 초반처럼 보이더니 실제로 뵈니 30대처럼 보이네요. 연예인으로서 관리 좀 하셔야겠네요."

평평한 일직선을 이루는 남자의 말투에 진별은 더 어이가 없어졌다. 뭐가 어쩌고 저째? 30대? 그러는 댁은 40대라고 말해주고 싶었지만 진별은 꾹 눌러 참았다. 관리를 잘 받은 덕에 아직까진 20대 초반으로 보는 동안 페이스를 보고 늙었…… 단다.

"눈가에 주름이 더 자글자글해지기 전에 신경 쓰세요. 아직 결혼도 안 하신 미스 여자 연예인이 눈가에 주름이 잡히면 안 되는 거 아닌가요?"

"저한테 신경 쓰지 마시고 댁이나 신경 쓰세요. 댁이 훨씬 더 늙어 보이거든요!"

순간 화르륵 끓어오르는 성격을 참지 못하고 진별은 꽥 하고 소리를 질렀다. 정말 이 남자 마음에 안 든다. 뭐, 이런 남자가 다 있는가. 맞선 자리에 나온 여자더러 한다는 말이 주름과 관리의 필요성이라니. 남자의 그럴싸한 외모와 겉모습을 보며 참으려 했는데 도저히 못 봐주겠다.

"더 이상 여기 앉아 있을 필요가 없겠네요."

맞선을 시작한 지 15분 만에 진별은 자리에서 일어났다. 엄마의 얼굴을 생각해서라도 밥이라도 먹자 싶었는데 이젠 그러고 싶은 마음도 사라진 후였다.

"하나도 안 변했네."

자리에서 일어나 핸드백을 챙기는 진별을 바라보며헨리, 아니 윤혁이 낮게 중얼거렸다. 그의 말을 진별은 들었지만 그다지 신경 쓰지 않았다.

"예나 지금이나 다혈질 성격은 그대로군."

뭔가를 안다는 듯이 말하는 윤혁을 그냥 지나치지 못하고 진별은 시선을 옮겼다. 그러곤 무슨 말인지 설명하라는 듯이 바라봤다.

"앉으시죠."

"그쪽이 저에 대해서 얼마나 아신다고 예전이랑 변한 게 없다는 건가요."

"기억을 못하는 모양이군."

한쪽 입꼬리를 끌어 올리며 웃는 윤혁을 바라보고 있자니 진별의 표정은 뒤틀렸다. 아까 전과 달리 반말로 사람을 약 올리는 것 같은 윤혁이 진별은 마음에 들지 않았다.

"언제 저랑 만난 적이 있나요?"

"외모만 늙어 보이는 줄 알았는데 뇌도 늙었군."

뭐, 뭐라고? 뇌도 늙어? 진별은 윤혁의 한마디에 눈을 가늘게 뜨며 온갖 인상을 찌푸렸다. 정말 마음에 들지 않는 남자다. 대체 엄마는 이런 남자를 뭘 보고 좋은 사람이라고 맞선을 주선했을까. 이젠 남자가 싫은 것을 넘어서 엄마의 사람 보는 눈을 의심해야 할 것 같다.

"우리가 언제 어디서 만났는지 궁금해?"

"반말 쓰지 마시죠."

"이진별 씨보다 내가 나이가 훨씬 더 많은데 반말 좀 쓴다고 잘못된 건 아니지. 진별 씨 말대로 난 늙었으니."

방금 전 자신이 했던 말을 그대로 역이용하는 윤혁으로 인해 진별은 어이가 없어 숨을 거칠게 내쉬었다. 정말 이 남자의 어딜 보고 엄마가 좋다고 한 건지 점점 더 궁금해졌다. 진별에게는 윤혁에게 좋은 점이라고는 하나도 보이지 않았다.

"지금 분위기에 다정히 마주 앉아서 밥을 먹을 분위기는 아니니 밥은 다음 기회에 먹지."

"누가 그쪽이랑 다음에 만나서 밥 먹는다고 했어요?"

"만나게 될 테니까."

진별은 서서히 이 남자의 정신세계도 파헤치고 싶다. 다음에 만나게 될 테니 그때 밥을 먹잔다. 맞선에서 이런 식으로 헤어지는 남녀도 없을 테지만, 이렇게 헤어지고 다시 만나서 밥을 먹는다는 것은 더더욱 없을 일이다.

"숙제 하나 내지."

"……."

"다시 만나기 전까지 우리가 어디서 만났는지 떠올려봐."

"다시 만날 일은 없을 테니 생각할 필요도 없겠네요."

"만약 기억하지 못하면 두고 보자고. 이진별이라는 여자한테 내가 뭔 짓을 할지 모르니까."

사람을 약 올리는 것 같으면서도 은근한 협박처럼 들리는 남자의 말투에 진별은 순간 흠칫했지만, 그렇지 않은 척 소리쳤다.

"두고 보자는 사람치고 무서운 사람 없네요."

4. 인연? 원수?

짧게 끝이 나버린 맞선을 떠올리며 윤혁은 자조적인 미소를 지었다. 다른 사람들이 본다면 허무하다고 할 테지만 윤혁에겐 그렇지 않았다. 오히려 진별과 21년 만의 재회치고는 강렬하다는 생각만 들었다. 까칠하고 재수 없게 보일 수 있는 행동으로 일관한 맞선이었다. 처음엔 진별과 다시 만나 어떠한 맞선을 할지에 대한 기대감이 컸었는데 전혀 다른 엉뚱한 방향으로 번져 버렸다.

21년 전의 일을 전혀 기억하지 못하는 것은 봐줄 수 있었다. 사람마다 기억을 하는 관점이나 능력이 다른 법이니까. 그러나 맞선자리에 나오면서 상대방에 대한 기본 정보도 없이 나왔다는 것이 윤혁의 신경을 건드린 것이다. 덕분에 자연스레 윤혁도 진별이 보기엔 재수 없다고 느낄 만큼 대응했다. 더불어 처음부터 얼굴 가득 못마땅하다는 것을 팍팍 티내는 진별을 보고 있자니 윤혁도 괜스레 거기에 맞춰서 행동하게 되었다. 물론 진별의 입장에서는 자신이 상당히 재수 없게 보일 수도 있을 테지만.

달라진 것이 있다면 어릴 적에는 '진별아' 하면서 편하게 이름을 불렀는데 '진별 씨'라고 부르려니 여간 낯간지러운 것이 아니었다. 얼른 진별이 기억을 해서 편하게 이름을 다시금 불러보고 싶은 마음이 가득했다. 반대로 여전한 것이 있다면 바로 진별의 성격. 예나 지금이나 못마땅한 것을 그대로 드러내고 하고 싶은 말을 다 하는 것은 그대로였다. 크면서 조금은 달라졌을 줄 알았는데 전혀 바뀌지 않았다. 아니, 오히려 그 성격이 더 짙어졌다는 쪽에 가까웠다.

예상과 달리 어긋나버린 맞선에 대한 불만은 전혀 없다. 오히려 진별에게 숙제를 하나 던져주고 왔으니 나름 만족하는 편에 속했다. 다른 사람들처럼 같이 밥도 먹고 집까지 데려다 줬으면 더 좋았을 테지만.

"기억해라, 꼭……."

만약 기억하지 못한다면 예고했던 대로 할 생각이었다. 아직 정확히 뭘 할지는 정하지 않았지만. 기억을 하지 못한다면 자신이 하고 싶은 것을 할 수 있으니 좋은 것이기도 했지만, 반대론 씁쓸한 일이기도 했다. 몇 번 되지 않는 만남이지만 윤혁은 진별이 꼭 기억해줬으면 하는 마음이 더 컸다.

"오빠 다른 여자랑 결혼하지 마! 진별이랑 해!"

미국으로 떠나는 13살 자신에게 진별이 해준 말이었다. 아마 지금의 진별은 자신이 저런 말을 했다는 것을 기억조차 하지 못하는 것 같았다. 보지 않고 지내온 시간이 길었다고 해도 서운한 것은 어쩔 수 없었다. 그럴 때마다 윤혁은 스스로를 다스렸다. 21년이라는 시간이 많이 길었다고. 진별이 기억하지 못하는 것이 당연하다고…….

추억도 윤혁에겐 소중한 것들이었다. 낯선 땅에서 생활을 하면서 외로울 때면 진별과의 작은 추억이 윤혁에겐 큰 힘이 되었다. 이 세상에 홀로 떨어졌다고 생각할 무렵 그에게 진별은 별과도 같은 빛이 되어주고, 나무 같은 든든함을 느끼게 해주었다.

다음 날, 윤혁은 어제와 상반된 분위기였다. 검은색 양복에 검은색 넥타이까지 맞춰 입은 윤혁은 어딘가 모르게 긴장한 듯이 보였다. 마음은 분명 들떠 있는데 떨리는 심정은 숨기기 힘들었다. 거울을 보며 똑바로 맨 넥타이를 다시금 다듬었다. 그러곤 괜스레 양복 재킷 깃을 한번 세웠다. 이런 식의 작은 행동에서 현재 윤혁이 떨고 있음이 나타나고 있었다.

어젯밤에 옷장에 있는 검은 양복이란 양복은 다 뒤져서 고른 거였다. 몇 번이나 입어보고 벗고를 반복해서 고른 옷이 이상할 리 없었다. 좀 더 멋지게 보이고 싶은 마음에 윤혁은 다시금 옷장을 열어젖혔다. 그러곤 어젯밤에는 마음에 들지 않아 걸어두었던 양복을 꺼내 들었다.

입고 있던 양복을 벗으려는 순간 초인종 소리가 울렸다. 아침 일찍부터 찾아올 사람이 없는 터라 윤혁은 의문의 표정을 지으며 걸어갔다.

"누구세요?"

"나다."

의문을 품었던 것이 허무할 정도로 아침부터 찾아온 사람은 아버지였다. 윤혁은 금세 환한 표정으로 현관문을 열고는 성욱을 맞이했다.

"어서 오세요."

"반갑게 맞아주니 고맙구나."

"아버지를 반갑게 맞이하지, 그럼 왜 오셨냐고 그래요?"

"누군 그러더구나."

불과 얼마 전에 있었던 일을 떠올리며 성욱은 약간 떨떠름한 기색을 잠시 드러냈다. 말을 하지 않아도 대략 짐작이 가는 상황에 윤혁은 피식 웃음이 났다.

"보균이한테 갔다 오셨어요?"

"얼마 전에 갔더니 왜 왔냐고 대뜸 따지더군."

갑작스레 윤혁의 머리에 보균과 성욱의 모습이 그려졌다. 평소 자기 방에 들어가는 것도 허락을 맡고 들어가야 할 정도로 자신만의 스타일이 강한 보균이었다. 그렇기에 연락도 없이 갑작스레 찾아간 성욱이 달갑지 않았을 것이다.

"연락 좀 하고 가시지 그러셨어요."

"아버지가 아들 집에 찾아가는데 꼬박꼬박 연락을 해야 하는 거냐?"

자신의 핏줄임에도 불구하고 어찌 그런 녀석이 태어났는지. 성욱의 눈에는 그저 보균의 행동이 유전자가 변형된 돌연변이로 보였다. 반면 윤혁은 언제 와도 반갑게 맞아주니 성욱으로서는 보균과 비교하지 않을 수 없었다.

"보균이 성격 아시잖아요."

윤혁의 말에 성욱은 말없이 고개를 절레절레 흔들었다. 이럴 때면 친아들인 보균과 양자로 들인 윤혁과 저절로 비교가 되었다. 예전부터 보균보다는 윤혁이 아픈 손가락이었기에 조금 더 마음이 기울었다. 그 기울임이 이제는 확연하게 티가 날 정도였다. 윤혁이나 보균이 아프다고 말을 들으면 새벽이라도 뛰쳐나가긴 하지만 조금 더 신경이 쓰이고 안달이 나는 쪽은 항상 윤혁이었다.

"기분 푸세요. 근래에 작업이 잘 안 풀리는 거겠죠."

"작업이 아니라 여자 문제는 아니고?"

"자세히는 모르겠지만 보균이 말로는 조만간 미니시리즈 하나 들어간대요."

드라마 작가인 보균이기에 가능한 핑계였다. 일에 착수하면 까칠함은 하늘을 찌르고 신경질은 전 세계를 제압시키고 남을 정도였다. 그렇지만 이것도 아버지인 성욱에겐 통하지 않았다. 간혹가다 여자 문제로도 까칠함을 보였기에.

"동생이라고 감싸고 싶은 거냐?"

성욱의 질문에 윤혁은 아무런 말 없이 웃음으로 답을 대신했다. 어린 시절부터 보균이 사고를 치면 윤혁은 수습하고 감싸주기 급급했다. 그 행동이 성인이 되어서도 쭉 이어졌다. 바로 지금처럼.

"아버지가 옷 좀 봐주세요."

말을 돌리기 위함이기도 했지만 윤혁은 답답하던 차였기에 한

번 물어보는 것도 나쁘지 않을 것 같았다.

"아……."

갈아입으려고 했던 양복을 거실로 가지고 나오고 나서야 윤혁은 멈칫했다. 낳아주신 아버지의 산소에 가기 위해서 그동안 길러주신 아버지께 옷에 대한 망설임을 말한다는 것이 왠지 성욱에게 죄를 짓는 기분이 들었다.

"괜찮다."

"……."

"오늘 네 아버지 좋아하시겠구나. 항상 나만 가다가 아들이 찾아가니 얼마나 기쁘겠니."

너그러운 미소를 지으며 성욱은 아무렇지 않다는 듯이 굴었다. 그런 성욱의 행동이 윤혁의 마음을 더 아프게 만들었다. 뭐든지 친자식인 보균보다 앞서서 자신을 챙겨준 아버지였기에 성욱은 낳아주신 아버지 그 이상의 존재였다. 겉치레에 불과한 호의가 아닌 진심으로, 물질적인 것보단 마음으로 윤혁을 지금껏 기른 사람이 성욱이었다.

"어디 보자……."

"아버지…… 죄송해요."

"뭘 말이니?"

"전부 다요. 지금까지 힘들게 길러주셨는데 낳아주신 아버지 보러 간다고 들떠하는 제 모습이 너무 한심해요."

한심하다 못해 바보스럽게 보일 정도였다. 21년 여 만에 찾아가는 것이라 들뜨는 것이 당연하기도 했지만 그런 모습을 성욱에게 보이니 죄송스러웠다. 여태껏 키웠더니 역시나 친아버지를 찾는 것인가 하고 성욱이 씁쓸해 할 것 같다는 생각도 들었다.

성욱은 묵묵히 윤혁을 끌어안았다. 그러곤 어린 시절 슬픔에 잠겨 울던 윤혁을 끌어안고 해줬듯이 등을 천천히 쓸어내렸다. 어린 시절엔 괜찮다, 실컷 울어, 남자라도 내 품에서는 울어도 괜찮다, 라는 뜻이었다면 지금은 달랐다. 괜찮다, 네가 네 아버지를 생각해도 하나도 서운하지 않단다, 잘 커줘서 고맙다, 라는 뜻이었다. 똑같은 것이 있다면 예나 지금이나 성욱은 윤혁을 1번으로 생각하고 배려한다는 점이었다.

"당연한 거지. 네 아버지가 오늘 너를 보신다면 무척 좋아하실 거다. 아마 그 성격에 무덤을 뚫고 나올지도 모르겠구나. 이렇게 멋지게 성장한 널 보고는 하늘에서 좋아할 거다."

불과 얼마 전에만 해도 마주 앉아 불룩하던 배를 쓰다듬으며 도란도란 이야기를 나누던 친구가 현재는 출산을 하고 침대에 누워 있었다. 엄마, 하나의 모습이 진별의 눈에는 생소하고 낯설었다. 물론 믿겨지지도 않았다. 남산만 하다 못해 곧 뻥하고 터질 것 같던 배가 사라진 것을 보니 아이를 낳은 것 같기도 하면서도 실감은 나지 않았다.

"애기 얼굴 봤어?"

"응."

"어때? 예쁘지?"

"예쁘기는. 얼굴도 벌겋고 쭈글쭈글하니 못났어."

"야!"

진별의 말에 하나는 불과 몇 시간 전에 아이를 낳은 산모라는 것을 잊어버린 듯 병실이 떠나가라 소리쳤다. 애를 낳아도 성격은 못 고친 하나의 행동에 진별은 혀를 찼다. 보통은 아이를 낳고 엄마가 되면 마음이 너그러워진다는데 그런 것은 하나에게는 전혀 해당 사항이 없음을 몸소 실감하고 있었다.

"여기 산부인과거든? 다른 산모들 놀라겠다."

"내 새끼가 못났다는데 소리 안 지를 엄마가 어딨어!"

"태교는 제대로 못하더니 모성애는 어지간하군."

"누구 때문에 태교를 못했는데."

여기서 더 말을 해봤자 분명히 뒷말은 불을 보듯 뻔했다. 자신 때문에 못했다고 고래고래 소리칠 하나의 모습이 떠올라 진별은 입을 다물었다.

"넌 말을 해도 친구……!"

"애보고 못났다고 해야 오래 산다고 하더라."

갓 태어난 신생아가 그렇듯 하나의 아이라고 별다른 바는 없었다. 얼굴은 벌겋고 아직까지 쭈글쭈글했다. 그럼에도 불구하고 엄마로서 자식이 못났다는 말을 듣는데 어느 누가 욱하지 않겠는가. 마지막까지 한마디 더 하려고 했지만 하나는 진별의 말에 막혀 하지 못했다.

"그건 뭔 말이야?"

"옛날에는 태어나도 빨리 죽는 아이들이 많아서 어른들이 일부러 못났다고 했다고 하더라. 예쁘다고 하면 삼신할머니가 샘내서 데리고 간다고."

생각지도 못한 진별의 말에 하나는 저절로 입꼬리가 스물스물 올라갔다. 방금 전의 기분 나빴던 말이 다 자신의 아기를 위해서 한 말이라고 생각하자 저절로 욱했던 마음은 눈 녹듯 사르르 사라졌다.

"하여간에 성질머리하고는."

"그러게…… 누가 말을 그렇게 하래!"

"넌 한국사람 말은 자고로 끝까지 들어보라는 것도 모르냐?"

"쳇!"

할 말이 없어진 하나는 민망한 마음에 괜스레 고개를 옆으로 홱 하고 돌렸다. 듣다 보니 진별의 말이 틀린 것이 하나도 없었다.

"너…… 사무실로 가야 하지 않아?"

고개를 돌린 채로 생각을 하다 보니 지금 진별이 여기에 있다는 것이 이상해진 하나가 재빨리 질문을 했다. 산부인과로 오면서 진별에게 전화를 하자 매니저가 대신 받아 촬영 중이라는 말을 했다. 오늘 사무실에 새 사장이 온다는 말과 함께. 새로 온 사장이 진별을 보고 싶어 해서 오늘은 곧장 사무실로 가야 한다고 했는데, 어찌 된 것인지 진별은 산부인과로 먼저 온 터였다.

"가야지."

"사장이 새로 취임해 왔다는데 여기로 오면 어째!"

"내 친구가 애를 낳는다고 병원에 갔다는데 어떻게 내가 곧장 사무실로 튀어가. 너 먼저 보고 가는 것이 당연하지."

말은 하지 않았지만 진별은 촬영을 하면서도 마음은 이미 산부인과에 도착해 하나의 곁에 와 있었다. 매니저를 통해 진통이 와서 병원에 갔다는 말을 듣자 그때부터 두근거리던 마음은 무사히 아이를 낳았다는 소식을 듣고 나서야 진정이 되었다. 그럴 일은 없지만 자칫 아이를 낳다가 하나가 잘못되는 것은 아닌가 하는 불길한 생각도 들었다. 남들이 본다면 진별이 애를 낳는 거 같다며 유난스럽다고 할 정도였다.

"얼른 사무실 가봐. 사장님이 보고 싶어 하신다잖아."

"조금 늦게 간다고 계약 해지하자고 하겠어? 드라마며 영화며 했다 하면 대박 터트려주다 못해서 광고도 알아서 물어다 주는 나 같은 물주를?"

"자뻑도 그 정도면 병이다."

자기 입으로 말한 거지만 한편으론 민망했다. 맞는 말이기도 했고 얼마 전에 인터넷 뉴스에서는 작년 한해 최고의 몸값을 올린 배우 1위로 선정되기도 했었다. 그러하니 딱히 틀린 말은 아니라고 할 수 있었다.

"사장님은 무슨 일 있으신 거야? 갑자기 자리에서 물러나서는 다른 사람한테 넘긴다니까 이상해."

"그러게."

"넌 아무것도 몰라?"

"응. 삼촌이며 엄마도 아빠도 아무런 말이 없더라고. 나도 어제서야 들었어. 삼촌이 사장자리에서 물러난다고."

예전 같으면 사무실로 후다닥 튀어가서 새로 취임할 사장이 누구인지 하나가 재빨리 알아내서 진별에게 알려주고도 남았을 터였다. 그러나 현재 방금 애를 낳은 산모로서 이러지도 저러지도 못하고 있자니 하나는 답답하기 짝이 없었다.

사무실에서 진별을 마냥 기다리기만 하자니 윤혁은 괜스레 마음이 두근거렸다. 오늘은 자신을 기억해줄까 하는 기대감이 조금은 들떠 있었다. 분명 팬 사인회 자리에서 사인도 받고 자신의 이름을 말했음에도 못 알아차린 거는 조금 섭섭했다. 그러나 화면으로만 봐오던 진별은 실제로 보니 훨씬 더 예쁘고 매력적인 여성으로 바뀌어 있었다.

어린 시절의 진별이 마냥 귀엽고 해맑은 모습으로만 자신의 뒤를 따라다니던 꼬마 아가씨였다면 지금은 약간의 까칠함을 가진 20대 여성이었다. 자신이 가진 모습을 팬들 앞에서 솔직하게 드러내는 진별의 모습이 윤혁은 상당히 인상적이었다. 팬들과 가벼운 농담을 한다든가, 포옹이나 악수를 아무런 거리낌 없이 하는 진별의 모습이 윤혁은 보기 좋았다. 물론 꼬마의 뺨을 입을 맞추는 데서는 절로 웃음이 나왔다.

물론 맞선 자리에서의 모습은 실망감이 컸다. 대놓고 나오기 싫었다는 기색을 팍팍 드러내다 못해 까칠한 말을 하는 진별의 모습에 윤혁도 날카로워졌었다. 그럼에도 오늘의 만남이 기다려지고 있었다. 오늘도 까칠한 모습을 보인다면 자신도 어떻게 돌변할지 모르지만 말이다.

어린 시절 진별이 자신에게 해주었던 입맞춤이 기억이 나 자꾸만 웃음이 새어 나오는 거는 어찌할 수가 없었다. 과연 궁금했다. 그녀도 자신에게 해줬던 그 입맞춤을 기억이나 하고 있으려는지 말이다.

아버지의 자리를 물려받아 자리에 앉은 지 얼마 지나지 않았기에 윤혁은 회사 일에 정신이 없었지만 오늘은 하루 종일 일에 집중이 되지 않았다. 진별이 올 시간만 기다려지고 있었다. 언제쯤 온다는 약속을 정한 것도 아님에도 말이다.

"빨리 와라."

자꾸만 궁금해지고 호기심이 생기는 것은 어찌할 수 없었다. 처음엔 맞선 상대가 진별이라는 것이 구미가 끌려 여기까지 왔지만 이젠 달랐다. 어린 시절 진별과 현재 그녀의 모습이 자연스레 겹쳐지면서 자꾸만 관심이 갔다. 물론 오늘의 숙제를 기억해줄지에 대한 의문은 지워지지 않지만 말이다.

"왔어?"

"진별 씨, 안녕."

사무실에 도착해 건물 안으로 들어서자 다들 저마다 진별에게 인사를 해왔다. 진별이 고등학생 무렵부터 봐왔던 사람들이 많은지라 이젠 가족이나 다름없었다.

"우리 진별 씨는 왜 자꾸 예뻐지나 몰라."

"정 대리님 립서비스 시작하시네."

"립서비스가 아니지. 피부에서 아주 빛이 나네."

"그 빛이 어디에 있는지 좀 찾아줘요. 촬영 막바지라 피부 완전 망가졌다니까요."

고등학생의 앳된 진별의 모습부터 봐온 정 대리는 항상 기분 좋게 말을 건넸다. 진별도 기분 좋게 말을 주고받았다.

"요즘 정 대리님은 남편의 사랑이 넘치시나 보네. 나보다 얼굴에 더 빛이 나."

"오호홋. 그래?"

"네, 부러워요."

"얼른 진별 씨도 연애를 하라니까."

결혼한 지 5년이 다 되어가도록 아직도 신혼 같은 분위기를 풍기는 정 대리를 볼 때면 진별도 자연스레 부럽다는 생각이 들었다. 외롭다는 생각은 하지 않았지만 이럴 때면 혼자인 것이 쓸쓸하긴 했다.

"남자를 소개시켜주고 그런 말을 하시라니까?"

"새로 오신 사장님 완전 잘생겼어. 가만히 있어도 포스가 팍팍 풍기는 것이 그야말로 웬만한 연예인 저리 가라야."

평정심을 유지하던 진별의 눈이 새로 왔다는 사장의 이야기에 관심이 저절로 생겼다. 안 그래도 큰 두 눈이 더 커지다 못해 레이저가 뿜어져 나올 만큼 빛이 났다.

"새로 오신 사장님 누구세요?"

"장성욱 사장님 아들."

"사장님 아들?"

정말 사장님 아들? 그럼 보균 오빠인가? 그러나 포스가 풍기니 웬만한 연예인 뺨친다는 것 같으면 100프로 보균과는 거리가 멀었다. 워낙 성격이 털털하고 화끈한 보균에게 포스는 찾아볼 수가 없는 사람이었다. 인물로 따지면 준수하긴 하나 잘생겼다고 보기에는 어려웠기에 진별의 머릿속에 혼란이 가중되었다.

"정말 사장님 아들 맞아요?"

"응. 사장님이 직접 우리 아들 멋지지 않냐고 하시면서 소개하셨는데?"

뭐, 뭐지……? 삼촌한테 내가 모르는 아들이 있다는 생각이 다시금 들었지만 말도 안 되는 상상이기에 진별은 곧 고개를 저었다. 그냥 아들같이 생각한다는 의미겠지. 그런 결론만이 머릿속에 들었다.

"미국에서도 이런 일을 해서인지 몰라도 첫날부터 일에 대해서는 빈틈이 없으셔."

"……."

"아! 진별 씨는 사장님 뵈러 온 거지?"

대화를 잘 나누던 상대방에게서 대답이 들려오지 않자 정 대리는 의아한 표정으로 진별을 바라보았다. 딴생각을 하는 것 같은 멍한 표정을 짓고 있자 정 대리는 진별의 팔을 살짝 비틀어 꼬집었다.

"앗!"

"뭐야, 애인 생각이라도 하는 거야?"

"애인 없는 거 아시면서."

"사람 마음속은 하느님도 부처님도 모르는 법."

지금까지 소속사에 계약된 연기자들이 하나같이 애인 없다고 시치미를 잡아떼더니 어느 날 갑자기 스캔들이 빵하고 터지면 대부분 사실. 이런 일을 하다 보니 정 대리의 신조는 사람 마음속은 하느님 부처님 공자님도 모른다는 것이었다.

"사장님은 계시죠?"

"기다리고 계실 거야."

정 대리를 향해 싱긋 웃어준 진별은 사장실 명패가 붙어 있는 쪽으로 몸의 방향을 틀었다. 한 발자국, 한 발자국 사장실 앞으로 걸어가는 이 순간의 발걸음이 이토록 무거울 수 없었다. 나아갈수록 누군가가 뒤통수를 잡아당기는 느낌도 들고 들어가지 못하게 말리는 기분도 들었다. 뭔가 기분 좋지 않은 예감이었다.

사장실이라고 붙어 있는 팻말을 진별은 지긋이 바라봤다. 아니, 거의 째려보는 것 같은 눈빛으로. 불길한 예감에 들어가지는 못한 채 진별이 할 수 있는 유일한 행동이다. 몇 분을 그렇게 서 있던 그녀가 문고리에 손을 올렸다.

바뀐 사장 보러 가는데 이렇게 뜸 들이는 것도 이상하다. 불길한 예감이 드는 것조차 말이 되지 않기에 진별은 자신의 느낌은 무시한 채 사장실 문을 열었다. 오히려 바뀐 사장이 누군지 궁금한 마음이 더 컸기 때문이다.

그리고…… 곧바로 후회했다. 자신도 여자이거늘, 그 직감을 믿을 걸 하고 말이다.

문을 열기 무섭게 진별은 정말 한 치의 망설임도 없이 뒤돌아서 나오고 싶었다. 자신을 향해 웃으며 인사를 건네 오는 그 목소리만 아니라면…….

"잘 지냈어요?"

저 눈매하며 음성이 낯설지가 않다. 모르는 사람이라고 둘러대기엔 말이 안 된다. 저 사람과 있었던 일이 그다지 유쾌하지도 평범하지도 않았기에.

"이리 와서 앉으세요. 기다리고 있었습니다."

지금 이 순간 진별의 머릿속에 드는 생각은 단 하나였다. 지금이라도 뒤돌아서 문을 열고 나가면 어떨까.

"설마 나가시려고요? 너무 늦었으니 앉으시죠. 어차피 지금 나가셔도 언제든지 마주할 사이이니 오히려 지금이 낫지 않겠어요? 매도 먼저 맞는 게 낫다는데."

차라리 사랑의 매든 폭력적인 매라면 얼마든지 먼저 맞겠다.

일찍 당하고 그 고통을 마주하는 것이 나으니까. 지금은 달랐다. 고통이 아니라 오히려 짜증이 솟구칠 것만 같다.

"직접 공손히 모셔와야 앉는 건가요?"

항상 삼촌이 앉아 있던 저 소파에 지금은 보기 싫은 남자가 앉아 있다. 지금은 예의가 바른 말투지만 또 언제 돌변할지 모른다. 아니, 오히려 현재의 저 공손한 말투가 귀에 거슬린다.

"차는 뭘? 커피?"

진별은 대답 대신 소파에 몸을 앉혔다. 그러곤 곧바로 보이는 저 남자의 옆모습을 무시한 채 시선을 일직선으로 뻗었다.

"커피로 하……."

"마시고 왔어요. 용건부터 말하세요."

사장이 바뀌었다고 일일이 이렇게 일대일로 만나는 것은 말이 되지 않았다. 단체로 회식자리를 마련하는 것이, 이 회사 안에 소속된 모든 사람을 볼 수 있으니 빠르고 이득이 되는 쪽이다. 그럼에도 불구하고 굳이 이렇게 따로 불렀을 때는 그럴 만한 용건이 있을 터였다.

"저랑 같이 있기 싫으시군요."

"그럼 댁은 아니, 사장님은 저랑 같이 있고 싶으세요?"

"네."

불편한 듯 행동하고 있는 자신을 보고 하는 말에 진별은 맞받아쳤지만 곧 할 말을 잃었다. 같이 있고 싶냐는 말에 한 치의 망설임도 없이 '네'라고 하는데 뭐라 할 말이 있을까. 농담이든 진담이든 결코 전혀 반갑지 않은 말이다.

"다음 스케줄이 있어서요. 얼른 말하세요."

“오늘 이진별 씨 스케줄은 이미 확인했습니다. 비어 있더군요.”

“왜, 남의……!”

“남이 아니라 소속된 배우의 스케줄이니 확인할 수도 있습니다.”

“사장님이라서 참 좋겠네요.”

사장이라고 인정하고 싶지 않지만 어쩔 수 없었다. 사장이라 소속된 배우의 스케줄을 확인했다는데 뭐라고 따지겠는가. 댁이 사장님이라서 참 좋겠냐는 말로 비꼴 수밖에 없는 현실이었다.

“영화 촬영이 거의 막바지라고 하던데 힘들지는 않으시죠?”

“힘들다고 하면 대신 촬영해주실 건가요?”

“할 수만 있다면요.”

립서비스 한번 끝내준다. 이 정도 립서비스면 이 회사에 존재하는 모든 여직원들이 홀랑 넘어가고도 남을 정도였다. 물론 방금 지어준 저 따스한 미소까지 합세한다면 말이다. 석 달 열흘을 야근시킨다고 해도 좋아할지도 모를 터였다.

“장보균 작가님 시놉시스 읽어보셨나요? 꼭 이진별 씨를 주인공으로 내세우고 싶다고 간절히 부탁을 해오더군요.”

“읽어보지는 않았는데 장보균 작가님인데 믿고 가야죠.”

“믿음이 대단하시네요.”

“뭐든 척척 대박 내는 작가님을 믿지, 누굴 믿나요.”

“원숭이도 나무에서 떨어지는 법은 있죠.”

“그럼 저도 같이 나무에서 떨어지죠, 뭐.”

친한 오빠인 보균을 깎아내리는 듯한 윤혁의 말투에 진별은 저도 모르게 날을 세웠다. 진별은 평소엔 이렇게까지 보균을 감싸서 보호하는 타입이 전혀 아니었다. 공과 사를 확실히 구분할 수 있는 진별이었지만 오늘은 이상하게 그것이 되지 않았다.

"확실히 대본이 나오면 그때 읽어보고 다시 이야기하도록 하죠."

"전 이미 마음을 굳혔으니 그렇게 아세요."

누가 뒤에서 조종하는 것도 아니거늘 이상하게 생각을 채 마치기도 전에 멋대로 말이 튀어나가고 있다. 딱히 대꾸를 하지 않아도 되는 말이었고 그냥 넘어가면 되는데도 툭 하고 반발하는 식의 말이 튀어나왔다.

"그럼 이제……."

한쪽 입꼬리를 쓱 끌어 올리며 웃는 윤혁을 바라보며 진별의 등골에서 식은땀이 주르륵 흘러내렸다. 공포영화를 보는 것도 아니거늘 괜스레 스산함마저 느껴졌다.

"공적인 이야기는 어느 정도 했으니 사적인 이야기를 해볼까?"

이건 또 무슨 말일까. 스산함을 넘어서 진별은 순간적으로 두려움이 살짝 느껴졌다. 말이 아니라 윤혁에게서 느껴지는 분위기가 그러했다.

"내가 했던 말 기억하지?"

"뭘, 뭘……?"

진별은 전혀 기억하지 못한다는 듯이 순진한 미소를 지으며 윤혁을 바라봤다. 전 정말로 하나도 기억 못해요, 라는 미소.

"기억 못해? 내가 맞선 보는 날 분명히 말했을 텐데."

"대체 뭘 말하는 건지 모르겠는데요?"

그리고 맞선 보는 날? 뭐라고 말했는데?

"그래? 이것 참……."

역시나 이번에도 한쪽 입꼬리를 올리며 웃는 저 미소가 좋은 느낌이 아니다. 비웃음도 아니라 기분은 나쁘지 않았지만 좋지 않은 예감이 드는 것이 더 싫었다.

"분명 숙제라고 말을 했거늘……."

숙제? 뭔 숙제?

음…… 음…… 음…… 뭐라고 말을 한 것 같기는 하지만 진별의 머릿속에는 전혀 없었다. 흐릿하기라도 하면 기억을 해낼 테지만 하얀 도화지였다. 진별의 머릿속 맞선 날에는 윤혁과 서로 티격태격하다가 나온 기억밖에 없었다. 전혀 좋지 않은 첫 맞선의 추억.

"우리가 분명히 다시 만나게 될 거라고 했을 텐데."

"다시 만나기 전까지 우리가 어디서 만났는지 생각을 떠올려 봐."

기억을 하지도 않았던 말이었다. 아니, 그 자리에서 듣고 곧바로 흘려버렸다. 새겨듣지 않았던 말이 윤혁의 말을 듣자 귓가에 메아리쳤다. 윤혁이 맞선 장소에서 했던 저 말이.

그, 그럼…… 저 사람은 지금 나랑 만날 걸 미리 알고 있었다는 거야? 분명 이런 상황이 있을 것을 예상하고 한 말인 거 같았다.

"그쪽은 그럼 나랑 다시 만날 걸 알고 있었던 건가요?"

"응."

너무나도 당연하게 말하는 저 인간의 입이 너무 얄밉다.

"지금 현재 이 자리에서 만날 것도요?"

"당연하지."

"……."

"난 확신이 없는 말은 안 해."

얄미움을 벗어나 현재는 잘도 나불거리는 저 입을 옆으로 쭉 벌리고 싶은 충동마저 들었다. 대체 이 남자의 정체는 뭘까? 그리고 나에 대해서 얼마나 알기에 당당하게 그런 말을 했던 것일까?

저, 정말 성욱 삼촌 아들……? 것도 아님 신내림 받은 무속인……? 정확히 아는 것이 없는 지금 진별의 머릿속엔 온갖 상상이 무럭무럭 자라나고 있었다.

"마지막에 한마디 더 했을 테니 잘 기억해봐."

대체 또 마지막에는 뭐라고 한 걸까? 어찌 이리 머리가 하얀지 전혀 기억이 나지 않았다. 이럴 줄 알았으면 그때 저 남자의 말을 귀 담아 들었을 텐데 말이다.

"이번에도 내 입으로 말해야 하는 건가. 기억을 하면 내가 한 말은 취소하려고 했더니……."

뭘 취소해? 저 남자와 나 사이에 무슨 일이 있었던 걸까? 기억을 하기 위해 안간힘을 쓰면 쓸수록 머리는 백지가 아니라 검은색으로 뒤덮여 진별은 오히려 혼란스러워졌다.

"우리가 어디서 만났는지 기억하지 못하면 내가 이진별이라는 여자……."

기억…… 났다. 이 남자가 뭐라고 말을 했는지.

조금씩 조금씩 옆으로 다가오는 이 남자의 움직임에 따라 진별의 머리에도 기억이라는 것이 되살아났다. 도망칠 수도 없게 자꾸만 옆으로 다가오는 이 남자를 어찌 피해야 하나 하는 생각만이 진별의 머리에 둥둥 떠다녔다.

가까워지는 것이 부담스러워 그녀의 몸도 자연스레 점점 소파의 끝 쪽으로 슬금슬금 이동했다. 진별의 움직임에 따라 윤혁도 따라붙었다. 제발 이 순간 소파가 푹 꺼져 자신의 몸이 사라졌으면 하는 말도 안 되는 상상도 약간은 했다.

"만약 기억하지 못하면 두고 보자고. 이진별이라는 여자한테 내가 뭔 짓을 할지 모르니까."

왜 하필이면 저 남자의 입에서 말이 나와야지만 번쩍하고 생각이 나는 것일까. 대체 이놈의 머리는 어찌 생겨 먹었기에 스스로 알아서 말을 걸러서 기억하는 버릇이 생긴 것인지. 지금 이 순간 진별은 자신의 머리가 이토록 원망스러울 수가 없었다.

"이진별이라는 여자한테 뭔 짓을 하기 전에 힌트를 주지."

윤혁의 말에 진별은 순간적으로 자신도 모르게 눈을 빛내며 말에 집중했다. 이번에는 기필코 흘려듣거나 걸러서 듣지 않고 똑똑히 기억을 하겠다는 의지로.

"어릴 때 만났어. 띄엄띄엄이었지만 분명 여러 번의 만남을 가졌어."

"……."

"우리 5살 차이지만 나 혼자 기억한다는 것은 뭔가 너무 억울

하군."

띄엄띄엄 여러 번의 만남……?

"한 가지 더 말하자면 장성욱의 핏줄이 다른 큰아들."

헉! 이제야 알 것 같다. 자신과 눈을 마주하고 있는 이 남자가 누군지 어렴풋이 서서히 기억이 다시금 되살아나고 있다. 명확한 기억은 아직 기억이 나지 않았지만 몇 번 만난 적이 있던 오빠…….
보균 오빠와는 또 다른 매력을 가졌던 자상했던 오빠…….

아까 전에는 왜 생각나지 않았던 걸까. 성욱 삼촌에게 핏줄이 다른 아들이 있다는 사실을 아주 잠깐 까먹고 있다가 왜…… 이 남자의 눈동자를 보니 생각이 난 걸까.

"이제 그럼 말을 실천에 옮겨볼까?"

그, 그런데 말이지, 분명 어릴 때는…….

진별의 머릿속에서 생각을 채 다 마치기도 전에 윤혁에 의해 막혀버렸다. 말을 끝마치기 무섭게 윤혁은 진별의 얼굴 가까이로 다가가 입을 맞췄다.

"어, 어……."

밀어내려고 발버둥을 치면 칠수록 진별은 윤혁의 힘에 밀려 서로의 몸이 점점 더 밀착되어갔다. 말을 하기 위해 입을 살짝 벌리는 그 순간을 놓치지 않고 윤혁은 진별의 입속으로 들어가 혀를 강하게 휘어 감았다. 이건 아닌데, 이건 아닌데 하면 할수록 윤혁과 진별의 입은 점점 더 밀착되었다. 그 어떠한 말소리 하나도 낼 수 없을 만큼.

어릴 때의 그 오빠랑 동일 인물이라고? 그렇다고 하기엔 그때랑 지금은 너무 다른데……. 아니, 지금이 오히려 더 잘생…….

생각을 채 마치기도 전에 진별은 저도 모르게 윤혁과의 갑작스런 키스에 서서히 빠져들었다.

5. 딸기우유 사주던 오빠?

매니저에게 반 읍박과 반 협박으로 자동차 열쇠를 뺏은 진별은 직접 운전대에 올랐다. 평소에는 운전할 일이 거의 없었다. 물론 직접 차를 몰고 드라이브를 하는 경우가 드물다고 운전 실력까지 미숙한 것은 아니었으므로 걱정할 필요는 없지만, 현재의 상황은 달랐다. 평온한 상태가 아닌 뭔가에 홀린 것 같은 멍한 표정과 넋이 빠진 사람처럼 보이는 진별에게 열쇠를 내주는 것이 매니저로서는 겁이 났던 것이다. 자칫 사고라도 난다면 모든 책임은 고스란히 매니저인 자신이 뒤집어써야 했기에.

운전을 하며 틈틈이 보균에게 전화를 거는 진별의 행동은 거칠었다. 분명히 속에서는 열이 나고 화가 치밀어 오르는데 머릿속은 멍했다. 아무런 생각도 나지 않았고 때때로 중간중간 자신이 뭘 하고 있는지조차 헷갈릴 정도였다.

보균에게 열 번 정도 전화를 걸었을까? 긴 컬러링 끝에 끊으려고 할 즈음 보균의 피곤한 듯한 목소리가 들렸다.

–어, 왜.

"일찍도 받는다!"

진별의 윽박에 상대편 보균에게선 이번엔 피곤에 푹 젖어버린 것 같은 음성이 흘러나왔다.

–대본 수정하느라 바빴어…….

일부러 말투를 흘리는 품새가 100프로 대본 때문에 피곤하지 않다는 결론이 나왔다. 대본 때문에 힘들다면 보균은 말끝을 흘리지도 더 피곤한 내색도 내지 않았다. '좀 피곤하네?' 이런 식의 말로 몸 상태를 나타내는 사람이다. 그럼 현재 이 상황은……? 백이면 백, 현재 여자가 자신의 곁에 있다는 것이다.

"간단하게 말할게."

–뭐.

"오빠 침대 옆에 누워 있는 여자 치워."

–뭐? 여자?

간결한 말투에 놀란 보균이 화들짝 놀라 되묻는데도 불구하고 진별은 코웃음을 치며 다시금 자신의 말만 했다.

"오빠 곁에 있는 여자 집에서 내보내라고."

–여자? 얘가 무슨 말을 하는 거야. 나 여자 없는데? 대본 수정하느라 허리가 욱신거리고 머리가 지끈거리고 손가락에 마비가 오는 사람한테 넌 그런 말이 나와? 멋진 대본을 쓰기 위하여…….

일장연설과 같은 보균의 말을 들으며 진별은 속으로 혼자 대꾸했다. 허리는 여자에게 황홀한 밤을 선사하기 위해서 아픈 거겠지. 머리는 어쩌면 애랑 조금 더 좋은 시간을 보낼 수 있을까 머리 쓰느라 아픈 거겠지. 것도 아님 PD의 전화에 매번 그럴싸한 핑계를 대느라 아픈 거겠지. 손가락? 손가락은 여자 몸을 열심히 열과 정성을 다해 쓸어내려 주느라 마비가 오는 거겠지.

보균과 친밀하게 지내는 사람이라면 누구나 생각할 법한 소리였다. 꼭 여자랑 같이 있느냐고 물으면 선수답지 못하게 허둥거릴 뿐만 아니라, 지금처럼 저 말이 거짓이라는 것을 알 수 있게 일장 연설을 한다. 이 정도면 들어줄 만큼 들어줬다 싶을 즈음, 쉼 없이 속사포같이 뱉어내는 한결같은 보균의 레퍼토리를 중간에 끊으며 중요한 용건만 던졌다.

"10분 뒤에 도착하니깐 알아서 해."

분명 이렇게 말하면 뒤에 시끄럽게 야, 야, 야! 이런 소리가 들릴 테니 진별은 1초의 틈도 없이 깔끔하게 전화를 끊었다.

"왜 이렇게 살이 빠졌어. 촬영이 피곤해서 그렇지?"

현관에서 신발을 벗기도 전에 보균은 다정스런 말투로 진별을 챙겼다. 이런 보균의 행동에 진별은 가볍게 코웃음을 쳤다. 그러곤 보균을 향해 눈빛을 날렸다.

언제부터 날 이렇게 다정스레 챙겼어? 라는 눈빛을.

"다이어트해?"

보균의 말을 듣는 척 마는 척 하며 활짝 열린 베란다 창을 바라보며 진별은 거실 소파로 걸어갔다.

"우리 동생님은 다이어트 안 해도 충분히 예쁘다니까."

립서비스 하나는 알아줘야 한다. 까칠하다가도 여자 기분을 스르륵 좋게 만들어주는 말들이 보균에게 여자가 끊이지 않는 이유 중 하나일 것이다.

"너는 그야말로 글래머야. 다이어트 따윈 너를 제외한 세상의 모든 여자들에게 해당하는 말이라고."

보균의 말을 들으며 진별은 속으로는 다른 생각을 했다. 분명 이 말을 침대에 함께 누워 있던 여자들에게도 했을 말이라고 말이다. 아니, 보균이 아는 모든 여자라면 들었을지도 모르는 말일 것이다.

"글래머니 이딴 헛소리는 집어치우고 앨범이나 보여줘."

"앨범?"

"응, 오빠 어린 시절 사진."

진별의 난데없는 말에 보균은 어리둥절한 표정을 지으며 어린 시절 사진이 담겨 있는 앨범이 어디에 있나 생각을 했다.

"좀 더 자세히 말하자면 오빠한테 다른 형제가 생긴 후의 사진……?"

"우리 형?"

"응."

열어본 지가 언제인지 기억도 나지 않는 앨범을 갑자기 찾으려니 보균의 머리는 새하얗게 변했다. 모르겠다고 말하고 싶지만 그랬다간 보균은 지금 이 순간에 진별의 강한 눈빛에 죽을지도 몰랐다. 아니, 그것보다도 진별의 눈에는 앨범을 봐야 한다는 생각만 들어차 있었기에 보균으로서는 난감했다.

"얼른!"

"아, 알았어. 좀 있어봐."

어슬렁거리던 걸음이 아닌 재빠른 몸짓으로 앨범을 찾으러 가는 보균을 바라보고는 진별은 소파에 앉았다.

"내가 기억을 못할 리가 있어? 분명히 다른 사람일 거야."

아무리 생각해도 매치가 안 되고 머릿속에서 따로 놀았다. 자신의 머릿속에 존재하는 의젓한 오빠와 불과 한 시간 전에만 해도 키스를 했던 사람과는 맞아떨어지지 않았다. 자꾸만 따로 놀고 있는 탓에 진별의 머리는 더 복잡해지고 어지러웠다. 아무리 사람은 크면서 달라진다지만 이건 아니다. 달라도 너무 다르니 말이다. 보균의 집에 온 이유는 단 하나였다. 기억속의 사람과 얼굴이 같은지 다른지 확인을 하기 위해서였다.

아주 예전에 상상을 한 적은 있었다. 그때 진별의 머릿속에는 윤혁은 예나 지금이나 예의 바르고 사람을 먼저 배려할 줄 아는 그런 모습 그대로 자라있을 거라 생각했었다. 물론 맞선 장소에서 싸가지 없게 굴던 윤혁과 오늘 갑자기 키스를 하던 능글맞은 모습은 어린 시절의 그의 행동과는 거리가 멀었다.

"일단 이것밖에 안 보이네."

얼마나 기다렸을까. 보균이 앨범을 하나 들고 진별의 앞으로 나타났다.

"음……."

방금 보균이 가져다준 앨범 안에서 윤혁의 흔적을 찾아보기란 힘들었다. 갓난아이의 사진만이 가득이라 이것만으로는 알기 힘들었다. 비슷비슷한 갓난아이의 사진은 아무리 들여다봐도 보균으로만 보였다. 이 중에 윤혁의 사진은 없는 것 같았다. 하긴 다

비슷하게 생긴 시절의 모습의 사진과 현재를 비교하는 것도 웃길 것 같다.

"오랜만에 앨범을 찾았더니 온통 먼지투성이네."

거실 탁자 위에 올려놓은 또 다른 앨범 위는 보균의 말처럼 온통 먼지로 가득했다. 티슈를 한 장 뽑은 보균은 뽀얗게 쌓인 먼지를 쓱 닦아내고는 진별을 향해 내밀었다.

"거기는 우리 형 사진이 좀 있을 거야."

진별은 보균의 말을 들으며 건네받은 앨범에 눈을 돌렸다.

다른 앨범 위에 쌓인 먼지를 티슈를 이용해 닦아낸 보균은 진별이 방금 전까지 보던 작은 앨범을 집어 들고 피식 웃음을 터트렸다.

"우리 형이지만 정말 잘생겼어. 어릴 땐 몰랐는데 크면 클수록 우리 형만큼 좋은 사람도 없다는 생각이 들어. 몸은 떨어져 있어도 마음만은 함께라는 것을 보여주는 사람이 어딨어. 난 세상에서 우리 형이 제일 좋아."

"……."

"진짜 웃기지 않아? 누가 누군지 모르겠지?"

사진을 보던 진별은 보균의 말에 가리키는 쪽으로 시선을 돌렸다. 오른쪽과 왼쪽 양쪽 사진의 공통점은 바로 사진 속의 갓난아이의 머리가 아톰처럼 세워져 있다는 것이다.

"오빠 아니야?"

"어느 쪽이 난 줄 알겠어?"

배냇저고리는 아닌 것이 내복같이 생긴 하얀 옷이 다를 뿐, 앉아 있는 모습과 얼굴 형태 머리 모양까지 어느 것 하나 다른 것이 없었다.

"전부 다 오빠 같은데."

"땡!"

보균의 말을 듣고 누군가 싶어 자세히 봤지만 누군지 알 길이 없었다. 눈을 크게 뜨고 들여다봐도 진별의 눈에는 둘 다 동일 인물로 보였다.

"내가 보기엔 똑같은데?"

"넌 어떻게 그런 눈썰미로 연기를 하냐."

"이거랑 연기랑 뭔 상관인데."

"연기자는 눈썰미가 좋아서 캐릭터 분석을 척척 해야 하는데 말이지."

"그런 거는 눈썰미보다는 분석력이 좋아야 하지. 때로는 화려한 부잣집 아가씨를 연기했다가 때로는 미친년이 되기도 하는 나더러 연기를 운운해? 나도 나름 인정받는 연기자라고."

연기력에 관해서는 한 치의 물러섬도 없는 진별의 말에 보균은 그럼, 그래야지 하는 표정을 지었다. 이럴 때보면 진별이 타고난 연기자 같았다. 연기 관련 이야기만 나와도 눈이 커지고 빛이 나고 하니 말이다.

"오른쪽은 나 맞고, 왼쪽은 형."

"응?"

보균의 답을 듣고 다시금 사진을 바라봐도 진별의 눈에는 똑같은 사람으로 보였다. 아무리 들여다봐도 구분이 가지 않자 오히려 보균이 거짓말을 하는 것처럼 느껴졌다.

"거짓말 아니고 진짜."

눈빛만으로도 알아차렸는지 보균이 진별에게 진심이라고 알려줬다.

"우리 형이 다 커서 우리 집에 왔는데, 어느 날 아버지가 보여준 형의 어린 시절 사진이 나랑 똑같은 거지. 그걸 본 어머니랑 아버지가 앨범을 사 와서는 오른쪽엔 내 사진 꽂고 왼쪽엔 형 사진을 넣었어. 자세히 보면 코는 형이 조금 더 높을걸?"

보균의 설명을 듣고 코에만 집중해서 비교해보니 다른 것 같기도 했다. 미세하지만 정말 윤혁의 코가 조금 더 높다는 느낌이 들었다.

"핏줄만 다를 뿐이지, 어릴 때 형이랑 나는 쌍둥이 같지?"

"응."

"크면서 우리 형은 완전 잘생겨지고 난 어쩜 그렇게 어릴 때 얼굴 그대로 큰 건지 모르겠다."

어딘가 모르게 신세 한탄으로 들리는 보균의 말에 진별은 여기에 온 목적도 잊고 쿡 하며 웃음을 터트렸다.

"지금 너 보는 앨범 보면 형이랑 나랑 완전히 차이 날걸?"

다시금 시선을 돌려 방금 받았던 앨범 쪽으로 시선을 돌리자 이번에는 보균과 윤혁이 확실히 눈에 들어왔다. 보균의 말처럼 크면서 달라졌다는 말이 무슨 말인지 확연히 들어났기 때문이다.

"어릴 때는 내가 좀 더 잘나지 않았어?"

"자뻑도 어지간하다."

"자세히 좀 봐봐. 정말 어릴 때는 내가 콧대며 얼굴 각이라든가 더 괜찮았다니까."

이번에도 말을 듣고 자세히 보니 정말 그런 것 같았다. 유치원 시절의 모습이지만 이때는 확실히 보균이 조금 더 잘생겨 보이기도 했다.

"고등학교 입학할 때까지는 형한테서 인물에 뒤지지 않았는데 말이지."

"자뻑도 심하면 병이라고요."

"넌 내 말이 농담으로 들리지? 앨범 한번 천천히 들여다봐! 정말 내가 형보다 인물이 훨 나았어."

진심으로 욱하는 듯한 보균의 말에도 불구하고 진별은 피식하며 웃어넘겼다. 가끔씩 왕자병이 있는 줄은 알았지만 이젠 대놓고 자랑을 하고 있으니 진별은 할 말이 없었다. 보균의 말이 아직까지는 진짜인 것 같아 동조를 해주고 싶었지만 괜스레 좋지 않는 병만 키워주는 것 같아 진별은 입을 꾹 다물었다.

"우리 형은 미국으로 가서 인물이 달라진 케이스라고 해야 하나? 아, 아니다. 20살이 넘으면서 정말 확 달라졌다니까."

자기 입으로 말을 해주지 않아도 사진으로만 봐도 알 수 있는 사실을 보균은 굳이 자기 입으로 확인해주고 있다. 현재 보균의 모습을 보고 있자면 딱 철없는 어린아이로 보였다. 어떻게 저런 사람이 사람들의 마음을 홀리게 만드는 대본을 쓰는 것인지 미스터리다.

"여기 이 앨범 보면 형이 우리 집에 왔을 때랑 고등학생 대학생 무렵의 사진 있을 거야."

보균의 말이 끝나기 무섭게 진별은 보던 앨범을 덮고 다른 것을 펼쳤다. 현재 보고 싶은 것은 유치원과 초등학교 시절의 윤혁이 아니었다. 자신의 머리에 남아 있는 기억을 되살리기에는 고등학교 무렵의 사진이 더 좋을 테니.

"중학교까진 형이 나보다 키가 더 작았는데, 고등학교 때부터 형이 더 컸지."

지금 이 순간 진별의 눈에는 보균의 말이 귀에 들어오지 않았다. 오직 눈에 집중되는 것은 기억 속에 존재하는 자상한 오빠의 모습. 단 하나의 사진을 뚫어져라 바라봐도 진별은 도통 감이 잡히지 않았다. 현재 윤혁과 모습과는 도무지 매치가 되지 않았다. 그때의 행동을 개입시키지 않고 얼굴만 봐도 그러했다. 전혀 다른 사람을 마주하는 기분마저 들었다. 아니, 오히려 그저 어린 시절 속 느낌 좋았던 오빠를 성인이 되어서 사진으로 보니 반갑다는 기분만 들었다.

"너도 참 어지간하다."

"뭐가."

"갑자기 전화해서는 지금 집으로 가고 있다 이러더니, 이번엔 대뜸 앨범을 내놓으라고 소리를 치지 않냐. 네가 무슨 낮도깨비야?"

사진에 집중을 하다 말고 보균의 말을 듣자니 맞는 말이다. 낮도깨비도 아니고 대뜸 전화하고 찾아와서는 앨범 내놓으라고 소리쳤으니 그럴 만도 하다.

"진작부터 이진별이 낮도깨비 같은 줄은 알았지만, 앞으로는 이러지 말자고."

"그건 나도 몰라. 사람이 살면서 앞으로 무슨 일이 있을 줄 알고 약속을 해?"

"하여간에."

절대 지지 않는 진별에 말에 보균은 어이가 없으면서도 웃음이 나왔다. 자신이 아끼고 좋아하는 동생 이진별답다는 생각에.

알쏭달쏭하고 묘한 기분을 간직한 채로 진별은 집으로 돌아왔다. 머릿속의 생각은 정리가 되지 않고 여전히 잔뜩 엉킨 실타래와 같았다. 아니, 오히려 보균의 집에서 앨범을 보고 난 뒤로 생각이 더 많아졌다.

"우리 딸 왔어?"

"……응."

현관문을 열어주며 반기는 소라의 인사에도 진별은 대답이 한 템포 늦었다.

"피곤해? 촬영이 힘들었어?"

"……아니."

이쯤 되면 아무리 피곤해도 진별은 항상 소라에게 안겨 애교 있게 굴었다. 그러나 전혀 다른 진별의 행동에 소라의 웃는 얼굴에 먹구름이 드리웠다.

"올라가서 쉬게."

별다른 말 없이 방으로 올라가는 진별의 뒷모습을 바라보고 있자니 소라의 마음은 불편해졌다.

"커피라도 한 잔 줄까?"

"그냥 쉴래."

마시지 않을 것을 알지만 소라도 괜스레 물어본 거였다. 웬만해서는 무슨 일이 있어도 가족들 앞에서는 감정을 드러내지 않는 진별이기에 소라는 마음이 더 쓰였다. 얘가 왜 이러나 싶으면서도, 무슨 일이 있나 하는 걱정이 끊이지 않았다.

옛날부터 건드리면 항상 아픈 손가락이었다. 열 손가락 깨물어 안 아픈 손가락 있겠냐 싶지만 소라에게 있어 진별은 달랐다. 배 아파 낳은 지아와 혜아보다도 더 마음이 쓰이고 시선이 머무른 아이였다. 금별은 남자아이라서 혼자서 이겨 나갈 수 있을 거라는 믿음이 있었는데 진별은 달랐다. 여자아이라 그런 건지 몰라도 유독 더 그러했다. 소라에게 있어 진별은 유독 아픈 손가락이기에 아주 작은 표정 변화에도 마음이 편치 않았다.

얼굴 가득 짙은 먹구름을 드리운 채로 소라는 주방으로 가서 따뜻한 코코아 한 잔을 탔다. 어릴 때도 그러했고 크고 난 뒤에도 힘들거나 피곤할 때는 달고 찐한 코코아 한 잔을 마시면 진별은 배시시 웃어 보이곤 했다.

"우리 딸, 엄마 들어간다?"

어릴 때는 벌컥 문을 열고 들어갔지만 지금은 진별도 성인이고 엄연히 사회생활을 하고 있기에 노크는 어느덧 습관이 되어 있었다.

"엄마……."

"응? 일단 따뜻한 코코아부터 한 잔 마셔."

소라는 뭔가 말할 거 같은 진별의 행동을 알아차렸지만 우선 코코아부터 내밀었다. 단것을 먹으면 사람이 기분이 좋아지기 마련이었다. 무슨 일이든지 듣는 것은 늦지 않으니까.

"역시 엄마가 타주는 코코아가 최고야."

아직까지 배시시 웃지는 않았지만 진별은 소라가 타서 들고 온 코코아 칭찬을 했다.

"무슨 생각을 그렇게 골똘히 하고 있을까나?"

척하면 척이다. 엄마가 딸의 얼굴을 보면 모르겠는가. 진별의 말투와 표정을 유심히 바라보던 소라는 뭔가를 알아차렸다. 무슨 일이 있는 것이 아니라 머릿속에 혼란이 가중되어 있는데 현재는 그것을 풀지 못했다는 것을. 그래서 표정이 멍하고 평소와 행동이 달랐다는 것을 말이다.

"엄마는 내 얼굴만 보면 알아?"

"얼굴, 표정, 목소리 이것만 갖고도 엄마는 다 알아. 우리 딸이 무슨 일이 있구나, 무슨 고민이 있구나, 힘들구나 하는 걸."

"아, 역시……. 우리 엄마는 나에 대해서는 모르는 게 없다니까."

"엄만 본래 모든 것을 다 아는 법이지."

분명 아까 전에만 해도 윤혁의 생각에 머리가 복잡해서 터질 지경이었다. 엄마의 얼굴도 보이지 않고 아무 말도 하기 싫더니, 코코아 덕분인지 엄마랑 대화를 나눈 덕분인지 몰라도 잠시라도 복잡한 생각을 잊을 수 있었다.

"엄마, 나 궁금한 거 있어."

"뭐?"

뭔가 엄마에게 물어본다면 그럴싸한 답변이 나올 것 같다. 엄마라면 확실하지는 않아도 뭔가를 다 말해줄 것 같았다.

"성욱 삼촌 아들 말이야."

"누구?"

"보균 오빠 말고."

끝까지 자기 입으로 윤혁의 이름을 말하지는 않고 빙빙 돌려 말하는 진별의 행동을 바라보고 있자니 소라는 웃음이 나올 뻔했다.

"윤혁이는 왜?"

"엄만 기억이 나?"

"뭘 말하는 건지 정확히 말해봐."

현재 진별의 머릿속 기억도 전부 다 확실하지 않았다. 그저 윤혁의 예전 얼굴과 어떠했다는 느낌만이 남아 있을 뿐이지, 세세하게 어떠한 일이 있었는지에 대한 기억은 많이 없었다. 몇 안 남아 있는 기억들도 대부분 다 흐릿했다.

"그냥…… 전부 다……?"

"음……. 우리 딸, 머릿속에는 기억이 없는 것 같은데?"

"아직 확실한 기억은 없어."

이 정도만 말해도 소라는 눈치로 알 수 있었다. 현재 진별은 윤혁과 예전부터 알고 있었던 사이라는 것을 오늘에서야 알았다는 것을.

"넌 어려서 기억이 안 날지 모르지만 엄마는 다 생각나지. 몇 번 만나지 않아서 더 기억이 안 날지도 모르고."

이런 대답을 원하지 않았다. 그렇기에 진별은 답답했다. 엄마라면 기억이 날 만한 단서를 말해줄 것 같았는데 말이다.

"엄마는 그러면 그 사람이 어렸을 때 어떻게 생겼는지 다 기억하겠네?"

"그 사람이라니?"

"사장님 말이야. 성욱 삼촌 대신에 사장 자리에 앉았잖아."

"이왕이면 윤혁 씨라고 하든지, 아님 오빠라고 하든가."

진별의 입에서 당장 오빠, 오빠, 하며 옛날처럼 부르는 모습을 보고 싶은 소라였지만 자신의 감정은 꾹 숨긴 채, 낯선 어감이지만 '윤혁 씨'라는 것을 제시했다.

"낯간지러워!"

예상했던 반응이 튀어나오자 소라는 저도 모르게 웃고 말았다. 뭐든 즉각 반응을 내보이는 딸의 행동은 언제나 소라를 웃게 만들었다. 예상 반응을 항상 벗어나지 않으니 더욱더 그러했다.

"나랑 맞선 보기 전에 엄마는 그 사람 얼굴 본 적 있어?"

"응."

"엄마는 그럼 옛날의 그 어린 시절의 모습하고, 크고 난 뒤의 모습하고 매치가 됐어?"

빙빙 돌려 말해봤자 뭔가 소득이 없을 것 같아 소라는 일직선적인 방법을 택했다. 확 까놓고 물어보는 것이 더 확실할 것 같았기에.

"엄마가 보기에는 어릴 때보다 훨씬 더 의젓해지고 좀 더 남자다워져서 왔다고 느꼈어."

보균의 집에서 사진을 보고 나서 진별의 머리는 더 복잡해졌다. 지금까지의 만남으로 미뤄본다면 그야말로 성격이 완벽하게 변했다고밖에 생각되지 않았다. 물론 자신의 기억 속 윤혁의 얼굴이 흐릿하기는 하다. 그러나 얼굴도 크면서 달라졌다는 생각이 들었다. 어릴 때의 모습과 매치가 되는 것은 눈이 전부였다.

아주 잠깐 바보처럼 잊고 있었다. 성욱 삼촌에게 아들이 둘이라는 사실을. 간간이 소식만 들을 뿐, 얼굴은 보지 못한 지 오래였기에. 거기다가 첫 만남에서도 장윤혁이라는 이름이 아닌 헨리라고 자신을 소개했기에 진별은 더 깊게 생각하지 못했다.

20년이 넘는 시간 동안 얼굴 한번 보지 못하고 아주 가끔 전해 듣는 소식이 전부였던 남자가 갑자기 자신의 맞선 상대가 되어 다시금 만났다. 심지어 자신의 소속사 사장님이란다. 갑작스레 일어난 변화들에 얼떨떨하기도 하고, 한편으론 다시금 윤혁을 만난 것이 반갑기도 하고 그러했다. 어린 시절의 윤혁은 자신과 함께 놀아주던 사람이었으니까.

"오빠."

오늘도 어김없이 진별은 윤혁의 뒤를 졸졸 따라다녔다. 오빠라는 말이 지겹지도 않은지, 진별은 쉼 없이 불렀다.

"왜?"

"책 읽어줘."

매번 마당에서 소꿉놀이를 하든가, 아님 놀이터나 학교 운동장에서 흙을 밟으며 뛰어놀자고 하던 진별이 책을 내밀었다. '백설공주'라고 적힌 책 제목을 보고 윤혁이 진별에게 물었다.

"이거 읽었잖아."

"오빠가 읽어준 적 없잖아."

아주 가끔 윤혁이 책을 읽어준 적은 있었다. 물론 진별에게 책을 읽어주면 얼마 지나지 않아 스르륵 잠이 들곤 했다.

"방으로 가자. 읽어줄게."

책을 집어 든 윤혁은 반대쪽 손으로는 진별의 손을 잡고 방으로 향했다. 방으로 들어간 진별은 덥석 침대 위에 올라가 윤혁에게 올라오라고 손짓을 했다.

그런 진별의 행동에 윤혁은 따라 웃으며 침대 위에 올라가 앉았다. 그러자 진별은 익숙하게 윤혁의 다리를 베개 삼아 누웠다. 그런 진별을 바라보며 윤혁이 손을 뻗어 머리를 쓰다듬었다.

"이제 읽는다."

"응!"

분명 다 알고 있는 내용일 텐데도 진별은 두 눈을 반짝반짝 빛내며 윤혁을 바라봤다. 마치 책 내용이 기대된다는 듯이 말이다.

"왕자님이 백설공주에게……."

"오빠!"

책이 끝이 나자 진별은 몸을 일으켜서 앉고는 윤혁을 불렀다. 뭔가 말할 것이 있는 듯한 진별의 표정에 윤혁은 이어질 말을 기다렸다.

"나중에 내가 오빠를 기억 못하거나 백설공주처럼 계속 잠만 자면 어떻게 할 거야?"

"글쎄……."

모르겠다는 듯이 답을 하는 윤혁이 마음에 들지 않는다는 듯이 진별이 표정을 찡그렸다. 그런 진별의 표정에도 윤혁은 여전히 어찌해야 할지 모르겠다는 표정을 지었다.

"오빠가 나한테 왕자님처럼 멋지게 짠 하고 나타나서 키스를 해줘야지! 그래야 나도 백설공주처럼 기억을 하지."

또박또박 자신의 생각을 말하는 진별을 바라보며 윤혁은 피식 웃음이 나왔다. 마냥 어리다고만 생각했는데 이럴 때 보면 아닌 것 같다는 생각도 했다.

"그럼 진별이가 오빠 기억 못할 때 나타나서 키스하면 기억할 거야?"

"응! 난 키스에 깨어나는 공주님이니까."

진별의 말이 당돌하기도 하면서도 깜찍해 윤혁은 웃으면서 고개를 끄덕였다. 그런 윤혁의 대답이 마음에 들었는지 진별이 표정을 풀고 환하게 웃었다.

입가에 자조적인 미소를 걸친 채 윤혁은 소파에 앉아 있었다. 강렬하게 진별에게 자신을 기억나게끔 했다.

문득 옛날 진별이 키스를 해주면 자신을 기억해줄 거라고 한 말이 왜 떠올랐을까. 의도치 않았지만 어쨌든 각인시킨 건 확실한 듯했다.

테이블 위에 올려놓은 한 장의 종이를 바라보며 윤혁의 입가에 걸린 미소는 한층 더 짙어졌다. 어딘가 모르게 사악함을 담고 있는 것 같았다. 저 종이 한 장이 아니라도 앞으로 진별의 행동반경은 충분히 파악할 수 있을 것이다. 한 달 사이에 정해진 모든 스케줄이 이미 윤혁의 손아귀에 들어와 있었다. 물론 이런 종이가 아니라도 전화 한 통이면 진별이 매니저를 데리고 움직이는 이상 윤혁의 손바닥 안에서 뛰고 있을 물고기나 다름없었다. 단점이라면 어디로 튈지 모르는 심하게 팔딱거리는 물고기라는 거였다.

딩동.

진별의 스케줄표를 바라보고 있는 그때 초인종 소리가 들렸다. 소파에서 몸을 일으키며 벽에 걸린 시계를 바라보자, 초인종을 누르는 사람이 누군지 감이 잡혔기에 윤혁은 의심하지 않고 현관문을 열었다.

"어서 와."

방금 전까지 사악함을 엿보이던 미소는 어디 가고 얼굴 가득 자상함과 따듯함을 담고서 윤혁은 집을 찾아온 상대방을 반겼다. 윤혁의 집을 찾아온 이는 다름 아닌 보균이었다. 생판 남이었던 사람을 갑자기 데리고 가서 앞으로 '네 형이다.' 이런다면 어느 누가 반기겠는가. 그러나 어릴 적 호기심의 눈빛으로 바라보던 것도 잠시 보균은 다음 날 바로 자신의 뒤를 따라 다니며 지겹도록 형이라고 불렀다. 자꾸 불러봐야 호칭이 빨리 입에 붙는다고.

"잘 지냈수? 살아 있었네."

"일찍도 묻는다."

한국에 들어오고도 윤혁과 보균은 오늘 처음 보는 거였다. 아무렇지도 않다는 듯이 잘 지냈냐고 묻는 보균의 행동에 윤혁은 피식하며 웃었다. 형제 사이에 인사치레를 따로 한다는 것도 웃기는 일이었다.

"오랜만에 우리 형 봤는데 한번 안아나 보자!"

누가 형이고 동생인지 모르겠는 대사를 아무렇지 않게 날리며 보균은 윤혁을 와락 끌어안았다. 밀어내지 않고 윤혁도 팔을 보균을 향해 둘렀다.

"잘 지냈지?"

"나야 항상 그렇지. 글쟁이가 어디 가겠어? 그나저나 우리 형은 살이 왜 이렇게 많이 빠졌어. 좀 찌워도 되겠네."

여전히 끌어안은 채로 윤혁의 귀에 들려오는 '우리 형'이라는 말이 유달리 듣기 좋았다. 전화를 하면서 전해 듣는 어감과 바로 옆에서 듣는 것이 무슨 차이가 있겠냐마는 윤혁에겐 달랐다. 정말 이제 한국에서 가족의 품에 안겼다는 실감이 윤혁은 다시금 되살아났다.

"밥은 먹었어?"

"밥 말고 커피로 한 잔 줘, 찐하게."

노트북을 코앞에 놔두고 대본을 쓰느라 밥을 먹지 않았을 것이 분명했기에 윤혁이 물었지만 역시나 이번에도 보균은 커피였다. 오죽하면 아버지인 성욱의 말을 그대로 빌리자면 저놈의 자식 위에는 탄수화물보다 카페인이 많을 거라고 말할 정도였다.

"앉아 있어."

소파에 앉을 권하고 윤혁은 주방으로 걸음을 옮겼다. 아까 전 내려놓았던 커피를 가지러 가는 길이었다.

"읽어봐."

거실 테이블 위에 커피가 든 머그잔을 내려놓고 앉은 윤혁의 앞으로 보균이 내민 A4용지 꾸러미가 눈에 들어왔다.

"방금 뽑아온 따끈따끈한 1, 2부 대본."

"이거 항상 고마워서 어째."

보균이 내민 대본은 감독이 만류해도 자신이 직접 마음에 들지 않는다며 자체 수정을 거쳐서 나온 거였다. 말 그대로 아직 감독도 보지 못한 대본을 보균은 직접 프린터해서 들고 온 것이었다. 항상 보균이 쓰는 드라마 대본을 처음으로 보는 사람은 자신이었다. 형이 제일 먼저 봐줬으면 좋겠다는 보균의 말 때문이었다.

"여주인공 역할을 해줄 이진별 소속사 사장님이시데."

테이블 위에 대본을 집어 들어 넘기려고 할 즈음 윤혁의 손을 무겁게 하는 보균의 말이 들려왔다. 한마디로 진별을 꼭 여주인공으로 할 수 있게 팍팍 밀어달라는 거였다. 진별이 하기 싫다고 하여도 무조건 할 수 있게 만들라는 무언의 압박이기도 했다.

"장보균 작가님인데 믿고 가야죠. 뭐든 척척 대박 내는 작가님을 믿지, 누굴 믿나요."

"무슨 말이야?"

무신경하게 대본을 읽는 듯하면서도 윤혁의 말에는 가시가 녹아 있었다. 겉으로 드러내고 내색만 하지 않았을 뿐, 윤혁은 칼을 갈고 있었다. 낮에 진별이 했던 대사를 내뱉으며.

"오늘 낮에 여배우 이진별이 하고 가신 말씀."

"하하. 이진별다운 대사를 던지고 갔는데?"

진별이 했다는 말을 들으며 보균은 즐거운 듯 웃었지만, 대본을 넘기는 윤혁의 눈빛은 그다지 유쾌하지 못했다. 뭔가 마음에 들지 않는다는 표정이 윤혁의 얼굴 가득 역력했다.

보통 여느 여배우가 그렇듯 진별도 연예인으로서 겉으로 드러나는 것과 실제 생활에서의 행동은 많이 달랐다. 대중들에게 보일 때는 마냥 예쁘고 착한 성실함의 대명사일 것이다. 그리고 봉사활동을 많이 하는 선행 천사의 이미지도 있었다. CF 속 한 장면처럼 여신의 이미지도 진별에게 어울리는 수식어였다. 현실에서의 진별은 예쁜 것은 맞지만 착하거나 성실한 것과는 거리가 멀었다. 실제로 봉사활동은 꾸준히 하고 있지만 진별과 여신이나 천사는 엄청난 거리가 있는 단어들이었다. 털털하고 자기 할 말은 곧 죽어도 다 해야 했다. 게다가 동생들에게는 게으름의 대명사였다.

"진별이 맘에 들어?"

"응."

"어디가?"

"비밀."

맞선을 보고 온 형에게 듣고 싶은 이야기가 많지만 윤혁은 대화를 차단했다. 그런 윤혁의 얼굴을 바라보며 보균은 살짝 아쉽다는 표정을 지었다.

"세상에 우리 형 같은 남자 없지."

"……."

"아버지 말 한마디에 하던 공부 접고 새로운 일에 바로 접어드는 사람이 어디 있어. 난 정말로 형이 그렇게 할 줄 몰랐어. 아버지 사업도 중요하지만 형이 하던 공부와 일을 접어가면서까지 선택할 줄 몰랐으니까."

보균의 말에도 윤혁은 표정의 변화 없이 묵묵히 대본만을 읽어 내려갔다. 아무리 바라봐도 보균의 눈에는 윤혁은 거대한 산 같은 존재였다. 회계사나 펀드매니저로 쭉 나갈 줄 알았던 형이 어느 날 갑자기 아버지의 제안에 단숨에 진로를 변경했다. 젊은 시절부터 영화 촬영 말단 스태프부터 매니저 일까지 해보며 사업을 일군 아버지와 달리 뒤늦게 무작정 달려들기란 힘든 일이었지만 내색 하나 하지 않았다. 오히려 조용히 소속사 연예인들을 미국에서 입지를 굳히게 만드는가 하면, 거기서 신인들을 키워 스타로 만들어 놓은 사람이 바로 윤혁이었다. 그렇기에 같은 남자로서 보균이 바라보는 윤혁은 항상 대단하고 동경해야 하는 존재와 같았다.

"진별이는 어떤 거 같아? 형한테 마음 있는 거 같아?"

"내 사진 붙여놓고 다트나 안 던지면 다행."

"대체 무슨 일이 있었던 건데?"

여전히 윤혁의 눈은 대본을 바라보고 있으면서도 의미심장한 미소를 지었다. 분명 뭔가 있다는 확신이 서는 윤혁의 표정에 보균은 입꼬리를 쓱 말아 올렸다.

"대충 맞혀볼까? 무슨 일이 있었는지."

이 정도쯤은 보균에게 아주 쉬운 일이었다. 하루가 멀다 하고 연일 TV에서는 로맨스 드라마를 방송하고 개봉하는 영화들도 슬픈 사랑, 알콩달콩한 사랑 이라는 주제로 나뉠 뿐 다 똑같은 거였다. 연인들, 남녀의 관계에서는 말이다.

"포옹이라도 했어?"

요즘 손잡는 거는 패스. 유치원생 꼬맹이들도 연애를 하면 첫 스타트가 뽀뽀라는데 포옹 정도는 시작해줘야 했다.

"뽀뽀?"

이것도 시시하다. 요즘 연애 트렌드를 생각하면 말이다.

"아님…… 키스?"

아무래도 이게 정답일 거 같지만 보균은 일부러 하나 더 말하기 위해 입을 열었다.

"화끈하게 덮치기라도 했어?"

"덮쳤으면 네 눈에 내가 보일까?"

대본을 보던 윤혁의 눈이 보균의 시선을 맞추며 답을 했다. 사실 저 말을 하면서도 보균은 아니라는 것을 이미 알고 있었다. 정신이 잠깐 잘못되어서 덮쳤더라면 윤혁의 말처럼 지금 보균은 살아 있는 사람이 아닌 영정사진이나 시신을 마주하고도 남아 있어야 했다. 진별의 성격을 감안한다면 말이다.

"세 번째 정답."

친절히 정답을 알려줬건만 멀뚱히 앉아 있다 말고 딴소리를 하는 보균을 한 번 바라봐주고, 윤혁의 시선이 다시금 대본에 머물 무렵 호탕한 웃음소리가 온 집 안에 울려 퍼졌다. 뭐가 그렇게 재미있는지 보균은 한참을 웃고 난 뒤에야 윤혁의 얼굴을 빤히 들여다봤다.

"형도 참 급하네. 맞선 보고 두 번째 만났는데 키스라니."

"상대방에게 시간을 줬음에도 추억을 기억하지 못하는 것에 대한 벌칙으로 치면 키스는 가볍지."

"따로 뭘 하고 싶은 게 있다는 말인데?"

뭔가 아쉬움이 남아 있는 것 같은 윤혁의 음성에 보균이 파고들어 물었다.

"여행."

어쩜 저렇게 담백할까. 아마 저것도 재주라는 생각이 보균의 머릿속에 파고들었다. 어릴 때 몇 번 만났었고 그 뒤론 연락을 하지 않았던 여자를 다시 만난 지 두 번 만에 여행을 가고 싶다는 저 말을 저토록 심플하게 할 수 있는 사람도 윤혁뿐일 거라며 보균은 생각했다.

"진별이한테 한번 말해보지 그래?"

"넌 나를 죽이려고 작정했지?"

"내가 설마 형을 죽이려고 그러겠어? 이 동생은 다 형의 연애를 위해서지."

좋게 말하면 연애를 위해서고 나쁘게 해석하면 여자한테 몰매 맞아 죽으라고 하는 말이나 다름없었다. 진별의 성격을 감안한다면 여행의 여자만 꺼내도 난리가 날 터였다.

웃고 떠들던 윤혁은 다시금 보균의 대본에 집중했다. 형이지만 저런 모습을 볼 때면 보균은 항상 새로웠다.

"수정하기 전에도 좋았는데 왜 고친 거야?"

"수정한 대본이 별로야?"

"그건 아닌데 내 말은 딱히 고칠 필요는 없었다 말이지."

윤혁의 칭찬에 보균은 빙긋 웃어 보였다. 이제 슬슬 본론을 꺼낼 준비를 하며 보균이 윤혁의 눈을 똑바로 바라봤다.

"이진별을 여배우로 주시겠습니까?"

"장보균 작가님 무섭게 왜 이러십니까."

"무서우면 이진별이라는 배우를 여주인공으로 주시죠."

평소와 달리 존댓말을 주고받으며 윤혁과 보균은 서로의 눈빛을 놓치지 않았다. 친형제는 아니지만 어느새 닮아버린 서로를 바라보다 윤혁과 보균은 누구라고 할 것도 없이 동시에 화통한 웃음을 터트렸다.

"진별이 줄 거지?"

"키스신을 다섯 번 이하로 넣는다고 약속하면 오케이하지."

"24부작 로맨스가 주를 이루는 드라마에 키스신 다섯 번 이하? 말이 되는 소리를 해야지."

보균은 손사래까지 쳤다.

"그럼 네 번."

"형!"

"세 번."

"아, 알았어. 다섯 번!"

다른 사람 같으면 절대 안 된다고 이 무슨 허무맹랑한 소리냐고 하면서 따졌을 것이다. 그렇지만 보균은 윤혁에게는 그럴 수 없었다. 정말 윤혁의 성격대로라면 이 상태로 계속 말을 주고받았다간 키스의 횟수는 0회로 줄어들고, 진별은 놓치고 말 터였다. 이번 드라마의 여주인공을 진별로 낙점해두고 작업에 들어간 드라마인지라 보균으로서는 절대 포기할 수 없는 부분이었다. 다른 배우를 여주인공으로 캐스팅할 것 같았으면 굳이 오늘 이렇게 대본을 들고 와서 형에게 보여주지 않았을 것이다. 물론 보여주더라도 오늘같이 피곤한 날이 아닌 며칠 뒤 컨디션이 좋아졌을 때의 해당되는 이야기였다.

"나머진 나중에 봐도 되겠지?"

1화까지 다 읽어본 윤혁은 대본을 조심스레 테이블 위에 내려놓았다. 사실 읽어보는 것이 전부지 윤혁이 이야기나 소스에는 도움이 되지 못했다. 쓰는 작품마다 대박이라는 타이틀을 달고 있는 보균의 대본은 그 어느 누가 봐도 완벽하다 할 정도였다.

"형."

대본을 내려놓기 무섭게 기다렸다는 듯이 보균이 윤혁을 불렀다. 진지하게 할 이야기가 있는 것 같은 표정을 짓고 있었다.

"형을 믿지만 하나만 부탁할게. 진별이 잘 다독거려줘."

대뜸 잘 다독거려주라는 말을 하는 보균의 모습을 윤혁은 의아하다는 듯이 바라봤다.

"상처가 많은 녀석이잖아."

그 상처라는 것이 부모님과 관련된 일이 아닌 다른 것이 있다는 것으로 윤혁의 귀에는 그렇게 들렸다.

"5년 전에…… 진별이가 찍으려고 했던 영화랑 드라마가 모조리 최지연이라는 여배우한테 넘어갔었던 일, 기억해?"

기억한다는 대답 대신 윤혁은 고개를 끄덕였다. 그 당시의 사건은 연예계를 뒤흔들 정도의 큰 충격이었다. 아무것도 안 하고 사진만 한 장 찍어 내걸어도 진별이 하고 있는 옷과 소품은 완판으로 이어질 정도였다. 당시 연예계는 진별을 잡기 위해서 혈안이 되어 있는 시점이었다. 곧 해외활동까지 이어갈 것이 분명해 보이는 진별은 어느 누구라도 탐을 낼 정도였다. 윤혁은 미국에서도 한국의 연예계 근황이나 흘러가는 것을 놓치지 않고 파악하고 있었다. 거기다 좋아하는 여자인 진별의 기사이니 더욱더 모를 리가 없었다.

"그때 안 좋은 일이 있었어. 언론에서는 말도 안 되는 허무맹랑한 소리를 다 만들어냈지만 사실은 하나도 없었어."

어느 날 갑자기 촬영을 중단하고 잠수해버린 진별을 두고 연예계는 시끄러웠다. 얼마 지나지 않아 모든 계약을 파기하고 진별은 돌연 잠적을 해버렸다. 이렇다 저렇다 하는 말 한마디 하지 않고 숨어버린 진별을 놔두고 많은 말들이 생겨났다. 돈 좀 벌더니 간이 커졌다, 돈 많은 재벌2세랑 연애 중이라 곧 결혼을 한다, 임신 중이라 태아를 위해 해외로 가기 위함이다 등등 많은 말들이 떠돌았다. 그러나 그 무엇도 진실은 하나도 없었다. 말 만들어내기 좋아하는 곳에서 진별은 그저 기삿거리에 불과했다.

"많이 믿었었지. 믿을 만한 사람이라 생각했었고, 다른 사람은 다 변해도 이 사람은 그러지 않을 거라 생각했었지."

무슨 말일까. 덤덤한 말투로 꺼내는 과거형의 말에 윤혁의 눈은 보균을 집중했다.

"실제로 피만 튀기지 않을 뿐이지, 치열한 연예계 바닥에서 진별이 성공하기까지 힘이 되어주는 사람이 있었어. 그때 진별이가 나한테 그랬어. 이 사람이라면 아빠같이 여자에게 상처 주지 않을 거 같다고, 결혼을 해도 될 만큼 믿음이 가는 사람이라고 했었어. 그 웃음이 어찌나 환했는지 진별이를 보고 있는 내 가슴이 따뜻해질 정도였어."

이진별이라는 여자가 사랑했던 남자의 이야기. 어떤 사람인지 궁금했지만 윤혁은 더 이상 듣지 않기로 결정했다.

"그만해."

저 뒷이야기는 듣지 않는 편이 좋을 것 같았다. 누군가는 다른 사람이 사랑했던 사람에 관해서 쉽게 이야기할 수 있을 테지만 당사자에게는 다를 터였다. 이진별이라는 여자에게 있어 그 이야기는 꺼내기 싫은 아픔일 수도 있는 거였다. 그런 이야기를 타인을 통해서 듣고 싶은 생각은 없었다.

6. 별의 사랑, 그리고 상처

오랜만에 한 CF촬영에 진별의 몸은 천근만근이었다. 화장대 거울을 통해 클렌징크림에 의해 지워진 화장 사이로 보이는 자신의 얼굴에 진별은 절로 한숨이 나왔다. 나이도 못 속이고 피부도 예전만큼 탱탱하지 못하다는 느낌이 다가오자 진별은 조금 더 신경 써야겠다는 생각을 했다. CF촬영만 해도 힘들 터인데 어제는 예전에 찍었던 장면까지 마음에 들지 않는다며, 감독이 재촬영을 강력하게 요구한 탓에 진별은 녹초가 될 지경이었다.

불과 몇 년 전까지만 해도 밤샘 촬영을 해도 끄덕도 하지 않았던 체력이었다. 일주일을 통틀어 다 합쳐도 10시간 미만으로 수면을 취해도 멀쩡했었다. 그러나 이제 이 모든 일이 진별에게 옛날 일로 느껴질 정도였다. 이제는 곧 죽어도 하루에 4시간 이상은 잠을 자야 하고, 밤샘 촬영이 다가오면 덜컥 겁부터 날 지경이니 말이다.

작품을 하나 끝내면 아무리 못 쉬어도 한 달 이상의 시간을 두었다. 길게는 6개월 이상의 휴식기를 가지며 천천히 작품을 골랐다. 이번에는 일주일만 쉬면 당장 드라마 대본 연습에 참가해야 했다. 얼마 전 출연하기로 결정한 보균의 드라마 계약을 마무리하고 첫 촬영이 다가오고 있었다. 여행이라도 가고 싶었지만 진별은 현재로서는 집에서 가만히 쉬는 것이 오히려 더 이득이 될 것이라는 결론을 내렸다.

"동생."

"웬일?"

오빠인 금별이 진별의 방문을 난데없이 열고 동생을 외치는 것은 오랜만이라는 단어가 절로 나올 만큼 낯선 일이었다. 그러니 진별의 웬일이라는 반응도 어찌 보면 당연했다.

"따뜻한 코코아."

쟁반 위에 올라가 있는 머그컵에서 나는 달달한 향이 진별의 코를 간질이고 있다. 엄마가 내미는 것이라면 덥석 받아 들었을 테지만 금별의 손에 들린 것이라 진별은 의심스러운 눈초리를 보냈다.

"독 없거든."

쌍둥이 아니랄까봐 말하지 않아도 금별은 진별의 의심스러운 눈초리를 바라보며 한마디 툭 던졌다.

"사람이 평소랑 똑같이 굴어야 의심을 안 하지."

"난 평소……."

"찔리지? 결혼하기 전에는 동생한테 물 한잔 떠다 주며 큰소리쳤었지. 결혼하고 난 뒤에는 하나밖에 없는 부인을 위해서 희생하느라고 밤샘 촬영하고 오는 동생을 생각도 한 적 없는 양반이 이제 와서 코코아를 들고 와봐. 누구라도 거기에 독 들어 있는 거 아니냐고 의심하는 건 당연해. 맞지?"

스스로도 양심이 있어 자책감을 느끼는 것인지 말을 머뭇거리는 금별을 바라보다 그 틈을 놓치지 않고 진별이 쏘아붙였다. 구구절절 맞는 말만 골라 하는 진별을 바라보며 금별은 대꾸할 말을 찾지 못하고 머뭇거렸다.

"잘 마실게."

우물쭈물하는 금별의 모습을 바라보다 진별은 쟁반 위에 머그컵을 집어 들어, 후 하고 불어 뜨거운 김을 날린 다음 한 모금 입에 머금었다.

"독은 없네."

시니컬한 진별의 말투에 금별은 어이가 없어 피식하는 웃음이 절로 나왔다. 화장대 거울을 통해 자신의 얼굴을 이리저리 만져보는 진별의 모습을 바라보며 금별이 옆에서 거들었다.

"많이 늙었네."

"이금별!"

평소엔 쌍둥이인 금별을 오빠라고 잘 부르는 진별이지만 욱하는 순간에는 오빠같이 듣기 좋은 단어가 나오지 않는다.

"어디 오빠 이름을 함부로 불러! 이 오빤 동생에게 맞는 말만 해주는 사람이라고."

어쩜 저렇게 얄미울까. 오빠라는 사람이 동생더러 많이 늙었다는 말을 어쩜 저리 아무렇지 않게 뱉을 수 있나 싶었다. 안 그래도 부쩍 늙어 보이는 자신의 모습이 신경 쓰이는 진별에게 금별은 조용히 기름을 들이부은 꼴이었다.

"이금별 당신도 같이 늙어가고 있다는 것만 명심하세요."

톡 쏘아붙이며 한마디 던진 진별은 클렌징크림 쪽을 향해 손을 뻗었다. 한시라도 빨리 얼굴을 덮어놓은 용품들을 씻어내고 싶은 생각뿐이었다. 얼른 지워내고 얼굴에 시원한 마스크 팩이라도 붙여야겠다고 진별은 생각했다.

"더 늙기 전에 결혼해. 나는 결혼이라도 했잖니?"

어쩐지 생전 하지도 않던 짓을 한다고 했더니 그 안의 속마음은 역시나 결혼이었다. 요즘 어찌 된 것이 집에만 들어오면 결혼이라는 단어가 빠지는 날이 없으니 진별에겐 가시방석이나 다름없었다.

"보균 형이랑 통화했는데 말이야."

금별의 입에서 보균의 이름이 거론되자 진별은 겁이 덜컥 났다. 어렸을 때부터 보균과 금별이 입을 맞추고 대화를 할 때면 주위 사람에겐 그다지 유쾌하지 않은 일이 일어났다. 멀쩡하던 집의 창문이 하나쯤 깨진다든가, 화단에 예쁘게 피어 있던 꽃이 다음날 갑자기 시들해진다든가 꼭 무슨 사건이 하나씩은 터졌었다. 물론 어릴 적의 이야기라고는 하지만 크고 나서도 진별은 안심이 되지 않았다.

"며칠 내로 윤혁 형이랑 술 한 잔 하기로 했어."

"누, 누구?"

익숙한 손놀림으로 클렌징크림을 얼굴 전체에 부드럽게 펴 바르다 말고 낯익은 이름에 진별은 눈을 크게 치켜떴다.

"윤혁 형."

"언제부터 호칭이 형이었어?"

"옛날부터. 오랜만에 만났다고 변할 이유는 없잖아?"

참 넉살 한번 좋다. 진별은 언제부터 금별이 저렇게 넉살이 좋은 인간이었는지 궁금해지기 시작했다. 기억도 흐릿한 사람을 20년도 더 지나 만나서도 자연스럽게 형이라고 부르는 금별의 친화력에 진별은 혀를 내둘렀다.

"20년이 훌쩍 지나서 만난 사람하고 술이 먹고 싶어? 형이라고 부르면서?"

"형이기 전에 다른 이유도 포함되어 있지."

뭔가 의미심장한 미소를 짓는 금별을 바라보며 진별은 탐탁지 않은 표정을 지었다. 현재 진별의 머리에는 불안하게 금별은 왜 저런 미소를 짓는 거야, 라는 생각밖에 없었다.

"이진별의 신랑이 될 사람."

"어째서 그 사람이 내 신랑이 될 사람인데."

뒤이어 이어진 금별의 말에 진별은 화장대 의자에서 순간적으로 몸이 튕겨지듯 일어나서 소리쳤다. 어이상실을 넘어 진별은 할 말이 없었다. 어째서 그 남자가 자신도 모르는 사이에 신랑이 될 사람으로 꼽혀 있는 건지 알 수가 없었다.

"미쳤지? 그 남자랑 나랑 절대 결혼할 일 없으니까 그렇게 알아. 아니, 결혼이라는 걸 할 생각은 전혀 없어."

"그건 두고 봐야지."

금별이 윤혁의 존재를 이야기하자 키스를 하던 장면이 떠올랐다. 아주 잠깐이었지만 키스만큼은 뜨거웠었기에.

"결혼할 당사자가 그 사람이 싫다는데 뭘 두고 보는데!"

"이진별, 나이는 어디로 먹었냐? 결혼이 하고 싶다고 하고, 하기 싫다고 안 해도 되는 건 줄 아냐? 결혼은 자신도 모르는 사이에 어디에 꼬여서 하게 되는 거라고. 하고 싶다고 하고, 하기 싫다고 안 해도 되는 거라면 우리 부모님도 결혼은 하지 않았을 거다."

금별의 맞다. 결혼을 선택해서 하거나 하지 않을 수 있다면 금별의 말대로 부모님은 절대로 결혼하지 않았을 것이다. 현재 금별의 말이 맞는 말이기도 하지만 진별은 결혼을 한다 하더라도 저 남자는 아니었다. 그 전에 결혼을 하고 싶은 마음은 더더욱 없지만 말이다.

"결혼이야기 운운하려면 나가봐."

다시 화장대 의자에 앉아 화장을 지우면서 진별은 딱 잘라 금별을 향해 말했다. 그러자 금별도 포기한다는 듯이 몸을 문 쪽으로 옮기고 있었다.

"형이랑 술 마시면서 결혼 계획 좀 잡아보려고."

"이금……!"

말도 안 되는 헛소리를 내뱉는 금별을 향해 진별은 이름을 부르려 했지만 끝까지 그러지 못했다. 말을 다 내뱉기도 전에 이미 금별의 몸은 진별의 방에서 빠져나가고 없었다.

닫혀버린 방문을 향해 불만을 마저 토로하고 싶지만 그러기엔 현재 진별의 컨디션이 그렇게 좋지 않았다. 말 한마디 하기 위해 입을 여는 그 힘도 아까울 정도였다. 얼굴에 묻혀놓은 클렌징크림에 의해 화장이 서서히 지워지자 진별은 욕실로 향했다.

화장을 지우고 맨얼굴로 나온 진별은 화장대 서랍에서 꺼낸 마스크 팩을 하나 붙일까 했지만 십여분 뒤에 떼어낼 자신이 없었다. 몸이 가라앉는 것이 침대에 몸을 누이기만 해도 그대로 수면상태에 빠질 것 같았다.

"그만 정리하자."

"지금 뭐라고 했어?"

"여기서 그만 정리하자고."

"그게 나한테 할 말이야? 미안하다고 다시는 안 그런다고 해야 하는 거 아니야?"

"내가 너 따위 딴따라 기집애랑 결혼이라도 할 줄 알았니? 너랑 나는 살아가는 물이 달라."

무거운 몸을 침대에 누인 지 2시간 만에 진별은 생각하기도 싫은 끔찍한 꿈에 그만 눈을 떴다. 침대에서 몸을 일으켜 휴대폰으로 시간을 확인한 진별의 입에서 짙은 한숨이 흘러나왔다. 다 잊어버린 줄 알았던 일이 이따금씩 꿈으로 나타날 때면 진별은 미칠 것만 같았다. 어째서 이토록 질기게 자신을 괴롭히는 것인지.

지독한 꿈이 끝이 나지 않고 눈을 뜨고 있어도, 생생하게 더 떠올랐다. 그만 떠올리고 싶어도 뜻대로 되지 않았다. 벗어나려고 해도 벗어나지 못하는 늪처럼.

고등학생 신분이었던 17살의 나이에 우연한 기회에 화보 촬영을 하게 되었다. 그동안은 아빠의 반대가 있었기에 못했었지만 이번에는 순전히 자신의 힘이자 운으로 하게 된 일이었다. 비밀로 하고 촬영한 화보가 잡지에 실리면서 부모님도 알게 되었다. 그때부터 간간이 몇 달에 한 번 정도씩 화보 촬영을 했었다. 처음엔 반대가 심했지만 자신이 재미를 붙여가면서 하는 일에 아빠도 더 이상의 반대는 하지 못했었다.

19살에 아주 잠깐 아빠가 찍는 영화에 대사 한 줄 있는 단역으로 출연하게 되었다. 그때부터 진별의 본격 연예계 활동이 시작되었었다. 수능을 치고 나서부터는 자연스레 더 많은 영화에도 출연하게 되었다. 그렇게 조금씩 활동을 하던 중에 첫 광고가 들어왔다. 그것도 유명한 대기업의 광고였다.

그 광고 제의가 자신의 삶을 송두리째 바꿔버릴 거라는 생각을 그때 진별은 하지 못했었다. 광고 콘티를 상의하는 날에도, 촬영을 하는 날에도 기업의 본부장이라는 남자와 함께했다. 처음엔 자신이 본부장이 되고 처음 찍는 광고여서 자꾸만 신경이 쓰인다면서 그 자리를 함께한다고 설명했었다. 그 당시의 진별은 그 말을 믿었었다.

광고 촬영이 끝나고 나서는 더 이상 만날 일이 없음에도 자꾸만 본부장이라는 남자는 진별의 곁을 맴돌았다. 촬영하는 곳으로 꽃다발을 보내는가 하면, 먹을 것을 보내기도 했고 하루에도 열두 번씩 더 문자를 보냈다. 처음엔 마냥 부담스럽기만 했던 연락이 어느새 진별에게도 익숙한 일이 되어 있었다. 아무리 바쁘더라도 일주일에 한 번 정도는 30분만이라도 꼭 얼굴을 보는 사이가 되었다. 그런 와중에 진별이 미국으로 일주일, 그 뒤에 바로 일본으로 촬영을 하러 이동했다. 전화로 보고 싶다는 말을 계속하던 그 남자가 정말 일본으로 왔었다. 아주 잠시 진별의 얼굴만 보고 남자는 다시금 한국으로 돌아갔다. 그런 남자의 정성에 진별도 드디어 마음을 열게 되었다.

그렇게 한 대기업의 본부장인 진상우와 이진별의 비밀 연애가 시작되었다. 처음엔 수줍기만 하던 연애도 어느새 뜨거워졌다. 자연스레 그들의 데이트 장소는 그가 얻은 오피스텔에서 이루어졌다. 오피스텔 안에서 영화도 보고 직접 요리를 만들어 먹기도 했다. 그들이 함께할 수 있는 시간은 진별의 촬영이 비어 있는 시간이나 상우의 일정이 없어야 이루어졌기에 항상 애틋하고 뜨거울 수밖에 없었다.

언제나 한결같았다. 촬영에 들어가면 연락을 잘하지 못하는 진별을 언제나 그는 이해하고 받아주었다. 가끔 촬영 때문에 스트레스를 받아서 온갖 짜증을 부리는 것도 그는 아무렇지 않게 당연하다는 듯이 받아주었다.

진별에게 있어 처음으로 사랑이라는 감정을 느끼게 해준 사람이 상우였다. 사람을 사랑하는 것이 어떠한 감정인지, 사랑하는 사람을 위해서라면 어떠한 일이라도 하게 된다는 것을 상우를 통해서 진별은 알게 되었다.

아무것도 하지 않고 같이 있기만 해도 행복했다. 그와 함께 있는 시간은 진별에게 있어서 그 무엇과도 바꿀 수 없을 만큼 소중했다. 함께하는 시간이 길어질수록 진별은 그가 없는 세상은 생각할 수도 없었다.

그렇게 그와 함께 지낸 지도 어느새 3년이라는 시간이 지났을 무렵이었다.

이제 막 연애를 시작하는 커플들처럼 백일이니 이백일이니 일일이 챙기기는 힘들었다. 지금껏 기념일에 맞춰서 함께 시간을 보낸 적이 거의 없었다. 그저 기념일에도 진별은 촬영을 하느라 바빴고 상우도 회사에서 일을 하거나 출장을 가는 일이 잦았다. 서로의 상황을 잘 알기에 진별도 상우도 기념일에 시간을 함께 보내지 못하는 것에 대해 기분 나빠 하지 않았다.

3년이라는 시간을 만났음에도 상우는 변함이 없었다. 매 기념일이면 진별이 좋아하는 꽃을 보내왔다. 백일, 이백일, 삼백일…… 일주년, 이주년 빠트리지 않았다. 물론 한 달에 한 번 꼬박꼬박 진별에게 근사한 꽃바구니도 안겼다. 보석이나 명품에 크게 관심을 두지 않는 진별이 유일하게 꽃을 좋아했기에 상우는 빠트리지 않았다.

이번에도 역시나 3주년도 천일도 함께 보내지 못했다. 피곤한 몸을 이끌고 오피스텔로 향하는 진별의 기분은 그 어느 때보다 좋아 보였다. 몸은 연이은 밤샘 촬영에 피곤할지라도 2주 만에 상우를 보는 날이기에 진별의 기분은 들떠 있었다. 늦는다는 상우의 말을 기억하고 진별은 자연스레 비밀번호를 누르고 오피스텔 안으로 들어갔다.

깜깜해야 하는 오피스텔 안에 불빛이 군데군데 비쳤다. 뭐지 싶어 자세히 바닥을 바라보자 작은 초들로 길이 만들어져 있었다. 그 길을 조심스럽게 걸어가자 하트로 이루어진 그 중간에 상우가 그 어느 때보다 큰 장미꽃다발을 들고 서 있었다.

"왔어?"

"늦는다고 했잖아."

"깜짝 이벤트 해주려고 했지."

덤덤하게 말하는 상우의 얼굴을 한 번 바라보고는 진별은 주위를 바라봤다. 군데군데 초들로 불을 붙을 밝힌 거실에는 온통 풍선 장식들이 되어 있었다.

"점심때 한국 들어온다고 해놓고서."

"널 위해서 거짓말 좀 했어. 용서해줄 거지?"

분명 중국에서 오늘 점심 무렵에야 한국에 들어온다고 했었지만 상우는 진별에게 거짓말을 하고 어제 밤늦게 돌아왔다. 아침부터 부랴부랴 사람들을 불러 풍선 장식을 지시한 상우는 다시 회사로 돌아가서 일을 처리하고, 다시금 집으로 돌아와 촛불 장식을 했을 터였다.

"1010일 동안 내 곁에 있어줘서 고마워, 이진별."

그저 천일이 지났다고만 생각하고 있던 진별과 달리 상우는 날짜 계산까지 해서 말하며 가지고 있던 꽃다발을 그녀에게 건넸다.

"정확히 1010송이."

그 순간 진별의 눈에서 또르르 눈물이 떨어졌다. 생각지도 못한 선물이었다. 가끔씩 이런 섬세함으로 감동을 안겨주는 남자가 진상우였다.

"고마워."

울먹거리며 말하는 진별에게 다가온 상우는 꽃다발을 바닥에 내려놓고는 조용히 진별을 자신의 품에 안았다. 그리고 언제나 그렇듯 말없이 조용히 그녀의 등을 토닥거려 주었다.

천천히 부드럽게 시작한 입맞춤이 점점 더 짙어졌다. 입맞춤이 짙어질수록 서로의 서로를 향한 갈망은 더 높아져 갔다. 얼굴은 2주 만에 보는 거고 이런 시간을 가지는 것은 거의 한 달 만인지라 상우와 진별은 누구라고 할 것도 없이 숨소리가 가빠지고 손놀림이 급해졌다.

"하……."

침대 위에서 진별의 몸을 꼭 끌어안고 있는 상우의 입에서 짙은 숨소리가 흘러나왔다. 불과 5분여 전까지만 해도 서로의 몸을 갈망하기에 급급했었다. 그런 둘 사이에는 여전히 뜨거운 열기가 짙게 남아 있었다.

"우리 너무 오랜만이네."

"오늘 보고 나면 또 열흘 정도는 못 보겠지?"

만나온 시간이 길어도 이 애틋함은 사라지지 않았다. 오히려 더 짙어졌다. 서로가 서로를 더 갈망하여 같이 있고 싶다는 생각만 들 뿐이었다.

"우리……."

평소의 상우답지 않게 말하는 데 뜸을 들였다. 그런 상우의 모습을 진별은 가만히 바라보며 차분히 그의 말을 기다렸다. 항상 그래왔듯이. 저렇게 뜸을 들이고 있다는 것 자체가 그로서는 상당히 떨리거나 말하기 힘든 것이 분명했기에.

"음……."

"당신이 이렇게 망설이는 거 오랜만이네."

운을 띄워놓기만 하고 20분이 지나도록 여전히 말을 하지 않는 상우의 품에 진별이 조금 더 깊게 파고들었다. 그런 진별의 모습을 물끄러미 바라보기만 하던 상우의 입이 조금씩 열렸다.

"결혼하자."

갑작스런 상우의 말에 진별이 고개를 들어 그의 얼굴을 물끄러미 바라봤다. 항상 지나가는 말로 '우리도 나중엔 같이 살자.' '예쁜 드레스 입혀줄게.'라는 식의 상우의 말은 들어봤지만 결혼하자는 말은 이번이 처음이었다.

"나랑 결혼하기 싫어?"

아무런 대답이 없는 진별을 향해 상우가 조심스럽게 물었다. 그런 그의 말에도 진별은 놀라 아무런 말이 나오지 않았다. 그저 고개를 좌우로 저어가며 아니라는 대답을 대신할 뿐이었다.

"진즉에 말하고 싶었어, 너한테 결혼하자고. 그런데 이젠 더 이상 미루고 싶지 않아."

3년여의 시간 동안 상우는 차분히 기회를 보고 있었다. 각자의 자리에서 인정받고 일어서는 그날을 말이다. 3년여의 시간 동안 진별은 대한민국에서 모르는 사람이 없을 정도로 유명해졌고 연기력으로 인정받는 배우로 성장했다. 또한 상우도 부모의 든든한 배경이 아니라 스스로 기획한 프로젝트로 인정받았다. 그와 동시에 차세대 기업을 이끌 주자로 선정되기도 했다.

상우는 하루라도 빨리 진별을 집에 데리고 가서 소개시키고 싶었다. 그렇게라도 해야 집에서 나오고 있는 결혼 이야기를 막을 수 있다는 생각밖에 들지 않았다. 지금까지 밖에서 낳아온 자식이라는 이후로 집안에서 줄곧 천대를 받아왔었다. 일로써 노력을 해서 성과를 이뤄내자 아버지의 태도가 달라졌다. 어느 날 갑자기 결혼을 해도 되겠다면서 맞선 자리에 내보냈다. 만나는 여자가 있다고 했지만 아버지에게는 통하지 않았다. 기업의 자식이면, 사업에 도움이 되는 집안이랑 결혼을 해야 한다면서 자신의 의견 따위는 깨끗하게 무시당했다. 결혼을 하자고 말하는 이 순간도 상우의 마음은 급하기 짝이 없었다.

"우리 결혼하자."

다시 한 번 상우는 자신의 마음을 굳히기 위해 진별을 향해 결혼하자는 말을 뱉었다. 이번에도 진별은 상우의 말에 고개만을 끄덕였다. 그동안 기다려왔던 말이라기보다는 그저 꿈으로만 생각하던 일이었다. 그 언젠가 상우와 결혼을 하면 어떨까 하는 생각을 했기는 하지만 제대로 상상을 한 적은 없었다. 그저 불현듯 이 남자와 결혼이라는 걸 하게 된다면 행복한 생활을 할 수 있을까만 생각했었다.

진별에게 결혼이란 서로 사랑하고 좋아해서 하는 것도 있지만 평생을 함께할 수 있는 상대인가도 중요했다. 그리고 상처 받으며 헤어지지 않아도 되고, 평생을 믿고 같이 손잡고 걸어갈 수 있어야 하는 상대여야 했다. 어린 시절 소라는 줄곧 진별의 손을 잡고 말하고 또 말했었다.

"널 많이 사랑해주는 사람이랑 결혼해야 해. 여자는 평생을 사랑받아도 부족한 존재야. 넌 그만큼이나 예쁘고 빛나는 존재니까 그런 사람을 만나 결혼을 해."

"엄마는 이렇게 예쁜 쌍둥이와 너희 아빠를 만나게 해주신 하늘에 지금은 감사해. 처음엔 무척 힘들고 외로웠지만 이젠 그렇지 않거든. 그러나 내 딸만큼은 그런 고생을 하지 않고 살 수 있는 상대와 함께했으면 좋겠어. 그게 바로 엄마의 마음이자 같은 여자로서 하는 말이란다."

어릴 땐 엄마가 왜 그러고 살았나 이해할 수 없었지만 자신도 나이를 들어가면서 알 수 있었다. 엄마에게 아빠는 어떠한 존재였는지, 또한 자신과 오빠가 엄마에겐 어떠한 의미였고 존재였는지 말이다.

"오빠……."

"응?"

줄곧 침묵을 유지하던 진별이 입을 열었다. 자신에게 있어 엄마가 어떠한 존재이며 어떠한 사람인지 말해주고 싶었다.

"난 오빠가 아무리 좋은 사람이라도 우리 엄마가 싫다고 하면 결혼 안 할 거야."

"그럼 나랑 헤어질 수 있다는 말이야?"

"응, 난 그럴 수 있어."

방금 청혼을 한 상우에게 있어 지금 진별의 말은 충격이나 다름없었다. 이 무슨 뚱딴지같은 소리인가.

"나한테 있어서 엄마는 오빠보다 더 소중한 존재야."

"……."

"그래서 나랑 결혼을 하려면 오빠가 우리 엄마 마음에 들어야 해. 그리고 무조건 아들 같은 사위가 되어줘야만 해."

강경했다. 몇 년을 만나도 지금껏 고집을 피우거나 욕심을 피운 적이 없던 진별이었다. 그런 진별이 엄마 이야기를 하면서는 단호했다. 절대 물러서지 않을 것 같은 말투에 상우는 당황스러웠지만 고개를 끄덕였다.

"날 낳은 건 사진으로밖에 본 적 없는 사람이지만 지금의 이 진별을 이만큼 성장시켜 놓은 건 우리 엄마야. 그거만큼은 당신도 알아줬으면 좋겠어."

"알았어. 꼭 어머님 마음에 들 수 있게 노력할게."

믿을 수 있게 안심이 되는 말을 해주는 상우의 품에 진별은 꼭 안겼다. 3년을 사귀면서도 진별은 가족 이야기를 잘 하지 않았다. 왜냐하면 웬만한 사람은 다 알고 있는 사실이니까. 그걸 굳이 자신의 입 밖으로 내뱉고 싶진 않았다. 그러나 청혼을 받은 이상 말해주고 싶었다. 자신에게 있어 엄마란 어떠한 존재이고 의미인지.

상우와 헤어지고 진별은 1010송이의 장미꽃다발을 품에 안고 집으로 돌아왔다. 보통 상우에게 받은 꽃다발은 마음대로 하라고 엄마에게 주지만 오늘은 방으로 갖고 들어가 화장대 위에 놔두었다. 오래오래 간직하고 싶었다. 그에게 청혼과 함께 받은 꽃다발을 말이다.

옷을 갈아입은 진별은 촬영가기 전까지 쉴 생각은 하지 않고 곧장 1층으로 내려가 엄마가 있는 방으로 들어갔다. 언제나 그러하듯이 조용히 침대에 몸을 기댄 채로 책을 읽고 있는 엄마의 모습에 진별은 저절로 미소가 지어졌다.

"엄마."

"쉬지 않고 왜 내려왔어."

진별은 한 치의 망설임도 없이 소라가 있는 침대 위로 뛰어 올라갔다. 그러곤 소라의 몸에 찰싹 달라붙었다.

"오랜만에 엄마랑 같이 있고 싶어서 내려왔쫑."

하긴 이런 시간을 진별과 함께 가지는 것도 참 오랜만이었다. 인기가 높아질수록 진별을 찾는 곳도 많아졌다. 그와 동시에 엄마와 단둘이 시간을 가진 적이 없다는 것을 느낀 진별은 소라에게 미안해졌다.

"이번 작품만 끝나면 엄마랑 나랑 둘이 여행 가자."

"어디로?"

"어디든지. 아, 엄마 발리 좋아하잖아. 발리 가서 한 일주일이나 열흘 정도 쉬다 오면 좋겠다."

"그렇게 길게 가면 너희 아빠 난리 나. 엄만 그냥 가까운 데 하루라도 우리 딸이랑 다녀오면 그걸로 만족해."

"아빠 걱정은 하지 마시죠? 애도 아니고 언제까지 아빠 밥 차려줄 거야."

항상 아빠와 두 동생들 덕분에 마음 편히 길게 여행 한번 가지 못하는 엄마가 오늘따라 진별은 신경 쓰였다. 이젠 그러지 않고 살아도 되는데 말이다. 남들처럼 조금은 여유를 가지고 살아도 되는데.

"이제 엄마도 여유를 가지고 지내. 내가 이제 그렇게 지내게 만들어줄 거야."

"우리 딸이 있어서 엄만 든든해."

아직 학생 신분인 두 동생들 때문에라도 엄마는 쉴 틈이 없었다. 쌍둥이인 오빠와 자신을 다 키우고도 밑의 동생들까지 쌍둥이인 바람에 엄마의 고생은 말할 것도 없었다.

"아빠는 어디 가셨어?"

"친구분들하고 골프 치러."

"요즘 우리 아빠는 직업을 바꿔야 해. 어찌 촬영장에 있는 시간보다 골프 치시는 시간이 더 많은가 몰라."

"이제야말로 아빠도 여유를 가지고 지내실 나이잖니."

하긴 20년이 넘는 세월 동안 단 한 번도 한눈팔지 않고 달려오셨으니 이제는 조금 쉬엄쉬엄 한다고 해서 누구 하나 뭐라 할 사람이 없었다. 오히려 지금 저 시간이 당연한 거였다.

예전엔 자신처럼 스포트라이트를 받는 연기자의 삶을 살았지만, 지금은 평범한 주부의 삶을 살고 계셨다.

"엄마는 연기 안 하고 싶어?"

"이젠 안 하고 싶어. 엄만 지금 이 시간에 만족해."

거짓말이라는 것을 진별은 잘 알고 있다. 연기에 대해 욕심이 없고 하고 싶지 않다는 것은 거짓이라는 것을 진별은 잘 알지만 굳이 내색을 하지 않았다. 인기를 반짝하며 얻기 시작한 무렵 결혼을 하고 그 뒤로는 자신들을 키우셨다. 자신들이 어릴 때 영화 한 편과 드라마를 찍으신 게 전부였다. 그 뒤론 또다시 몇 년이라는 시간을 쉬셨다. 그러곤 쌍둥이 동생이 태어나자 육아로 인하여 또다시 몇 년. 그 뒤에 영화 한 편을 찍기는 했지만 그때 당시엔 자신과 쌍둥이 오빠인 금별이 학생인지라 아무런 도움이 되지 못했다. 할머니 할아버지가 자신들을 봐주시기는 했지만 아이 넷을 보기란 어려운 일이었다. 그렇기에 그 뒤로는 여배우 유소라의 이름을 뒤로하고 엄마 유소라로만 삶을 살았다.

"엄마."

"응?"

"엄만 어떠한 남자가 좋아?"

"우리 딸을 평생 별처럼 반짝이게 해줄 수 있는 남자."

언제나처럼 같은 답이다. 다른 엄마들처럼 내 딸의 남자는 능력이 있어야 하고, 키는 적당히 컸으면 좋겠고 인물은 웬만큼 되어야 하고, 집안은 어땠으면 좋겠고 하는 것이 전혀 없었다.

"엄마는 능력이나 그런 거는 안 봐?"

"돈이야 있다가도 없는 법이고 없다가도 있는 법이야. 없으면 조금 절약하면서 살면 되고 그런 거란다. 사람만 진실하고 성실하면 돼."

엄마는 항상 한결같다. 진실하고 성실한 사람. 엄마가 바라는 것이 어떤 건지 잘 알기에 진별은 더 이상 묻지 않았다. 그러곤 엄마의 품에 파고들었다.

"엄마는 손주 키워줄 거야?"

"당연하지."

"그럼 우리 엄마 한 살이라도 젊을 때 결혼해야겠다."

"우리 딸, 좋아하는 남자 생겼어?"

"아니야, 그냥. 결혼하고도 연기는 하고 싶은데 애 봐줄 사람 없으면 힘들잖아."

촬영이라는 것이 한번 시작하면 마무리 지을 때까지는 낮밤도 없고 제대로 된 휴식도 없으니 가족의 도움이 절실히 필요한 직업 중의 하나였다.

"엄만 우리 딸이 연기 하고 싶을 때 할 수 있게 도와줄 수 있는 남자였으면 좋겠어. 반대하지 않고 우리 딸이 연기를 하며 훨훨 날 수 있도록."

이 말 또한 바로 자기 딸이 별처럼 빛나게 해줄 수 있는 남자를 뜻하기도 했다. 어린 시절부터 엄마는 줄곧 말했었다. 쌍둥이 오빠인 금별을 향해서는 '좋아하는 한 여자를 위한 듬직한 빛이 되어줘야 한단다.' 자신을 위해서는 '진솔하고 언제나 빛나는 빛이 되어야 한단다.' 그렇게 끊임없이 속삭여주고 머리에 세뇌가 되도록 말씀해주셨다. 현재 금별은 그러한 남자가 될 만한 성품이 되었다. 자신은 빛이 나는 여배우 생활을 할지 몰라도 진솔하지는 못했다. 상우의 환경을 고려해 언제나 비밀로 하고 조심스러워야 했기에. 이제 곧 진솔하고 떳떳하게 밝힐 수 있는 날이 올 테지만 말이다.

"엄마 마음에 드는 사윗감을 데려와야 할 텐데 말이야."

"우리 딸이 콕 집은 남자라면 엄마 마음에도 들지 않을까."

이렇듯 항상 자신에게 믿음을 가지고 바라봐주는 사람이 엄마였다. 딸이 어떠한 결정을 내려도 믿고 기다려주었다. 연기를 시작한다고 했을 때도 싫어하는 내색을 비치기는 했어도 그 어떠한 반대나 반박도 하지 않았다. 그저 지켜봐주는 쪽을 선택했다.

"그나저나 우리 딸이 결혼할 나이가 된 모양이네."

"엄만 내가 결혼하는 게 싫어?"

"그냥 엄마는 진별이가 조금 더 곁에 오래 있었으면 좋겠어."

"왜?"

“결혼하면 엄마가 지금처럼 챙겨주고 바라봐주지 못하고 그저 그 곁에 머물러야 하잖니. 그리고 그때가 되면 너도 신랑과 같이 한 가정의 기둥이 되어야 하는 거니까. 엄만 진별이가 조금만 더 자신의 인생도 즐기고 엄마 품에서 성장했으면 좋겠어.”

항상 자신만을 먼저 생각하고 바라봐주는 엄마의 마음에 진별은 코끝이 찡해졌다. 자신을 낳아준 엄마와 살았더라면 지금처럼 이렇게 편안하고 안락한 품에서 살 수 있었을까 하는 생각을 했다. 아니, 자신이 이렇게 하고 싶은 일을 하며 살지는 못했을 것 같다는 생각 또한 들었다.

진별은 엄마의 품 안에서 생각했다. 상우가 엄마가 생각하는 그런 남자이기를. 그러해서 상우가 엄마에게 아들 같은 사위가 되어줄 수 있기를. 아니, 엄마의 또 다른 아들이 되어주기를 바랐다. 곧 자신에게 닥칠 시련은 생각하지도 못한 채 진별은 그저 엄마의 품 안에서 상우와의 미래만을 꿈꾸며 행복해했다.

상우에게 프러포즈를 받고 정확히 3주가 흘렀다. 진별의 촬영도 막바지를 향해 다가서고 있었고, 현재 상우는 자신이 맡은 프로젝트의 마무리를 위해 중국으로 출장을 간 상황이었다.

“쯧쯧.”

현재 꼬박 30시간째 촬영 중임에도 불구하고 진별은 혼자 있을 때면 히죽거리며 혼자 웃고 있었다. 그런 진별을 바라보고 있을 때면 하나는 기가 막혔다. 결혼한다는 사실이 저렇게나 좋을까 싶었다. 친구로서는 충분히 축복해줘야 하는 일이지만 진별을 연예인으로 바라본다면 조금 안타깝기도 했다. 현재 최고의 주가를 달리고 있는 진별이 일을 포기한다는 것이 슬프기도 했다.

"어이, 이진별 씨."

"응?"

"그렇게 좋냐?"

"응."

참 간결한 진별의 대답에 하나는 너털웃음을 지었다. 요즘 진별의 표정은 그 누가 봐도 영락없이 결혼을 앞둔 예비 신부였다.

"가족들한테 말했어?"

"아직."

"오빠 출장에서 돌아오면 해야지."

"곧 디데이군."

이제 곧 디데이라는 말에도 진별의 입에는 함박웃음이 걸렸다. 그런 진별을 바라보며 하나도 이번에는 환하게 웃었다.

"결혼 선물 뭐 해줄까?"

"신하나 님 자체가 선물입니다."

"마음에도 없는 소리 하지 말고 진실을 말하세요."

"오빠가 아파트 준비해놓고 벌써 그 안에 가전제품도 다 마련해놨어."

"재벌 2세답군."

이제 겨우 결혼하자는 이야기를 꺼낸 사이에 벌써 신혼집 장만에 가전제품도 다 들어가 있다니, 하나로서는 딱히 할 말이 없었다. 뭐가 이리 성급하게 진행되는 것인지. 연애를 오래 해서 그런

지 상우가 결혼을 밀어붙이는 속도는 빨랐다.

"아! 신하나 님이 해줬으면 하는 거 있어."

"뭐?"

"피아노 반주."

"싫어. 돈으로 해결하자."

"네가 피아노 반주도 해주고 축가도 불러줬으면 좋겠어."

"드디어 이진별이 미쳐가는구나."

하나는 진별의 말을 진심으로 듣지 않고 넘기려 했다. 피아노 앞에 마지막으로 앉은 것이 중학교 3학년이었다. 이제 더 이상 왜 피아노 앞에 앉지도 않고 노래도 부르지 않는지 잘 아는 진별이 저런 말을 하니 하나로서는 이해되지 않았다.

"화장 좀 고치자."

이제 곧 휴식 시간이 끝이 나고 촬영이 시작될 시간이었기에 하나는 자신의 본분에 맞게 화장품을 들고 진별의 얼굴을 바라봤다.

"신하나 고집하고는."

"헛소리 그만하고 감정이나 잡아."

바로 이어질 촬영이 눈물을 흘려야 하는 장면이었기에 하나는 이번에도 진별의 촬영만을 신경 쓰는 말을 했다.

"저기요, 신하나 씨, 당신 친구 감정 잘 잡으니 걱정하지 마세요."

"지랄. 저번처럼 캐릭터 감정이 아니라 개인감정으로 연기하면 목 졸라버릴 테니까 그렇게 알아라."

결혼하기로 결정을 내리고 난 뒤로 진별은 간혹 캐릭터에 몰입

하지 않았다. 그런 진별을 볼 때마다 하나는 기가 막혀 더 심하게 몰아붙였다. 연기는 연기고 결혼은 결혼이니까.

"10분 뒤에 촬영 시작."

매니저 해송이 문을 열고 들어오며 곧 촬영이 시작됨을 알렸다. 요즘 해송은 진별의 스케줄 관리에 급급했다. 인기가 오를수록 여기저기서 연락이 오지만 모든 것을 거절해야 하니 난감했다. 이제 곧 결혼을 한다는 말과 함께 진별은 거절을 할 수 없는 몇몇 촬영을 제외하고는 모두 거절할 것을 회사에 요구했었다.

"오늘 촬영 끝나고 낙지 먹으러 갈래?"

해송은 진별이 좋아하는 음식을 제안했다. 30시간째 이어지는 촬영에 지쳐 있을 테니 좋아하는 음식이라도 먹게 해주고 싶은 것이 매니저 해송의 마음이었다. 이제 결혼을 해서 더 이상 연기를 하지 않게 되면 이런 기회는 없을 테니까.

"정말? 먹으러 가자."

"아! 잠깐만."

잔뜩 들떠서 이야기하는 진별의 말에 대꾸를 채 하기도 전에 해송은 계속해서 울리는 전화 먼저 받아 들었다.

"네, 여보세요. 이진별 매니접니다."

평소와 마찬가지로 씩씩한 목소리로 전화를 받는 해송을 바라보며 진별과 하나는 씩 웃었다. 항상 무슨 일이 있어도 티내지 않는 듬직한 매니저 해송이었다. 밝았던 목소리 톤이 점점 낮아질수록 진별과 하나도 걱정이 되기 시작했다. 무슨 일이 있나 싶어서. 결국 매니저는 다시금 밖으로 몸을 옮겼다.

"무슨 일 생긴 건가?"

"다시 들어오면 물어보자."

저렇게 티가 날 만큼 행동을 하지 않는 사람이기에 진별과 하나는 불안한 마음에 초조하게 매니저가 들어오기를 기다렸다. 그리고 밖으로 나간 지 5분도 채 지나지 않아 다시금 안으로 들어온 매니저의 표정은 그다지 좋아 보이지 않았다.

"진별아……."

"응?"

"지금 이상한 기사가 떴어."

"무슨 기사?"

"진상우 본부장이 결혼한다는 기사."

"응? 아니야. 분명 오빠가 양가에 인사드리고 기사 낸다고 했는데?"

결혼 기사는 분명 상우가 알아서 할 거라고 말했었다. 양쪽 집에 인사가 우선이라며 결혼 기사는 최대한 늦게 내기로 서로 이야기를 한 상황이었다. 그렇기에 해송이 하는 이야기를 진별은 별대수롭지 않게 여겼다.

"그게……."

뭔가 이상하다. 딱딱하게 굳어진 해송의 표정과 동시에 진별은 불길한 기운에 덩달아 얼굴이 굳어졌다.

"무슨 일 있어?"

불안해하는 진별을 알아챈 하나가 대신 물었다. 빨리 무슨 일인지 말하라는 듯이 하나는 괜스레 매니저를 쿡쿡 찔렀다.

"결혼 기사 당사자가 진상우 본부장이랑 진별이가 아니야."

"장난쳐? 마 매니저?"

한참을 뜸 들이다 나온 말을 하나는 장난으로 치부했다. 이게 말이나 되는가. 분명 진별에게 청혼을 했고 출장에서 돌아오면 부모님께 인사를 드리러 가기로 한 남자였다. 그런 남자가 다른 여자랑 결혼 기사가 났다는데 어떻게 진실로 받아들이겠는가.

"진짜야."

"장난도 심하면 안 되는 거 알지?"

여전히 장난으로 치부하며 하나는 가볍게 넘기려고 했다. 그저 촬영이 너무 힘드니 한번 웃고 넘기자며 치는 장난쯤으로 치부하고 있었다.

"진상우 본부장이랑 H그룹 외동딸이랑 결혼 기사 났어."

"장난 그만 하라고!"

"진짜야."

여전히 장난으로 치부하며 소리치는 하나와 달리 해송의 표정도 진지했다. 저런 표정을 지금껏 본 적이 없었기에 하나와 진별로서도 더 이상 장난이라고 생각하기에는 무리였다.

"다음 달 25일에 결혼한다고 기사 떴어. 6개월 전에 양가의 소개로 만나서 얼마 전에 결혼하기로 했다더라. 상견례도 이미 끝났다고……."

방금 전 전화로 전해 들은 내용을 모조리 말한 해송은 두 눈을 질끈 감아버렸다. 그러곤 어떠한 말도 하지 않고 그저 짙은 한숨만을 내쉬었다. 황당하기 짝이 없는 기사 내용을 제일 먼저 듣고 진별과 하나에게 전한 해송은 더 믿어지지 않았다. 처음 전화를 받고 어찌나 화를 내고 아니라고 부정했는지 아무도 모를 것이다.

결국 진별은 남은 촬영을 소화하지 못했다. 프로답지 못한 행동이지만 그 상황에서 진별은 더 이상 촬영을 이어가기가 어려웠다. 해송이 전해준 말이 거짓이라고 생각하고 상우를 믿어야 하지만 그럴 수가 없었다. 이상하게 자꾸만 해송이 해준 말들만 뇌리에서 떠나지 않고 둥둥 떠다닐 뿐이었다.

촬영장을 벗어나 회사로 향하는 동안에 계속해서 상우에게 전활 걸었지만 받지 않았다. 열 번을 걸어도 스무 번을 걸어도 마찬가지였다. '고객님의 전화기가 꺼져 있어…….'라는 말만 계속해서 들려올 뿐이었다. 회사로 돌아가 현재 상우와 관련된 모든 기사들을 모조리 읽은 진별은 집이 아닌 상우와 함께 지낼 때 있는 오피스텔로 향했다. 그러곤 그에게 계속해서 메시지를 보냈다.

[무슨 일 있어? 왜 이렇게 연락이 힘들어.]
[확인하면 연락 줘.]
[연락이 안 되니까 답답하다.]
[묻고 싶은 거 있어.]

이런 내용의 메시지만 수십 번은 더 보냈다. 그럼에도 불구하고 상우에게서는 그 어떠한 답도 오지 않았다. 아무리 기다려도 답은커녕 전화조차 받지 않는 상황이 계속해서 이어졌다.

연락이 닿지 않고 진별 홀로 오피스텔에서 지낸 지도 일주일이 훨씬 넘었다. 그 기간 동안에도 상우에게서는 아무런 연락도 오지 않았다. 일주일이라는 시간 동안에는 상우와 H그룹 외동딸의 결혼식에 관하여 이런저런 기사들이 쏟아져 나왔었다. 결혼식은 어디에서 이루어지며 둘은 어떻게 만났으며 하는 등의 시시콜콜한 내용들까지 기사로 나왔다. 그 둘이 맞췄다는 결혼반지조차도 이슈가 되었다. 출장을 간 상우가 돌아오는 것도 포착이 되어 기자들이 몰려들 정도였다. 그 정도로 상우와 H그룹 외동딸의 결혼에 관심이 집중되어 있었다. 그리고 이 둘의 결혼식은 이쯤 되면 추측이 아니라 사실이었다.

시간이 점차 흐를수록 진별은 그 기사를 거짓으로 받아들이지 않게 되었다. 진짜 상우가 이진별이 아닌 다른 여자와 하는 거구나 하고 생각을 했다. 이제 남은 것은 그에게 진실을 듣는 거였다. 어떻게 된 것인지에 대해서는 중요하지 않다. 왜 청혼은 자신에게 해놓고 결혼은 다른 여자와 하는지에 대해서.

촬영을 마무리 짓고 홀로 오피스텔 안에서 지낸 지 3일이 지났을 무렵에서야 상우는 나타났다. 아무런 연락도 없이 오피스텔로 상우가 찾아왔다. 비밀번호를 누르고 자연스레 나타난 그는 한동안 아무런 말을 하지 않았다.

"오랜만이네."

먼저 입을 연 것은 상우가 아닌 진별이었다. 덤덤하게 입을 먼저 연 그녀는 자신의 맞은편에 앉아 있는 상우의 얼굴을 물끄러미 바라봤다. 분명 3년 넘게 자신과 연인으로 만나왔던 남자임에도 불구하고 상우가 낯설게 느껴졌다. '누구세요?' 라고 물어도 될 만큼 생판 남으로 느껴졌다.

"많이 변했네."

외형적으로 많이 변했다는 의미가 아니었다. 진별에게 느껴지는 상우는 보지 못한 사이에 모든 것이 달라져 보였다.

"이만 정리하자."

"우리…… 아니다. 이제 남남이구나."

한참 동안 아무런 말도 하지 않던 상우에게서 나온 첫마디는 이별 통보였다. 그러나 진별은 상처 받지도 놀랍지도 않다는 듯이 상우의 말을 맞받아쳤다.

"당신과 나 사이에 정리하자는 말 대신에 할 말이 있다고 보는데."

여전히 진별은 어떻게 된 일인지 듣고 싶었다.

"그만 정리하자."

상우의 입에서 똑같은 말만 되풀이되자 진별은 그의 얼굴을 뚫어져라 응시했다. 그런 진별의 얼굴을 상우는 제대로 바라보지도 않았다. 얼굴을 바라보면 마음이 약해져 버릴 것만 같아 상우는 꼭 필요한 말만 하고 이 자리를 벗어나야겠다고 생각을 한 터였다. 중국으로 출장으로 간 사이에 벌어진 상황에 더 당황스러운 것은 상우였다. 상견례는 하지도 않았거늘 아버지는 막무가내로 결혼을 밀어붙였다. 좋아하는 여자가 있다고 피력을 해봤지만 아버지는 결혼을 하지 않을 거면 이 집에서 나가라고 딱 잘라 통보를 했다. 그런 아버지를 이길 자신도, 그렇다고 힘겹게 올라온 이 자리를 포기할 수도 없었다. 할 수 있는 일이라고는 아버지가 원하는 집안의 여자랑 결혼을 하는 것뿐이었다.

"헤어지자."

똑같은 말을 내뱉는 상우를 향해 진별은 그에게 쓸데없는 고집을 피우고 싶어졌다. 물론 그는 끄덕도 하지 않을 거라는 것을 잘 알지만 말이다.

"지금 뭐라고 했어?"

"여기서 그만 정리하자고."

오늘 이 남자의 입에서는 헤어지자는 말이 아니고는 할 말이 없는 모양이다. 자신이 할 말을 정해왔다는 듯이 똑같은 말만 계속해서 되풀이하고 있을 뿐이었다. 그런 상우의 얼굴을 차분히 바라보던 진별은 오기를 부렸다.

"그게 나한테 할 말이야? 미안하다고, 다시는 안 그런다고 해야 하는 거 아니야?"

이 말에도 분명 그는 정리하자는 말을 할 것이 분명해 보였지만 진별은 괜스레 오기를 피우는 중이었다. 빈말이라도 미안하다고 말을 해주는지 궁금했기에. 그러나 그의 입에서 나온 말은 진별의 예상을 철저히 빗나갔다.

"내가 너 따위 딴따라 계집애랑 결혼이라도 할 줄 알았니? 너랑 나는 살아가는 물이 달라."

그의 입에서 나온 잔인한 말에 평정심을 유지하던 진별의 눈이 커졌다. 지금 뭐라고 말하는지 잘못 들었다는 듯이 그의 눈을 쳐다봤다.

"너 따위 계집애 끌어안고 사랑한다, 좋아한다 속삭이니 진짜로 느껴졌니?"

잔인한 말들이 상우의 입을 타고 흘러나왔다. 대체 무슨 정신으로 이런 말을 내뱉고 있는지 상우 본인도 알아차리지 못했다. 무조건 진별에게 상처라도 줘서 끝을 내야 한다는 생각에 그의 입은 멋대로 움직였다.

"하……."

딴따라, 너 따위, 계집애 등등의 단어가 그의 입에서 나올수록 진별은 기가 막힌다기보다는 할 말이 없었다. 그동안 좋은 말만 하던 그의 입에서 나오는 저렴한 단어들에 진별은 더욱더 상우가 낯설게 느껴졌다.

"얘가 진짜 순수한 거야, 아님 바보야."

"……."

"너 따위는 그냥 가볍게 데리고 노는 상대였어. 성적 욕구 불만을 풀어준 섹스 파트너에 불과했다고."

가볍게 데리고 노는 상대. 섹스 파트너. 저 2개의 단어에 진별은 더 이상 그의 얼굴을 보지 않고 두 눈을 질끈 감았다.

"결혼 기사가 터졌으면 알아서 눈치채고 연락을 하지 말았어야지. 이거야 원, 진드기도 아니고."

그의 입에서 계속해서 터져 나오는 악한 말들에도 진별은 바보같이 입을 꾹 다물었다.

"내일 오피스텔 비울 거야. 결혼 앞둔 예비 신랑이 괜히 너 따위랑 놀았다는 흔적을 남겨둘 필요는 없으니까."

그동안 달콤한 사랑을 속삭이던 그의 입에서 쏟아져 나오는 막말들을 진별은 믿을 수 없었다. 그러나 지금은 이게 현실이라는 것을 진별도 알고 있었다. 뭐라고 반박이라도 하고 같이 욕이라도 해줘야 함에도 불구하고 진별은 입이 떨어지지 않았다.

자리에서 일어서서 오피스텔을 벗어나는 상우의 움직임이 다 느껴지고 나서야 감고 있던 진별의 눈이 떠졌다. 그리고 그와 동시에 진별의 두 눈에서 힘없이 눈물이 떨어졌다.

7. 별에게 다가가는 방법

그 언제나처럼 진별은 촬영장에서 하루를 시작하고 마감하는 중이었다. 하나가 산후 조리원을 나와서 집으로 갔다는 이야기를 전해 듣고도 진별은 한번 가보지도 못했다. 막바지 영화 촬영에 현재 진별은 정신 차릴 틈이 없었다. 막바지로 갈수록 촬영이 느긋한 게 아니라 더 빠듯하니 진별로서도 한숨이 절로 나왔다.

"따뜻한 집밥이 그립다."

화장을 고쳐주던 코디 민정이 혼잣말을 내뱉었다. 저 말이 비단 민정만 원하는 것이겠는가. 진별도 집으로 가서 소라가 차려주는 따뜻한 밥이 그리웠다. 언제나 그러하듯 포근한 웃음과 함께 자신이 좋아하는 음식을 차려주는 소라의 품에 그리웠다.

벌써 일주일째 집은커녕 세트장에서 10분 이상 거리로 벗어난 적이 없었다. 촬영장으로 음식을 배달시키거나 매니저들이 사오는 음식들로만 식사 해결을 하고 있었다. 샤워나 수면도 촬영장 근처 모텔에서 이루어지고 있었다.

"밖에 나가서 한식이라도 포장해서 올까?"

"조미료 덩어리 피하고 싶어요."

매니저 해송이 제안을 했지만 민정은 거절했다. 일주일째 하루 세끼를 밀가루 아니면 도시락을 먹다 보니 조미료가 많이 들어간 음식은 피하고 싶은 것이 사실이었다.

"오빠, 우리 다음 주까지 여기 있어야 하는 거 아니죠?"

"야외촬영도 남았으니까 모레쯤에는 집으로 갈 수 있을 거야."

이제 일을 시작한 지 1년 남짓한 민정은 이따금씩 힘든 내색을 했다. 오랫동안 이 일을 해온 진별이나 해송도 힘들기는 마찬가지인데 민정은 어떨까 싶었다.

"힘들지?"

"나보다 언니가 더 힘들잖아요."

투덜거리기는 해도 다른 사람도 힘든 것을 아는 민정은 '힘들지?' 하고 한 번만 물어봐줘도 생긋 웃으며 지나간다. 이제 겨우 21살의 어린 민정이 이럴 때는 대견해서 진별도 해송도 덩달아 웃었다.

"나 촬영 들어가면 민정이 마트 좀 데리고 가줘."

"왜?"

"먹고 싶은 과자라도 실컷 사줘. 스트레스 풀리게."

평소 군것질을 좋아하는 민정이기에 진별이 작은 휴식을 내주려는 참이었다. 그도 그럴 것이 매니저 해송이야 잠깐이라도 자리를 벗어나 뭐라도 사러 나가기라도 했지만 민정은 진별의 옆에만 꼭 붙어 지냈던 것이다.

"민정이 없으면 화장은?"

"잠깐 정도는 알아서 하니까 걱정하지 마시고요."

이 상황에서 멀뚱히 해송의 눈치를 보던 민정이 조용히 진별의 어깨에 매달렸다. 아무리 진별이 제안을 했어도 해송이 거절을 하면 불발로 끝이 날 일이었기에 민정은 자연스레 눈치를 보게 되었다.

"언니…… 정말 그렇게 해도 돼요?"

"응."

우선 진별의 허락을 맡았으나 민정은 이번엔 조심스레 해송의 눈치를 봤다. 코디는 배우가 한 컷의 촬영이 끝날 때마다 헤어와 화장을 확인해야 했기에 잠깐의 외출이라도 매우 조심스러운 것이 사실이었다.

"흠……."

여전히 망설이고 있는 해송을 바라보며 민정은 고개를 밑으로 떨구었다. 아무래도 안 되는 일이겠지 하는 생각에서 말이다. 그런 민정의 얼굴을 바라보던 해송은 어쩔 수 없다는 듯이 고개를 끄덕였다.

"대신에 이동하는 시간 제외하고 마트에서는 10분. 오케이?"

"네! 10분이면 마트 전체를 쓸고도 남죠."

시무룩해져 있던 민정의 표정이 해송의 허락으로 금세 밝아졌다. 천진난만한 민정의 표정 변화에 진별과 해송은 동시에 웃음을 터트렸다. 꽉 막힌 세트장 안에서 이렇게라도 한 번 웃지 않으면 삭막해지기 십상이었다.

"초콜릿 많이 사와. 알았지?"

"네, 언니."

세트장을 잠깐이라도 벗어난다는 그 자체로 민정의 얼굴은 상당히 밝아 보였다. 진별은 매니저 해송에게 카드를 내밀며 스태프들에게 나눠줄 간식도 사오라고 시켰다. 이렇게라도 해서라도 진별은 민정을 조금이라도 더 세트장에서 벗어나게 만들어주고 싶었다.

"언니, 전화 와요."

가방 안에 넣어뒀던 휴대폰을 민정이 집어 들어 진별에게 건넸다. 다름 아닌 엄마의 전화였다.

"엄마!"

전화를 받아 들자 말자 진별은 밝은 목소리로 소라를 불렀다. 매일 이렇게 전화로 밖에 목소리를 듣지 못하기에 진별은 소라가 더 그리웠다.

–우리 딸, 뭐 해?

"잠깐 쉬고 있지. 엄마는?"

–점심 먹고 쉬고 있어.

"맛있는 거 먹었어?"

–지아가 먹고 싶대서 순두부찌개 해서 먹었어.

그럴싸한 음식이 아님에도 진별은 순두부찌개라는 단어에 침이 저절로 꿀꺽 삼켜졌다. 하긴 현재 진별은 소라가 라면을 먹었대도 덩달아 먹고 싶어졌을 것이다. 조금 전 민정의 말 덕분에 유독 소라의 음식이 먹고 싶어진 터였다.

"엄마가 만든 음식이 먹고 싶어."

–오늘도 못 들어오니?

"아마도……."

저절로 진별의 말끝이 흐려졌다. 일주일째 이러고 있으니 이젠 집을 들어갈 수 있다는 생각보다는 들어가지 못한다는 것이 당연하게 느껴질 정도였다.

–우리 딸, 힘들어서 어떡하니.

"엄마 목소리가 나한테는 에너지니까 힘이 불끈 솟네."

–누구 딸인지 말도 참 예쁘게 하네.

"누구 딸이긴, 하나뿐인 유소라의 큰딸이지."

–역시, 우리 큰딸 맞네.

엄마와 짧지만 사소한 말들을 주고받고 전화를 끊고 나자 진별은 정말 힘이 솟았다. 언제나처럼 자신을 믿고 응원해주는 소라는 진별에게 있어 피로회복제나 다름없었다. 오늘처럼 힘이 들 때나 유독 그리울 때는 소라의 전화 한 통이 큰 힘이 되었다.

"이제 촬영하러 가볼까?"

진별은 의자에서 몸을 일으키며 기지개를 쭉 폈다. 큰 감정의 변화는 없지만 대사가 제법 길었기에 진별은 입을 오물거리며 암기했던 대사들을 한번 되뇌었다. 이렇게 백 번을 해도 카메라 앞에 서면 종종 NG가 났다.

다행히 큰 실수 없이 진별은 자신의 분량을 촬영했다. 촬영분을 끝내고 다음 촬영을 기다리며 진별은 민정이 마트에서 사온 초콜릿과 과자들을 먹느라 여념이 없었다. 물론 현재 이 순간 거슬리는 것이 있다면 윤혁의 연락이었다.

[뭐 해?]
[밥은 먹었어?]
[촬영은 잘하고 있어?]

한마디로 윤혁은 이런 사소한 질문부터 시작해서 진별이 답을 보낼 때까지 쉼 없이 메신저를 울리게 만들었다. 한 번은 너무 귀찮아서 촬영 들어간다는 거짓말을 했더니 어떻게 알았는지 연락이 와서는 따지고 들었다. 하긴 소속사 사장님이 계약된 배우가 뭘 하는지 알고 들자면 간단한 일이기도 했다.

"언니, 요즘 연애해요?"

"얘가 뭔 소리를 하는 거야."

"그것도 아님 메신저가 그렇게 많이 울릴 리가 없잖아요."

가만히 생각해보면 민정의 말이 틀린 것도 아니었다. 하긴 누가 이렇게 쉼 없이 메시지를 보내서 울리게 만들겠는가. 대체 이 남자를 어떻게 해야 하나 싶은 진별은 한숨을 내쉬면서도 연신 입으로는 무언가를 넣었다. 아예 휴대폰을 꺼버릴 수도 없는 일이었다.

뭐라도 답을 해주자 싶어 진별은 휴대폰을 집어 들었다. 메시지 창을 켜자 윤혁 혼자에게서 온 것만 해도 벌써 50여 개를 훌쩍 넘어가고 있었다. 차분히 읽어 내리던 진별은 곧장 읽는 것을 포기했다.

[일도 안 해요?]

[드디어 답을 하는군.]

[일하라고요.]

[일도 하면서 하는 거지.]

[사장님 참 한가하네요?]

[요즘 내 업무는 회사 일도 중요하지만 이진별 관리하는 게 주 업무라서 말이지.]

할 말이 없다. 자신을 관리하는 것이 주 업무란다. 대체 이 남자를 어떻게 해야 싶은 진별은 메시지 창을 보면서 한숨을 내쉬었다.

[점심은?]

[촬영장에 아침 점심이 어딨어요. 먹음 먹는 거지.]

[아무리 바빠도 밥은 먹고 하시죠, 이진별 씨.]

[먹을 거라도 보내주고 잔소리하시죠?]

답을 일일이 하자니 귀찮고 안 하자니 계속 울릴 것이고. 확인을 안 하고 있음 전화가 올 것이고, 그렇다고 차단을 시켜버릴 수도 없는 일이었다. 매몰차게 군다고 해서 끄덕도 안 할 것이 빤하니 진별로서는 이러지도 저러지도 못하는 상황이었다.

그리고 현재 진별은 윤혁의 진심이 뭔지 알 수가 없었다. 맞선에서 처음 봤을 때는 둘 다 서로가 호감이 아니었고, 그 뒤의 사장실에서의 만남도 그다지 유쾌하지는 않았다. 사장실 이후로 자신의 집에서 수한과 금별과 나란히 술잔을 기울이는 모습을 보기도 했지만 여전히 알 수는 없었다. 그 뒤로는 자신은 이렇게 촬영장에 와 있느라고 더 이상 윤혁의 얼굴을 보기는 힘들었다. 아, 물론 계속해서 윤혁이 전화를 해오거나 메시지를 보내오기는 해도 대체 어떠한 마음으로 이러는지 진별로서는 도통 알 수가 없었다.

메신저 창을 켜둔 채로 윤혁의 진심에 대해 생각할 무렵 전화가 울렸다. 발신자는 다름 아닌 윤혁.

"여보세요."

–왜 확인만 하고 답은 안 해?

"일하시라고요. 저 바쁘거든요?"

댁의 진심이 뭔지 궁금하다고 대놓고 말할 수는 없으니 진별은 대충 둘러댔다.

–아직 안 갔어?

"뭐가요?"

–내가 촬영장으로 뭘 보냈거든.

대체 이건 또 뭔 말인가.

"꽃이라도 보냈어요?"

–저기, 이진별 씨.

"네."

–먹지도 못하고 비싸기만 한 꽃을 뭣하러 보냅니까. 차라리 그 돈으로 먹을 거를 사먹는 것이 훨씬 현명한 것을.

참 현실적이다. 맞는 말이지만 현실적인 윤혁의 말에 진별의 입에선 어이없는 웃음이 흘러나왔다. 자신도 비슷한 생각을 하기는 하지만 이런 식으로 대놓고 말하는 남자 앞에서 진별은 할 말이 없었다.

–꽃 받고 싶어?

"내가 왜 댁한테 꽃을 받고 싶겠어요."

–원하면 말해. 내가 촬영장을 꽃으로 도배시켜버릴 테니까.

"왜요? 아예 꽃집을 하나 사준다고 하지."

–그것도 괜찮은 방법이네.

이 남자 대체 뭐 하자는 건지 알 수가 없다. 이 남자는 줄곧 반말을 할 뿐이었고, 자신은 여전히 윤혁이 어색해 존댓말을 했다. 자신을 좋아한다고 생각하기에는 성인이 되어 마주한 일이 그다지 유쾌하지도 않았고, 그럴 만한 만남이나 계기도 없었다.

"진별아, 도시락 왔어."

윤혁과 전화로 말을 주고받고 있을 사이 대기실 문이 열리며 해송이 3단 도시락 통 2개를 가지고 들어왔다.

"우와! 그게 다 뭐예요?"

과자를 주섬주섬 먹고 있던 민정이 해송이 들고 들어온 도시락 통을 먼저 반겼다. 자신의 눈에 들어오는 저 도시락이 윤혁이 말한 건가 싶었다.

–도착한 모양이군.

해송과 민정의 목소리가 들린 것인지 윤혁이 음성이 진별의 귀에 들렸다.

"보낸다는 게 도시락이었어요?"

–난 실용적인 걸 보내지. 그렇지 않은 거는 보내지 않는다고.

민정이 들떠서 도시락 통을 열어 보였다. 3단 도시락 통 2개가 다 펼쳐지자 없는 것이 없었다. 한마디로 자신이 좋아하는 메뉴로만 쫙 이루어져 있었다.

"어! 언니 여기 카드도 있어요."

도시락 통에 붙어 있던 카드를 민정이 먼저 발견하고는 진별에게 건넸다. 한 손으로는 휴대폰을 잡고 나머지 한 손으로 진별이 카드를 열었다.

〈맛있게 먹고 힘내라.

이거 먹고 괜히 투덜거리지 말고 나한테도 따뜻한 말 좀 해주고.

–윤혁–〉

간결한 윤혁의 카드를 바라보며 진별은 기가 막혔다. 뭘 투덜거렸고, 뭔 따뜻한 말을 해달라는 건지 진별로서는 알 수가 없었다.

–어머님이 만드신 음식이야.

"네?"

–이진별의 어머니가 딸을 위해서 만드신 음식이라고.

"이걸 왜……."

–집밥 먹고 싶어 할 거 같아서 보냈어. 어머니가 만드신 음식 먹으면 기분 좋아져서 나한테 잘해줄 거 같아서 준비했어.

무심한 듯 보이지만 어쩌면 윤혁의 배려가 담긴 도시락이었다. 물론 만들기는 소라가 직접 했을 테지만 그걸 부탁하고 받아서 보낸 건 바로 윤혁이니까.

–이왕이면 내가 배달까지 해주고 싶지만 그러기엔 바빠서 말

이지.

대체 왜 이런 걸까. 그저 자신을 소속사 연기자로만 본다면 이렇게까지 할 리는 없었다.

"나한테 왜 이래요?"

–뭘?

"나한테 왜 이렇게 행동하냐고요.

더 이상 참지 못하고 진별은 대놓고 윤혁에게 물었다. 윤혁의 행동이 고맙기도 하지만 이유를 모르고 받아들이기에는 진별의 마음은 날카로운 송곳과 같았다.

–좋아하니까.

"……."

–이진별이라는 여자를 좋아하니까.

아무렇지 않은 듯, 당연하다는 듯이 말하는 윤혁의 음성에 진별은 아무런 말을 하지 못했다. 진심으로 들리는 윤혁의 저 말을 진별은 부정하고 싶었다. 그의 말을 그저 농담쯤으로 넘기고 싶은 것이 진심이었다.

–맛있게 먹어.

별다른 말 없이 윤혁은 상투적인 말을 하고는 먼저 전화를 끊었다. 전화가 끊기고 진별은 멍하니 펼쳐진 도시락을 바라봤다. 생각만 하고 있던 소라가 만든 음식이 눈앞에 펼쳐져 있지만 진별은 쉽사리 손을 뻗지 못했다. 저 음식들을 윤혁이 생각해서 부탁한 거라는 생각을 하자 그의 얼굴이 도시락 통 위에 겹쳐져 보였다.

"우와! 진짜 맛있어!"

맛을 본 민정이 엄지를 치켜들며 잔뜩 흥분된 목소리로 소리쳤다.

"우리 엄마가 만든 거래."

"어머니가? 어머니 고생하셨네."

이미 젓가락을 집어 들고 먹기 바쁜 민정을 뒤로하고 진별은 시선을 공중에 둔 채 멍하니 말을 뱉었다.

"어쩐지 하나같이 네가 좋아하는 거라고 생각은 했는데 역시나 어머니가 만드신 거였네."

하긴 누가 이렇게 자신이 좋아하는 음식들로만 채워서 도시락을 싸서 보낼 수 있겠는가. 엄마가 아니고서는 힘든 일이었다.

"안 먹어?"

"먹어야지. 오빠도 어서 먹어."

입은 분명히 움직이면서 대답을 함에도 자신이 무슨 말을 하고 있는지 진별은 느끼지 못했다. 그저 이 도시락을 준비한 윤혁의 생각과 행동, 그리고 자신을 좋아한다고 말한 윤혁의 그 음성만이 떠오르고 있을 뿐이었다.

깔끔한 분위기를 자랑하는 룸 안에 모인 3명의 남자는 서로의 얼굴을 보며 그저 웃기만 했다. 어릴 때 앉아서 음료수와 과자를 먹으면서 게임을 하던 사이가 아닌 서로 성인이 되어 이렇게 술집에서 마주하니 뭔가 이상했다.

"왠지 여기서 과자랑 탄산음료가 있어야 할 거 같지 않나?"

"나도 그 생각했는데."

"나도."

보균을 시작으로 금별과 윤혁도 동조를 했다. 셋 다 똑같은 생각을 했다는 사실에 그 누가 먼저라고 할 것도 없이 동시에 웃음을 터트렸다. 이렇게 3명이 함께 마주한 지는 20년이 지났음에도 어색한 감은 전혀 없었다. 그저 오랜만에 친한 친구를 만난 듯이 반가울 뿐이었다.

"금별이 넌 어릴 적 모습이 많이 남아 있네."

"에이, 형. 저도 나름 늙었어요."

생긋 웃으며 대꾸하는 금별을 바라보는 보균이 눈빛이 그다지 곱지만은 않았다. 그도 그럴 것이 윤혁의 말대로 금별은 예나 지금이나 큰 변화는 없었다. 이런 걸 보고 동안이라고 하는 거지, 하는 생각도 했었다.

"애가 지금 우리 앞에서 늙었다는 발언을 하고 있네."

"형들한테 비하면 어린 거지만 저도 이제 그렇게 어리지만은 않다는 거죠."

나이 이야기를 하고 있자니 윤혁은 자연스레 진별이 했던 말이 떠올랐다. 이거야 원, 잊을래야 잊을 수 없는 발언을 했으니 그럴만도 했다.

"어떤 여자가 맞선에서 이런 말을 하더군."

"뭐라고요?"

자신의 앞에 놓인 호박 빛의 액체를 한 모금 마신 윤혁은 씁쓸하다는 표정을 지었다.

"늙으셨어요, 라고."

"하하하하. 대놓고요?"

"거기다가 한마디 더 추가하더군."

"뭐라고요?"

"늙다리라고."

순간 정적이 흘렀지만 그것도 잠시 보균과 금별의 호탕한 웃음소리만이 룸을 울렸다. 한참을 대놓고 웃어젖히는 둘과 달리 윤혁의 표정은 조금도 변화가 없었다. 이 둘에겐 웃길지 모를 말이 윤혁에겐 잊지 못할 진별과의 재회였기에.

"그 맞선녀가 진별이죠?"

"딱 봐도 진별이구만."

한참을 웃기만 하던 금별이 먼저 윤혁을 향해 물었고 대답이 들려오기도 전에 보균이 확답을 내려버렸다. 당연하다는 거 아니냐는 듯이. 그 둘이 말을 주고받는 사이에 윤혁은 그저 고개를 끄덕였다. 긴말이 필요 없으니 말이다.

"하여간에 이진별 알아줘야 해."

"그니까."

그 맞선녀가 참 이해 안 되고 어디서 그런 막말을 하냐는 말 보다는 진별이니까 가능하다는 말만을 내뱉으며 자조적으로 고개를 끄덕일 뿐이었다.

"옛날에도 하고 싶은 말을 다 하긴 했다만 어찌 커서도 그대로냐?"

"에이, 형 옛날에는 귀여웠죠. 지금은 럭비공이에요."

"럭비공?"

"어디로 튈지 몰라요. 형이 감당하려면 힘드실 텐데."

금별의 말에 보균은 옆에서 그저 고개만을 끄덕였다. 물론 약간 부풀려서 한 말이었다. 그저 윤혁에게 약간의 겁 아닌 겁을 주기 위해서였다. 뭐, 옛날처럼 할 말 다하고 당당하고 성격 급한 거는 똑같지만 달라진 거라고는 딱 하나. 숨기는 것이 없었다면 뭔가 숨기는 것이 생겨났다는 것이었다.

"그 럭비공 요즘 내 손바닥 안인데?"

"네?"

"매니저랑 코디까지 포섭완료. 진별이 몇 시부터 촬영을 하고 언제 쉬는지 아주 상세하게 보고가 되고 있지."

사장이라는 직권을 이용해서 윤혁이 해놓은 행동들에 보균과 금별은 놀란 듯이 바라봤다. 대체 언제 이렇게까지 준비를 해놓은 건지. 보균과 금별은 놀랍기만 했다.

"맞선 보기 전에 난 진별이 두 번이나 봤어."

"진짜요?"

"백화점에 갔는데 거기서 팬 사인회 하더라고. 거기서 나도 줄서서 사인을 받았는데도 불구하고 누군지도 못 알아보더라고."

윤혁의 말에 보균은 피식하며 웃음을 터트렸다. 서른 넘은 남자가 멀뚱히 팬들 사이에 줄서서 사인을 받았다는 상상만 해도 웃음이 절로 나왔다.

어린 시절 자신은 겁 많고 사람을 피하기 급급했었다. 갑작스레 아버지가 세상을 떠난 것 자체가 큰 슬픔이었다. 아니, 슬픔이라기보다는 상처였다. 그렇기에 아버지의 품을 내어준 성욱을 제외하고 처음엔 보균도 부담스러웠었다. 항상 보균이 진별을 보고 올 때면 형도 보면 좋아할 거라면서 입버릇처럼 말했었다. 그렇기에 항상 궁금한 존재였다. 어떠한 아이일까.

목석처럼 굳어서 소파에 앉아 있는 겁쟁이 어린 소년을 향해 진별은 바로 1센티 간격만을 둔 채 고개를 꺄우뚱거렸다. 그것도 잠시 금세 진별은 환하게 웃으며 자신의 손을 부여잡고는 아무렇지 않게 말했었다.

"오빠, 되게 잘생겼다."

저 꼬맹이가 저 말을 무얼 뜻하는지 알기는 아는 건지 그때 당시 윤혁은 궁금했었다. 그리고 무엇보다 어리지만 여자아이가 다가온다는 것 자체가 윤혁에겐 어색함이었고 작은 설렘이었다. 보균과 금별이 '형'이라고 부르며 따라다니는 것과는 다른 느낌이었다. 그 어색한 첫 만남 이후로 진별은 줄곧 윤혁을 찾았었다. 보균 혼자 금별의 집으로 놀러 가는 날이면 그날 진별은 하루 웬 종일 울면서 칭얼거렸다고 한다.

"우리 형이지만 진짜 대단하지 않냐?"

멋스럽게 깎인 크리스털 컵 안에 담긴 호박빛의 액체를 손으로 굴리며 보균은 말을 이었다.

"아버지 말 한마디에 줄곧 해오던 공부를 때려치우고 진로 변경에 멋지게 성공해서 한국으로 돌아와. 그것도 부족해서 그 여자가 엄청 까칠하게 굴어도 끄떡도 안 해. 세상에 이런 남자가 어딨어."

"세상에 윤혁 형 같은 남자는 없죠."

"난 우리 형이지만 가끔 무서워. 일도 그렇고 뭐든지 계획대로 쭉쭉 밀고 나가잖아."

절대 지지 않고 대꾸를 하는 보균을 바라보며 윤혁은 졌다는 듯이 고개를 절레절레 흔들었다. 뭐라고 말을 해도 보균과 금별은 현재 자신에게 있어 든든한 지원군이었다.

"오늘 진별이한테 형 만나러 간다고 말했어?"

"당연하죠. 오늘 윤혁이 형 만나서 결혼 계획 좀 잡아본다고 하고 나왔어요."

앞서가도 한참을 앞서 나간 금별의 대사에 보균과 윤혁은 동시에 웃음을 터트렸다. 남자와 연애라고는 관심도 없는 진별에게는 이 방법도 괜찮은 방법이었다. 한마디로 세뇌였다. 끊임없이 주위에서 누구와 결혼한다는 식의 말을 농담 삼아 주입하는 거였다.

"여배우 이진별이랑 밥 한번 먹기 힘드네."

"원래 여배우는 비싼 몸이에요."

매일 촬영, 촬영, 촬영이 이어지다 보니 진별을 따로 불러내서 밖에서 밥 한번 먹기가 힘들었다. 몇 번이나 시간이 맞지 않아 취소가 되고 나서야 힘들게 마주한 날이었다.

"여기 음식 괜찮더라고."

"먹을 만하죠."

혹여나 진별이 기억을 해줄까 하고 윤혁은 오늘 저녁 장소를 이곳으로 고른 터였다. 팬 사인회에서 사인을 받고 돌아온 그날 저녁, 진별이 이곳 복도에서 넘어졌었다. 그때 진별은 넘어진 창피함에 고개를 제대로 들지도 않았었기에 기억을 할 리는 만무하지만.

“퀴즈 하나 낼까?”

“거절할래요.”

“왜?”

“못 맞히면 뭘 하려고요?”

“키스.”

능글맞은 웃음을 지으며 키스라고 말하는 윤혁을 바라보며 진별은 기가 막혀 눈을 가늘게 떴다. 저런 말을 저렇게 쉽게 하는 사람도 드물 거라는 생각이 들었다. 하긴 첫 맞선 이후로 다시금 마주한 그날의 윤혁도 키스를 했었다. 갑자기 그 날의 키스가 진별의 머리에 다시금 떠올랐다. 어찌 된 것인지 키스라는 단어만 들어도 윤혁과의 있었던 일이 떠오르니 큰일이었다.

“우리 여기서 마주쳤었어.”

“난 기억에 없는데요?”

“이진별의 머리에 남아 있는 기억이 뭔지 궁금하군.”

진심으로 윤혁은 궁금했다. 아무리 어릴 때 헤어졌다고는 하지만 있었던 일들을 모조리 자신만 기억하는 것 같아 살짝 기분이 나쁘기는 했다.

“보기만 해도 아찔한 높이의 힐을 신고 걷다가 꽈당 넘어졌었어. 가방 안에서 뭔가를 찾다가.”

친절히 알려주는 윤혁의 말에 진별의 머릿속에도 기억이 재생되었다. 오랜만에 친하게 지내는 동갑내기 연예인들끼리 모임을 가지기로 한 날이었다. 그날 가방에서 뭔가를 찾느라고 순간 발이 꼬여 넘어졌었다. 누군가가 도와줘서 일어났다는 생각은 있지만 부끄러운 마음에 그 남자의 얼굴은 제대로 보지 못했었다.

"그럼, 그때……."

"이제 기억나는 모양이군."

그때 도와준 사람이 윤혁이라니. 진별은 어딘가 모르게 어이가 없어 피식하며 웃음이 절로 나왔다. 멀쩡히 맞선 전에 마주친 적도 있고, 어릴 때의 인연도 있는데 자신만 기억하지 못했다는 사실에 진별은 피식 웃음이 흘러나왔다.

"앞으론 이진별 기억 되살리기 프로젝트를 좀 해야겠어."

"기억이 아예 없지는 않아요. 다만 흐릿할 뿐이지."

"그 흐릿한 기억을 생생하게 되돌려놓고 싶어졌어."

사실 진별도 바라던 바였다. 가끔은 윤혁과의 기억이 생생하게 또렷하게 난다면 좋겠다는 생각을 했었다. 같은 기억을 공유하고 그걸 이야기한다면 좋을 것 같다는 생각을 한 적이 한두 번이 아니었다.

"다음번에 하나 더 알려주지."

"좋아요."

순간 진별은 그를 만날 때마다 자신의 기억이 떠오른다면 얼마나 좋을까 하는 생각이 들었다. 처음엔 이 남자, 뭐지 싶었다면 이제는 그렇지 않았다. 어린 시절엔 친하게 지냈던 윤혁과 성인이 되어 이렇게 만나 대화를 나누는 것도 이젠 편안했다.

외딴 곳에 동떨어진 세트장을 벗어나도 집으로 들어갈 시간이 없기는 마찬가지였다. 촬영 스태프들 중에서도 하루가 멀다 하고 뻗는 사람이 대부분이었다. 막바지로 가자 촬영의 완성도를 높이기 위해 그 앞에 했던 촬영 중에서 마음에 들지 않는 부분은 재촬영을 하고 있으니 더딜 수밖에 없었다.

"이번 주 안에는 마무리되겠죠?"

이번 주 안으로 마무리가 되어야지만 다음 드라마 촬영이 시작되기 전까지 열흘이라도 쉴 수 있었다. 만약 이번 주 안에 끝이 나지 않는다면 휴식은 턱없이 짧아질 터였다. 영화 마무리가 더뎌질수록 자신의 휴식이 짧아지니 민정으로서는 불만이 가득했다.

"드라마 촬영만 마무리 지으면 최소 두 달은 쉴 수 있게 해줄게."

"거짓말."

평소와 다른 민정의 말에 해송은 피식하며 웃었다. 그도 그럴 것이 영화 촬영만 끝내면 가까운 제주로라도 다녀오자고 진별은 입버릇처럼 말했었기 때문이다. 그러나 예상과 달리 보균의 드라마가 빨리 들어가게 되면서 제주도는커녕 휴식도 제대로 취하지 못하고 다시금 촬영에 들어가게 생겼으니 투덜거릴 만도 했다.

"드라마 촬영 마무리 지으면 보나 마나 화보촬영이니 광고니 인터뷰니 몰려들 거잖아요. 뭘 쉬어요, 쉬지도 못하지."

이미 다 알고 있다는 듯이 체념한 듯한 민정의 말에 해송은 계속해서 웃음이 나왔다. 이제 이 민정도 슬슬 이쪽 일에 적응하는구나 싶었다. 영화야 촬영을 해놓고 개봉을 할 때까지 휴식이 있지만 드라마는 대부분 바로 반응이 온다. 그렇기에 드라마 반응이 곧 다음 일정까지 지장을 주는 것도 사실이었다.

"벌써부터 난리예요. 장보균 작가님과 이진별의 만남이라면서 어찌나 기사로 떠들어대는지. 거기다가 다들 이번 드라마도 믿고 본다면서 반응도 장난 아니라고요."

요즘 진별은 다른 일에는 전혀 신경을 쓰지 못하는 상황이었다. 드라마 출연을 확정 짓고 도장을 찍은 날에도 진별은 곧장 영화 촬영에 돌입했으니 그 뒤에 나오는 기사들에 대해서는 전혀 신경을 쓰지 못하고 있는 중이었다.

"벌써 기사 났어?"

"벌써라뇨. 언니가 도장 찍은 그날 오후부터 기사 떴어요."

"빠르네."

"대부분 반응들이 믿고 본다는 말과 함께 언니랑 작가님이 함께했던 작품들 다시보기 하면서 기다린다고 난리도 아니에요."

차곡차곡 인기를 모으고 있던 진별을 스타덤에 올려놓은 것이 보균의 드라마였다. 그 뒤로 한 번 더 했던 것도 반응이 꽤나 좋았었다. 보균의 드라마는 팬들이 확실히 있었다. 거기다가 2년 만에 함께 보균과 진별이 함께한다는 것만으로도 팬들의 기대는 높을 수밖에 없었다.

"이번에도 진별이 입고 착용하는 것은 모두 완판인가?"

"아, 맞아. 드라마 한다는 기사 뜨고 강남에 정 실장님 연락 왔었어요. 자기 옷 좀 입어달라고요."

"그래서?"

"일단 생각해보겠다고 했어요. 아직 대본을 1화밖에 못 봐서 의상은 아직 생각 중이라고만 말했어요."

"잘했어."

저번 드라마 촬영할 때 의상을 협찬해서 입었던 곳인데 워낙 문제가 많았었다. 자기네들 의상이 자주 노출되기를 원했고, 대본 수정에 따라서 의상을 다른 걸로 체인지하기라도 한다면 왜 자기 것을 입지 않았냐고 따지고 들었었다. 그렇기에 그때 당시엔 하나가 상당히 고생을 했던 곳 중 하나였다. 그 뒤로도 화보 촬영 때도 의상을 제시간에 가져다주지 않아 놓고는 만만했던 민정을 몰아세웠던 곳이었다.

"오빠, 우리 민정이도 이제 프로의 느낌이 난다 말이지. 그렇지?"

"그러게. 이제 하나 도움 없어도 될 거 같은데?"

처음에만 해도 허둥거리고 자신이 잘못한 것이 아님에도 어떻게 대응해야 할지 몰라도 참고만 있던 민정의 모습은 이제 찾을 수 없었다. 조금씩 성장해가는 민정의 모습에 진별과 해송은 뿌듯한 기분이 들었다.

"아니에요. 아직은 혼자서 대본 보고 의상 고르고 하는 거는 힘들어요. 이번에도 영화 촬영 끝나면 하나 선배님께 대본이랑 주인공 성격 가지고 찾아가려고 벌써 말해놨어요."

띄워주는 칭찬에 민정은 부끄러워 어쩔 줄 몰라 했다. 저런 모습을 볼 때면 꼭 예전의 하나의 모습을 보는 것 같아 진별은 그저 현재 민정의 모습이 귀여웠다.

"아, 배고파."

부끄러운 마음에 재빨리 화제를 전환하는 것도 꼭 예전의 하나와 똑같았다. 뭐, 예전엔 하나뿐만이 아니라 진별과 해송도 모두 초보였다. 초보 연기자, 초보 코디, 초보 매니저. 모두가 초보라는 단어를 달고 함께 일했었기에 우여곡절도 많았었다. 그러나 지금은 모두 의연하게 자신의 일을 해낼 줄 아는 사람이 되어 있었다.

"오늘은 도시락 배달 안 와요?"

벌써 일주일이 넘게 진별에게는 윤혁이 보낸 도시락이 도착했다. 항상 윤혁이 직접 쓴 메모와 함께 말이다. 소라가 만든 음식을 시작으로 유명한 일식집 초밥, 자신이 직접 만든 샌드위치 등등 매일 메뉴를 바꿔가면서 도시락을 보내오고 있었다. 도시락과 함께 윤혁이 매일 연락을 해오는 것도 변함이 없었다. 하루는 촬영장 근처로 찾아와 잠깐 얼굴을 보기는 했지만 그때도 진별은 윤혁에게 차갑게 굴었다. 여전히 진별은 윤혁의 마음을 진심으로 받아들이고 싶지 않았기에 밀어내기에 급급했다.

도시락을 찾는 민정의 말에 진별이 휴대폰으로 시간을 확인했다. 항상 도시락을 보내오던 시간이 지나 있었다. 그와 동시에 아직까지 윤혁에게서는 그 어떠한 연락도 오지 않고 있었다. 지금쯤이면 윤혁이 보낸 수십 개의 메시지가 와 있어야 하는데 그렇지 않았다. 뭔가 이상하다는 느낌과 이제 포기를 한 건가 하는 생각이 들었다. 분명 윤혁에게서 연락이 오지 않고 도시락을 보내오지 않으면 홀가분할 거 같았는데 그렇지 않았다. 갑자기 왜 이러지 하는 생각과 함께 먼저 연락을 해볼까 하는 마음마저 들었다. 그리고 이 남자의 진심이 겨우 여기까지였나 하는 생각까지 미치자 진별은 오히려 짜증이 났다. 그럴 거면 왜 자신에게 좋아한다고 고백을 한 것인지. 모든 것이 마음에 들지 않아 진별은 인상을 찌푸렸다.

이런저런 생각들에 머리가 복잡해지고 있을 무렵 갑자기 밖이 소란스러워졌다. 따로 대기할 공간이 없는 지라 진별도 오늘은 차 안에서 촬영을 기다리고 있었다. 밖이 계속해서 소란스러워 짐에도 진별은 밖을 나가볼 생각은 하지 않고 있었다.

"이진별 씨?"

갑자기 차 문이 열리며 낯익은 음성이 귀에 들려왔다.

"어, 사장님. 여긴 어떻게?"

생각지도 못한 인물이 나타나자 해송과 민정이 놀라서 먼저 반겼다. 그와 동시에 진별은 윤혁의 얼굴이 보이자 놀람과 함께 자신도 모르게 피식 미소를 지었다.

"밖에 밥차 있으니까 가서 드시죠."

"밥차요?"

"네, 영화 촬영도 막바지고 해서 준비했습니다."

안 그래도 슬슬 배가 고프던 참이었기에 밥차라는 말에 해송과 민정은 차 문을 열고 밖으로 향했다. 그와 동시에 자연스레 윤혁과 진별 둘만이 차 안에 남게 되었다.

"웬일이세요?"

반가운 마음도 있지만 진별은 전혀 그렇지 않은 듯 퉁명스럽게 말했다.

"보면 모르나."

"모르니까 묻죠."

"이진별 너 때문에 왔지."

빤히 나올 줄 알았던 대답이었다.

"거짓말도 잘하시네요."

"아님 내가 여길 왜 오겠어? 소속사 사장님에 불과하면 밥차도 안 보낼 거고 가만히 책상 앞에 앉아서 벌어들이는 돈에만 신경 썼을 거라고."

맞는 말이다. 어느 기획사 사장님이 소속 연기자의 촬영장으로 직접 밥차를 대동하고 나타나겠는가. 책상머리에 앉아서 일만 처리할 것이다.

"한가하신 모양이네."

"진짜 너무하네."

"뭐가요?"

"반가운 티 좀 내주면 안 되나?"

"반가워야 할 이유가 없잖아요."

아무런 연락도 없이 불현듯 나타난 윤혁이 분명 반갑기도 하지만 진별은 끝까지 내색하지 않았다. 그런 진별을 옆에 두고도 윤혁은 아무렇지 않은 듯이 웃었다. 윤혁이라고 어디 예상하지 않았던 반응이겠는가. 당장 가라고 하지 않으면 다행이라고 생각하고 온 터였다.

"밥차도 안 반가워?"

"그게 뭐요?"

"네가 말했잖아. 매일 도시락 준비해서 보내지만 말고 밥차라도 보내서 스태프들까지 먹게 해달라며."

이틀 전이었나. 어김없이 윤혁의 도시락이 배달되어 왔었다. 도시락이 도착하고 윤혁과 통화를 하면서 진별은 괜스레 투덜거린 거였다. 매일 도시락 배달시킬 거면 밥차라도 보내주든지 하는 식의 흘리는 말이었다. 가볍게 넘길 만한 말조차도 윤혁은 흘려듣지 않고 직접 밥차를 대동해서 온 터였다.

"한가한 모양이네요."

"비꼬지 좀 말지? 좋아하는 여자가 하는 말을 흘려듣지 않은 정성으로 봐달라고."

"정성은 무슨. 돈지랄 아니고요?"

끝까지 고맙다는 말 대신에 비아냥거리는 자신의 입이 진별은 원망스러웠다. 왜 이리 마음과 달리 말이 엇나가는지.

"뭐, 돈지랄로 봐도 되고. 이진별한테 이 정도쯤은 해줄 수 있는 남자니까."

기분 나쁘게 들을 수 있는 말도 윤혁은 웃으며 넘겼다. 그런 윤혁의 모습을 진별은 유심히 바라봤다. 대체 어떠한 남자인가 싶어서.

"왜? 잘생겼어?"

"착각도 심하면 병이에요."

쳐다보는 것을 느꼈는지 대놓고 물어보는 윤혁의 질문에 진별은 다급히 시선을 옮겼다. 뭐, 자신이 착각을 해도 될 만큼 인물도 제법 잘난 남자였다.

"내가 싫어?"

"……."

또다시 직설적으로 물어보는 윤혁의 말에 진별은 아무런 말을 못했다. 여기서 싫다고 답을 하려니 입이 떨어지지 않았다.

"질문을 바꿔보지. 그럼 내가 왜 싫어?"

"누가 싫다고 했어요?"

"그럼 왜 내가 좋다고 표현하는 마음은 거부하는 거지?"

직설적으로 물어오는 윤혁의 말에 진별은 아무런 대꾸를 하지 못했다. 대체 뭐라고 말을 해야 할지 몰라 진별은 입을 꾹 다물었다. 아주 잠깐 침묵을 유지했지만 곧 다시 진별의 입이 열렸다.

"난 사람 마음 안 믿어요. 특히나 남자가 좋다고 하는 그 마음은."

솔직히 내뱉은 진별의 말에 이번엔 윤혁의 입이 다물어졌다. 덤덤하게 말하는 거 같지만 아픔과 슬픔이 느껴지는 진별의 음성에 윤혁은 딱히 할 말이 없었다. 윤혁의 머릿속은 닫혀버린 그녀의 마음을 풀기 위해 어떻게 해야 할지로 가득했다.

"사람 마음은 겉으로 보고 판단하지 말고 속을 보고 판단해."

"난 이제 그 속도 모르겠어요. 아니, 모르겠어요. 안다고 생각하면 어느새 엇나가 있는 그 속을 어떻게 판단해요."

그래, 진상우라는 남자도 그때는 진심이라고 느꼈었다. 그만큼 사랑을 받았었고 이 남자의 마음이라면 믿어도 된다고 생각했었다. 그러나 아니었다. 결국엔 마음에 상처만을 남긴 채 끝이 나버렸다. 그런데 뭘 보고 사람 속을 판단하겠는가.

"지금 이렇게 도시락 보내고 하는 것도 고마워요. 그런데 얼마 안 가서 포기하고 안 할 거 같으면 차라리 지금 그만해요. 난 이제 사람 마음에 대해서 알고 싶지도 실망도 하고 싶지 않으니까요."

어쩌면 이게 솔직한 진별의 진심이다. 나중에 도시락이 오지 않고 연락이 오지 않는다고 실망하고 싶지도 않았다. 더 이상은 사람에게 감정이나 시간을 허비하고 싶지 않았다. 감정을 허비하기에는 그 후유증이 진별에게는 너무나 크고 아팠기에. 이젠 다시 그 끔찍한 일을 되풀이하고 싶지 않았기에 진별로서는 윤혁의 마음을 진심으로 받아들일 수가 없었다.

"근데 어떡하지? 포기할 거 같았음 맞선 보고 바로 포기했을 거야. 괜스레 여기까지 끌고 오지도 않았을 거고."

그동안은 믿고 싶지 않고 장난쯤으로 치부하고 싶은 이 남자의 마음이 진별의 눈에도 조금씩 진심으로 다가왔다. 그러나 여전히 윤혁을 믿기에는 진별은 겁이 많았다.

"맛있어?"
"응."

놀이터에서 놀던 진별의 배고프다는 말에 윤혁은 근처에 분식집이 있나 찾았다. 테이블이 3개 정도 있는 작은 분식집을 찾아 윤혁은 진별과 들어갔다. 그곳에서 튀김과 김밥을 시켜주니 진별은 참 맛있게도 먹었다. 큰 음식이 아님에도.

"이거 다 먹고 딸기우유 사줘."

그럼 그렇지. 또다시 진별의 입에선 딸기우유라는 단어가 흘러나왔다. 어쩜 저리 딸기우유를 좋아하는 것인지. 윤혁은 김밥을 하나 집어 먹으며 고개를 끄덕였다.

"헤헤. 맛있다."

뭔가를 먹을 때가 제일 좋다는 진별이었다. 그런 진별이 뭔가를 먹고 좋아할 때면 윤혁도 덩달아 기분이 좋아졌다.

어린 시절 진별은 음식을 먹는 순간을 가장 행복하게 생각했기에 윤혁은 지금도 계속해서 도시락을 보내고 하는 터였다. 그 도시락들을 먹고 조금이라도 행복한 감정을 느꼈으면 하고 말이다.

그러나 요즘의 진별은 전혀 그러지 않은 것 같았다. 더불어 다른 사람이 베푸는 호의를 받아들일 줄 알았다면 지금의 진별은 그렇지 않았다. 그 점이 윤혁은 마음이 걸렸다.

대체 무슨 일이 있었기에 저토록 마음의 문을 꽉 닫아버린 것인지. 진별의 마음을 끌어안기에는 자신의 노력이 부족한 것인가 하는 생각도 들었다. 무슨 일이 있었는지는 몰라도 얼른 그 상처를 깨트렸으면 하는 마음이 간절했다.

밥차를 끌고 온 그날 윤혁과의 솔직한 대화 이후에 진별도 어느 정도 편안함이 들었다. 예전만큼 불편하고 굳이 이 남자의 진심에 대해서 신경을 쓰지 않아도 되니 마음에 안정이 되는 것이 사실이었다.

물론 변함이 없는 윤혁의 행동이 제일 크게 작용하고 있었다. 매일 같이 도시락을 보내오고 그 안에는 윤혁이 직접 쓴 메모가 항상 함께였다. 이 모든 것들이 이제 진별도 서서히 기다려지고 있었다. 도시락보다도 진별은 윤혁이 오늘은 메모를 뭐라고 썼는지에 대해서 더 많이 궁금했다.

또 변화가 없는 것은 도시락이 도착하고 나면 윤혁이 전화를 해왔다. 촬영장에 있으면서도 짧게나마 윤혁과 통화를 할 수 있는 시간 중에 하나였다. 아니나 다를까, 오늘도 도시락을 먹고 나자 윤혁의 전화가 걸려왔다.

–오늘 도시락은 어땠는지요?

"괜찮았어요."

–다행이네. 오늘 촬영이 많아?

"출연배우 한 명이 갑자기 펑크를 내서 3시간 정도 시간이 비었어요. 그런데 집까지 가기에는 너무 멀고 차에서 쉴까 생각 중이에요."

어중간하게 남은 시간에 진별은 난감한 터였다. 시간이 많이 남기라도 하면 집에라도 가서 좀 쉬다 올 텐데 그럴 만한 시간도 되지 못했다.

–우리 집에 가서 쉬는 건 어때?

"네?"

–뭘 그렇게 놀라. 그 촬영장에서 우리 집까지는 20분 남짓이라고. 왕복 시간을 제외하더라도 족히 2시간은 편히 쉴 수 있을 텐데.

갑작스런 윤혁의 제안에 진별은 쉽사리 대답할 수 없었다. 편안한 휴식이 필요하기는 했지만 그렇다고 아무도 없는 낯선 남자의 집에 가서 쉬는 것 자체가 진별로서는 난감했다.

–부담스럽게 생각하지 마. 지금 집에는 아무도 없으니 혼자 들어가서 쉬다가 나오면 돼. 그리고 그냥 알고 지내는 오빠라고 생각하면 되지 않을까? 그것도 아님 기획사 사장님의 배려라고 생각해.

연이은 윤혁의 설득에도 진별은 선뜻 그렇게 하겠다고 대답을 하지 못했다.

"그건 좀……."

–내가 너 잡아먹는대? 난 집에 없다고요, 이진별 씨.

"음……."

–집 주소 찍어 보낼 테니 생각 있으면 가서 쉬어. 아! 그리고 비밀번호는 이진별 생년월일.

저 말을 끝으로 전화는 끊어졌다. 윤혁의 집 비밀번호가 자신의 생년월일이라니. 이게 무슨 말인가. 보통은 자신의 생일로 설정을 해놓기 마련이었다.

편안한 휴식보다도 진별은 윤혁의 말이 맞는지 궁금했다. 정말로 비밀번호를 자신의 생일로 해놓았는지 진별은 확인하고 싶었다. 전화를 끊고 진별은 잠시 생각을 하고는 곧장 윤혁의 집으로 향했다. 두근거리는 마음으로 자신의 생일을 누르자 윤혁의 집 현관문이 열렸다. 설마 했었는데 진짜 자신의 생일이라 진별은 멍해졌다.

그 마음도 잠시 진별은 조심스레 현관문을 열고 윤혁의 집 안으로 발을 들여놓았다. 아직 낮인지라 불을 켜지 않아도 집 안은 환했다. 신발을 벗고 한 발자국씩 안으로 들어갈수록 진별은 놀랐다. 혼자 사는 남자의 집치고는 상당히 깨끗했다. 흐트러진 것 하나 없이 말끔했다.

편안해 보이는 소파와 탁자, 그리고 TV가 전부였다. 아무런 장식이 없는 윤혁의 거실이 어쩐지 그와 잘 어울린다는 생각을 했다. 항상 그는 단정하고 말끔한 모습이었다. 뭐, 자신은 본 적이 없지만 기획사 사무실 직원들 말로는 빈틈없이 일을 처리한다고 했다.

어쩌면 텅 비어 있는 것과 같은 거실을 둘러보다 발길을 옮겨 다른 방문을 하나 열어보였다. 침대와 붙박이장이 눈에 들어왔다. 아마 여긴 침실인 거 같다는 생각을 하며 진별은 서둘러 방문을 닫았다. 나머지 하나의 문을 열어볼까 하다가 진별은 포기하고 소파에 앉았다. 윤혁의 집에 올 때까지만 해도 그렇게 피곤한 줄 몰랐지만 막상 아늑한 공간으로 들어오자 진별은 금세 몸이 나른해졌다. 점점 무거워지는 눈꺼풀을 이기지 못하고 진별은 소파에 누워 잠이 들었다.

그렇게 얼마나 잤을까. 스르륵 눈을 뜨자 깜깜했다. 분명 잠들기 전에는 환했는데 자고 일어나니 어둠이 내려앉아 있었다.

"일어났어?"

낮익은 윤혁의 음성에 진별은 놀라서 벌떡 소파에서 몸을 일으켰다.

"조금 더 자도 돼."

"어떻게 된 일이에요? 지금 몇 시에요?"

"7시 조금 안 됐어."

덤덤한 윤혁의 말에 진별은 놀라서 허둥거리며 자신의 휴대폰부터 찾았다. 분명 매니저에게 한 시간 뒤에는 연락을 하라고 했는데 어떻게 된 일인지 알 수가 없었다.

"촬영 내가 취소했어."

"네? 왜 말도 없이 그런 행동을 해요! 얼마나 책임감 없는 행동인 줄 알아요?"

"무슨 말을 못하겠네. 촬영 취소됐어. 늦게 오기로 한 배우가 결국에는 취소했다기에 그럼 오늘은 그냥 쉬자고 제안한 것뿐이야."

자초지종을 듣고 나서야 진별은 다시금 몸을 소파에 앉혔다. 그나저나 이 남자는 왜 벌써 여기 와 있는 건가 하는 생각이 들었다.

"벌써 퇴근했어요?"

"어제 일이 터져서 밤새 일하고 오늘은 조금 일찍 퇴근."

"회사에 무슨 일 있어요?"

아무것도 모른다는 듯이 천진난만하게 물어오는 진별의 얼굴을 바라보며 윤혁은 할 말이 없었다. 정말 연예인이 맞는가 싶었다. 요즘 그 좋은 스마트폰으로 기사 한번 검색 안 해보는가 싶었다.

"어제 하루 동안에 인터넷 포털검색어 1위 차지한 그 사건을 모르는군."

"뭔 열애설이라도 터졌어요?"

"섹스 동영상."

참 간결한 윤혁의 말에 진별이 더 놀랐다. 아니, 저렇게 큰일을 이토록 무덤덤하게 말하다니. 순간 진별은 이 남자의 머리는 어떻게 된 건가 하는 생각이 들었다.

"아무렇지도 않아요?"

"뭐가?"

"그런 동영상 사건이 터졌으면 보통 스트레스 받아 해야 하지 않아요?"

"그건 이미 지나갔지. 이제 나한테 남은 거는 앞으로는 이런 일이 두 번 다시 일어나지 않기를 바라는 거지."

참 담담하고 대범하다. 이런 모습은 영락없이 성욱 삼촌을 닮았다는 생각을 했다. 친자식인 보균 오빠보다도 더 닮아 있는 윤혁의 모습에 진별은 할 말이 없었다.

"대체 누구에요?"

"주민지."

"그럴 줄 알았어."

다른 누구도 아닌 주민지라는 말에 진별은 크게 놀라지도 않았다. 심심하면 열애설을 터트리고 염문설을 몰고 다니는 여배우가 바로 주민지였다. 연기 잘하고 인기도 제법 좋지만 연예인들 사이에서는 그다지 소문이 좋지 않았다. 양다리도 부족해 다리를 더 뻗는다고 소문이 파다했다.

"근데 주민지가 아무리 함부로 몸 놀리고 다녀도 그런 동영상 찍힐 애는 아니에요. 철두철미한 애니까."

어찌 보면 여배우로서는 치명적인 기사였다. 그러나 어제 아침부터 떠들썩하게 기사가 돌고 돌더니 결국 알고 보니 거짓이었다. 그 거짓 정보에서 나온 동영상까지 파헤치며 진실을 규명하느라 윤혁은 어제 회사에서 밤을 새운 상태였다.

"그나저나 참 곤히도 자더군."

"코 골았어요?"

"코도 골고 자는 모양이지?"

자신의 입으로 잠버릇을 말한 꼴이 되자 진별은 입을 꾹 다물어버렸다. 피곤이 쌓인 날이면 코를 골고 자기도 하는 편이었다. 20대 초반엔 아무리 피곤해도 없던 버릇이 후반으로 접어들자 피곤을 이기지 못해 생긴 잠버릇이었다.

"여배우 이진별이 코도 곤다 말이지."

"누가 그렇대요?"

"아니면 말고."

능글거리는 웃음으로 대꾸하는 윤혁을 바라보며 진별은 소파에서 몸을 일으키며 주섬주섬 자신의 휴대폰과 외투를 챙겨 들었다. 그와 동시에 윤혁의 두 눈이 커졌다.

"어딜 가려고?"

"집에 가야죠."

"저녁 안 먹고?"

"집에 가서 먹을래요."

당연하다는 듯이 말하고는 움직이려는 진별의 손을 윤혁이 붙잡았다. 자신의 손을 붙잡은 윤혁의 손을 진별은 물끄러미 바라봤다.

"밥 먹고 가. 밥해주려고 장 봐왔어."

진별이 잠에서 깨면 밥을 해주려고 윤혁은 직접 마트에 가서 장을 봐온 터였다. 그것도 부족해 얼추 재료 손질까지 마친 상태였다.

"스파게티 할 거야."

"그런 것도 할 줄 알아요?"

"이래 보여도 혼자 산 기간이 제법 길어서 말이지."

처음 미국으로 갔을 때는 기숙사 생활을 했으니 괜찮았지만 학교를 졸업하자 식사해결이 제일 큰 문제였다. 사먹는 것도 지겹고 한정적이었기에 결국 윤혁은 스스로 해먹는 것을 택했었다.

"먹고 가."

더 이상 의견을 묻지 않고 윤혁은 진별의 손을 잡아 이끌고 주방으로 향했다. 그러곤 식탁 의자에 진별을 앉혀놓고 자신은 자연스럽게 싱크대 앞에 섰다. 그런 윤혁의 모습을 진별은 흥미롭다는 듯이 바라봤다.

"앞으로도 쉬고 싶을 때는 언제든지 와서 쉬어도 돼."

냉장고 안에서 손질한 재료를 꺼낸 윤혁은 자연스럽게 요리의 동선대로 몸을 움직이며 진별에게 제안을 했다.

"혼자 사는 집이고, 대부분 낮 시간에는 집에 없으니 쉬고 싶을 땐 언제든지 왔다가 가도된다고."

"그럴 일은 없을 거예요."

"사람 일은 장담하지 말고. 그냥 와서 편히 영화도 보고 책도 보고 가. 웬만한 영화 DVD는 다 소장하고 있으니까."

책이랑 DVD로 제안을 하자 진별은 거절하지 않고 생각해보겠다는 듯이 고개를 끄덕였다. 딱히 내키지는 않지만 종종 보고 싶은 것이 있다면 윤혁에게 빌려볼까 하는 생각을 진별은 했다.

8. 진심이 느껴지다

오늘 진별의 촬영 장소를 전해 들은 윤혁은 문득 옛날 생각이 떠올라 서둘러 몸을 움직였다. 생각보다 진별의 촬영이 일찍 끝이 났다. 윤혁은 한 치의 망설임도 없이 진별을 데리고 이동했다. 촬영 장소에서 머지않은 곳에 진별과의 추억이 담긴 장소가 있었기에 윤혁은 꼭 와야겠다는 생각이 들었었다.

"어딘지 기억나?"

차에서 내린 진별은 자신의 눈에 들어오는 장소를 한참 동안이나 바라봤다. 자신의 기억 한편에 흐릿하지만 남아 있는 공간이었다.

"기억나면 좋겠는데."

윤혁의 말에 대답을 하는 대신 진별의 몸이 먼저 움직였다. 땅거미가 내려앉기 시작한 놀이터 안으로 진별이 서서히 다가갔다.

그런 진별의 뒤를 윤혁이 아무런 말 없이 따라갔다.

사실 윤혁도 생각하지 못하고 있던 장소였다. 그러나 진별이 있는 장소를 듣는 순간 거짓말처럼 이곳이 떠올랐다. 여길 온다면 진별도 옛날 생각을 조금이라도 하지 않을까 하는 마음에서 온 곳이었다.

"여긴 변함이 없네."

진별의 뒤를 따르며 눈으로 휙 훑어보던 윤혁은 세월이 흘러도 변함이 없는 놀이터가 반가웠다. 오랜만에 한국으로 돌아온 윤혁은 많이 변해 있는 고향이 낯설었다. 공항부터 시작해서 길 하나, 백화점 하나 그 무엇 하나 변하지 않은 것이 없었다. 그런 와중에 변함이 없는 놀이터가 윤혁은 반가웠다.

어린 시절 윤혁과 진별은 자주 이곳으로 놀러 왔었다. 진별의 집과는 거리가 제법 되지만 아이들이 많지 않아서 좋았던 곳이었다. 집 근처 놀이터는 언제나 그네를 하나 타려면 줄을 서서 기다려야 하는 곳이었지만 이곳은 달랐기에 편했었다. 그네를 좋아하는 진별이 마음대로 실컷 타고, 미끄럼틀을 수십 번 혼자 오르락내리락해도 기다려야 하는 일은 드물었던 곳.

"진짜 오랜만이네요."

"기억나?"

"어렴풋이? 그네 밀어주던 사람이 갑자기 없어져서 그 뒤로 안 왔었어요."

어느 날 갑자기 떠나버린 윤혁을 대신해서 이곳까지 와서 그네를 밀어주고 미끄럼틀 타는 모습을 지켜봐주든가 같이 타줄 사람은 없었다. 금별과 보균에게도 말을 해봤었지만 둘은 둘만의 축구를 하느라고 정신이 없었다.

"금별이나 보균이 데리고라도 오지."

"따라나설 인간들이 아니잖아요."

진별의 말에 윤혁은 대답 대신 고개를 끄덕였다. 하긴 어린 시절에도 항상 진별과 함께인 사람은 윤혁이었다. 금별과 보균은 둘이서 따로 놀기에 급급했다.

"그네 탈래?"

"밀어주게요?"

"얼마든지."

옛날 생각이 떠올라 반가운 마음에 진별이 덥석 그네가 있는 쪽으로 몸을 옮겼다. 그네가 가까워질수록 윤혁과 진별의 입에는 절로 웃음이 흘러나왔다. 진별이 그네에 앉고 윤혁이 그 뒤로 가서 섰다.

"어떻게 밀어드릴까요?"

"천천히 해주세요."

그 옛날 7살, 12살로 돌아간 듯이 대화를 나누며 윤혁과 진별의 시선이 맞물렸다. 그와 동시에 둘 다 터져 나오는 웃음을 감출 수는 없었다. 예전 기억이 함께 맞물리자 둘은 어린 시절로 돌아간 것만 같은 기분이 들었다.

"만족하십니까?"

"네."

천천히 윤혁이 진별이 앉아 있는 그네를 밀었다. 무서워할 진별을 위해 처음엔 천천히 밀어주던 그때와 같았다. 참으로 오랜만에 타보는 그네에 진별은 동심으로 돌아간 것 같아 기분이 좋았다.

"세게 밀어줘요."

"접수 완료."

그 옛날과 달리 겁이 없어진 것인지 곧장 진별이 세게 밀어달라고 요구했다. 그런 진별의 요구에 윤혁은 바로 응했다. 서서히 리듬과 반동을 이용해 진별이 앉아 있는 그네가 더 멀리, 더 높이 올라갔다.

"와!"

좋은 것인지 진별의 입에서 즐거운 탄성이 흘러나왔다. 그런 진별의 소리에 윤혁도 절로 기분이 좋아졌다. 어린 시절의 추억을 같이 공유할 수 있는 이 순간이 윤혁은 참 좋았다. 한국에서 지낸 시간보다 미국에서 지내온 시간이 더 긴 윤혁이기에 이런 추억을 같이 기억하며 즐길 수 있는 진별이 있어 더 즐거웠다.

마지막 촬영은 비교적 여유롭게 진행되고 있었다. 그러나 감독이 똑같은 장면을 여러 번 촬영하다 보니 진별로서는 서서히 지쳐 가는 중이었다. 겨울의 끝 무렵이기는 했지만 촬영을 위해 새하얀 눈을 맨발로 밟고 손으로 만지다 보니 이미 빨갛게 꽁꽁 얼어버린 지 오래였다. 이러다 동상이라도 걸리지 않으면 다행이라는 생각이 들었다.

컷 소리가 들리자마자 핫팩으로 손발을 감싸서 녹이는 것도 한계가 있었다. 녹이는 온도보다도 눈을 밟고 만지는 더 길다 보니 어쩔 수 없었다.

"마지막 촬영이 제일 힘들 줄 몰랐어요, 언니."

"겨울바다에 들어가는 것도 아니잖아."

핫팩으로도 부족해 수건을 뜨거운 물에 적셔 와서는 진별의 손과 발을 감싸면서 민정은 어쩔 줄 몰라서 허둥거렸다. 빨갛게 꽁꽁 얼어 있는 진별의 손과 발을 보는 해송의 표정도 편치만은 않았다. 몇 년 동안 매니저 노릇을 해도 이런 일은 도무지 적응이 되지 않았다.

"어우, 괜찮으니까 걱정하지 말라니까. 이 정도로 안 죽어."

조금만 더 있다가는 민정의 눈에서는 눈물이 흐를 것만 같아 진별은 더 아무렇지 않게 굴었다. 물론 아직까지 손과 발에 감각이 없는 것 같지만 진별은 민정을 생각해 씩 웃어 보였다.

"어, 사장님."

"이진별 씨는 안에 있습니까?"

"네. 지금 잠깐 쉬는 중이라서요."

담배를 핀다는 핑계로 차 밖에 서 있는 해송과 낯익은 윤혁의 목소리가 진별의 귀에 들렸다. 곧이어 차 문이 열리며 윤혁의 얼굴이 눈에 들어왔다.

"여긴 웬일이세요?"

"오늘 마지막 촬영이라서 축하해주려고 왔습니다."

민정이 보고 있으니 윤혁은 존댓말을 사용하면서도 진별을 향해서는 웃었다. 슬쩍 눈치를 보던 민정이 수건을 바꿔 온다는 핑계로 차에서 내렸다.

"손하고 발은 왜 그렇지?"

"오늘 촬영이 맨발로 눈 밟고 뭉쳐야 하는 거라서요."

손과 발을 온통 수건으로 돌돌 감고 있는 진별의 모습을 바라보던 윤혁은 차 안으로 타서는 감싸져 있는 따뜻한 수건을 벗겨냈다. 수건이 사라지자 여전히 빨갛게 얼어 있는 진별의 손과 발을 보며 윤혁은 눈살을 찌푸렸다.

"동상 걸리는 거 아닌가?"

"그 정도는 아닐 거 같아요."

이번에도 진별은 아무렇지 않게 굴었다. 그런 진별의 모습에도 윤혁의 눈살은 도무지 풀리지 않았다. 대체 이런 손발을 해서 어떻게 계속 촬영을 한 건지.

"이제 그만하자고 해. 대체 어째서 계속 진행하는 건데."

"저기, 사장님."

해송과 민정보다 한 단계 업그레이드된 윤혁의 반응에 진별은 고개를 절레절레 흔들었다. 대체 어찌 이런 생각으로 기획사 사장님이 된 건가 하는 생각도 아주 잠깐 했다.

"촬영하다 보면 이 정도 일은 껌이에요. 미친 듯이 내리는 비를 맞는 것도 아니고 겨울 바다에 뛰어드는 것도 아니잖아요."

비를 맞으며 걸어야 하는 장면을 여름에 찍었던 적이 있었다. 여름감기는 개도 안 걸린다는데 그날 이후 지독한 감기에 걸려 진별은 꼬박 일주일을 고생했었다. 어디 겨울바다라고 다르겠는가. 웬만한 장면들은 다 촬영해봤기에 진별에게 있어서 이 정도 일쯤은 가볍게 웃고 지나갈 수 있는 일이 되어 있었다.

"마인드 하나는 최고야."

"그렇게 봐주면 고맙고요."

빨갛게 꽁꽁 얼어 있는 진별의 손을 윤혁이 자신의 손으로 감쌌다. 갑작스런 윤혁의 행동에 진별이 깜짝 놀라 손을 빼내려고 했지만 소용이 없었다. 빼내려고 팔을 비틀 때마다 오히려 윤혁의 손에 조금 더 세게 잡힐 뿐이었다.

"가만히 있어."

핫팩을 하나 집어 든 윤혁은 진별의 손에 가져다 대고는 열심히 자신의 손으로 매만져주었다. 조금이라도 빨리 진별의 손이 녹았으면 하는 마음에서였다.

"핫팩이면 돼요."

"아무리 인공적인 열기가 좋아도 사람 온기만큼 좋은 건 없어."

그 뒤에도 진별이 몇 번이나 그만하라고 했지만 윤혁은 끄떡도 하지 않았다. 오히려 그러면 그럴수록 진별의 손을 조금 더 꽉 움켜쥘 뿐이었다.

"배우들이 이렇게 한다는 말은 들었지만 막상 네가 이러니깐 마음이 편치 않다."

촬영을 하다 보면 이런 일, 저런 일이 다 있다는 것쯤은 윤혁은 잘 아는 사실이지만 막상 진별이 이런 것을 보니 마음에 들지 않았다. 왜 굳이 이런 직업을 택해서 이런 고생을 하는 것인지.

"동상 걸리지 말아야 할 텐데."

계속해서 자신의 온기로 매만져주면서 중얼거리는 윤혁의 말을 계속 진별은 가만히 듣기만 했다. 평소에도 잘해주기는 했지만 이렇게까지 할 줄은 몰랐던 진별이었다. 그저 핫팩이나 하나 던져주고 말 줄 알았는데 이렇게까지 해주자 그가 색다르게 보였다.

"좀 어때?"

"괜찮아요."

한눈에 봐도 진별의 손이 조금 전에 비하면 훨씬 좋아진 것이 눈에 들어왔지만 윤혁은 만족스럽지 않았다. 이번엔 자연스레 윤혁의 시선의 진별의 발로 향했다. 한 치의 망설임도 없이 윤혁의 손이 진별의 발로 뻗었다.

"어, 어! 하지 말아요."

"가만히 있어."

"하지 말라고요."

"가만히 안 있으면 차 안에서 확 덮쳐버리는 수가 있으니까 조용히 하시지?"

협박 아닌 협박을 하는 윤혁의 말에도 진별은 발을 빼내려고 몸을 이리저리 비틀었다. 그런 진별의 모습을 바라보던 윤혁은 표정을 굳히고 다시금 입을 열었다. 한 번만 더 해보라는 듯이.

"내 말이 농담으로 들리면 계속해. 난 참고로 농담 같은 건 안 하는 사람인 거는 알 테고."

맞선 장소에서 했던 말을 그대로 지킨 사람이 바로 윤혁이었기에 진별은 군말 없이 입을 꾹 다물었다. 더 이상 말을 하거나 제스처를 취해봤자 자신에게 이득이 될 일은 전혀 없어 보였기에 진별은 더 이상의 반항이 불필요하다고 생각했다.

"한 번에 말 들으면 얼마나 예쁠까."

"내가 어린애예요?"

"이진별 어린이, 제발 어른 말 좀 들으세요."

대놓고 어린아이처럼 취급하는 윤혁의 말에 진별은 어이가 없었다. 대체 이 남자가 뭐라고 말하는지 진별은 윤혁의 얼굴을 빤히 쳐다봤다.

"잘생겼으면 이마에 뽀뽀나 좀 해주든가."

아까 전에 손을 마사지한 거랑 똑같이 진별의 말을 만져주면서 윤혁은 아무렇지 진심을 내뱉었다. 불과 얼마 전까지와는 달리 요즘 진별과 대화를 하면 편안하고 즐거웠다. 그 전엔 진별의 말이 독사의 독과 같았다면 요즘은 한결 부드러워져 있었다. 서서히 조금씩 변해가는 진별의 모습은 윤혁으로서는 기분 좋은 일이었다.

"눈 감고 있어야겠네."

"헛소리 안 할 테니까 내 얼굴 계속 봐."

"됐거든요."

말과는 달리 진별의 시선은 자꾸만 윤혁에게로 향했다. 아무런 거리낌 없이 발을 만져주고 있는 윤혁의 모습에 시선이 향할 수밖에 없었다.

"이제 그만해요."

"괜찮아."

"발 냄새 나요."

"안 나. 그리고 좀 나면 어때서?"

시간이 흐를수록 좋으면서도 민망한 마음에 진별은 핑계를 만들어 말했지만 윤혁은 끄덕도 하지 않았다. 뭐라고 말하든 간에 윤혁은 본인이 하고 싶을 때까지 하겠다는 의지로 보였다.

"발도 작네."

묵묵히 발을 만져주던 윤혁이 혼잣말처럼 한마디 뱉었다. 손만 작은 줄 알았더니 발도 작은 걸 바라보자니 윤혁은 진별이 더 안쓰러워 보였다. 체구 자체도 말라있는 진별이 힘든 밤샘 촬영을 버틴다는 것 자체가 윤혁은 마음이 쓰였다.

"신발사이즈 얼마나 신어?"

"230?"

"발이 왜 그리 작아."

"그렇게 작지는 않아요."

여자 발 사이즈로서 그렇게 작지는 않을지 몰라도 윤혁의 눈에는 그저 작게만 보였다.

"사이즈는 왜 물어요? 신발 사주게요?"

"아니. 난 다른 거는 다 사줘도 신발은 안 사줄 거야."

"왜요?"

"신발 사주면 그거 신고 도망간다는 말도 몰라?"

"난 어차피 신발 사준다고 해서 도망갈 그럴 만한 사이도 아니잖아요."

아무 생각 없이 대꾸한 진별의 말에 윤혁의 표정이 굳어졌다. 아직도 자신의 마음을 받아들일 수 없는 건지. 그게 아니면 자신이 싫은 것인가 하는 생각에 윤혁의 마음은 복잡해졌다.

"말 쉽게 하네."

"……."

"넌 아직 내가 싫을지 몰라도 널 좋다는 남자 앞에서 그렇게 말하면 그 누구라도 상처 받는 법이야."

쉽사리 진별과 좋은 관계로 이어질 거라는 기대는 하지도 않았다. 줄곧 진별이 차가운 태도로 일관하더라도 윤혁은 아무렇지 않았었다. 그러나 이따금씩 상처가 될 만한 말을 아무렇지 뱉거나, 마음을 꾹 닫고 있는 모습이 보일 때면 윤혁은 상처가 된다기보다 답답한 마음이 앞섰다. 대체 어떠한 일이 있었기에, 어떠한 인간을 얼마나 사랑했으면 이렇게까지 마음의 문을 닫은 건지 윤혁은 절로 한숨이 나왔다. 그리고 한편으로는 진별이 안쓰러웠다. 자신이 없었던 시간 사이에 얼마나 아픈 사랑을 했으면 이렇게까지 되어버린 걸까 하는 생각을 하면 진별이 그저 안쓰러웠다.

어린 시절 진별은 소라의 말과 똑같은 아이였다. 별과 같이 빛나는 아이라고. 그런 진별이 윤현의 눈에도 똑같이 느껴졌다. 웃는 모습이 밤하늘에 떠 있는 별들이 우수수 자신에게로 떨어지는 듯한 착각에 빠지게 만들기도 했었다. 그 말처럼 진별은 정말 별처럼 빛이 났다. 입꼬리를 올려 웃기만 해도 진별은 하늘에 떠 있는 그 어떠한 햇살보다도 더 밝았다. 이제 그런 진별의 모습은 볼 수 없었다. 정확히 말하자면 진별이 활동을 쉬었다가 다시 시작한 이후로 볼 수 없게 되었다. 아마 그런 모습 또한 모두 진별이 사랑했던 그 남자 때문이겠지 하는 생각을 하면 윤혁은 자신도 모르게 화가 났다. 누군지도 모르는 그 남자의 목이라도 조르고 싶다는 생각밖에 들지 않았다.

"살 좀 찌워."

"여배우에게 살찌우라는 말은 욕이라는 것도 몰라요?"

"알아. 근데 이진별 너는 좀 쪄도 돼."

분위기를 바꿀 겸 윤혁은 이번에도 진별에게 자신의 요구사항을 말했다. 아무리 여배우기는 하지만 진별이 마른 건 사실이었다. 그렇기에 진별이 살을 좀 찌운다고 해서 문제 될 건 없어 보였다.

"체질이에요. 먹어도 안 찌는 체질."

"영화 촬영 끝나면 한의원부터 가서 진맥 받자."

"싫어요. 난 한약은 사절이에요."

"반항해봤자 소용없습니다, 이진별 어린이."

이번에도 진별은 조용히 입을 다물었다. 어차피 뭐라고 더 말해봤자 소용이 없다는 것을 잘 알기에 말이다. 자신이 아무리 더 반항을 하고 발버둥을 쳐도 조만간 자신이 한의원에 가서 진맥을 받고 있을 모습이 머릿속에 떠오를 뿐이었다.

"이제 나를 좀 파악한 모양이군."

조금씩 자신을 파악해서 행동하는 진별의 모습에서 윤혁은 그저 웃음이 나왔다. 역시 첫 만남에서부터 자신이 말한 그대로 지키기를 잘했다는 생각이 다시 한 번 더 들었다. 더불어 윤혁은 이따금씩 진별과의 키스가 떠올랐다. 강렬했고 그 어떠한 만남보다도 짜릿했기에.

"이제 좀 부드러워졌네."

맨 발로 눈 위를 걸었던 시간이 길었던 탓인지 손보다 발이 더 꽁꽁 얼어 있었다. 그런 탓인지 손보다 두 배의 시간을 더 매만지고 나서야 진별의 발이 녹았다.

"……고마워요."

여전히 발을 만져주고 있는 윤혁을 향해 진별은 조심스레 말을 건넸다. 가벼운 말 한마디지만 진별은 유독 더 떨리고 조심스러웠다. 매니저 해송이나 코디 민정에겐 쉽사리 고맙다는 말을 하면서도 이상하게 윤혁에게 하려니 머뭇거려졌다.

"영혼 없는 말은 사절할게."

"영혼…… 없는 말 아니에요."

방금 전 그 말은 진심이었다. 진심 오늘 같은 일은 고마웠다. 해송이나 민정이 하더라도 이렇게까지 정성을 들여 해주지는 못할 것이다. 손은 할 수 있다고 생각은 하지만 발까지 아무렇지도 않다는 듯이 만져준다는 것은 쉽지 않은 일이었다. 아무리 자신이 좋아하는 여자라고는 하지만 어떻게 이렇게까지 꽁꽁 언 발을 매만져줄 수 있겠는가. 그리고 윤혁이 해주는 이 행동들에는 진심이 느껴졌다. 그저 이 여자에게 잘 보여 점수를 따야지 하는 가벼운 행동이 아니라, 이 남자가 어떠한 마음으로 하는지 느껴졌기에 진별도 머뭇거려지기는 했지만 고맙다는 말을 할 수 있었다.

"고마우면 마음의 빗장 좀 풀어줘."

할까 말까 망설였지만 윤혁은 마음에만 담아두고 있던 말을 진별을 향해 뱉었다. 이런 말을 한다고 해서 굳게 닫아버린 그녀의 마음이 쉽게 열리지 않을 거라는 것은 잘 알지만 말이다.

진별의 발을 매만지던 윤혁이 그 행동을 멈추고 자신의 손 위에 발을 올려두고 바라보기만 했다. 여리고 작은 진별의 발을 눈에 새겨두기라도 하려는 것인지 윤혁은 줄곧 응시만 했다.

"이 작은 발로 다른 놈한테 가서 상처 받지 말고 그냥 나한테 와. 가시넝쿨 걷지 말고 부드러운 잔디밭 걸어서 나한테 와. 그 잔디밭 걸어서 다른 놈한테 가서 상처 받고 울지 말고 나한테 와서 항상 웃어라. 내가 너 행복하게 해준다는 약속은 못해도 울지 않게 해줄 자신은 있으니까."

오늘따라 진별의 마음이 안쓰러운 윤혁은 안에 담아두기만 했던 말을 뱉었다. 자신이 미국으로 가지 않고 한국에 계속해서 있었다면 진별의 모습을 지켜줄 수 있었을까 하는 생각도 들어 오늘따라 윤혁의 마음은 복잡했다.

"내 어깨에 기대서 울어. 내 어깨는 이진별을 위해서 있는 어깨니까."

시선을 여전히 진별의 발에만 두던 윤혁의 고개가 숙여졌다. 자신의 손 위에 올라와 있는 진별의 발등에 윤혁은 조심스럽게 입을 맞췄다.

진별과의 통화를 끊으면서도 윤혁의 입엔 웃음이 걸려 있었다. 요즘더러 진별과 통화를 하면 대부분 웃을 일밖에 없었다. 날카롭게 툭툭 쏘아붙이기만 하던 진별의 모습은 이제 찾기 힘들었다. 뭐, 간혹가다가 틱틱거리기는 하지만 말이다.

아직까지 변함이 없는 것이 있다면 결혼에 관한 말이었다. 무슨 결혼이라는 말만 하면 절대 그럴 일은 없을 거라며 날카롭게 구는 것인지. 남들이 본다면 결혼했다가 실패해서 이혼이라도 한 줄 알 정도였다.

처음엔 결혼 이야기에 날을 세우던 진별이 윤혁으로서도 편하지는 않았지만 이제는 조금 달랐다. 언젠가는 그 마음도 변할 거라는 확신이 있어서였다. 아직까지도 결혼이라는 말에 날을 세우기는 하지만 예전에 비하면 요즘은 한껏 부드러웠다.

오늘의 통화만 해도 그러했다. '누가 당신한테 시집간다고 했어요?'라는 말도 약간은 농담 삼아 했었다. 그런 것만 해도 진별의 마음이 약간은 누그러들었다는 것을 알 수 있었다.

요즘 윤혁의 최대 걱정거리는 진별의 건강과 체력이었다. 일을 할 때의 진별은 자신의 몸 상태를 돌아보지 않는 다는 것을 윤혁은 이번에야 알았다. 그렇기에 항상 진별의 컨디션이 윤혁은 신경이 쓰였다. 그렇기에 윤혁은 어떻게 해서든 진별을 데리고 한의원을 가야겠다고만 생각했다.

"후……."

윤혁은 가벼운 한숨을 한 번 뱉은 후, 노트북 앞에 앉아 포털사이트 창을 켰다. 진별이 했던 말이 있었기에 그걸 지켜주고 싶었다. 진별이 했던 말을 떠올리며 윤혁은 검색창에 찾으려는 것을 검색했다.

"저기, 이진별 씨."

"네?"

"영화 보고 싶다고 했잖아."

어제 메신저를 통해 대화를 주고받다가 우연히 진별이 보고 싶은 영화가 있었는데 보지 못하고 지나갔다고 말했었다. 워낙 개봉한 지 오래되어 지금은 아무 데서도 안 하지 싶다면서 진별이 씁쓸해 했었다. 나중에 DVD로 보든지 해야겠다며 말하는 그 모습이 윤혁은 마음에 걸렸었다.

"무슨 영화요?"

"치매는 아니지?"

"어디서 사람을 치매 환자로 만들어요!"

"아니, 어제 본인이 보고 싶다고 말했던 영화를 기억 못하니까 하는 말이지."

웃자고 물어본 농담에 진별의 미간이 좁혀지고 눈이 날카롭게 치켜 올라가는 모습 또한 윤혁은 그저 웃겼다. 하여간에 농담에도 죽자고 덤벼드는 모습 또한 진별의 매력이라면 매력이었다.

"인상 펴. 여배우 얼굴에 주름지면 좋을 거 없으니까."

윤혁의 말에 그제야 진별의 좁혀졌던 미간이 펴졌다.

"이니 보고 싶다면서."

"보고 싶기는 한데 상영하는 데가 없잖아요."

"아직 하는 데가 있더라고."

"정말요?"

"응. 서울에 존재하는 모든 영화관을 샅샅이 뒤져보니 딱 한군데 남아 있었어."

어제 진별이 말하고 난 뒤로 윤혁은 인터넷을 계속해서 검색하다 서울에 존재하는 모든 영화관을 샅샅이 뒤져낸 결과 남아 있는 곳을 찾을 수 있었다. 어찌 그토록 절묘하게 딱 한군데 하루 한 번, 심야에 상영할 수 있는지.

"어떻게 알았어요?"

"간만에 인터넷 검색 좀 신나게 했어."

"직접요?"

"그럼 내가 하지, 누가 해줄 사람이 있어?"

하긴 윤혁의 말처럼 본인이 직접 하지 않으면 누가 해주겠는가. 회사 직원들을 사적인 일로 부려 먹을 수는 없을 것이고, 그렇다고 하나뿐인 동생에게 부탁을 할 수도 있다고 생각하기에는 현재는 무리가 있었다. 평소의 보균이라면 다른 사람이 청하는 부탁을 거절하지 못할 테지만 현재 보균은 대본 때문에 신경이 한껏 날카로워져 있을 것이 분명했다.

"이럴 때는 한껏 감동받은 표정 좀 지어주면 고맙고."

"하여튼 간에."

이번에도 뻔뻔하게 자신의 요구 사항을 말하며 잘난 척을 하는 윤혁의 모습에 진별은 저도 모르게 피식 웃음이 났다. 처음에만 해도 대체 이 남자 뭐지, 하는 생각이 들었다면 지금은 달랐다. 오히려 이런 모습이 진별에겐 윤혁의 매력으로 다가왔다.

"심야로 시간이 있기에 예매해뒀어."

개봉한지 한 달이 훨씬 지났고 평일 밤의 심야인지라 사람이 많이 있을 리는 없지만 윤혁은 미리 예매를 해둔 터였다. 스크린이 가장 잘 보이는 좌석에서 진별이 봤으면 하는 마음에서.

"다른 건 몰라도 검색해서 알아본 건 멋지네요."

시선을 창밖에 둔 채로 진별은 윤혁에게 슬쩍 자신의 진심을 뱉었다. 사실 진별은 윤혁이 직접을 검색을 해서 알아본 것 자체가 감동이었다. 누가 이렇게 해주겠는가. 결혼 전의 하나라고 하면 몰라도 그 누구도 이렇게 하지는 않을 것이다.

"앞으로 멋지다는 말, 자주 하게 만들어줄게."

"자주 하면 식상하니까 그럴 리는 없을 거예요."

"변함이 없군."

저 모습은 어릴 때와 똑같다는 생각에 윤혁은 피식 웃음이 나왔다. 진별이 자신을 보고 '오빠 좋아.'라고 해주는 그 말이 너무나 좋았다. 이따금씩 그 말이 듣고 싶은 말이면 진별이 좋아하는 것을 해주고 들으려고 노력했지만 진별은 쉽사리 입을 열지 않았다. 그 어릴 때도 진별은 그런 말은 자주 하면 안 되는 거라면서 입을 꾹 다물었었다. 어쩜 저런 건 변화가 없을까 하며 윤혁은 자꾸만 웃음이 새어 나왔다.

"영화 같이 볼 거예요?"

"응."

"같이 있다가 사진이라도 찍혀서 기사 나면 어쩌려고요."

"대환영이지."

한 치의 망설임도 없이 대꾸하는 윤혁을 진별은 물끄러미 바라봤다. 이 남자의 저 말이 거짓일까, 진실일까 진별은 문뜩 궁금해졌다.

"진짜예요? 기사 나면 대환영이라는 말이요."

"응."

남자와 여자가 같이 있다가 기사가 터지면 보나 마나 열애설일 터.

"그쪽이랑 나랑 같이 있다가 기사 나면 열애설이라고요."

"알아. 그러니까 대환영이지."

하긴 열애설 기사가 터지더라도 알아서 막을 사람이 윤혁일 것이다. 기사 하나가 여배우에겐 치명적으로 작용할 수 있으니 더 신경이 쓰여야 하는 쪽은 진별이기도 했다.

"열애설 터지면 결혼한다고 기사 낼 거야."

"제정신 아니죠?"

"지극히 정상. 나야 어떻게 하든 상관없으니까."

윤혁으로서는 진별과 열애설을 만들어 내준다면 좋을 것 같았다. 진별이야 싫어할지 몰라도 자신으로서는 싫다고 마다할 이유가 없었다. 만에 하나 열애설이 난다고 하더라도 당장 윤혁은 아니라고 반박을 할 것이다. 섣불리 그런 기사가 터져서 좋은 건 없으니 말이다.

"이왕이면 기자를 한 명 미리 불러놓을 걸 그랬나?"

오히려 한 수 위의 말을 아무렇지 않게 던지는 윤혁이 진별로서는 기가 막혔다. 저 정도로 말한다는 거 자체가 거짓말은 아닐 것이다. 정말 자신을 향한 마음이 열애설을 나도 상관없을 정도로 환영일 것인가 하는 생각도 들었다.

"걱정하지 마."

"열애설?"

"응. 어제 밤에 영화 예매할 때만 해도 우리 말고는 예매해놓은 사람이 아무도 없었으니까. 그리고 평일 밤의 심야에 그렇게 많은 사람이 있을 리는 만무하니까."

상영관이 몇 개 없는 아주 작은 영화관이었다. 오늘 날짜에 상영하는 심야영화도 딱 3개밖에 없었다. 그 영화들도 각각 하는 시간들의 차이가 있었으니 진별이 걱정하는 일은 없을 것이다.

"선글라스 끼고 머플러 두르면 오늘 같은 날 알아보는 사람은 거의 없을 거야."

걱정할 거 없다는 윤혁의 말에도 진별의 얼굴은 여전히 생각이 많은 표정이었다. 혹여나 하는 마음에 열애설이 나면 어쩌나 하는 생각 때문이 아니었다. 정말 오늘 같은 날 누가 사진이라도 찍어 올리면 윤혁이 어떠한 반응이 보일지 진별로서는 궁금했다.

예전에 상우는 그러했었다. 열애설이 날 것이 두려워 항상 집 안에서의 데이트만 고집하던 그와 어쩌다 드라이브를 나갔다. 새벽 2시가 훨씬 넘은 시간이라 사람의 인적도 드물었다. 그날 진별은 상우와 드라이브를 나간 김에 손을 잡고 밖을 걷다가 사진을 찍히고 말았다. 열애설이 터지기 전에 상우가 미리 알아서 기사가 나올 것을 모조리 차단시켜버렸었다. 그날 이후로 진별은 상우와의 그 흔한 드라이브조차 한 적이 없었다.

"차에서 내리시죠."

어느새 영화관에 도착한 윤혁은 진별이 타고 있는 쪽 조수석 문을 열고 섰다. 진별은 혼자만의 생각이 많아졌다. 어찌 된 것인지 요즘더러 윤혁과 함께 있을수록 예전의 상우와 있었던 일들과 자꾸만 비교가 되었다. 그럴수록 상우에 비하면 윤혁이 더 좋은 남자라는 것을 진별로서도 부정할 수 없었다. 그와 동시에 장윤혁이라는 남자에게 끌리고 관심과 호기심이 생겨났다.

"마실 거 사올게."

영화관에 올라오자 윤혁이 예상했던 대로 사람은 거의 없었다. 윤혁이 음료수를 사러 간 틈에 진별이 주위를 둘러보았지만 영화관 안에 있는 사람들은 직원들과 윤혁과 진별을 포함해도 10명이 채 되지 않았다. 보는 눈이 적다고 안전한 건 아니지만 사람이 많은 것보다야 나으니 진별도 편히 의자에 앉았다.

"여기 팝콘이랑 커피."

윤혁이 건넨 커피를 받아 들며 진별은 꽁꽁 두르고 있던 머플러를 살짝 풀었다.

"사람이 별로 없으니 대담해지는 건가."

"열애설 나도 상관없다면서요."

"이왕이면 선글라스도 벗지그래?"

이번에도 역시나 윤혁이 진별보다 한 수 위에 있었다. 그런 윤혁을 바라보며 진별은 커피를 한 모금 마시며 다시금 주위를 둘러봤다.

"사람들이 신경 쓰여?"

"아뇨. 그냥 예매하고 영화관에 온 것 자체가 오랜만이라서 낯설어서 그래요."

지금은 사람들이 시선이 신경 쓰이는 것이 아니라 영화관의 전체적인 분위기는 이렇구나 하는 것을 진별은 느끼고 있었다. 시사회를 제외하고 이렇게 영화관을 온 것 자체가 오랜만이었다. 시사회로 올 경우엔 기자들에게 둘러싸인 채로 사진을 찍고 상영관으로 들어가기 급급했었다.

"얼마 만인데?"

"1년 넘은 거 같은데."

정확히 언제 마지막으로 편하게 영화관 왔는지 기억조차 나지 않았다. 그저 1년이 훨씬 지났다는 어렴풋한 기억이 전부였다.

"아무도 없네."

상영관 안으로 들어서자 아무도 없었다. 아직까지는 어제 윤혁이 예매할 때와 똑같은 모습이었다. 편안하게 예매했던 자리에 앉은 진별은 머플러를 풀었다. 옆자리에 앉으면서 윤혁이 입을 열었다.

"선글라스도 벗어."

"영화 시작하면요."

스크린에 광고 영상이 올라가기 시작할 무렵 사람이 3명 정도 더 들어오기는 했지만 더 이상 들어오는 사람이 없었다. 영화가 시작되고 진별도 선글라스를 벗었다. 보고 싶었던 영화를 이렇게 평일 심야에 볼 수 있게 된 것 자체가 진별로서는 큰 행복이었다.

영화가 시작되고 진별은 자연스레 영화에 빠져들었다. 그와 반대로 윤혁은 스크린보다도 진별의 모습에 자꾸만 시선이 갔다. 이미 윤혁은 보균과 함께 본 영화였다. 아무리 바빠도 오늘만큼은 쉬어야겠다며 보균이 함께 밥을 먹고 영화를 보자고 제안을 해서 본 터였다. 그것도 불과 일주일 전이었다.

갑자기 영화의 배경음악이 잔잔함을 넘어 슬픔을 자극하는 것으로 바뀌었다.

"우리……."

"혜경아."

"여기가 끝이겠죠?"

"그런 말……."

"여기서 끝이 나면 좋을 것 같아요. 아마 앞으론 여기 오기 싫을 테지만 말이에요."

해변 한가운데 서 있는 남자 주인공을 놔두고 여자 주인공 홀로 한 걸음, 한 걸음 걸어가며 대사를 하고 있었다. 모래 위에 남은 여자 주인공의 발자국조차도 슬프게만 느껴졌다. 느릿한 여자 주인공의 발걸음만큼이나 남자 주인공을 떠나야 하는 마음도 그럴 것이라는 것을 암시하는 것 같았다.

영화가 중반으로 넘어가면서 남녀 주인공의 애틋한 모습에 어느새 진별의 눈시울이 붉어졌다. 그런 모습을 바라보며 윤혁은 조용히 말없이 진별의 손에 자신의 손수건을 쥐여 주었다. 갑작스런 행동에 진별이 놀라 윤혁을 바라봤지만 그는 묵묵히 스크린에만 시선을 던질 뿐이었다.

주인공들의 사랑이 전체적으로 본다면 슬픔을 자극하기보다는 애틋함과 안쓰러움에 눈물이 나올 수밖에 없었다. 처음 볼 때는 윤혁도 눈시울이 붉어졌었다. 아니나 다를까, 진별의 눈에서는 이미 눈물이 흐르고 있었다. 마냥 까칠하게만 굴어도 이런 모습을 보면 진별도 감수성이 짙은 여느 평범한 여자와 같았다.

9. 사랑에 도박을 걸다

드라마 촬영이 며칠 남지 않은 진별은 요즘 매일 아침 꼬박꼬박 윤혁의 집으로 출근도장을 찍었다. 그간 보고 싶었던 책과 영화의 DVD들이 모두 윤혁의 집에 있었다. 빌려와서 자신의 집에서 볼까 하는 생각도 했지만 빔을 이용해서 넓은 화면으로 볼 수 있다는 것에 끌려 진별은 윤혁의 집으로 찾아갔다. 윤혁이 출근하고 난 뒤에 가서 저녁쯤이면 돌아가는 일정으로 진별은 매일 보고 싶은 책과 영화를 보며 휴식을 취했다.

그 시간 동안은 윤혁도 별다른 연락 없이 진별이 편하게 책도 보며 영화를 볼 수 있도록 해주었다. 진별이 좋아하는 것으로 냉장고를 채워두는 일까지 윤혁은 마다하지 않았다. 처음엔 그의 집에 혼자서 있다는 것 자체가 부담스러웠으나 윤혁이 편안하게 있을 수 있도록 배려를 해주는 탓에 이제는 그렇지 않았다.

"오늘은 뭘 볼까."

진별은 한 손에는 음료수를 집어 든 채로 벽장 가득 꽂힌 DVD를 훑어봤다.

이렇게 여유를 부리며 휴식을 취하는 것도 앞으로 며칠 뒤에는 당분간 하지 못하게 된다. 그렇기에 진별은 이 시간을 최대한 알차게 즐기려고 노력 중이었다. 그걸 옆에서 묵묵히 도와주는 사람이 바로 윤혁이었다.

"연? 무슨 영화지?"

처음 들어보는 영화의 제목이었다. 한국영화 같은데 처음 보는 것이기에 진별의 호기심을 자극했다. DVD를 집어 든 진별이 몸을 움직였다.

별생각 없이 골랐는데 진별은 시간 가는 줄도 모르고 빠져든 상태였다. 문을 열고 들어오는 소리도 듣지 못할 만큼 DVD에 집중을 하고 있었다.

평소의 퇴근 시간하고 비슷한 시간에 윤혁은 집에 도착했다. 분명 불이 꺼져 있어야 하는 집 안에 환한 빛이 윤혁을 반겼다. 시선을 밑으로 내려 자신이 서 있는 현관을 바라보자 진별의 예쁜 단화가 윤혁의 시야에 들어왔다. 웬일로 아직 안 간 걸까. 윤혁이 조심스레 진별이 있는 곳으로 몸을 옮겼다. 현재 진별이 있는 곳은 책과 DVD를 볼 수 있는 서재일 것이다.

서재의 문을 살포시 열어 살피자 아니나 다를까, 진별은 쿠션을 끌어안은 채로 DVD에 몰입해 있었다. 미국에서 혼자 살면서 외로운 마음을 달래기 위해 하나둘씩 모아놓은 DVD들이 진별과 연결될 수 있는 줄이 될 줄은 몰랐다. 한국으로 들어올 무렵에만 해도 다 팔아버려야 했는데 가지고 들어오니 진별이 즐기고 있었다. 친구들에게 나눠주고 온 것들이 이제는 아까울 정도였다.

말을 걸어볼까 하다가 포기하고 윤혁은 조용히 서재 문을 닫고 거실로 향했다. 저녁을 먹지 않았을 것 같아서 윤혁은 옷도 갈아입지 않고 주방으로 먼저 향했다. 간단히 샌드위치라도 만들어 챙겨줘야 할 것 같았다.

냉장고 안에 있는 재료들을 꺼냈다. 있는 재료들로만 만드는지라 맛이야 없을지 몰라도 진별을 위해서 뭔가를 만드는 이 순간이 윤혁에겐 큰 행복이었다. 사실 윤혁은 지금까지 누군가를 위해서 음식을 한다는 것이 이렇게 즐거운 일인지 몰랐었다. 혼자 지낼 때는 그저 배가 고프니 의식적으로 밥을 챙겨 먹는 것에 불과 했었다.

"이진별 씨?"

샌드위치를 만들어 서재로 온 윤혁은 조심스럽게 진별의 이름을 불렀다. 갑작스런 인기척에 진별은 화들짝 놀랐다. 현관문이 열리는 소리조차 듣지 못했었기에 윤혁이 집 안에 있다는 사실에 진별은 놀랄 수밖에 없었다.

"몇 시에요?"

"8시 조금 넘었어."

벌써 시간이 그만큼 지났는지 몰랐던 터라 진별은 서둘러 DVD를 껐다. 지금쯤이면 진별도 집에 도착해 있어야 하는 시간이었다.

"안 지루해?"

"영화요? 괜찮던데."

"난 지루해서 겨우 봤거든."

윤혁은 서재 안으로 들어와 진별의 옆에 앉았다.

"샌드위치 먹으면서 끝까지 봐. 얼마 안 남았어."

일어서는 진별의 몸을 다시금 자리에 앉게 만든 윤혁은 자연스럽게 DVD를 다시금 재생시켰다. 얼마 안 남았다는 윤혁의 말에 진별도 아주 잠깐 망설였지만 다시금 자리에 앉았다.

"우유도 마시면서 같이 먹어."

옆에 앉아서 윤혁은 진별의 손에 샌드위치와 우유가 든 컵을 쥐여 주었다. 한번 어딘가에 몰입하면 누가 챙겨주지 않으면 본인 손으로는 먹지 않는 진별을 윤혁은 어린아이 다루듯이 챙겨줬다.

"아……."

영화가 끝이 나고 자막까지 다 올라가고 나서야 진별의 입에서는 긴 탄성이 흘러나왔다. 그런 진별의 옆에서 윤혁은 기지개를 켰다. 분명 예전에 봤을 때만 해도 지루했던 영화가 옆에 진별이 있어서 그런지 그다지 지루하게 느껴지지 않았다.

"잘 봤어?"

대답 대신 진별은 고개를 끄덕였다. 영화가 끝이 나고 진별이 시간을 확인하자 어느새 9시를 바라보고 있었다. 몸을 일으킨 진별이 집으로 돌아가기 위해 준비를 하자 윤혁이 저지했다.

"술이나 한잔할까?"

"집에 가야죠."

"10대 청소년도 아니고 통금시간 있어? 와인이나 한잔하고 가."

평소 술은 즐기지 않는 진별이지만 오랜만에 와인이라는 소리를 듣자 솔깃했다. 간단하게 한 잔 정도 마시고 집에 가서 자는 것도 괜찮을 것 같았다.

"주방에 가면 와인 냉장고 있으니까 맘에 드는 거 있으면 골라."

윤혁이 먼저 몸을 일으켜 서재를 벗어났다. 그런 윤혁의 뒤를 진별도 군말 없이 뒤따랐다.

"맘에 드는 거 있어?"

와인 냉장고 앞에서 이것저것 살피며 고르고 있는 진별을 바라보며 윤혁은 이번에도 냉장고에서 와인과 같이 먹을 것을 골랐다.

"이거 마셔도 돼요?"

드디어 골랐는지 진별이 와인 한 병을 손에 들고 윤혁을 향해 내밀었다. 윤혁은 진별이 고른 와인을 보더니 얼굴 가득 미소를 지으며 고개를 끄덕였다. 진별이 고른 건 평소 자신이 즐겨 마시는 와인이었다.

"왜 웃어요?"

"좋아하는 와인이라서."

"나도 좋아하는 와인이에요."

진별이 말이 끝나기 무섭게 둘의 시선이 맞물리며 누가 먼저랄 것도 없이 웃음을 터트렸다. 다른 건 몰라도 와인은 서로의 취향이 같다는 사실이 신기하기도 했다.

"사실은 화이트 와인이랑 고민했어요."

와인 냉장고 안에 있는 것들은 대부분 자신이 즐겨 마시는 거라서 진별은 한참을 고민했었다.

"그럼 화이트 와인 마셔."

"정말요?"

"응. 어차피 먹으라고 있는 거잖아."

좋아하기는 하지만 유달리 구하기가 어려웠다. 1년에 딱 300병 정도만 만들어서 팔기로 유명한 화이트 와인이었다. 비싼 가격에 팔리는 것은 둘째치고 일부러 저 와인을 구입해서는 비싼 가격에 되파는 사람들도 있을 정도였다.

"구하기 힘든 건데."

"이러나저러나 똑같아."

"그럼 마셔도 돼요?"

"응."

대답과 함께 윤혁은 고개를 끄덕였다. 그런 그의 모습을 보고 나서야 진별은 와인 냉장고에서 화이트 와인을 서둘러 꺼냈다. 작년에도 구하지 못한 와인인지라 올해는 어떻게든 손에 쥐어보려 했지만 실패한 터였다.

"어떻게 구했어요?"

"매년 보내주는 사람이 있어."

진별은 별 방법을 동원해도 구하기 어려운 와인을 윤혁은 매년 선물로 받는단다. 그 사실이 진별로서는 제일 부러웠다.

"미국에 있을 때 2년 정도 같이 살았던 친구인데, 몇 년째 고맙다면서 보내주네."

윤혁이 하던 공부를 접고 연예계 쪽으로 처음 접어들 무렵이었다. 그때 같이 말단 스태프로 일을 하던 프랑스 남자였다. 아버지가 한국 사람이라던 그와 자연스레 친구가 되어 지내던 중에 월세가 없어서 단칸방에서 쫓겨날 위기에 처한 그를 윤혁은 자신이 혼자 살던 집에 들어오라며 손을 내밀었었다. 그렇게 같이 2년 정도 살았다. 집안 형편이 넉넉하지 못했던 그는 아르바이트를 해서 버는 돈을 쪼개 부모님께도 보냈었다. 그런 그에게 윤혁은 생활비 한 번 받지 않았다. 그렇게 학교를 졸업해 다시금 프랑스로 돌아간 그는 윤혁을 잊지 않고 매년 저 화이트 와인을 보내는 것으로 고마움을 대신했다.

"나랑 같이 살면 평생 그 와인 마실 수 있어."

접시 위에 와인과 같이 먹을 치즈와 비스킷을 담으면서 윤혁은 아무렇지 않게 진별을 향해 말했다. 마치 오늘 밥 먹었냐고 물어보는 것처럼.

"어때?"

"뭘요?"

"나랑 결혼해서 평생 저 와인 마시자는 제안 말이야. 솔깃하지 않아?"

"전혀요."

유일하게 진별이 꼼짝도 못하는 것이 바로 저 화이트 와인이기는 했지만 결혼이라는 사실은 끌리지 않았다.

"좀 진지하게 생각해주면 안 돼?"

"그럴 필요가 없잖아요."

당연하다는 듯이 말하며 진별은 와인과 오프너만 손에 쥔 채로 거실로 나가버렸다. 그런 진별을 바라보며 윤혁은 짧게 한숨을 한 번 내쉬고는 뒤따라 거실로 나갔다.

"치즈랑 비스킷밖에 없어."

"괜찮아요."

진별의 옆에 앉은 윤혁은 오프너로 와인을 따서 잔에 따랐다. 그저 잔에 따르기만 했을 뿐인데도 향이 좋았다. 거의 2년여 만에 맛보게 될 와인에 진별은 벌써부터 기분이 좋아졌다.

"자, 마셔봐."

윤혁이 내민 와인 잔을 집어 든 진별은 우선 향을 음미했다. 향도 음미하고 잔도 한 번 부딪치며 진별과 윤혁은 조용히 와인만을 마셨다. 별다른 대화 없이.

"나랑 결혼하고 싶어요?"

틈만 나면 '결혼'이라는 말을 하는 윤혁에게 진별이 물었다. 시선은 여전히 윤혁이 아닌 어딘지 모를 허공을 바라보며 말이다.

"하고 싶다고 하면 할 거야?"

"난 그걸 물은 게 아니잖아요."

"그래, 결혼하고 싶어. 이진별이라는 여자하고."

"왜 나랑 하고 싶어요? 성격도 별로고 애교가 많은 것도 아니고."

"대한민국에 다 성격 좋고 애교 많은 여자만 있는 건 아니니까."

장난 같은 그의 대답에 진별은 피식 웃었다. 결혼을 꿈꿔 왔던 남자는 어느 날 갑자기 떠나고 생각지도 못한 남자가 나타나 결혼을 하자고 말한다. 갑자기 이런 일이 생기니 진별은 기가 막혔다.

"미안하지만 난 평생 결혼할 생각 없어요."

"왜? 내가 그렇게 싫어?"

"당신이 싫은 게 아니에요. 난 그저 그 누가 나타나도 결혼할 생각이 없어요."

솔직한 자신의 마음을 내뱉은 진별은 마음이 홀가분했다. 장윤혁이라는 남자에게 관심이 생긴 것은 사실이지만 결혼이라는 희망을 주고 싶지 않아 진실을 말한 터였다.

처음엔 이렇게까지 가까워지게 될 줄 몰랐다. 가까워질수록 진별은 겁이 났다. 자신이 이 남자에게 그 어떠한 희망이라도 심어주는 것은 아닐까 하고.

"나랑 같이 살래요?"

홧김에 뱉은 말은 아니다. 문득 정말 이 남자랑은 결혼은 아니지만 같이 살아보고 싶은 생각은 들었다. 사람을 편하게 배려해줄 줄 아는 남자라면 한 번쯤 같이 살면 행복할 것 같았다.

결혼이라는 굴레에 갇혀 이렇고 저렇고 말을 하기는 싫지만 윤혁이라면 같이 살고 싶었다. 아무런 것도 엮일 것 없이 편하게 자신만 생각하면서 말이다.

알면 알수록 완벽한 남자다. 자신이 지킬 수 있는 말만 할 줄 안다. 무엇보다 같이 있으면 사람을 편하게 만들어준다. 자신이 하는 일에 대해서도 누구보다 잘, 아니 이해력이 넓기도 했다. 고등학교 시절 친구들과 이런 대화를 나눈 적이 있었다. 자기가 한 말은 꼭 지키고, 무조건 자신만을 배려해주는 남자라면 좋겠다는 이야기였다. 그 말에 100% 들어맞는 남자다.

"그게 무슨 말이야?"

"말 그대로 같이 살다가 싫증 나면 헤어지자고요."

현재 진별이 내뱉는 저 말이 윤혁에겐 그저 허무맹랑한 소리로 들렸다. 결혼은 싫으면서 같이 살다가 싫증나면 헤어지자니. 이게 무슨 말인가.

"나도 당신한테 관심은 생겼어요. 근데 당신한테 괜한 결혼이라는 희망은 심어주고 싶지 않아요. 그냥 깔끔하게 같이 살다가 싫증 나면 헤어지자고요."

"동거를 하자고?"

"네, 그렇게 해요. 이진별이라는 여자가 어떠한 여자인지 같이 살다 보면 알게 될 테고, 그럼 싫증 날 게 분명해요. 그때 가서 헤어지면 당신은 이혼남이 되지 않으니 좋고, 나는 결혼을 하지 않았으니 더 좋고요."

진별의 말이 윤혁에겐 그 어느 때보다 잔인하게 들렸다. 아니, 잔혹하게 들렸다. 그렇지만 현재 저 말을 하는 진별의 마음도 편하지만 않을 터. 그럼에도 저렇게 말하는 이유가 있을 것이 분명했다.

"진심이야?"

"네."

"하……."

아무렇지 않은 듯이 말하는 진별의 음성에 윤혁의 입에서는 깊은 한숨이 흘러나왔다. 대체 이게 무슨 마른하늘에 날벼락인가 싶었다.

"결혼은 싫고, 동거는 좋다라……."

"당신도 나쁠 거 없잖아요."

"왜? 결혼은 하기 싫은 남자고 동거로 한 번쯤 살아보고 싶은 남자야?"

"잘 아네요."

단답형의 진별의 대답이 윤혁의 마음을 복잡하게 만들었다. 아니, 진별의 저 말들이 윤혁에겐 상처가 되어 가슴에 스크래치를 남기고 있었다.

"이진별이라는 여자, 참 잔인하네."

"원래 잔인해요."

"아니, 내가 아는 이진별은 잔인하지 않아."

자신이 알아온 시간보다 떨어져 있는 시간이 길기는 했지만 이렇게 잔인한 말을 아무렇지 않게 내뱉을 여자는 아니었다. 그걸 윤혁은 빤히 알고 있었다. 현재 이진별은 말도 안 되는 가면을 뒤집어쓰고 연기를 하고 있었다.

"제정신 아니군."

"제정신이에요."

"지금 저 말이 제정신으로 한 말이라고?"

자신의 말을 장난이나 제정신이 아니라서 하는 말쯤으로 치부하려는 윤혁의 말이 진별은 마음에 들지 않았다. 이왕 여기까지 온 거 진별은 윤혁을 조금 더 자극하고 싶어졌다.

"나랑 결혼하고 싶다면서요. 그 말이 진심이면 나랑 동거해요. 그럼 만족할 거예요. 어차피 남자들은 처음엔 여자 마음이고, 시간이 지나면 몸만 원하잖아요."

잔인한 말을 내뱉는 진별의 얼굴을 바라보곤 윤혁은 손에 쥐고 있던 와인 잔을 테이블 위에 내려놓았다. 그렇게 한참을 있던 윤혁은 진별 쪽으로 몸을 돌렸다. 그러곤 진별의 양 볼을 자신의 손으로 감싸 쥐어 눈이 마주칠 수 있도록 했다.

"날 봐."

윤혁의 행동에 진별은 쉽사리 눈을 맞추지 못했다. 이 상황에서 시선을 맞춰버리면 자신에게 어떠한 일이 있어서 이렇게 되어버렸다는 것을 다 말해버릴 것만 같아 진별은 겁이 덜컥 났다.

"날 보라고."

평소와 전혀 다른 강압적인 윤혁의 음성에 진별이 조심스레 시선을 맞췄다. 둘의 시선이 맞물렸다. 윤혁의 눈에는 진별이, 진별의 눈에는 윤혁이 꽉 들어찼다. 그렇게 아무 말 없이 서로를 눈에 담았다.

시선이 마주하자 윤혁은 알 수 있었다. 조금 전 진별의 말들이 다 거짓임을 확실히 느낄 수 있었다. 그런 진별의 눈을 마주하며 윤혁은 속으로 대답 없는 질문들을 계속해서 던졌다.

'왜 그랬니.'

'왜 마음에도 없는 말을 했니.'

'왜 그렇게 거짓말을 하게 된 거니.'

'대체 누가 널 이렇게 만들었니.'

'도대체 왜, 왜, 왜, 왜, 왜…….'

대답 없는 질문들을 쉼 없이 던지던 윤혁은 조용히 진별에게 입을 맞췄다. 입술을 맞댄 채로 한참을 그렇게 있던 진별이 먼저 입을 살짝 벌렸다. 첫 키스와는 달리 어딘지 모르게 슬픔이 가득 담겨 있었다. 진별과 윤혁 모두에게.

서로의 혀가 천천히 얽혀 들어갈수록 윤혁의 손 위치가 달라졌다. 그녀의 볼에서 어깨로 허리로 내려온 손이 다시금 위로 천천히 올라갔다. 조심스럽게 윤혁의 손이 진별의 봉긋한 가슴에 닿았다. 슬쩍 닿아만 있던 손이 가슴을 움켜쥐자 진별은 화들짝 놀라 윤혁에게서 입술을 떼어냈다.

"그만해요."

"동거하자면서 나랑 같이 잘 자신은 없어?"

진별의 저지는 윤혁도 예상한 거였다. 그러나 그 저지를 벗어나 상처 받은 눈빛을 하고 있는 진별이 윤혁의 눈에 들어왔다. 그 탓에 윤혁은 마음에도 없는 소리를 진별에게 내뱉었다.

"왜? 남자들이 원하는 건 몸이라면서. 나도 이진별의 몸을 원해."

이번에도 윤혁의 입에선 마음에 없는 말이 뱉어졌다. 분명 이런 말을 하면 안 되는 것을 알지만 말이다.

"나랑 동거하고 싶다면서. 그럼 옷 벗어. 너도 그 정도는 생각했을 거 아니야."

멈춰지지 않고 이번에도 윤혁의 입에서 잔인한 말이 뱉어졌다. 분명 이 말들이 진별에겐 상처가 될 것임을 알면서도 말이다.

"왜? 싫어?"

"……."

"그럴 거면 왜 동거하자고 한 건지 말해봐."

이렇게까지 된 거 윤혁은 계속해서 진별을 향해 쏘아붙였다. 네가 그렇게 말하면 할수록 자신은 더 심하게 밀어붙일 거라는 듯이.

"그만 갈게요."

서둘러 자신의 옷만을 챙겨 나가는 진별을 바라보며 윤혁은 한숨을 깊게 쉬었다. 그러곤 마음에 들지 않는다는 듯이 온 집이 울릴 만큼 소리를 크게 질렀다. 마음에도 없는 말을 내뱉은 자신도 마음에 들지 않고 상처 입은 진별의 눈도 거슬렸다. 뭔가 잘 이어지고 있다고 생각하면 다시금 어긋나버리는 이 상황들이 윤혁은 마음에 들지 않았다. 오늘 일로 다시금 원점으로 돌아간 것 같았다.

이 상황에서 옷만 가지고 나간 진별이 걱정되어 윤혁은 뒤따라 나갔다. 휴대폰도 지갑도 모조리 놔두고 나갔다.

"이진별."

멀리 가지도 못하고 엘리베이터 앞에 서 있는 진별을 윤혁이 불렀다. 만에 하나 엘리베이터를 탔다면 진별이 어디로 향했을지 모르는 일이었다.

"이진별."

두 번이나 이름을 불렀지만 진별은 듣지 못한 척 고개 한 번 돌리지 않았다. 그렇게 멀리 떨어져 있지 않은 거리이니 못 들은 것은 아닐 것이다.

"옷만 입고 나가면 어떻게 해."

윤혁은 적당한 거리를 둔 채로 진별에게 말했다. 더 이상 다가가지도 멀어지지도 않은 채로.

"지갑도 없이 어딜 간다는 거야."

현재 자신이 급한 마음에 옷만 걸치고 나왔다는 것을 진별이라고 모를 리는 없었다. 그러나 이 상황에서 다시금 윤혁의 집으로 들어가 자신의 물건을 챙겨 나온다는 것도 이상했다.

띵.

엘리베이터가 도착했다는 소리가 진별과 윤혁 사이에 울려 퍼졌다.

"진별아."

문이 스르륵 열리며 진별의 발이 움직이려고 할 무렵 윤혁이 낮게 불렀다. 분명 움직여야 하는데 몸은 움직여지지 않았다. 종전에 '이진별'과는 다른 느낌. '진별아'라고 부르는 낮은 윤혁의 음성이 진별의 발이 움직이지 못하게 옭아맨 것이다. 뭐라고 해야 할까. 항상 자신감 넘치는 윤혁의 음성이 평소와 달리 슬픔이 들어 있었다.

"잘못했어."

엘리베이터 앞에 서서 움직이지 못하고 있는 진별의 몸을 윤혁이 뛰어와 뒤에서 허리를 와락 감싸 안았다.

"미안해."

갑작스레 뒤에서 끌어안은 윤혁의 행동에 진별의 몸은 움찔거렸다. 윤혁의 팔을 밀치려고 했던 진별의 행동은 이번에도 멈춰버렸다. 분명 넘겨버릴 수도 있을 '미안해'라는 저 말이 오늘 진별에겐 그렇게 되지 않았다.

"내가 마음이 급했어."

여전히 진별의 등 뒤에서 윤혁은 낮게 읊조렸다. 자신의 섣부른 판단으로 인해 벌어진 행동이니 윤혁으로서는 미안한 마음뿐이었다. 천천히 시간을 가지고 다가가려고 했음에도 불구하고 오늘따라 자제가 되지 않았다.

동거하다가 싫증 나면 헤어지면 된다고 생각하는 진별의 그 생각이 윤혁은 마음에 들지 않았다. 어떻게 그런 말을 할 수 있는 것인지. 그렇기에 윤혁으로서도 키스만으로 멈추지 않고 더 나아가 본 것이었다. 대체 어떠한 놈하고 사랑을 한 것인지. 어떠한 놈이었기에 이러한 생각을 하고 말을 하는 것인지. 그 모든 것이 마음에 들지 않았다.

"오늘은 내가 미친놈이었어."

잘못한 것으로 따지면 진별이 먼저였다. 좋아한다고 말을 한 남자에게 그저 동거를 하다가 싫증 나면 헤어지자고 말을 하는 것 자체가 도발이고 화를 돋우는 말이라는 것을 진별도 알고 있었다. 어쩌면 진별도 윤혁을 도발해본 것이었는지도 모른다. 그라면…… 윤혁이라면…… 지금의 이런 말도 넘어가주지 않을까 하는 생각도 있었다. 아니면 그 말에 큰 실망을 한다면 이 관계조차 끊어질지 모른다는 생각도 조금은 한 터였다.

"들어가자."

엘리베이터 앞에서 얼마나 그렇게 서 있었을까. 윤혁이 진별의 허리에 둘렀던 팔을 풀고 손을 잡았다. 아무런 말 없이 순순히 따라오는 진별의 모습을 힐끗 쳐다본 윤혁은 속으로 깊은 한숨을 내쉬었다. 어떻게 해야 할까. 다가오는 사람을 무조건 밀어내고 방어만 하려고 하는 진별의 마음을 어떻게 어루만져야 할까 하는 의미의 깊은 한숨이었다.

"와인도 제법 마셨는데 운전은 안 돼. 널 혼자 대리운전 불러서 보내는 것도 싫어. 그냥 오늘은 자고 가."

대리운전을 불러 진별을 데려다주고 자신은 다시금 되돌아오는 방법도 있었지만 윤혁은 굳이 그 방법을 택하고 싶지 않았다. 처음 계획은 자신은 와인을 한 잔 정도만 마시고 데려다주는 거였지만 어쩌다 보니 윤혁도 세 잔 이상을 마셔버리게 된 터였다.

"방에서 자. 난 거실에서 자도 되니까."

이렇다 저렇다 할 말을 하지 않는 진별을 데리고 윤혁은 방으로 갔다. 침대 위에 진별을 눕히고 윤혁은 이불까지 꼼꼼히 덮어 주었다.

"불편하면 말해. 마해송 매니저 불러줄게."

"괜찮아요."

마냥 편하지도 불편하지도 않은 어중간한 상황이었다. 현재 상황으로서는 어딜 가서 자더라도 잠들지 못할 것 같았다. 그럴 바에야 괜히 해송을 불러 데려다 달라고 하는 것보다는 여기서 자는 편이 낫겠다고 진별은 생각했다.

"괜히 나 때문에……."

"괜찮아."

막상 생각해보니 자신 혼자 이렇게 침대에 잠드는 것이 미안했다. 자신만 아니면 윤혁이 편히 침대에 누워 잤을 테니 말이다.

"편히 자. 내일 대본 연습도 하러 가야 하잖아."

아무런 일이 없었다는 듯이 자신을 챙겨주는 윤혁을 진별은 물끄러미 바라봤다. 이 남자의 행동 하나하나엔 거짓이 없었다. 뭐든 진실로 다가오고 받아들일 수 있었다.

"그럼 편히 자."

방에 불을 끄고 스탠드를 켜준 윤혁은 방에서 나갈 준비를 했다.

"잠깐만."

문 앞에 선 윤혁을 진별이 불러 세웠다. 나가지 않고 윤혁이 진별을 향해 고개를 돌렸다.

"이야기 좀 해요."

이상하게 오늘은 윤혁과 대화를 나눠야 할 것만 같았다. 아주 조금이라도 이 남자에 대해서 더 알고 싶었다.

"싫어요?"

"아니야."

몸을 돌려 윤혁이 진별 쪽으로 다가왔다. 진별은 아무 말 없이 침대 위 자신의 옆자리를 몇 번 두드렸다. 잠깐 멈칫거리는 했지만 금세 윤혁도 침대 위로 올라가 진별의 옆에 앉았다. 진별도 몸을 반쯤 일으켜 앉았다.

막상 이야기를 하자고는 했지만 어떠한 말부터 꺼내야 할지 몰라 진별은 입을 꾹 다물고 침묵을 유지했다. 윤혁도 양손을 가지런히 모은 채로 가만히 있었다. 어떠한 말을 해야 할지 몰라 윤혁도 망설이고 있는 중이었다.

"난……."

침묵으로 얼마나 있었을까. 윤혁의 입이 조심스럽게 먼저 열렸다.

"엄마도 아빠도 없어. 아니다, 키워주신 아버지는 계시고 날 낳아준 부모님은 한 분도 내 곁에 없어."

뜬금없는 말일지 모르지만 윤혁은 진별에게 자신의 이야기를 들려주고 싶었다. 진별의 이야기를 듣고 싶어서가 아니라 그저 자신은 어떠한 사람인지에 대해서 들려주고 싶을 뿐이었다.

"날 낳아준 엄마에 대한 기억은 전혀 없어. 물론 아픈 몸에도 불구하고 날 끝까지 책임지려 했던 아빠에 대해서도. 어쩌면 내 머릿속의 기억은 날 여기까지 키워준 아버지 손을 잡고 낯선 집으로 들어가던 그 순간부터 시작됐을지 몰라."

어쩌면 윤혁의 말이 맞았다. 성욱의 손을 잡고 그 집으로 들어가던 그 순간부터 자신의 기억이 다시금 새로 쓰여진 것인지 모른다.

"어린 시절의 나는 겁쟁이였어. 갑작스레 내 곁에 있어주던 아빠라는 사람은 뜨거운 불 속에서 태워지고 항상 삼촌으로만 부르던 사람이 갑자기 아빠가 되어버렸어. 처음엔 이 모든 사실이 그저 꿈속을 거닐고 있다는 생각밖에 들지 않더라."

담담한 윤혁의 저 말이 진별은 더 신경 쓰였다. 얼마나 힘들었을까. 그 어린 나이에 모든 사실을 받아들여야 했던 윤혁이 얼마나 힘들었을지 진별은 상상조차 되지 않았다. 자신은 소라가 친엄마가 아니라는 사실 하나만으로도 처음엔 충격으로 인해 3일이나 아무런 말을 하지 못했었다.

"그렇게 보균이하고만 같이 우물 안 개구리처럼 지냈어. 그러던 와중에 매번 보균이가 너만 만나고 오면 형, 진별이가 있잖아. 이러면서 내도록 너에 대해서 이야기하더라. 그래서 널 만나고 싶었어. 매번 생각만 가지고 있다가 용기가 나지 않아 쉽사리 가지 못했었어. 그런데 너는 처음 보는 그 순간부터 날 향해 웃어주고 오빠라고 부르면서 따라다녀줬어. 그게 너무 좋았어. 밝고 순수한 너의 그 모습이."

"……."

"마냥 어린 철부지 어린애가 이러는 거야. '오빠, 나는 멋있는 사람이 좋아.' 라고. 그 말을 듣는 순간에 내가 멋있는 사람이 되어 성공해야겠구나 하는 생각을 했어."

"……."

"그것 때문에 떠난 건 아니었어. 날 아들로 거둬들인 아버지에게 보답을 하고 싶었어. 혼자 자립할 수 있는 아들이 되어야겠다는 생각이 들어서 미국으로 보내달라고 부탁드렸어."

그래서 갑자기 떠난 거구나. 어느 날 갑자기 윤혁이 미국으로 갔다는 사실에 진별은 한없이 울었었다. 아무런 인사도 없이 갑자기 떠나버린 윤혁을 진별은 참 많이 미워했었다. 그러나 그것도 잠시. 자신의 생활에 빠져 윤혁이라는 존재는 잊어버리고 생활을 했었다. 연예계 생활을 시작하는 것부터 상우를 만나 찐한 연애를 하는 것까지 진별에겐 그저 꿈과 같이 흘러가는 시간들이었기에.

"종종 보균이한테 사진을 받았어. 네가 어떻게 지내는지에 대한 소식도 들었었고. 아는 사람 하나 없는 미국에서 보균이를 통해서 듣는 모든 소식들은 나에게 힘이 됐어. 그러던 와중에 갑자기 아버지가 부탁을 하셨어. 자신은 나이가 들어가는데 언제까지 회사 일을 할 수는 없다면서 그러시더라. 보균이는 회사 일에는 관심이 없다고 선언을 한 터니 나한테 부탁을 하시는데 모른 척할 수 없었어. 그래서 한 치의 망설임도 없이 진로를 바꿨어. 아버지의 부탁을 들어드리기 위해서. 아마 내가 이쪽 일을 시작했을 무렵에 너도 연예인이 되려고 준비 중이라는 소리를 보균이 통해서 들었어."

"……."

"이따금씩 한국기사에 진별이 네 이름이 뜨면 반가웠어. 다른 사람들은 보균이나 아버지를 통해서 소식을 들어야 했지만 네 소식은 그러지 않아도 조금은 알 수 있었어. 그런데 갑자기 아버지가 이제 그만 한국으로 돌아오길 원하시기에 처음엔 거절했어. 그런데 이제 그만하면 됐다면서, 나더러 한국에 들어와서 맞선을 보라고 제안하시더라. 그것도 싫다고 거절했는데 그 맞선 보는 여자가 너라기에 좋다고 했어. 어린 시절 마냥 귀여웠던 네가 어떻게 변했나 궁금하기도 했고."

진솔하고 담담한 윤혁의 말에 진별의 가슴이 갑자기 쿵쿵 뛰었다. 5살 밖에 차이 나지 않는데, 저런 생각을 하고 홀로 미국으로 떠났다는 윤혁이 진별에겐 마냥 멋지게 느껴졌다.

"처음 한국에 들어올 때만 해도 호기심으로 널 만났어. 그런데 널 처음 보는 순간에 나도 모르게 멈칫했어. 모든 것이 변했다고만 생각했는데 그 시간 동안 넌 그 웃음을 간직한 채 그대로라는 사실이 반가웠어. 자신의 일을 사랑하고 묵묵히 해내는 그 모습들이 날 자꾸만 끌어당겼어. 그리고 약간은 까칠한 그 모습까지도."

"……."

"그런데 말이야, 지금은 맞선으로 널 만난 걸 후회해. 차라리 아버지 말을 듣고 일찍 한국에 들어와서 자연스럽게 옛날에 알고 지내던 오빠, 동생으로 만났다면 어땠을까 하는 생각을 해. 그랬다면 너랑 좀 더 쉽게 가까워지고 다가갈 수 있었을까 하는 온갖 생각이 다 들어."

관계가 가까워진다 싶으면 다시금 멀어지는 진별을 바라볼 때마다 윤혁이 줄곧 해온 생각이었다.

"네가 싫다면 그만할게."

"……."

"계속해서 널 좋아하는 내 감정만 생각할 수는 없잖아."

덤덤하게만 들리는 윤혁의 말에 진별은 두 눈을 꼭 감았다. 얼마 전에 생각해본 적이 있었다. 자신이 이렇게 해서 계속 밀어내기만 한다면 언젠가는 이 남자도 지칠 것이다.

"……미안해요."

줄곧 윤혁의 말을 듣기만 하던 진별의 입이 열렸다. 침묵을 유지하던 진별의 입에서 나온 말에 윤혁은 가슴을 졸였다. 막상 여기서 이만 관계를 정리해도 된다고는 말했지만 속마음마저 그렇지는 않았기에 윤혁은 진별이 뭐라고 말할지 몰라 두근거렸다.

"오늘 했던 말…… 진심 아니었어요."

솔직하게 자신의 마음을 말해준 윤혁을 향해 진별도 속마음을 조금 열었다. 이렇게 말을 하는 자신의 속마음에는 자신이 없었지만.

"다 겁이 났어요. 자꾸만 다가오는 그 마음에 더 겁이 나서 밀어내고 싶어서 마음에도 없는 말을 뱉었어요. 그리고 한편으로는 나한테 싫증이 날 거는 확실하니까 그런 말이 나왔어요."

"왜 싫증이 날 거라고 확신해?"

"그랬으니까요."

"……."

"결국엔 지긋지긋하다면서 떠났으니까요."

그래, 한때는 죽을 만큼 사랑했던 인간도 마지막엔 지긋지긋하다는 둥, 질렸다는 말을 뱉으면서 떠났었다. 그렇기에 이제 진별에게 있어 사랑이라는 단어는 언젠가는 상대에게 싫증이 나서 끝이 나는 것이라고밖에 생각되지 않았다.

"그런 말…… 하지 마."

상대의 마음에 상처가 될 수 있는 말을 아무렇지 않게 뱉는 진별을 바라볼 때면 윤혁은 가슴이 아파왔다. 대체 어떠한 인간이 상처를 안겨준 것인지. 정말 얼굴을 볼 수만 있다면 입을 확 찢어 놓고 싶을 정도였다. 두 번 다시 말을 하지 못하도록 말이다.

"너랑 나 싫증 날 때까지 가보자."

갑작스런 윤혁의 말에 진별은 눈을 떠 그의 얼굴을 바라봤다. 옆모습밖에 보이지 않았지만 그의 눈빛이 그 어느 때보다 진지해 보였다.

"이진별한테 장윤혁이라는 남자가 싫증이 나는 그 순간까지 가보자."

"장윤혁이라는 남자가 이진별한테 싫증을 느낄 수도 있어요."

"그런 일은 없을 거야."

고개를 돌려 자신의 눈을 똑바로 맞추며 다짐하는 이 남자의 말에 진별의 가슴은 또다시 미친 듯이 반응했다. 아무런 이유도 없이 그저 장윤혁이라는 남자의 진솔한 말 한마디가 그녀의 가슴을 미친 듯이 뒤흔들었다.

"난…… 겁쟁이에요."

"겁 많은 알을 깨고 나오기만 해."

갑자기 진별은 이 남자를 한번 믿어보고 싶어졌다. 장윤혁이라는 남자를 말이다. 다른 누구도 아닌 장윤혁이라는 이 남자를 말이다. 또다시 상처를 입을지 모른다는 생각도 들지만. 현재 진별은 또다시 사랑이라는 그 이름에 도박을 걸었다.

"일찍 왔네요?"

"차가 안 밀리더라고."

소라는 현관문을 열어 성욱을 반겼다. 오랜만에 같이 저녁도 먹고 가볍게 와인도 한잔하자고 약속을 해놓은 터였다.

"수한이는?"

"서재에 있을 거예요."

"요즘 책에 빠진 모양이네."

"젊을 때는 안 보더니 말이에요."

나이가 들면서 수한이 취미 생활을 서서히 찾아 나섰다. 그런 수한이 찾은 것은 운동과 독서였다. 여러 분야와 장르를 가리지 않고 책을 읽기 시작한 수한의 서재에는 서서히 책이 쌓이기 시작해 이제는 책꽂이에 다 꽂지 못할 정도였다.

"그 앞치마 누가 사다 준 거야?"

"우리 큰딸이 일본으로 촬영 다녀오면서 사왔어요."

연한 분홍빛에 꽃무늬가 가득 들어찬 소라의 앞치마를 성욱은 빤히 바라봤다. 한눈에 딱 봐도 소라의 취향과 어울리기는 했다.

"이럴 때보면 엄마랑 딸 맞아."

"당연하죠."

비록 자신의 피는 섞이지 않았지만 거짓말처럼 소라와 진별의 취향은 똑 닮았다. 그렇기에 진별은 언제나 소라가 맘에 들어 하는 것을 찾아서 잘 사왔다.

"서재에 가 있을게."

"저녁 준비 거의 다 됐어요."

성욱이 고개를 끄덕이며 서재 쪽으로 자연스레 몸을 옮겼다.

그런 성욱의 모습을 바라보며 소라는 재빨리 주방으로 몸을 움직였다.

썰던 야채를 재빨리 썰어 소라가 저녁 준비를 마쳤다. 식탁 가득 음식을 많이도 차려놓은 소라의 얼굴을 한번 바라보며 성욱과 수한도 자리를 잡고 앉았다. 세월의 흐르다 보니 소라의 음식솜씨는 이제 정말 수준급이었다. 웬만한 요리사보다도 훨씬 나으니 말이다.

"맛있게 많이들 먹어주세요."

소라의 말에 수한과 성욱은 고개를 끄덕였다. 오랜 세월 봐온 탓에 소라의 음식솜씨 변화를 잘 알기에 성욱은 대단하다는 생각도 들었다. 갑작스레 한 남자의 아내로, 쌍둥이의 엄마로서의 삶을 살기 시작한 소라는 정말 완벽했다. 누구의 도움도 없이 혼자 힘으로 넓은 식탁 가득 음식을 차려내 놓는 것만 보아도 알 수 있듯이 말이다.

"윤혁이랑 진별이는 잘 만나는 거 같아?"

함께 식사를 하면서 자연스레 성욱이 자식들의 만남 여부에 대해 물었다. 일에만 열중하는 아들이 걱정되기도 하고 저대로 놔두다가는 결혼도 안 할 것 같아 성욱은 어린 시절 잠시나마 알고 지냈던 진별과의 맞선을 주도한 터였다. 물론 그 맞선을 수한도 거부하지 않고 오히려 잘됐다며 받아들였기에 성사될 수 있었다.

"둘이 만나는 거 같기는 해요."

"그래? 그렇다면 그나마 다행이고."

어린 시절 만나 소속사 사장님과 계약된 연예인으로 이어진 인연이 이제 사돈으로 바뀔 수도 있었다.

"진별이 성격이 문제지. 윤혁군이야 워낙 완벽하니."

어린 시절이나 커서나 흠잡을 데 없이 완벽하게 자란 윤혁이 수한은 마음에 들었다. 가끔 전해 듣는 소식이며 한국에 들어와서도 진별을 만나기 전에 마주했을 때도 윤혁은 완벽했다. 그렇기에 수한은 사위로 윤혁을 콕 점찍어둔 터였다. 다행히 성욱도 진별을 마음에 들어 하니 둘의 기대감은 클 수밖에 없었다.

"이 녀석이 잘할지 그게 의문이지."

아들로서 함께 한국에서 생활한 시간보다, 외국으로 보내 지내게 한 시간이 더 길었기에 성욱으로서는 항상 윤혁이 그립고 아픈 존재였다. 자신이 해주는 것이 부족해서 미국으로 간 것일까 하는 생각이 들 정도였다.

상욱은 이미 오래전의 일이 떠올랐다. 윤혁만을 남기고 홀연히 떠나버린 친구 녀석이 생각났다. 의리가 1번이라는 녀석이 죽어버린 아내를 대신해 홀로 윤혁을 키우겠다며 나설 때에는 미쳤다며 반대를 했었다. 당장 고아원에 버리고 새 출발을 하라고 부추겼지만 통하지 않았다. 연예 사업을 시작하겠다고 했을 무렵 아무런 조건 없이 가지고 있던 집을 팔아 월세로 옮기고 남은 돈을 모조리 내놓았다. 말이 좋아 투자였지, 이자 없이 친구 하나를 위해서 그냥 길가에 내놓은 돈이나 다름없었다.

사업이 조금씩 자리를 잡아갈 무렵 친구 녀석은 병을 얻었다. 폐암 말기……. 수술을 해도 항암치료를 해도 소용이 없을 만큼 암 세포는 온몸에 퍼져 있었다. 마지막 남은 심정으로 해외에도 자문을 구해봐도 답은 마찬가지였다. 답답한 마음에 다시금 오른 수술대에서는 손 한 번 써보지 못하고 끝이 났다. 오히려 여기서 자칫 잘못 건드렸다간 사람 목숨이 위태로웠다.

언제 죽을지 모르는 시한부 인생을 사는 녀석치고는 언제나 밝았다. 하루하루가 위태롭고 고통 속에 힘들어하면서도 웃던 녀석이 하루는 울음을 터트렸다. 어린 윤혁을 어찌 하면 좋으냐고……. 돈도 많이 들어가야 하는 나이인데 자신이 죽으면 윤혁은 어떻게 하느냐고. 그 순간 성욱은 단번에 대답했다. 윤혁을 맡아 기르겠다고. 성욱에게는 아내와 보균이 있었지만 두 사람의 의견은 중요하지 않았다 평생 곁에 있을 거라 여겼던 친구가 목숨이 다하는 그 순간까지 걱정을 하며 지키려고 하던 존재를 무시할 수 없었다.

그렇게 해서 어린 윤혁을 자신의 아들로 데리고 온 터였다. 처음엔 적응하지 못하고 힘들어했던 윤혁도 어느새 자신의 아들로서 완벽하게 자리 잡았다.

그런 아들이 미국으로 간다고 했을 때 성욱은 온갖 걱정이 함께였지만 윤혁의 뜻을 꺾을 수는 없었다. 미국에서 공부해서 홀로 떳떳하게 자립을 할 수 있는 시간이 되면 돌아오겠다는 윤혁의 마음을 모른 척할 수도 없었다. 그러나 그 시간이 길어질수록 성욱은 돌아오지 않을까 걱정이 되었다. 그렇지만 윤혁은 하던 공부를 접고 자신의 부탁을 받고 곧장 진로 변경까지 했다. 힘들게 이끌어온 회사를 남에게 넘겨주자니 성욱으로서는 아까웠다. 보균이 물려받지 않을 거라 선언까지 했으니 성욱으로서는 기댈 수 있는 사람이 윤혁뿐이었다. 윤혁은 잠깐 머뭇거리기는 했지만 아버지를 위해 하던 일을 바꾸었다. 떳떳하게 자립을 할 수 있는 경지에 오르고 나서야 정말 윤혁은 한국으로 돌아왔다. 이제 남은 것은 윤혁이 진별과 잘 이어져 결혼까지 가는 거였다.

"윤혁군이 잘해요."

"그래?"

"나한테 전화 와서 진별이가 힘들어한다고 도시락 좀 싸달라고 부탁까지 하던데요?"

"그렇다면 다행이네."

두 자식들을 맞선을 보게는 만들었지만 그 이상 자신들이 할 수 있는 일은 없었다. 부모로서 잘되어 가는지 궁금한 마음은 크지만 마냥 캐물을 수도 없으니 애가 타기는 했다.

"잘될 거라고 생각해요."

긍정적인 생각을 내비치는 소라를 보며 수한과 성욱은 그랬으면 좋겠다는 듯이 고개를 끄덕였다. 엄마로서 소라는 요즘 진별이 행복해하는 모습이 보여 그것이 윤혁 때문인 것 같아 기분이 다 좋았다.

"두 사람 결혼은 내가 다 준비할 거예요."

"너무 앞서가지 말자고."

"왜요. 난 기대되는걸요?"

수한의 만류에도 불구하고 소라의 마음은 이미 앞서 있었다. 아니, 마음속에서는 이미 진별의 결혼을 준비하고 있는 중이었다. 드레스는 어떤 것으로 입혀주고 싶고, 예식장은 어떻게 꾸밀 것이며 하는 것들이 머릿속에 그려지기만 해도 소라는 기분이 좋았다.

윤혁이 운전하는 차를 타고 방송국으로 향하는 중이다. 오늘따라 유난히 따스한 햇살이 차 유리를 통해 진별에게 그대로 느껴졌다. 평소 같으면 눈이 부셔 선글라스를 썼을 테지만 지금만큼은 그대로 받아들이고 느끼고 싶었다.

"우리 딸 이름은 햇살이나 햇빛, 햇님 그런 이름으로 하자."

차 유리를 통해서 고스란히 쏟아져 내리는 햇빛을 그대로 받아들인 진별은 눈을 가늘게 뜨고 있었다. 그때 들려온 윤혁의 말에 진별의 눈이 다시금 크게 떠졌다.

"당신 닮은 그런 딸로 키우려면 그렇게 해야 할 거 같아서."

아주 잠깐이지만 상상만 해도 윤혁은 기분이 좋아졌다. 진별을 꼭 닮은 딸을 낳아서 어딜 가도 당당히 빛이 나는 그런 여자로 성장한다면 더할 나위 없이 행복할 것 같았다.

"내가 말했잖아요, 날 이렇게 만든 건 지금의 엄마예요. 우리 엄마가 없었다면 나도 이렇게 성장하지 못했을 거예요."

"당신을 낳으신 분이 어떠한 분인지 몰라도 지금까지 키워준 엄마의 밑에서 보고 자란 시간이 더 많잖아. 그러니 당신도 분명 그렇게 아이를 키울 거야."

당연하다는 듯한 윤혁의 말에 진별은 눈을 감았다. 과연 그렇게 할 수 있을까 하는 생각이 문득 들었다. 정말 우리 엄마처럼 자신이 낳은 자식을 키울 수 있을까 하는 물음에 진별은 자신이 없었다. 가끔 윤영 이모가 이런 말을 했었다.

"너희 엄마는 하늘에서 내려준 거야. 세상에 두 번 다시 나올 수 없는 여자야. 어린 나이에 홀로 성공하려고 애썼고, 성인이 되고 나서는 너희 아빠하고 너희들을 위해서만 꿈을 접고 살아가는 여자가 세상에 또 어디 있을까."

예전엔 윤영 이모의 말에 피식 웃으며 넘겨버렸는데 이렇게 또 다시 생각을 해보니 그 말이 맞았다. 정말 하늘에서 내려준 사람인지도 모른다.

아이를 키우며 자신의 꿈을 접고 살아갈 수 있을까? 스스로에게 던진 질문에 진별은 단박에 답이 나오지 않았다. 아니, 오히려 자신이 없다는 것이 맞다. 엄마 소라처럼 희생하며 살아야 한다고 하면 자신은 절대 하지 못할 것이 분명했다.

"오늘 몇 시에 끝나?"

엄마의 일생과 자신은 그렇게 살 수 있을까 하는 물음을 던지며 생각에 깊게 잠겨 있는 진별에게 윤혁이 말을 걸어왔다. 그제야 진별은 생각에서 벗어나 정신을 차릴 수 있었다.

"늦게 마치려나?"

"가봐야 알겠죠?"

감독과 작가에 대해서 미리 잘 알고 시작하는 작품이지만 오늘의 대본연습은 어찌 될지 모르는 일이었다. 보균은 자신의 대본에 대해서 제대로 파악하지 못한 상태로 읽는 것을 단박에 알아채서 마음에 들 때까지 다시 시키는 성격이었다. 저번 드라마에서 대본을 제대로 파악하지 못하고 대사를 읽는 조연 연기자에게 집중 태클을 걸어서 대본 연습이 한 번에 10시간 넘게 이어진 적이 있었다. 그렇기에 오늘도 어찌 될지 모르는 일이었다.

"봐가면서 연락해."

"그냥 늦게 마칠 거라 생각해요. 그럼 마음 편해요."

아예 진별은 늦게 마칠 거라고 생각을 하고 연습에 들어갈 참이다. 어디서든지 변수는 생길 것이고 보균이 태클을 안 걸어도 감독이 걸 수도 있는 일이다.

"시간 봐가면서 저녁이나 같이 먹자."

윤혁의 말에 진별은 고개를 끄덕였다. 그러나 표정에는 기대하지 말라는 뜻이 담겨 있었다.

"답장 좀 제발 잘해주세요, 이진별 씨."

윤혁의 차가 매끄럽게 방송국 주차장에 멈춰졌다. 안전벨트를 풀려는 진별의 귀에 윤혁의 당부가 들려왔다.

"데려다 줘서 고마워요."

"그냥 내리려고?"

차에서 내리려는 진별의 몸을 윤혁이 저지했다. 설마 그냥 내릴 거냐는 의미의 표정을 짓고 있는 윤혁을 향해 진별은 고개를 갸웃거렸다.

"뽀뽀라도 해줘야 하는 거 아니야?"

눈치채기를 기다리지 못하고 윤혁이 먼저 원하는 요구 사항을 말했다. 이제 말했으니 뽀뽀를 해달라는 듯이 자신의 얼굴을 빤히 바라보는 윤혁을 바라보며 진별은 어찌해야 하나 생각했다.

"애도 아니고 뭔 뽀뽀예요."

"그럼 키스해줘."

반박을 하자 한 단계 더 업그레이드 되는 윤혁의 요구 사항에 진별은 기가 막혔다. 이 상황을 어찌 벗어나야 하나 생각하고 있는 진별의 얼굴 앞으로 윤혁이 얼굴을 들이밀었다. 바로 코앞에 다가온 윤혁의 얼굴을 밀어내려고 진별이 팔을 들어 올렸다. 하지만 윤혁의 제지가 더 빨랐다. 진별의 팔을 막은 윤혁은 진별의 입술을 그대로 삼켜버렸다. 그야말로 눈 깜짝할 사이에 일어난 상황이었다. 확 삼켜버린 만큼 윤혁과 진별은 서로의 숨결을 조금이라도 더 느끼기에 급급했다. 그 어느 때보다 뜨거운 키스에 아쉬운 듯 입술을 떼어낸 윤혁은 가쁜 숨을 내쉬었다.

"빨리 연습하러 가."

방금까지 뜨거운 키스를 나누고 지금도 아쉽다는 표정을 짓고 있는 남자의 입에서 나온 뜻밖의 말에 진별은 이해가 되지 않았다.

"당장 내리지 않으면 이대로 차를 다시 출발시켜버릴지도 몰라."

남자의 본능을 드러내는 윤혁의 말에 진별은 당황했지만 피식 웃으며 차에서 내렸다. 차에서 내린 진별이 방송국 안으로 들어가는 모습을 바라보며 윤혁은 계속해서 아쉽다는 생각을 했다. 어젯밤에 참았던 것이 그 순간 몽땅 터져 버릴 것만 같은 느낌이 들어 윤혁은 계속해서 키스를 이어갈 수 없었다. 그대로 지속했다가는 오늘 진별을 대본연습에 보내지 않고 집으로 데려가 하루 종일 침대 위에 눕혀놓고 자신의 품에 가둬둘 것만 같았다.

차에서 내린 진별이 방송국 안으로 들어가 제일 먼저 향한 곳은 여자 화장실. 종전의 뜨거운 키스로 바르고 나온 립글로스가 지워졌거나 번졌을지도 모르는 일이었다. 아니나 다를까, 화장실 거울에 비친 입술에서는 립글로스가 지워진 것은 당연하고 입술 밖으로도 번져 있었다. 재빨리 가방에서 파우치를 꺼내 수습을 한 진별이 선글라스를 끼고는 화장실을 나섰다.

"이진별!"

대본연습을 하기로 한 곳에 다다르자 매니저 해송의 목소리가 제일 먼저 진별을 반겼다. 해송은 주위 눈치를 살펴보며 진별의 손을 재빨리 잡아채고는 비어 있는 공간으로 밀어 넣었다.

"왜 이래."

"왜 이래? 내가 너 땜에 정말!"

지금은 아무도 없는 사무실 공간이지만 언제 사람이 들어올지도 모르고 밖으로 말이 새어 나갈까 해송은 눈치를 봐가면서 목소리를 높였다.

"대체 어젯밤에 어떻게 된 건데?"

"아……."

그제야 해송의 행동들이 진별은 납득이 되었다. 대본연습이 이루어지기로 한 근처에서 초초한 듯 서 있었던 해송의 행동들도 이해가 되었다.

"어머니는 전화하셔서 무슨 일이 있냐고 걱정하시지, 넌 전화도 안 받지. 얼마나 걱정했는지 알아? 넌 전화기 켜놓고 안 받는 거 버릇이야!"

매니저로서 스케줄 없이 휴식을 취하기로 한 날에 갑자기 연락이 되지 않는다면 걱정이 될 만도 했기에 해송으로서는 화를 내는 것도 당연했다.

"뭐라고 했어?"

"어머니 걱정이 되기는 하니?"

"어젠 나도 정신이 없었어."

어제저녁부터 일어난 일들은 여전히 진별한테도 폭풍이 휩쓸고 지나간 듯한 기분이다. 그렇기에 엄마에게 전화를 해야 한다는 생각은 전혀 하지도 못했다.

"민정이가 아파서 간호한다고 대충 둘러댔어. 넌 오늘 집에 가거든 그냥 민정이가 많이 아팠던 거야. 그래서 응급실을 데려갔다 온 거라고. 알았어?"

어젯밤 갑자기 걸려온 소라의 전화에 당황해 둘러댈 핑계라고는 민정밖에 없었다. 소라의 전화를 끊은 해송은 서둘러 민정에게 전화를 걸어 소라에게 걸려오는 전화는 받지 말라고 했다. 그리고 계속해서 진별에게 연락을 취했었다. 밤새도록 진별의 휴대폰은 켜져 있기만 하고 받는 사람은 없었다.

"이제 말해. 어떻게 된 건지."

"뭘."

"뭐긴 뭐겠어. 어젯밤에 연락이 되지 않았던 이유와 오늘 아침에 사장님께서 나더러 바로 방송국으로 오라고 연락한 이유."

어제 점심 무렵까지만 해도 오늘 아침 해송이 진별의 집 앞으로 데리러 가기로 약속이 되어 있는 상황이었다. 그러나 갑작스레 상황이 바뀐 연유에 대해서도 해송이 궁금해할 만도 했다.

"그냥 그럴 만한 일이 있었어."

"사장님하고 같이 있었던 거야?"

"대충 좀 넘어가면 안 돼?"

"어우, 이진별!"

진별이 저렇게 대답을 한 이상 뭐라고 물어도 답을 해주지 않을 것을 알기에 해송은 더 이상 추궁하지 않았다. 괜히 여기서 더 물어봤자 해송의 입만 아플 것이 분명했기에.

"제발 몇 년 전의 상황은 되풀이하지 말자."

"이제 그런 일은 없어."

해송이 무얼 말하는지 잘 알기에 진별도 단호하게 답했다. 몇 년 전 상우의 일로 모든 일을 갑자기 접어버리고 등지려고 했던 진별을 잘 알기에 해송으로서는 이번에도 불안했었다. 혹여나 또다시 진별이 이대로 잠수를 타버리는 것은 아닐까 하는 온갖 생각에 해송은 밤새 머리가 복잡해 터질 지경이었다.

오늘 아침 윤혁의 전화를 받고 나서야 해송은 한시름 놓을 수 있었다. 그러나 그것 또한 한편으로는 마냥 편하지 않았다. 진별을 좋아한다는 말을 먼저 밝히며 스케줄이나 행동반경을 연락해 달라고 한 윤혁이기에 해송으로서는 더 신경이 쓰였다. 만에 하나 진별이 또다시 사랑에 상처를 받는 것은 아닐까 걱정이 됐다. 몇 년 전, 진별의 모습은 내일 당장 자살을 택한다고 해도 전혀 이상할 것이 없었다.

"오빠."

"왜?"

여전히 얼굴 가득 밤새 걱정한 모습이 그대로 담겨 있는 해송을 진별이 진지하게 불렀다.

"나…… 말이야."

"응."

진지해진 진별의 표정과 낮게 깔린 음성이 해송을 순간 불안하게 만들었다. 무얼 말하려는지 모르기에 해송으로서는 덜컥 겁이 났다.

"다시…… 사랑이라는 걸 해보면 어떨까?"

상우와 헤어진 뒤로 진별의 입에서 단 한 번도 오르내린 적이 없는 단어였다.

사랑…….

진별의 입에서 참 오랜만에 듣는 단어에 해송은 낯설었다. 지금은 기억조차 더듬기 싫은 진상우와의 연애의 끝 이후로 처음 듣는 말이었다. 그때의 진별은 참 많이도 행복했었다. 무얼 하든 얼굴 가득 미소를 짓고 하루하루가 구름 위를 걷는 거 같다고 진별 스스로 말할 정도였었다. 그러나 그 사랑이 끝나고 난 후의 상실감과 배신에 진별은 넋을 놓아버렸었다.

"연애하고 싶어?"

아무렇지 않은 듯이 진별의 말을 해송이 맞받아쳤다. 진지하지도 가볍지도 않게 말이다.

"그냥 나도 다시 사랑이라는 걸 해보면 어떨까 하고."

"하…… 사랑이라, 좋지."

자신의 현재 속마음은 절대 눈치채지 못하게 감춘 해송이 웃으며 진별의 말에 답했다. 긴 한숨을 한 번 더 내쉰 해송은 진별을 와락 끌어안았다.

"내 동생이 연애한다면 환영이지. 좋은 사람 있으면 잡아서 사랑이라는 것도 해봐야 연기력도 더 늘지. 안 그래?"

매니저로서, 오랜 시간 진별을 알아온 오빠로서의 마음을 해송은 진별에게 드러냈다. 겉으로 드러낼 수 있는 말은 저게 전부였다.

'진별아…… 다시 사랑을 하고 싶은 거니? 그럼 해. 난 네가 좋

은 사람을 만났으면 좋겠다. 그러나 두 번 다시 상처 받지 않을 수 있는 사람과 만났으면 좋겠어.'

진별을 끌어안은 채로 해송은 겉으로 드러내지 못하는 말을 속으로 뱉어냈다. 그리고 누구보다 해송은 바라고 있다. 더 이상은 진별이 상처 받지 않는 사랑을 했으면.

해송과 대화를 끝낸 진별은 대본 연습이 이루어지기로 한 곳으로 몸을 옮겼다. 아직 감독님은 오지 않았지만 보균과 몇몇 연기자들이 도착해 있었다.

"안녕하세요."

먼저 선글라스를 벗고 진별이 해맑게 인사를 하며 들어섰다. 그런 진별의 인사에 앉아 있던 연기자들도 자리에 일어서 인사를 했다. 처음 보는 신인배우들의 얼굴을 익히기 위해 진별은 한 번 더 시선을 던졌다.

"어찌 된 거야."

자리를 잡은 진별의 옆으로 보균이 슬쩍 다가왔다. 그런 보균의 얼굴을 슬쩍 바라본 진별은 별다른 대꾸를 하지 않고 가방에서 대본을 꺼내 들었다.

"왜 매니저와 배우가 따로 오세요?"

"그럴 수도 있지."

"내가 보기엔 배우에게 무슨 일이 생기지 않는 이상 그럴 수가 없는데."

꼬치꼬치 캐묻는 보균 때문에 진별은 갑자기 머리가 아파왔다. 대본 연습에 참여하는 날이면 보균이 한 시간 정도는 남겨두고 일찍 온다는 것을 진별은 깜빡했었다. 해송을 차라리 주차장에서 기다리게 하는 것인데. 그 생각을 하지 못한 자신의 머리를 탓하며 진별은 해송을 바라봤다.

"작가님, 대본 좀 보게 자리로 돌아가 주시겠어요?"

"대답만 하면 사라져 드리지요."

정확한 답변을 듣기 전까지는 비키지 않을 생각인 보균을 바라보며 진별은 어쩌나 머리를 굴렸다.

"형이랑 같이 있었어?"

"아니."

"거짓말."

"내가 거짓말을 왜 하겠어."

"마 매니저가 먼저 도착해 있는 거 보고 회사에 전화를 했더니 형이 출근을 하지 않았다고 하더라고."

치밀하다. 작가 아니랄까봐 미리 싹 알아봐놓고 질문을 던진다. 정말 이럴 때마다 진별은 보균이 살짝 무섭게까지 느껴졌다.

"그게 나랑 무슨 상관인데."

"상관있지."

"왜? 사장님하고 나랑 무슨 사이이기에?"

"우리 형이 널 좋아하잖아. 그런데 첫 대본연습이 이루어지는 날 배우는 매니저하고 따로 오고, 형은 아직 출근을 하지 않았다고 하고. 이 정도면 둘이 밤을 같이 보냈다는 공식이 성립되지 않을까 싶은데."

"저기요, 장보균 작가님."

"네, 이진별 씨."

"그건 완전히 강제로 끼워 맞추기인 거 아시죠? 그만 자리로 돌아가 주세요."

이래저래 자신을 떠보려고 하는 보균의 행동에 진별은 기가 막혀 헛웃음만이 흘러나왔다. 잘도 끼워 맞춰서 물어보는 보균의 말에 진별은 이것 또한 재주라는 생각이 들었다.

"안녕하세요."

본인의 자리로 돌아가지 않고 자신의 옆에 꼭 붙어서 질문을 하는 보균을 밀어낼 구원의 목소리가 진별의 귀에 들려왔다. 고개를 돌려 확인하자 자신보다 한참 위의 선배님이셨다.

"선생님, 안녕하세요."

진별이 서둘러 자리에서 일어나며 방금 안으로 들어온 중년 연기자를 반겼다. 보균의 드라마에 처음으로 출연했을 때 함께했던 분이었기에 진별은 더 반가웠다.

"진별이 오랜만이네. 잘 지냈어?"

"네. 선생님도 잘 지내셨죠? 그동안 연락 못 드려서 죄송해요."

"아니야. 얼마 전까지 영화 촬영했다는 이야기 들었어."

오랜만에 만나서도 자신의 등을 두어 번 두들기며 자신을 반기는 모습에 진별도 환하게 미소 지었다. 언제나 엄마처럼 자신을 챙겨주시는 분이었다. 드라마를 촬영하는 기간 동안에는 엄마인 소라보다도 더 많은 시간을 함께했었기에.

"못 본 사이에 왜 이렇게 예뻐졌어?"

"아니에요. 선생님이 훨씬 더 젊어지셨는걸요?"

화기애애한 말들을 주고받고 있을 무렵 속속들이 드라마에 출연할 배우들이 도착하자 자연스레 보균도 진별의 곁에서 멀어졌다. 진별은 지금 당장은 피했으니 다행이라는 생각으로 속으로 깊은 한숨을 내쉬었다.

얼마 지나지 않아 감독님도 들어오시고 모든 배우들이 도착을 하자 가볍게 배역과 자기소개를 마치고 첫 대본 연습에 들어갔다. 모이기로 한 시간보다 다들 일찍 도착했기에 자연스레 시작시간도 빨랐다. 그러나 진행 속도는 제자리걸음이었다.

"바봅니까? 대본을 그렇게밖에 해석을 못해요?"

아니나 다를까. 처음엔 감독이 주연들부터 시작해서 캐릭터에 어울리는 헤어스타일을 지적하고 끝이 났다. 그게 끝인 줄 알았으나 대본연습에 들어가자 산 넘어 산이었다. 이번엔 보균이 신인배우들을 걸고 넘어졌다. 벌써 2시간이 넘도록 1화 대본의 절반도 진행이 되지 못했다.

서서히 자리에 모인 연기자들의 표정이 굳어지며 조금씩 지쳐가는 게 보였다. 진별의 옆자리에 앉은 용준은 서서히 대본에 작게 글을 써서 내밀었다.

〈오늘은 과연…….〉

〈글쎄?〉

예전에도 보균의 드라마에 함께 출연한 적이 있는 용준은 오늘은 언제 끝날까에 대한 생각을 하고 있었다. 이번 드라마에서 함께 파트너로 호흡을 맞춰야 하는 진별과 용준은 잠깐이지만 눈빛을 교환했다. 같은 생각을 하고 있을 테니 눈빛만 마주해도 피식 웃음이 나왔다.

"대체 무슨 연기를 하겠다고 여기 이 자리에 온 겁니까!"

신인 배우 2명을 자리에서 세워놓은 보균은 목소리를 잔뜩 날카롭게 세웠다. 그런 모습을 바라보며 진별은 주머니에서 휴대폰을 꺼내 무릎위에 올려놓고 확인을 했다.

[연습은?]

[잘돼가고 있어?]

[몇 시쯤 끝날 거 같아?]

윤혁에게서 도착한 메시지에 진별은 고개를 숙여 한 손으로 조심스럽게 답을 눌렀다.

[언제 끝날지 미지수.]

[왜?]

곧장 윤혁에게서 답이 도착했다.

[장보균 작가님 날카로움.]

눈매가 날카롭게 올라간 모양의 스티커를 같이 찍어 보냈다. 지금 현재 보균의 상황을 저 스티커 하나로 설명하기엔 역부족. 직접 보지 않는 이상 이 상황을 어찌 알겠는가.

[또 시작했네.]
[직접 봐야 이 상황은 설명이 돼요.]

"대본을 언제 줬는데 캐릭터 분석을 그따위로밖에 못해옵니까!"
휴대폰 액정에 시선이 계속해서 가있는 진별의 귀에 또다시 보균의 날카로운 목소리가 울렸다. 현재 꽉 막힌 공간에 울려 퍼지는 것은 보균의 날카로운 음성뿐. 더불어 처음에 화기애애하게 시작했던 분위기와는 달리 지금은 살벌하기 짝이 없다.

[저녁 먹기 전에는 끝나겠지?]
[장보균 작가님 손에 달려 있는 일이니 난 모르죠.]

이 대본연습이 몇 시에 끝날지는 그야말로 보균의 손에 달려 있었다. 수월하게 넘어가면 한두 시간 안에 끝날 일이지만 지금처럼 계속 태클의 연속이라면 끝나는 시간은 그야말로 미지수다.

[보고 싶어.]
[너무 보고 싶다.]
[헤어진 지 얼마 안 됐는데도 보고 싶어.]

밤새 같이 있고 불과 헤어진 지 몇 시간 만에 보고 싶다는 윤혁의 말에 진별은 저도 모르게 작게나마 가슴이 쿵쿵거렸다. 감정에 솔직하고 표현을 잘해주는 윤혁의 모습이 진별은 좋았다. 이 사람의 마음이 정말 진심이구나, 하는 것을 느끼고 나니 이 남자의 이런 표현 방식 덕분에 진별은 마음 졸이지 않아도 되는 것이 좋았다. 이 남자가 정말 날 사랑하나, 이 남자가 날 정말 좋아하기는 하는 걸까 하는 이런 식의 의심은 하지 않아도 되니 말이다.

[이제 겨우 3시간밖에 안 지났는데요?]

보고 싶어 하는 그의 말에 진별도 윤혁이 보고 싶었지만 겉으로는 내색하지 않았다. 사실 지금 진별은 무거운 이 분위기가 싫었다. 어젯밤 자신을 보듬어 안아줬던 윤혁의 따뜻한 품이 그리웠다.

[겨우 3시간?]
[진짜 너무하네. 너한테 겨우 3시간이 나한테는 3년 같은 시간이라고.]
[일해요. 그럼 시간 잘 가요.]

마음속으로는 '나도 보고 싶어요.'라든가 '나도요'라는 식의 작은 표현을 해주고 싶은데 아직까지 진별은 쑥스럽고 조심스러웠다. 남들에겐 겨우 몇 글자로 하는 표현이 현재 진별에겐 큰일이었다. 아니, 이렇게 자신의 마음을 내보이면 윤혁이 싫증이 나서 다시 떠날까 두려운 마음도 있었다.

[오늘 연습생들 테스트 있는 날이라서 곧 가봐야 해.]

[고생해요.]
[마음이 안 좋네.]

짧은 저 말 한마디로도 진별은 현재 윤혁의 마음을 조금이나마 느낄 수 있었다. 매번 연습생들의 테스트 날이면 희비가 교차된다. 누군가는 살아남았다는 안도의 한숨을, 누군가는 떨어졌다는 상실감과 슬픔을 느끼는 날이다. 그와 동시에 테스트에 점수를 매기는 사람들마저도 기분이 교차되는 날이었다. 앞으로의 발전도 봐야 하지만 짧은 시간 동안에 얼마나 발전하는지도 봐야만 한다. 그 모든 것을 종합해서 충족했을 시에만 살아남을 수 있는 서바이벌이다.

[힘내요.]
[내가 하고 싶은 말. 일찍 끝나기를 바랄게.]
[나도 일…….]

"사람이 하는 말도 못 알아듣는 바봅니까?"
일찍 끝났으면 좋겠다는 말을 쓰려고 했는데 그 순간 보균의 날카로운 음성이 다시금 울렸다. 보아하니 오늘 일찍 끝나기는 글렀다는 생각에 진별의 입에선 짧고도 깊은 한숨이 흘러나왔다.

[귀에 들리는 소리는 장보균 작가님의 화난 음성뿐.]
[까칠한 녀석.]
[누구 동생인지 몰라도 엄청 까칠해.]

[지금 그 말은 나도 까칠하다는 거야?]
[그건 아니고요.]

일에 있어서는 윤혁이 어떻게 하는지 모르지만 자신에게 하는 행동으로는 봐서는 그다지 까칠하진 않았다. 가만히 생각해보면 성욱 삼촌도 일에 있어서 깐깐하기는 해도 저렇게 히스테리를 부리듯이 화를 내지는 않았었다. 그러고 보면 보균이 돌연변이인가 하는 생각도 들었다.

[빨리 끝났으면 좋겠다.]
[나도요.]
[너랑 같이 단 5분이라도 더 있고 싶어.]

또다시 진별의 가슴이 쿵쿵 울렸다. 얼굴을 마주 하지 않아도 주고받는 메시지만으로도 가슴이 두근거릴 수 있구나 하는 것을 진별은 느꼈다.

"잠시 쉬었다 다시 할게요. 15분간 휴식입니다."

이 상황을 잠시 중재하기 위해서 감독이 휴식을 선언했다. 그와 동시에 진별도 눈을 살포시 감았다. 윤혁도 이제 연습생들 테스트를 하러 들어갔을 테니 진별은 다시금 휴대폰을 외투 주머니 속에 넣었다.

"이진별 씨?"

쉬기 위해 눈을 감고 있는 진별에게 용준이 말을 걸었다. 진별이 눈을 어렴풋이 뜨자 용준이 내민 홍삼이 눈에 들어왔다.

"이거라도 먹고 힘내자고."

"나이가 먹긴 먹었나 봐. 홍삼을 다 먹고."

"이런 거라도 안 먹으면 버티기가 힘들더라고."

처음 용준을 볼 때만 해도 홍삼이라고 하면 질색을 했다. 물론 그 흔한 피로회복제는 쳐다보지도 않았었다. 그러나 몇 년 지난 이제는 용준이 자진해서 홍삼을 먹고 있었다.

"이제 우리도 내일모레 서른이야."

"입 다물어라."

용준과 진별은 동갑내기 친구 사이였다. 죽었나 싶으면 살아 있다는 안부를 주고받고 가끔 만나 밥이나 한 끼 같이 먹는 편한 사이였다.

"결혼 안 해?"

"너나 먼저 해."

"난 자유로운 영혼이라고."

어찌 저 말은 몇 년째 변함이 없는 것인지 모르겠다. 어느 매체든 인터뷰를 하면서 결혼은 언제쯤 할 거냐고 물으면 용준의 대답은 한결같았다.

"이제 좀 변할 때도 되지 않았나?"

"죽을 날 받아놓은 것도 아닌데 변하면 되겠니?"

능글맞게 웃으며 답하는 용준의 얼굴을 바라보며 진별은 피식 웃고 말았다.

"앞으론 홍삼 말고 보약을 가지고 와. 녹용이라든가 한약을."

"큰일 났네. 애도 안 낳고 그런 걸 찾으면 어째."

"먹고 버텨야지. 16부작 아니고 24부작이야."

통상적인 16부작 미니시리즈가 아닌 24부작이다 보니 체력관리를 평소보다 더 잘해야 하는 것도 사실이다. 그렇기에 진별도 최대한 휴식을 취하며 쉬려고 했던 것이다.

"친구."

갑자기 어깨에 팔을 두른 용준이 진지한 표정으로 진별을 불렀다. 얘가 왜 이러나 싶은 표정으로 진별이 용준을 바라봤다.

"연애해?"

"뭔 말이야."

"친구, 요즘 연애하냐고."

"이건 또 무슨 귀신 씻나락 까먹는 소리야."

자신의 감이 확실하다는 표정으로 묻는 용준의 질문에 진별은 피식 웃었다. 하여간에 캐치하는 능력은 좋다고 속으로는 생각을 하면서 말이다.

"아니야?"

"연애할 시간이 있어야 하지. 나 영화 촬영 끝낸 지 얼마 안 됐어. 지금 벌써 릴레이로 세 번째 촬영인데 언제 남자를 만나."

"그래? 근데 왜 자꾸 실실 웃냐."

"언제?"

"아까. 장 작가님은 계속 화내시는데 넌 자꾸 휴대폰으로 메시지 주고받으면서 웃었잖아."

자신도 느끼지 못했던 행동을 콕 집어주는 용준의 말에 진별은 뜨끔했다. 정말 자신이 웃었는가 싶었다.

"내가 웃었어?"

"응, 계속 실실 쪼개던데? 난 그래서 연애하나 싶었지."

어쩌면…… 자신이 느끼는 감정보다 윤혁에게 조금 더 깊게 빠졌는지 모른다는 생각이 진별의 머릿속을 스쳤다. 이미 이 남자를 믿고 사랑이라는 그 이름에 살포시 발을 담근 것이 아니라 깊게 담그고 있다는 느낌이 들었다.

10. 평범함이 가져다주는 행복

첫 대본 연습 이후 며칠 더 같은 상황을 반복하고 나서야 드라마 촬영은 시작됐다. 여자 주인공이기는 하지만 1화와 2화의 대부분은 남자 주인공과 어린 아역들이 이끌고 갔기에 아직까지 진별의 촬영은 그나마 여유가 있는 편이다. 그 여유도 이제 오늘로써 끝이었다. 내일부터는 진별의 촬영 분량이 많아지기에.

"당분간 얼굴 보기 힘들겠네."

이제 겨우 연애를 시작한 시점이니 얼굴을 자주 봐도 더 보고 싶을 시점이지만 그럴 일은 없어지게 생겼다. 오히려 앞으로는 연락도 힘들어지고 얼굴도 보기 더 힘든 날만 남아 있었다.

"힘들면 말해."

"말하면요?"

"당장 뛰어가서 꼭 안아주지."

어찌 보면 기분 좋으라고 할 수 있는 저 말을 듣기만 해도 진별은 기분이 좋았다. 정말 윤혁이라면 힘들다, 라는 말 한마디면 당장이라도 촬영장에 와서 위로해주고 갈 것이다. 그걸 잘 알기에 진별은 현재 윤혁의 저 말이 그 어느 때보다 더 위로가 되었다.

"조금만 고생해."

"그러면요?"

"이번 드라마만 끝나고 나면 1년 정도 푹 쉬어."

"통 큰 사장님이네. 1년이나 쉬라고 하고."

회사 입장에서 생각한다면 진별 같은 배우가 조금이라도 더 움직여 돈을 벌어주면 고맙지만, 사적인 입장으로서는 휴식 시간을 더 길게 주고 싶은 것이 사실이었다.

"쉬는 동안에 준비해서 결혼하자."

틈만 나면 윤혁이 빠지지 않고 하는 말이 바로 결혼이다. 그렇지만 여전히 저 말에 진별은 쉽사리 대답할 수 없었다. 충분히 좋은 사람이고 괜찮은 남자라는 사실은 알지만 결혼이라는 말에 오케이를 하기에는 겁이 덜컥 났다.

"아직도 결혼은 싫은 모양이네."

매일같이 진별에게 하는 말이지만 윤혁은 단 한 번도 '응' 이라는 말을 들어본 적이 없다. 그럼에도 윤혁은 지치지 않고 계속해서 말했다. 언젠가는 진별의 마음도 변할 것이라고 생각하면서 말이다.

"도시락 배달해줄 거예요?"

"당연하지."

영화 촬영을 할 때는 윤혁이 보내왔던 도시락이 생각나서 진별이 물었다. 그제야 어떻게 해서든 잘 보이고 싶은 시점이었고 지금은 이미 연인이 된 사이니 안 해줄 수도 있다고 진별은 생각했다.

"왜 물어? 내가 안 할 것 같았어?"

"잡은 물고기한테 밥은 안 주잖아요."

"그건 결혼하고 난 뒤에 생각해볼게."

사실 상우도 그랬었다. 사귀기 전에는 촬영장으로 만나러 오고 선물을 보내오고 지극정성이었지만 막상 만나고 조금은 바뀌었었다. 이벤트를 잘해주기는 했지만 촬영장으로 뭔가를 보내오고 갑자기 오늘처럼 찾아와 감동을 주는 경우는 드물었다.

"어디 가요?"

"바람 쐬고 싶다면서."

3일 전 통화를 하면서 본격적인 촬영에 들어가기 전에 바람을 쐬고 싶다고 했던 말을 윤혁은 기억하고 있었던 모양이다. 오늘 갑자기 촬영장으로 찾아왔다고 했더니 다 이유가 있었던 것이다.

"하…… 진짜 시작이구나."

"기분이 어때?"

"어떤 기분요?"

"오랜만에 드라마 다시 찍는 기분이라든지, 시청률 기대라는지."

"아무 생각 없어요. 일단 보균 오빠 드라마니까 기본적인 인기는 얻고 갈 거라고 생각해요."

항상 보균은 시청률과 인기를 동시에 거머쥐었었다. 간혹 시청률은 조금 낮다고 하더라도 인기가 높은 경우도 있었기에 진별은 큰 걱정은 하지 않고 있었다. 거기다가 기본적으로 주연과 조연들이 연기력으로 문제가 된 적이 없을 만큼 탄탄했다. 물론 연출진까지도 믿을 만했기에 진별은 딱히 신경 쓰이는 부분이 없었다.

"첫 방송 시청률 내기하자."

뜬금없는 윤혁의 제안에 진별은 무슨 말인가 귀를 기울였다.

"예를 들면 내가 5퍼센트 예상하고 네가 10퍼센트 예상하면 플러스, 마이너스 3퍼센트 차이 나는 사람이 이기는 걸로. 이기는 사람 소원 들어주기 어때?"

"좋아요."

이미 촬영장에서는 이루어진 일이었다. 모든 스태프와 연기자들이 내기를 걸었다. 첫 회 시청률 10퍼센트 이상과 10퍼센트 이하에 말이다. 각자 생각하는 쪽에 돈을 걸었고 첫 회 시청률이 나오는 날에 그 돈으로 피자를 시켜 먹기로 결정난 상황이었다.

"난 8에서 9퍼센트 정도?"

"그래도 보균 오빤데 13퍼센트 정도는 찍죠."

"좋아. 그럼 소원은?"

막상 소원을 말하려고 하니 진별은 딱히 떠오르는 것이 없었다. 딱히 갖고 싶거나 필요한 물건이 없는 진별은 쉽사리 말하지 못했다.

"그냥 스태프들에게 일주일간 야식 제공."

계속해서 밤샘 촬영이 이어질 것이 분명했기에 진별은 자신을 위한 소원이 아닌 드라마 스태프들을 위해서 사용했다.

"본인을 위한 소원은 없어?"

"난 딱히 필요한 거 없어요."

본인을 위한 소원이 아니면 반칙이라고 말하려고 했지만 윤혁이 생각해도 진별에게 당장 부족한 것은 없어 보였다. 명품가방도 진별이 사고 싶으면 언제든지 살 수 있는 형편일 것이니 현재 촬영하는 스태프들에게 사용하는 것도 이해가 됐기에 윤혁은 그냥 넘어갔다.

"소원 말해요."

"먼저 키스해줘."

한 치의 망설임도 없이 윤혁의 입에서 나오는 소원에 진별은 눈살을 찌푸렸다. 미리 소원을 정해놓은 듯한 느낌이 들었다.

"네가 이기면 돼."

"오케이."

하긴 윤혁의 말처럼 자신이 이기면 되는 일이었다. 무엇보다 보균의 드라마니 시청률 면에서는 자신이 이길 수 있다는 믿음이 강했다.

"지고 나서 돈 나가는 걸로 울지나 말아요."

백여 명이 먹을 분량의 야식을 일주일간 충당한다는 것은 금액이 만만치 않을 것이다.

"이진별 씨나 지고 난 뒤에 후회하지 마세요."

윤혁의 말에 진별의 눈살이 다시금 찌푸려졌다. 그도 그럴 것이 윤혁의 말도 맞았다. 자신이 지게 되면 그것도 문제였다. 먼저 키스를 해줄 자신이 없었기에.

"일단 다음 주에 첫 방송 하고 난 뒤에 이야기해요."

"좋아."

다음 주면 결판이 나게 될 내기에 대해서 이야기를 하는 사이 어느새 윤혁의 차가 매끄럽게 멈춰 섰다. 한 시간을 훨씬 넘도록 달린 차는 조용하고 한적한 공간에 세워졌다.

"내려서 좀 걸어볼래?"

"음……."

아무리 밤이기는 하지만 언제 어디서 사진을 찍힐지 모르니 진별로서는 섣불리 차에서 내려 걸을 수만은 없었다. 보통 파파라치들이 활동하는 시간대가 낮이 아닌 밤이기에.

"여긴 거의 사람 없으니까 조금만 걸어보자."

윤혁의 제안에 진별은 한참을 망설이다 가방에서 선글라스를 꺼냈다. 사실 진별도 시원한 바람을 맞으며 조금은 걷고 싶다는 생각이 들었기에 차에서 내렸다. 단 5분이라도 걷고 싶었기에.

"조용하지?"

"네."

정말 윤혁의 말처럼 사람의 인기척은 전혀 느껴지지 않았다. 밤이 늦은 것도 아니고 이제 겨우 8시가 넘은 시간이다. 걷기 좋게 포장되어 있는 산책로를 걷는 진별의 발걸음이 그 어느 때보다 가벼워 보인다.

그런 진별의 발걸음을 옆에서 바라보며 보조를 맞춰 걷는 윤혁도 기분이 절로 좋아졌다. 딱히 말하지 않아도 진별의 기분이 좋아 보였기에.

"이런 시간 진짜 오랜만이에요."

얼마나 걸었을까. 천천히 느릿느릿 걷던 진별의 입이 먼저 열렸다. 갑자기 걷다 말고 멈춰 선 진별이 숨을 깊게 내쉬었다가 들이마셨다.

"아…… 좋다!"

긴 탄식과 함께 터져 나온 진별의 말에 윤혁의 얼굴엔 저절로 미소가 번졌다. 그동안 어떤 일에도 길게 반응하지 않았던 진별이 반응을 했다. 보고 싶던 영화를 보여줘도 좋다는 말은 하지 않았기에 오늘 진별의 행동은 윤혁에게 기분 좋은 일이었다.

"얼마 만에 나온 거야?"

"이렇게 산책을 해본 지는 3년도 훨씬 넘었어요."

마지막 기억 속의 산책도 촬영 장소였다. 너무 오래 대기하려니 지겨워서 밖을 나가 조금 걸어본 것이 마지막이었다. 그렇기에 이렇게 개인적으로 산책을 나온 것으로 따지면 언제가 마지막이었는지 진별은 기억도 나지 않았다.

"번화가를 나가본 적은?"

"사람들이 알아본 뒤로는 나간 적이 없어요."

친구들을 만나 번화가를 거닐고 밖을 나가 걸어본 기억은 이미 진별의 머리에서 옅은 추억의 한 조각에 불과했다. 엄마와 나란히 백화점만 가도 SNS에 올라오는 사진이 몇십 개에, 인터넷 기사도 쭉쭉 올라왔다. 그렇기에 진별은 딱히 엄마와도 백화점을 가는 일은 흔치 않았다. 전혀 활동을 하지 않고 있는 소라가 예전엔 어떠했었다는 식으로 계속해서 회자가 되니 그것 또한 그다지 좋은 일은 아니었다.

"뭐가 제일 하고 싶어?"

"엄마랑 마트에서 장 보고 싶어요."

이거는 정말 하고 싶어도 힘든 일이었다. 딱 일정한 공간이 정해진 마트에 진별이 나타났다가는 사람들이 곧장 우르르 몰려서 사인만 해주다가 끝이 날 것이다. 언젠가는 꼭 한번 진별과 마트나 시장에서 편하게 장을 보고 싶었다. 그렇게 엄마의 일을 도와주고 싶었다.

"아마 내가 활동을 몇 년 정도 쉬지 않는 이상 힘들 거라는 거 알아요."

처음에 엄마도 그랬다고 한다. 결혼을 하고 처음 2년 정도는 미국에서 살았다고 한다. 그런 다음 한국으로 돌아와도 아빠의 인기 때문에 관심을 받았었고, 그 뒤로 1년 정도는 사람들의 관심 때문에 시장을 가는 것도 힘들었다고 했었다. 몇 년 정도 조용히 활동을 하지 않고 지내고 나서야 편히 나가서 돌아다닐 수 있었다는 엄마의 말이 지금은 이해가 되었다.

다시금 걸으려는 진별의 몸을 윤혁이 잡아 세워 자신과 마주볼 수 있게 만들었다. 아무 말 없이 조용히 시선을 맞추기만 하던 윤혁이 진별의 몸을 꼭 끌어안았다.

"마음이 아프다."

"뭐가요?"

"남들에겐 평범한 일도 마음대로 못하고 살아온 네가."

연예인들이 저마다 고충이 있는 줄은 알았지만 이렇게까지 생활을 하는지는 윤혁은 몰랐었다. 막상 이렇게 진별의 입에서 직접 전해 듣자 윤혁은 마음이 더 아팠다. 인기가 있을 무렵이라고 했으니 20대 초반부터 하지 못했던 행동이었을 테니까.

"뭐가 마음이 아파요. 나 혼자만 이런 것도 아니잖아요."

"다른 연예인들은 상관없어. 나한테는 오직 이진별 너 하나만 상관있으니까."

친구들과 번화가를 거닐거나 카페에서 편히 커피 한 잔 마셔본 적이 없는 진별이 한편으로는 안쓰러웠다. 일 욕심이 많은 진별이 포기하고 사는 부분이라고 말할 수도 있지만 윤혁은 또 다른 마음이었다. 가능하다면 친구들과 편히 번화가도 거닐어보게 해주고 싶었다.

며칠 전부터 진별은 줄곧 아이스크림을 먹고 싶다는 말을 했었다. 그러나 시간이 맞아떨어지지 않아 윤혁은 진별에게 아이스크림을 사줄 수 없었다. 그게 며칠 동안 윤혁은 마음에 걸렸었다. 오늘은 더 이상 미루지 않고 진별에게 줄 아이스크림을 사들고 왔다.

차 안에서 아이스크림을 받아 든 진별은 얼굴 가득 함박웃음을 지었다. 그토록 먹고 싶다던 녹차 아이스크림에 진별은 어린아이처럼 행복해했다. 갖고 싶던 선물을 받은 어린아이와 같은 진별의 모습에 윤혁도 기분이 좋았다.

"명품 가방이라도 손에 쥐었어?"

"그거보다 더 좋아요."

좋아하는 모습이 보기 좋으면서도 윤혁은 진별에게 살짝 장난을 걸었다. 남들이 본다면 어디 대단하고 엄청난 물건이라도 받은 줄 오해할 정도로 좋아하고 있었다.

"먹고 싶은 걸 기억하고 사다주는 게 명품보다 더 좋아요."

진별은 모든 여자들이 갖고 싶어 하는 번쩍번쩍한 보석이나 몇 백만 원을 줘야 손에 쥘 수 있는 명품 가방보다 아이스크림이 더 좋았다. 자신이 말한 것을 가볍게 여기지 않고 사들고 온 윤혁의 그 마음이 좋았다.

“고마워요.”

“진즉에 사다주지 못해서 미안해.”

연이은 진별의 촬영에 윤혁의 일이 합쳐져 며칠이 걸린 터였다. 지금 진별은 자신의 손에 들린 아이스크림이 그 어느 때보다 좋았다. 며칠 전부터 녹차 아이스크림이 먹고 싶었지만 촬영하는 장소가 작은 시골 마을이다 보니 찾기가 힘들었다. 서울에 올라오면 사먹어야지 했지만 그것 또한 녹록지 않던 터였다.

“얼른 먹어.”

진별이 봉투에서 아이스크림이 든 동그란 통을 꺼내곤 눈을 동그랗게 떴다. 아이스크림만 파는 전문집에서 제일 큰 통에 녹차 아이스크림만 가득 담아온 윤혁이었다. 그런 윤혁을 바라보며 진별은 피식 웃음을 터트렸다.

“직원이 안 놀랐어요?”

“뭘?”

“제일 큰 사이즈에 한 가지 맛만 달라고 하면 놀랄 텐데.”

“안 그래도 진짜 이렇게 드려요, 하면서 몇 번이나 묻더라고.”

보통은 입맛에 맞는 여러 가지 맛을 통에 담기 마련인데 윤혁은 곧이곧대로 진별이 먹고 싶어 하는 녹차 아이스크림만 담아왔다.

“많이 먹어.”

“이걸 어떻게 다 먹어요.”

“너무 많이 사왔나?”

조심스럽게 진별이 고개를 끄덕이자 윤혁이 민망한 듯이 뒷머리를 긁적였다. 먼저 진별이 먹고 싶다고 말한 음식이기에 윤혁은 그걸 사주지 못한 마음까지 담아 제일 큰 사이즈로 사온 터였다. 물론 그걸 진별 혼자 먹을 거라고는 생각도 하지 못하고 말이다.

"앞으론 조금만 사오라고 꼭 말해야겠어요."

"뭐, 같이 먹으면 다 먹을 수 있을 거야."

약간은 민망한 마음에 윤혁도 분홍색의 아이스크림 스푼을 집어 들었다. 같이 먹으면 다 먹을 수 있을 거라는 자신감에 가득 찬 목소리로 말이다.

"먹자."

윤혁이 먼저 스푼 가득 아이스크림을 떠서 진별의 입에 넣어주었다. 며칠간 줄곧 먹고 싶었던 아이스크림이 입안에 들어오자 진별은 행복했다. 이런 것이 바로 소소한 행복이라는 건가 싶었다.

"맛있어?"

고개를 끄덕이며 어린아이처럼 좋아하는 진별의 모습을 바라보며 윤혁도 기분이 좋았다. 며칠간 마음 언저리에 걸려 남아 있던 것이 싹 다 내려가는 것 같았다.

"입에 묻었어."

별다른 말 없이 아이스크림 먹는 데만 집중하는 진별의 입에 묻어 있는 아이스크림을 발견하고 윤혁이 손을 뻗었다. 손으로 살짝 닦아내는 척하던 윤혁의 손 대신 혀가 다가와 쓱 핥아갔다.

갑작스런 윤혁의 행동에 진별이 눈살을 살짝 찌푸리며 바라봤다. 그러나 윤혁은 조금 전에 무슨 일이 있었냐는 듯이 굴었다.

"맛있네."

"……."

"네 입술에 묻은 아이스크림이 더 달고 맛있어."

능글맞은 말을 아무렇지 않게 내뱉는 윤혁의 바라보며 진별의 입에선 어이없는 웃음이 터져 나왔다.

"계속해서 입에 묻혀. 난 그것만 먹게."

혀를 살짝 날름거리며 말하는 윤혁을 바라보며 진별이 스푼 가득 아이스크림을 떠서 입안으로 쏙 넣었다. 입술에 절대 묻히지 않고.

"좀 묻히라니까."

아무렇지 않게 입안으로 쏙 넣어버리는 진별이 윤혁의 입장에서는 얄미웠다. 이왕이면 좀 묻혀주면 좋으련만 말이다.

"늑대."

"난 늑대야."

속마음을 솔직하게 드러내는 윤혁을 향해 진별이 눈을 가늘게 뜨며 말했다. 그런 진별의 말에 윤혁은 당연하다는 듯이 늑대 울음소리까지 냈다.

아주 잠깐의 여유로운 산책 다음 날부터 진별은 쉼 없이 촬영을 했다. 집에 들어가서 딱 3시간 정도 자고 나온 기억밖에 없었다. 그만큼 진별은 내도록 촬영장 세트에서 보내는 시간이 더 길었다. 이제 또다시 밴이 집이 되는 일이 되풀이 되고 있었다.

"이제 곧 있으면 시청률 나오겠죠?"

"나오겠지."

어젯밤 드디어 첫 회가 방송되었다. 진별도 휴대폰을 이용해서 시청을 했었다. 영상은 예상대로 좋았고 아역들의 연기력도 탄탄

했다. 덕분에 몰입도가 괜찮은 편이었기에 진별도 시청률이 기대되기는 마찬가지였다.

첫 회가 끝나자마자 여기저기서 기대된다는 호평의 기사들이 쏟아져 나왔지만 이제 겨우 시작이니 조금 더 시청자들의 반응을 지켜봐야 했다. 오늘과 내일 시청률을 봐야지만 앞으로 반응이 어떨지 감이 잡힐 것이다.

"우리 엄마는 전화 와서 다음 이야기 좀 해보라고 난리예요."

민정은 어제 첫 회가 나간 후 전화해서 다음 이야기를 해달라고 재촉하던 엄마를 생각하며 고개를 절레절레 흔들었다. 첫 방송의 호평만큼만 시청률이 나온다면 시청률 10퍼센트는 거뜬히 넘을 것으로 생각되었다.

"다음 주 되면 시청률에 변화가 있을 거야."

매니저 해송의 말처럼 현재 이 드라마의 모든 관계자가 다음 주를 생각하고 있었다. 그도 그럴 것이 현재 시청률 1위 자리를 고수하고 있는 드라마가 오늘로 마지막 회. 그렇기에 이번 주까지만 아역들이 잘해준다면 다음 주부터는 성인 연기자들의 등장이니 시청률 변동이 있을 터였다.

"감독님이 시청률 30퍼센트 넘으면 회식시켜 준다던데요?"

어제 감독님이 하는 말을 들은 민정이 잔뜩 기대된다는 목소리였다. 앞서 보균과 했던 2개의 드라마에서 모두 시청률이 30퍼센트를 넘었었기에 이번에도 잔뜩 기대를 하고 있었다. 물론 감독의 입장에서는 지난번 했던 드라마의 시청률이 한 자릿수를 기록했었기에 이번 드라마에 대한 기대가 컸다.

"김 감독님은 이번에 무조건 시청률 잘 나와야 하니까."

"저번 드라마도 괜찮았는데 운이 없었지."

아무리 시청률이 안 나와도 10퍼센트는 기본적으로 넘겼던 감독님에게 한자릿수 시청률은 그야말로 불명예이자 자존심에 금이 가는 일이었다.

[시청률 기대되는데?]

휴대폰을 집어 들자 윤혁에게서 온 메시지가 눈에 제일 먼저 들어왔다. 진별도 윤혁과 해놓았던 내기가 걸려 있는지라 시청률이 유독 더 궁금했다.

[일주일간 야식 책임질 준비나 하시죠?]

자신들의 눈에 아무리 좋아도 시청률하고는 별개의 문제였다. 그렇기에 진별로서도 항상 첫 방송 시청률에 유독 신경이 쓰였다. 영화는 입소문이 나면 관객이 늘어날 수도 있는 법이지만 드라마는 인기 있는 작품과 동시간대에 나오는 것만 해도 타격이 큰 편이었다.

"촬영하러 갑시다."

마지막으로 메이크업을 수정한 후 차에서 내렸다.

"이번 신만 끝나면 야외 촬영이니까 의상 한번 체크해줘."

"벌써 끝냈어요."

어느새 민정도 진별이 신경 써서 챙기지 않아도 스스로 할 줄 아는 단계에 올라와 있었다. 그런 모습이 대견해 진별이 민정의 얼굴을 바라보고 흐뭇한 미소를 지었다.

"와! 대박!"

촬영이 이루어질 세트장 안으로 발을 들여놓게 무섭게 진별의 귀에 박수 소리와 함께 잔뜩 흥분한 스태프들 목소리가 들려왔다.

"시청률 나왔어요!"

조감독이 진별을 발견하고 뛰어와서는 잔뜩 흥분한 채로 말했다. 대략 조감독의 목소리만 들어도 시청률이 감이 잡혔지만 진별의 가슴은 콩닥콩닥 뛰었다.

"13.5퍼센트!"

"후."

조감독에게 들은 시청률에 진별의 입에서는 안도의 한숨이 흘러나왔다. 아무리 보균의 작품이라고는 해도 현재 동시간대에 방송되는 드라마 시청률이 꽤나 괜찮은 편이었기에 진별은 걱정을 하고 있던 터였다.

"역시 김 감독님이랑 장 작가님 작품!"

해송의 입에서도 만족스러운 미소와 함께 말이 흘러나왔다. 스태프들 모두가 시청률에 잔뜩 들떠 소리치고 난리도 아니었다.

"오늘 저녁은 제가 책임집니다!"

이 드라마의 남자 주인공 역할의 용준이 크게 소리쳤다. 그와 동시에 스태프들의 환호하는 음성이 더 커졌다.

"시청률 20퍼센트를 향해서!"

진별도 크게 소리치며 감독님과 용준의 곁으로 다가갔다. 다들 진별의 말에 동조하며 다 같이 20퍼센트를 외치고 있었다.

"친구, 요즘 돈 잘 버는 모양인데?"

슬금슬금 옆으로 다가간 진별이 용준에게 웃으면서 농담조로 말을 건넸다. 오늘 저녁을 쏜다고 말한 의미를 진별이라고 모를 리는 없었다. 스태프들의 사기 충전 및 힘을 내서 잘해보자는 의미였다. 항상 매 촬영이 힘들긴 하지만 이제 막 시작을 했으니 밤샘 촬영이 유독 더 힘들게 느껴질 터였다.

"돈은 우리 여배우님이 잘 벌고 계시잖아요."

"어디서 그런 말도 안 되는 소리를."

"얼마 전까지 영화도 찍어. 그리고 광고도 찍으셨잖아요."

"저예산 영화에 겨우 6개월짜리 단발성 광고인걸?"

투닥거리듯이 농담을 주고받으면서 진별과 용준의 입에서는 웃음이 떠나지 않았다.

"안 피곤해?"

"이제 겨우 이틀째에 피곤하면 되겠어?"

"그렇긴 하지."

용준과 진별 모두 누구라고 할 것도 없이 밤샘 촬영이 피곤하기는 하지만 오늘만큼은 시청률 때문에라도 잊혀졌다. 밤새 촬영을 하고 아주 잠깐 차에서 30분 정도 눈을 붙인 것이 전부였기에 피곤하지 않다면 거짓말이었다.

"장 작가님 댁에 가서 시청률 알려드리고 싶네."

"문이라도 열어줘야 알려주지."

한번 작업에 들어가면 보균은 인터넷 선을 뽑아버리는 것으로 유명했다. 자신이 생각한 만큼 작업량이 뽑히지 않으면 보균은 전화조차 받지 않았다. 인터넷으로 시청률이나 네티즌들의 댓글이나 평을 보고 마음이 흔들리지 않기 위해서 보균이 택한 방법이었다. 보조 작가가 있지만 그에게도 모조리 금지를 시켜놨으니 지금 이 순간 보균에게 시청률의 소식을 전할 수는 없었다.

"우리 이번에도 열애설 한번 터트려볼까?"

"그거 좋네."

둘이 같이 뭔가를 찍기만 하면 어김없이 열애설이 터졌다. 동갑내기 친구 사이에서 나오는 연기 호흡이 사람들의 눈에는 진짜 열애를 하는 것으로 보이는 것 같았다. 벌써 세 번이나 터졌었기에 한 번 더 터진다고 해서 진별과 용준은 이상할 것도 없다고 생각하는 중이었다. 처음엔 둘 다 당황스러워 해명하느라 급급했지만 이제는 웃으면서 대처할 정도였다.

"이번에도 열애설 터지면 우리 진지하게 생각해볼래?"

"뭘?"

"우리 사귀는 거."

"미쳤구만."

"우리 사귄다고 하면 네티즌들이 엄청 좋아할 거 같지 않냐?"

능글맞은 미소로 바로 옆에 딱 붙어 말을 거는 용준을 바라보며 진별은 눈을 가늘게 떠서 찌푸렸다.

"진지하게 생각해보자고. 이번에도 열애설 터지면 우리 둘이 결혼해서 같이 사는 것도 나쁘지 않을 거 같지 않냐? 부부가 같은 일을 하니 이해도 잘되고 내조나 외조도 쉽고."

"넌 내가 여자로 보이냐?"

진별이 고개를 돌려 용준의 눈을 똑바로 바라봤다. 용준도 그에 맞춰 눈을 뚫어져라 맞추더니 고개를 한번 갸웃거리더니 제법 진지하게 말을 뱉었다.

"외모도 그만하면 괜찮고, 키도 적당히 크고, 몸매는 예술이긴 하지. 전체적으로 내 이상형은 아니라도 이진별이라는 여배우를 여자로 안 보인다는 거는 거짓말이지."

"미안하지만 넌 내 이상형하고 거리가 멀어요."

"세상에 이상형하고 결혼하는 사람이 어딨냐."

"뭐, 그렇긴 하지만, 최소한 내 남은 인생을 동행할 만큼의 믿음은 있어야지."

아프게만 끝났던 연애 이후로 생각해본 적도 없는 일을 요즘 진별은 제법 진지하게 다시 생각하고 있는 중이었다. 계속해서 윤혁에게서 '결혼' 이야기를 듣다 보니 이런저런 생각을 하던 차였다.

내년이면 서른. 살아온 시간보다 함께 살아갈 시간이 더 많은 사람이기에 진별은 믿음이 있어야 한다고 생각했다. 이 사람에게 정말 자신의 남은 일생을 맡기고 살아도 되는지에 대한 믿음과 확신이 있어야 결혼이 가능하다는 생각이 들었다. 예전에는 그저 둘이 사랑하면 되는 줄 알았었다. 그만큼 생각이 깊지 못했었다. 요즘은 사랑보다는 믿음이 중요하다는 것을 진별은 느끼고 있는 중이었다. 그런 면에서 어찌 보면 윤혁은 믿음이 가는 사람이었다. 조금 더 지켜보고 사람을 겪어봐야 알겠지만 지금으로서는 충분히 그럴 만한 가치가 있는 사람이었다. 그가 하는 말에는 믿음이 가고 신뢰가 갔다. 본인 입으로 한 말을 꼭 지키는 그의 모습에 진별은 마음이 갔다.

말이 좋아 그와 연인 사이지, 따지고 보면 여전히 윤혁의 적극적인 애정공세에 불과했다. 해주는 것 하나 없고 챙겨주는 것 하나 없는 여자 친구가 어디 있겠는가. 촬영을 핑계대고 먼저 연락을 하지 않거나 늦게 해도 이해했다. 그게 당연하다는 듯이 배려해주고 자신의 마음을 편하게 해주는 사람이었다. 오직 촬영을 할 때는 자신만을 위해 맞춰주는 남자가 바로 윤혁이었다.

"너랑 나 결혼하면 그야말로 세기의 커플이지."

여전히 용준이 옆에서 뭐라고 말을 하고 있는 와중에도 진별의 머릿속은 윤혁의 생각만 떠올랐다.

"핫한 동갑내기 스타의 결혼! 이거 헤드라인 제목으로 딱 이지 않냐?"

"헛소리 그만하고 대사나 맞춰봅시다."

여기서 제지하지 않으면 얼마나 더 갈지 몰라 진별이 먼저 정신을 차리고는 손에 들려 있는 대본을 펼쳐 들었다.

세트장 촬영을 마치고 야외 촬영 장소로 향하는 차 안에서 진별은 휴대폰을 집어 들었다. 갈아입을 의상도 미리 봐뒀으니 진별은 드라마의 반응을 직접 자신의 눈으로 한번 살펴보고 싶던 차였다. 휴대폰 액정에서 제일 먼저 눈에 들어오는 것은 윤혁의 전화였다. 아마 시청률을 보고 전화를 한 것 같았기에 진별이 다시금 전화를 걸었다. 아무런 노래도 없는 컬러링이 들려온 지 얼마 지나지 않아 윤혁의 음성이 들려왔다.

–네, 장윤혁입니다.

"나예요."

발신자를 확인 못하고 받은 것인지 윤혁의 음성이 평소와 달랐다. 똑 부러지고 강압적인 그의 음성에 진별은 순간 그와 처음으로 만났던 날이 떠올랐다. 맞선 보던 날 들었던 윤혁의 음성이기에 진별은 낯설면서도, 윤혁이 평소에 이런 목소리로 말한다는 것을 알게 되었다.

–아, 정신없어서 누군지 못 봤어. 쉬는 중이야?

"이동 중이에요."

자신이라는 것을 알고 나니 금세 다정하게 바뀌는 윤혁의 음성에 진별은 피식하며 웃음이 절로 나왔다. 어쩜 이리 대조적인지. 누가 보면 다른 사람이라고 생각을 해도 과언이 아닐 것이다.

–시청률 축하해.

예상에 어긋나지 않는 윤혁의 말에 진별은 심드렁하게 받아들였다.

"고마워요."

–반응이 왜 이리 시시해. 좋아해야 하지 않아?

"겨우 13.5퍼센트에 좋아하면 되겠어요? 한때 시청률 50퍼센트 넘게 찍은 이진별이."

속으로는 분명 좋지만 윤혁에게 대놓고 내색은 하지 않았다. 물론 이 남자라면 자신이 딱히 말하지 않아도 알고 있을 것이 분명했기에.

–이진별답네.

"내기에서 졌으니 이제 소원 들어줘요."

진별이 먼저 윤혁에게 내기 이야기를 꺼냈다. 윤혁의 반응이 궁금했기에.

–우리가 언제 내기를 했었나?

"이럴래요? 남자가 치사하게 한 입 갖고 두말하기에요?"

장난치는 듯한 음성이 분명하기에 진별은 자꾸만 웃음이 입 밖으로 터져 나왔다. 요즘더러 진별은 윤혁과 통화만 하면 웃는 일이 잦아졌다. 그만큼 이제 그가 불편하지 않고 편안해졌다는 증거였다. 어제 같이 첫 밤샘 촬영이 힘들 때면 진별은 윤혁의 전화가 기다려지기도 했다. 그의 목소리를 한 번만 들어도 힘이 번쩍하고 날 것만 같았다.

–누구하고 내기인데 들어드려야죠. 오늘부터 보낼까요?

"내일부터요. 오늘은 용준이가 저녁 산다고 했으니까요."

–알았어. 근데 진짜 신경 쓰인다 말이지.

"뭐가요?"

시원스런 대답 뒤에 그의 입에서 뭔가 거슬리는 듯한 말이 흘러나왔다.

–용준이, 용준이 하는 거 말이지.

"그게 뭐 어떤데요?"

–대체 그 녀석이랑 어떤 사이야?

"다짜고짜 그 녀석이 뭐예요. 다른 소속사에선 대접받는 연기자한테."

대놓고 윤혁은 불편하다는 기색을 잔뜩 드러냈다.

–지금 나한테는 그 녀석이야.

"왜요?"

–나한텐 아직까지 오빠 소리 한 번 안 하고 말도 끝까지 높이고 있으면서, 어디서 다른 남자 이름을 그렇게 친근하게 불러.

숨김없이 자신의 마음을 드러내는 윤혁의 말에 진별은 저도 모르게 웃음이 터져 나올 것 같아 서둘러 손으로 입을 틀어막았다. 질투였다. 처음엔 윤혁의 말이 거슬렸지만 이유를 듣고 나니 질투를 하는 윤혁의 모습이 진별은 마냥 귀엽게 느껴졌다.

"용준이랑은 각별한 사이죠."

–뭐? 각별해?

그냥 간단하게 '같이 연기하는 동료연기자'라고 말하면 깔끔하게 끝날 일이었다. 그러나 진별은 윤혁의 반응이 궁금해 다른 말을 뱉었다.

"그럼, 각별하죠. 오늘 그러던데요? 자기랑 결혼하는 거 어떠냐고요."

–그래서?

"그래서는 뭐가 그래서예요. 용준이 정도면 괜찮잖아요. 그래서 좋다고 했어요."

–허…….

자신의 말을 진심으로 받아들이는 것인지 윤혁의 음성이 조금씩 날카로워지고 있었다. 이제 그만 장난을 중지해야 하는데 진별은 이상하게 자꾸만 더 윤혁을 자극하고 싶었다.

–지금 이 여자가 남자 친구를 놔두고 뭐 하고 다니는 거야.

"뭐 하고 다니긴요. 멋있는 남자가 결혼하자고 해서 좋다고 한 거죠."

–이진별 너……!

진심으로 들은 것이 분명하다. 부들부들 떨리는 윤혁의 음성에 진별은 이제 여기서 그만해야겠다는 생각이 들어 서둘러 말을 정정했다.

"무슨 말을 못하겠네. 그냥 친구예요."

–진짜야?

"열애설이 몇 번이나 터졌는데, 그럴 마음 있었음 벌써 결혼을 하고 애도 둘이나 낳았겠네요."

아무 생각 없이 뱉은 말이지만 가만히 생각해보니 용준과 처음 열애설이 났을 시점에 사귀었으면 벌써 결혼을 하고 애를 낳아도 둘은 거뜬히 낳았을 시간이었다.

–결혼은 무슨 말이야.

유독 윤혁이 집중해서 꽂힌 말은 결혼이라는 단어인 것 같았다.

"그냥 친구 사이에 하는 농담이죠."

–흠…….

사실을 말하고 있음에도 불구하고 윤혁은 여전히 의심이 확실하게 사라지지 않은 것 같았다.

"못 믿어요?"

–이진별은 믿는데 그 자식을 못 믿을 뿐이야.

의심을 싹을 확실히 거두지 못한 윤혁의 말에 진별은 어이없는 웃음이 터져 나왔다. 기분이 나쁘기보다는 오히려 좋았다. 정말 자신을 좋아하는 거구나 하는 기분이 들었다. 그가 해주는 배려보다도 오늘은 윤혁의 질투가 오히려 진별은 더 좋았다.

–언젠가 촬영장 가면 경고를 좀 해야겠어.

"무슨 경고를 해요?"

–내 여자에게 작업 걸지 말라는 경고.

쿵쿵쿵. 다시금 진별의 가슴이 조심스럽게 반응했다. '내 여자' 라고 말해주는 윤혁의 단호한 그 음성에. 듣기 좋았다. 그가 말해주는 내 여자라는 말이 너무나 듣기 좋았다. 1년 내내 겨울이라고 생각했던 진별의 심장에도 조심스럽게 봄이 찾아오고 있었다.

–시청률 40퍼센트 넘기면…….

한참을 질투를 하던 윤혁이 뭔가를 말하려다가 멈칫했다. 평소의 윤혁답지 않은 조심스러움에 진별은 무슨 말을 하려나 한참을 기다렸다.

–프러포즈할게.

"……."

–시청률 40퍼센트 꼭 넘겨. 다른 드라마에서 넘기면 미쳐버릴지 모르니까.

조금씩 안정되어 가던 진별의 가슴이 다시금 쿵쿵거렸다. 프러포즈를 하겠다는 그의 말이 진별은 갑자기 기다려졌다. 그가 해주는 프러포즈가 궁금했다.

"누가 결혼한대요?"

–싫다고 하면 혼인신고 먼저 할 거니까 그렇게 알아.

평소와 달리 더 단호한 윤혁의 말이 진별은 불편하지 않았다. 오히려 조금은 궁금했다. 그가 할 행동과 자신의 마음이 어떻게 변할지 조금씩 기대되었다. 벌써 조금씩 윤혁을 향해 다가가고 변하고 있는 자신의 마음을 진별은 이제 거부하지 않았다. 이런 자신의 마음이 겁이 나기는 해도 거부한다고 되는 일은 아니라는 것을 진별은 이제야 알게 되었다.

드라마의 인기는 회차가 늘어날수록 나날이 거듭되었다. 매 회 시청률은 올라가고 있고 진별과 용준이 입고 착용하는 모든 것이 인기를 끌 정도였다. 심지어 진별이 착용하고 나온 스카프는 몇 년 전 직접 손으로 염색해 만든 것이었는데도 회사로 문의가 쏟아졌다고 한다. 드라마의 인기가 좋으니 대략 예상은 했지만 생각보다 사소한 것 하나까지도 이목을 끌었다.

"기사 봤어?"

"뭔 기사?"

"완판 남녀라고 방금 떴어."

인터뷰에 맞게 의상을 바꿔 입고 화장을 고치고 있는 진별에게 용준이 다가와 자신의 휴대폰을 내밀었다. 용준이 말한 대로 기사의 헤드라인이 '완판 남녀'. 무슨 기사인가 봤더니 용준과 자신이 이 드라마에 입거나 착용한 모든 것이 완판이 되었다는 내용이었다.

"이진별 최용준 완판 남녀!"

"예상했잖아?"

"당연하지. 누가 촬영하는 드라마인데."

무슨 자신감인지 용준은 첫 촬영 때부터 완판을 예상하고 이런 기사가 떴으면 하고 바랐었다. 그렇기에 상당히 이 기사가 마음에 드는 모양이었다.

"오늘 인터뷰 질문 하나 더 추가되겠군."

"빨리 끝났으면 좋겠는데 뭐 이런 기사까지 터지고 난리야."

"다 하늘의 계시지."

엄청 만족스러운 기사라는 듯이 자꾸만 휴대폰으로 읽고 또 읽는 용준의 모습에 진별은 고개를 절레절레 흔들었다.

"넌 오늘도 자유로운 영혼 어쩌고 하면 입을 확 재봉틀에 박아버릴 거야."

"여자애가 뭔 말이 그렇게 험해."

"이제 한 번만 더 들으면 내가 미칠 거 같아서 그런다."

둘이 함께 인터뷰를 진행할 때마다 연애와 결혼에 대해서 자유로운 영혼을 운운하니 진별로서는 한 번만 더 들으면 귀가 따가울 정도였다.

"걱정하지 마. 이번엔 신선한 대답을 할 테니까."

기대하라는 표정을 짓고 있는 용준을 바라보며 진별은 못 미덥지만 고개를 끄덕였다. 현재 진별은 자신이 어떻게 답변을 해야 할지가 걱정이었다. 질문지에는 어김없이 용준과의 관계, 드라마에 관련된 내용 말고도 사귀고 있는 사람이 있는지와 결혼에 관한 것이 포함되어 있었다.

무슨 마음이었는지 몰라도 진별은 질문지를 받아 들고 윤혁에게 말했다. 이런 질문들이 있는데 어떻게 답변을 하면 좋겠냐고 말이다. 그때 윤혁은 웃으면서 진별에게 말했었다. 자신만 생각하면 사실대로 이야기하면 좋겠지만, 벌써 그렇게 해달라고 하는 것은 이기심 같다며 말해왔다. 어떠한 대답을 하던 간에 신경 쓰지 않고 뭐라고 하지 않을 테니 마음대로 하라고 윤혁은 자신의 마음을 편하게 해주었다.

지금 현재 진별의 마음은 반반이었다. 조심스럽게 만나는 사람이 있다고 밝힐 것인지, 아님 그냥 거짓말로 없다고 말을 해야 할지에 대한 판단이 서지 않았다. 한편으론 아직 자신의 마음이 불안정한데 말하기 조심스러웠고, 또 한편으론 사귀는 사람이 있다고 떳떳하게 밝히고 싶었다. 항상 자신을 위해서 차 안 데이트나 사람들이 없는 공간을 찾아 짧게나마 즐기는 데이트를 즐기는 윤혁에게 미안했다. 공인이 아닌 평범한 직업을 가진 여자랑 만났으면 이렇게 하지 않아도 되니 말이다. 그럼에도 불만을 가지지 않는 윤혁이기에 진별은 더욱 미안했다.

"형, 인터뷰 준비 다 됐대요."

용준의 매니저가 다가와 인터뷰 준비가 다 끝났음을 알렸다. 드라마 세트장 한편에서 이루어지는 인터뷰인지라 진별과 용준은 크게 움직이지 않아도 되니 마음에 들었다. 하긴 이 인터뷰만 끝나고 또다시 밤샘 촬영이 이어질 거였다.

"갑시다."

진별이 고개를 끄덕이며 몸을 일으켰다. 어제도 30분 정도 쪽잠을 잔 것 외에는 잠을 자지 않았기에 피곤한 상태였다. 그렇지만 카메라 앞에서는 내색할 수 없으니 진별과 용준은 그 누구랄 것도 없이 얼굴 근육을 이리저리 움직이고는 미소를 가득 머금었다.

"안녕하세요."

"잘 부탁드립니다."

용준과 진별은 번갈아가며 인사를 하고는 인터뷰를 하기 위해 마련된 곳으로 다가갔다. 마련된 의자에 앉으면서 인터뷰를 진행할 리포터와 인사도 주고받았다. 경력이 많은 능숙한 리포터인지라 진별, 용준과는 그전에도 몇 번 인터뷰를 한 적이 있었기에 더 반가웠다.

"오늘은 빅뉴스 있나요?"

"빅뉴스가 어디 있어요. 매일 촬영만 하는데."

"좋은 소식 있으면 제가 먼저 연락드릴게요."

이런저런 가벼운 농담을 주고받으며 인터뷰 준비를 했다. 진별은 그 와중에도 머릿속이 복잡했지만 딱히 드러내지 않았다.

생각보다 인터뷰는 순조롭게 이어졌다. 질문지 이 외에의 질문도 그다지 어렵지 않았기에 용준과 진별은 웃으면서 가볍게 받아칠 수 있었다.

"자, 이제 두 분에게 제일 궁금한 것을 물으려고 하는데요. 정말 두 분, 아무 사이 아니신가요?"

질문지에 있던 질문이기에 용준과 진별은 서로 시선을 주고받으며 누구랄 것도 없이 웃음을 터트렸다. 진벼이 손으로 머리를 한 번 쓸어 넘기고 먼저 입을 열었다.

"이제 남녀 사이로 볼 시기는 지났다고 봐요. 워낙 허물이 없어서요. 오늘도 저한테 넌 여자도 아니야, 라고 말하던데요?"

"정말요? 진별 씨 같은 여자가 세상에 또 없을 텐데."

"그래서 제가 말해줬어요. 그러는 너도 남자 아니야, 라고요."

솔직 담백한 진별의 대답에 또다시 다들 웃음이 터졌다. 그렇게 웃고 있을 무렵 용준이 다시금 다리를 꼬고는 뒤이어 입을 열었다.

"제가 얼마 전에 진별이한테 말했거든요. 우리 둘이 결혼하면 그야말로 세기의 커플이 된다고 어떠냐고요."

"어머!"

"답변이 너무 간결하더라고요. 너한테 난 여자냐? 넌 나한테 남자 아니야, 라고 딱 잘라 시크하게 말하더라고요."

"어머머! 왜요?"

얼마 전 둘 사이에 있었던 대화 내용을 끄집어내자 진별도 웃으면서 용준의 말을 거들었다.

"전체적으로 내 이상형은 아니지만 얼굴은 볼만하고 성격은 좀 지랄 같지만 몸매는 괜찮네, 라고 평가하는 남자한테 마음이 끌리겠어요?"

"용준 씨, 정말 그렇게 말씀하셨나요?"

"사람은 솔직해야 하잖아요. 그러는 진별이도 저 싫다고 했잖아요."

우린 더할 것도 뺄 것도 없이 깔끔한 친구 사이라는 것을 진별과 용준은 번갈아가면서 강조했다. 그런 둘의 얼굴을 바라보며 리포터가 아쉽다는 표정을 지었다.

"두 분은 그렇게 붙어 있으면 정이 들지 않나요? 예를 들면 가슴이 두근거린다든지."

"가슴이요? 연기를 할 때는 연인 사이니까 두근거리지만, 돌아서면 똑같아요. 편하게 농담도 하고 가끔은 속에 있는 말도 나누고요."

"이로써 오늘도 두 분의 대답은 변함이 없는 거네요. 친구 사이 그 이상 그 이하도 아니다, 라는 소식을 팬분들에게 전해드리게 됐네요."

아쉬움이 가득 담긴 목소리로 리포터는 질문의 답을 정리했다. 이제 그 이후에 들릴 질문에 진별은 다시금 머릿속이 복잡해지기 시작했다.

"자, 이제 그럼 두 분께 따로 질문드릴게요. 먼저 용준 씨, 혹시 지금 사귀고 계신 분이 있나요?"

"전 영원히 팬분들과 연애하는 사이입니다, 라고 말하면 욕 얻어먹겠죠? 전 지금은 혼자입니다. 다만, 좋은 사람이 나타나면 언제든지 만날 준비가 되어 있고요."

"그럼 혹시 결혼 계획을 여쭤봐도 될까요?"

"결혼이라…… 꿈만 같네요. 제 일을 이해하고 받아줄 수 있는 마음 넓은 여자분이 계시면 할 것 같네요. 다만, 여전히 저는 자유로운 영혼인 거 다들 아시잖아요?"

결국 마지막에 자유로운 영혼을 말하는 용준의 얼굴을 진별이 뚫어져라 바라봤다. 그런 진별의 얼굴을 바라보며 용준은 머리를 긁적이며 멋쩍은 미소를 지었다.

"그럼 이제 진별 씨, 진별 씨는 현재 만나고 계신 남자분이 있으신가요?"

"음……."

"뜸 들이는 거 보니까 있으신 모양인데요?"

"글쎄요? 마음 따뜻하고 진솔되고 자신이 하는 말은 꼭 지키는 그런 남자?"

"……."

"그런 남자가 나타나면 곧장 결혼을 하려고요."

뚝뚝 끊어가며 애매모호하게 말한 진별의 말에 리포터는 어떻게 반응해야 하나 머리를 굴리고 있는 것 같았다.

"그런 남자가 있다는 뜻인가요?"

"그건 팬분들의 생각에 맡길게요."

"솔직하게 말씀해주세요. 진별 씨, 말 한마디에 팬분들이 잠을 못 이루실 거라고요."

리포터의 간절한 애원이 담긴 말에도 진별은 여전히 알 듯 모를 듯 한 표정을 지은 채로 다시금 입을 열었다.

"그런 사람이 있다면 언제든지 결혼할 용의가 있다는 말이에요. 그전에는 결혼 생각이 없었는데 요즘은 그런 사람이라면 결혼을 해도 되겠구나, 하는 생각이 들었어요."

솔직하게 자신의 심경을 진별은 인터뷰를 통해서 윤혁에게 밝힌 거였다. 이렇게 말하면 윤혁이라면 눈치챌 것이라고 생각했다.

요즘 윤혁은 매일 회사와 집을 오가는 루트가 전부다. 세트장 안에서 밤샘 촬영을 하는 진별의 얼굴을 보러 매일이라도 찾아가고 싶지만 참는 중이었다. 촬영 분량이 많아지고, 그와 동시에 기자들의 관심도와 인터뷰가 많아졌다. 그 덕택에 진별하고 연락을 하는 횟수가 조금씩 줄어들었다. 머리로는 이해를 하지만 가슴으로 섭섭한 것은 어쩔 수 없었다.

"후……."

하루 온종일 회사에서 일을 처리하다가 밤 12시가 넘어서야 집으로 돌아온 윤혁의 입에서는 절로 짙은 한숨이 흘러나왔다.

간단하게 필요한 살림살이로만 깔끔하게 꾸며졌다고 생각한 집이 오늘따라 윤혁의 눈에는 살풍경해 보였다. 왜 이리 텅 비어 있고 허전한 마음이 드는 것인지. 오늘 같은 날이면 윤혁은 하루라도 빨리 진별과 같이 살고 싶다는 생각을 하게 되었다.

친구 녀석들이 가정을 이루는 모습을 볼 때면 요즘 윤혁은 이런 생각이 들었다. 남들은 참 쉽게도 가정을 꾸리는 것 같은데, 왜 이리 자신에게는 어려운 일인지. 어린 시절부터 생각해온 일이었다. 남들보다 조금 더 빨리 가정을 꾸리고 살고 싶었다. 내 자식들만큼은 따뜻한 엄마와 아빠가 있는 품에서 성장할 수 있게 해주고 싶었다.

요 며칠 처리할 일이 많았던지라 피곤하지만 윤혁은 옷을 갈아입고 서재로 향했다. 책상 의자에 앉은 윤혁은 노트북의 전원을 켰다. 진별이 며칠 전에 한 인터뷰가 오늘 방송이 되었다고는 하는데 윤혁은 보지 못한 터였다. 인터뷰가 나가고 곧장 이런저런 기사들이 쏟아져 나왔다고는 하지만 아직 그것조차도 윤혁은 보지 못했다.

인터넷으로 다시보기를 누른 윤혁은 연예프로그램의 다른 내용들은 볼 필요가 없지만 그냥 그대로 보고 있는 중이었다. 후루룩 넘겨버리면 그만인데 윤혁은 그마저도 귀찮아 눈을 감은 채로 그냥 듣고만 있었다. 그렇게 얼마나 지났을까. 리포터의 활기차고 밝은 음성에 윤혁의 눈이 살며시 떠졌다.

「오늘은 매 회 시청률 기록을 세우고 있는 최준용, 이진별 씨를 모셨습니다!」

리포터 혼자서 박수까지 치는 장면이 지나고 나자 윤혁의 눈에 하얀 원피스를 차려입은 채로 환하게 웃고 있는 진별의 모습이 들어왔다.

인터뷰는 드라마의 이야기와 앞으로 진행 방향까지 물으면서 줄곧 밝은 분위기를 유지했다. 리포터의 돌발 질문에도 용준과 진별은 찰떡 호흡으로 장난까지 쳐가면서 넘겼다. 그런 둘의 모습을 보면서 윤혁은 능숙하다는 생각을 했다.

하얀 원피스와 어울리는 새하얀 구두를 신은 진별의 모습이 오늘따라 윤혁의 눈길을 사로잡았다. 거기다가 해맑은 진별의 미소까지 더해지자 한결 더 예쁘게 보였다. 그런 진별의 모습을 계속해서 바라보던 윤혁은 어딘가 모르게 저 원피스가 낯이 익다는 느낌이 들었다. 그 순간 리포터가 진별의 원피스를 칭찬했다. 진별은 자리에서 일어서 위에는 쫙 붙고 밑은 풍성한 원피스를 자랑하기라도 하려는 듯이 한 바퀴 빙그르르 돌았다. 그런 진별의 모습에서야 윤혁은 알아차렸다. 자신이 선물한 원피스라는 것을.

미국에서 한국으로 들어오는 길에 진별에게 주기 위해 사온 원피스였다. 지금까지 주지 못하다가 저 인터뷰가 있기 일주일 전에 선물로 줬었다. 그때 진별은 고맙다고 말과 함께 촌스럽다면서 약간 핀잔을 줬었다. 괜스레 진별이 투덜거리는 말임을 잘 알았기에 윤혁은 별다른 말 없이 입어달라고 말했었다. 윤혁은 아직까지 진별이 왜 인터뷰에 저 원피스를 입었는지 그 연유를 알지 못했다. 분명 오늘 인터뷰 같으면 드라마 촬영 때 입는 의상을 그대로 입고해도 될 터였다.

「이제부터 팬들이 궁금해하는 질문을 드릴게요.」

리포터의 말과 함께 용준과 진별이 어떠한 사이인지 묻는 질문이 나왔다. 이 질문에는 윤혁도 잔뜩 날을 세우고 집중했다. 이거야말로 윤혁이 궁금한 거였기에. 둘이서 가벼운 스킨십과 농담을 주고받으며 답변을 대신하는 용준과 진별의 모습에 윤혁의 눈이 치켜올라갔다. 어떻게 보면 허물없는 친구 사이, 다른 시선으로 보면 몇 년 동안 사귀어 온 커플처럼 보이기도 했다. 그런 둘의 모습이 윤혁은 자꾸만 신경이 쓰였다. 친구 사이라는 진별의 말을 못 믿는 거는 아니지만 자꾸만 신경이 쓰이고 질투가 나는 것은 어쩔 수 없었다. 윤혁도 한 여자를 사랑하는 남자이기에.

「그럼 이제 진별 씨! 진별 씨는 현재 만나고 계신 남자분이 있으신가요?」

리포터의 질문에 윤혁은 저도 모르게 침을 꿀꺽 삼켰다. 어떠한 대답을 할지 긴장이 되는 것은 윤혁으로서도 어쩔 수 없었다. 진별에겐 솔직하게 말을 하지 않아도 괜찮다고는 했지만 윤혁은 은근 기대를 했다.

「음…….」

「뜸 들이는 거 보니까 있으신 모양인데요?" 」

「글쎄요? 마음 따뜻하고 진솔한, 자신이 하는 말은 꼭 지키는 그런 남자?」

애매모호한 진별의 말에 윤혁의 몸은 자꾸만 노트북 앞으로 다가갔다. 대체 누굴 뜻하는지 모를 말을 진별은 하고 있었다.

「그런 남자가 나타나면 곧장 결혼을 하려고요.」

「그런 남자가 있다는 뜻인가요?」

「그건 팬분들의 생각에 맡길게요.」

「솔직하게 말씀해주세요. 진별 씨, 말 한마디에 팬분들이 잠을 못 이루실 거라고요.」

「그런 사람이 있다면 언제든지 결혼할 용의가 있다는 말이에요. 그전에는 결혼 생각이 없었는데 요즘은 그런 사람이라면 결혼을 해도 되겠구나, 하는 생각이 들었어요.」

저 말이 무슨 말일까.

어떠한 의미일까.

누구를 지칭하고 하는 말일까.

온갖 생각들이 윤혁의 머릿속을 마구 어지럽혔다. 자신을 지칭하는 말인 것인지, 아님 그 어떠한 사람을 지칭하는 것도 아니고 그저 저런 생각을 했다는 것인지. 알쏭달쏭한 진별의 말에 윤혁의 머릿속은 복잡해져만 갔다.

그 순간 진별의 입이 다시금 열렸다.

「시청률 40퍼센트 넘으면 사실대로 말씀드릴게요. 결혼과 연애에 대해서.」

싱긋 웃으면서 말하는 진별의 모습에 윤혁은 그대로 자리에서 몸을 일으켰다. 팬분들에게 하는 약속이라는 말과 함께 끝이 난 인터뷰를 뒤로하고 윤혁은 서둘러 나갈 채비를 했다. 지금 당장 진별에게 가봐야만 할 것 같았다. 아니, 가서 얼굴을 마주해야 한다는 생각이 들었다.

집을 나서면서 진별에게 전활 걸었지만 받지 않았다. 진별의 매니저 해송에게 걸어 어디에 있는지 들은 윤혁은 한 치의 망설임도 없이 그대로 차를 몰았다. 새벽의 도로는 한산했지만 윤혁의 마음은 다급했다. 오늘따라 왜 이리 신호라는 신호는 다 걸려서 차가 자꾸만 멈추는 것인지. 신호에 걸릴 때면 윤혁은 저도 모르게 다급한 마음에 차 핸들을 쿵쿵 내려쳤다.

속도까지 내면서 운전을 한 탓에 생각보다 빨리 윤혁은 진별이 촬영하고 있는 장소에 도착할 수 있었다. 빨리 도착했음에도 불구하고 진별이 여전히 촬영 중이라 윤혁은 차 안에서 멍하니 기다리고만 있었다.

그렇게 하염없이 얼마를 기다렸을까. 지쳐갈 무렵 자동차 문이 열리며 진별이 탔다. 사흘 만에 보는 진별의 모습에 그 어느 때보다 윤혁은 그리웠다. 아무 말 없이 윤혁은 진별의 몸을 꽉 끌어안았다.

"보고 싶었어."

차에 올라타기 무섭게 꽉 끌어안는 윤혁의 행동이 당황스럽기는 했지만 진별은 편하게 품에 안겼다. 언제나 그러하듯 힘들고 피곤한 촬영이지만 그럴 때면 진별이 떠올리는 것도 그의 따스한 품이었기에.

"인터뷰 봤어."

여전히 품에서 놓지 않은 채 윤혁은 진별에게 이 시간에 온 이유를 말했다.

"어땠어요?"

"예뻤어."

"예쁜 거야 당연한 거고 다른 말 없어요?"

진별도 윤혁의 품에 꼭 안겨 나지막이 물었다. 그에게 듣고 싶었다. 원피스가 잘 어울렸는지, 인터뷰를 보고 느낌이 어떠했는지. 언제나처럼 진솔한 그의 말을 유독 오늘따라 진별은 듣고 싶었다.

"잘 어울렸어. 그리고……."

이어질 그의 말에 진별은 저도 모르게 가슴이 두근거렸다. 그가 어떠한 말을 할지 모르기에.

"나한테 마음 열어줘서 고마워."

"……."

"아직도 너한테 나는 아무도 아닌 타인에 불과한가 하는 생각을 많이 했었는데 오늘은 아니야. 너한테 나도 소중한 사람이 되어가고 있는 것 같아서 좋았어."

대놓고 솔직하게는 표현하지 못하는 자신의 마음을 잘 알아차리고 받아들인 윤혁이 진별은 고마웠다. 여전히 자신은 고마운 마음을 솔직하게 드러내지 못하고 툴툴거리기만 하는데도 윤혁은 단 한 번도 뭐라 말하지 않고 기다려줬다.

"시청률 40퍼센트와 이진별의 영원한 남자가 되어줄게."

이미 시청자들이나 스태프들 사이에서는 시청률 40퍼센트를 예감하고 있었기에 10회만 넘기면 가능할 것이라는 말도 들리고 있었다. 그러나 현재 진별과 윤혁에겐 시청률 40퍼센트가 멀게만 느껴졌다.

진별이 윤혁의 품에서 살포시 떨어져 나와 그의 볼에 입을 맞췄다. 그러곤 부끄러운 마음에 얼른 윤혁의 품에 다시금 안겼다. 진별의 돌발 행동에 윤혁의 입에는 미소가 절로 걸렸다.

"고마워요. 내 마음 알아차려줘서."

지금껏 단 한 번도 마음을 내보여준 적이 없는 진별이기에 오늘 이런 행동과 말이 유독 윤혁에게 크게 다가왔다.

"시청률 40퍼센트 넘겠지?"

"안 넘으면 다음 드라마에서 넘길 수도 있잖아요."

급한 윤혁과 달리 진별은 느긋한 말을 뱉었다. 시청률 40퍼센트를 넘는 것이 쉬운 일이 아니라는 것을 잘 알기에 아무리 드라마의 인기가 좋다고는 해도 장담할 수는 없었다.

"30퍼센트로 낮추자."

"싫어요."

"왜."

"겨우 시청률 30퍼센트 넘기고 스타 이진별 결혼? 됐다고 해요."

"30퍼센트도 크다고."

"천만 관객 아닌 걸 다행이라고 생각해요."

여전히 느긋해 보이는 진별의 대답에 윤혁의 입에선 다시금 한숨이 흘러나왔다. 자신이 어쩐지 애초에 말을 실수한 것 같다는 느낌이 들었다. 처음부터 30퍼센트라고 못을 박았어야 했는데 하는 생각이 이제야 윤혁의 머릿속에 스쳤다. 이미 엎질러진 물이라는 생각에 윤혁의 한숨이 더 짙어졌다.

"너무하네."

"뭐가요?"

"요즘은 6살짜리 꼬마도 입술에 뽀뽀한다고."

"그럼 나는 4살 정도라고 생각해요."

이렇게 말하면 입술에 한 번쯤은 입을 맞춰줄 거라고 생각한 윤혁의 예상과 달리 진별은 더 이상은 바라지 말라는 듯이 대꾸했다.

"이왕이면 좀 해주지?"

"4살짜리가 그걸 어떻게 해요."

서로를 품에서 떼어낸 윤혁과 진별은 눈을 똑바로 맞췄다. 막상 시선이 마주하자 어느 누가 먼저라고 할 것도 없이 입가에 미소가 걸렸다.

"보균이 녀석한테 협박 좀 해야겠어."

"뭘요?"

"20부작으로 끝내라고."

"불가능하다는 거 알죠?"

"아무리 생각해도 24부작은 너무 길어."

보통 보균의 드라마가 20부작인 것을 감안하면 24부작은 아무렇지 않은 길이인데도 불구하고 윤혁에게는 길게만 느껴졌다. 촬영이 빨리 끝나야 같이 있는 시간이 늘어날 텐데 지금 같아서는 꿈의 이야기였다. 이제 겨우 10회가 방영된 상황이었다.

"진별아."

갑자기 차 밖에서 매니저 해송의 목소리가 들려왔다. 진별이 창문을 내렸다.

"20분 뒤에 촬영 들어가야 할 거 같아."

"응, 알았어."

매니저 해송이 뒤돌아 가는 것을 발견하고 진별이 다시금 창문을 올렸다. 20분 뒤에 다시금 촬영에 들어가야 하면 같이 있을 수 있는 시간은 이제 길어야 10분 남짓이라는 말이었다.

"매일 얼굴 보러 올까?"

"피곤한데 그러지 마요. 그리고 자꾸 오면 눈치채요."

사실 이렇게 윤혁의 차 안에서 만나는 것도 사람들 눈에 띄면 어떠한 말이 나올지 모르는 거였다. 그리고 현재 인터뷰에서 진별이 뱉은 말만 가지고서도 이런저런 기사가 나온 터였기에 한동안은 조심해야했다. 이미 기사에서도 그렇고 네티즌들은 진별이 말한 시청률 40퍼센트에 밝혀질 남자가 있다고 확정을 짓고 여러 사람들을 후보에 올려놓은 터였다.

"일찍 끝나는 날 집으로 갈게요."

윤혁은 대답 대신 진별의 입술에 입을 맞췄다. 아주 잠깐 입을 맞추고 있다가 떼어내자 아쉬움과 남아 있는 열기에 둘은 누가 먼저라고 할 것도 없이 다가갔다. 그렇게 다시 맞물린 둘의 입은 쉽사리 떨어질 생각을 하지 않았다. 입을 맞추는 동안 진별과 윤혁은 서로를 갈구했다. 먼저 손을 움직여 다가간 쪽은 윤혁이었다. 진별의 등에만 머물고 있던 윤혁의 손이 허리 쪽으로 내려왔다.

줄곧 입에만 머물러 있던 윤혁의 입이 진별의 목덜미로 내려왔다. 가늘고 긴 목덜미와 쇄골 라인에 윤혁은 연신 입을 맞췄다. 짧게 짧게 간헐적으로 이루어진 입맞춤에 진별의 입에선 참지 못하고 소리가 터져 나왔다.

"하……."

진별의 입에서 터져 나온 숨소리가 윤혁에게는 야릇하게만 들렸다. 그 숨소리에 윤혁은 더 이상 참지 못하고 진별이 입고 있는 니트 안으로 손을 집어넣었다. 그러곤 단숨에 봉긋한 가슴까지 윤혁의 손이 올라갔다. 큰 손에 쏙 들어와 잡힌 그녀의 봉긋한 가슴에 윤혁의 몸은 점점 더 뜨겁게 달아올랐다.

밀어내지 않고 받아들이는 진별의 행동에 윤혁은 쉽사리 행동을 멈추지 못했다. 가슴 위에서 한참을 머물러 있던 윤혁의 손이 스르륵 니트 밖으로 빠져나왔다. 차 안이라는 것과 이제 곧 촬영을 하러 가야 하는 것을 잘 알기에 윤혁은 아쉽지만 행동을 멈췄다. 그리고 무엇보다 시간이 있다고 하더라도 이러한 공간에서 진별을 안고 싶지는 않았다.

"이제 촬영하러 갈게요. 조심히 가요."

연신 짙은 숨을 뱉어내는 윤혁의 몸을 한 번 끌어안은 진별이 먼저 서둘러 차에서 내렸다. 저 공간 안에 조금만 더 있다가는 그대로 촬영을 취소하고 윤혁과 함께 집으로 향할 것만 같았다. 오랜만에 다가온 뜨거운 남자의 손길에 진별의 얼굴은 이미 잔뜩 붉게 물들어 있었다.

여느 날과 다름없었다. 아니, 오랜만에 집에 들어가서 엄마가 차려주는 따뜻한 밥을 먹고 잠자고 나오는 기분 좋은 날이었다. 그렇기에 진별의 발걸음이 그 어느 때보다 가볍고 활기찼다. 집 앞에 나오자 언제나 그러하듯 해송이 차를 세우고 기다리고 있었다. 그러나 다른 것이 있다면 차 문을 열어주는 해송의 표정이 어두웠다. 밝게 인사하고 반기던 해송은 어디에 가고 뭔가 고민이라도 있는 듯이 표정이 밝지 않았다.

"무슨 일 있어?"

"차에 타서 말하자."

별다른 말 없이 진별을 차에 태운 해송도 서둘러 운전석으로 뛰어가 올라탔다. 평소 같으면 차 안에는 민정이 있어야 하는데 진별의 눈에 보이지 않았다.

"민정이는?"

"회사에 다녀오는 길이라서 너 먼저 데리러 왔어."

평소의 동선 이라면 제법 해송이 먼저 민정을 차에 태우고 자신을 데리러 왔었다. 회사에 다녀왔다는 말에 해송의 말에 진별은 고개를 끄덕였다. 회사와는 민정의 집보다는 자신의 집이 더 가까웠으니.

"회사에는 왜?"

"황 팀장님 호출."

"응? 웬일로?"

광고 제의나 화보 촬영 쪽의 일은 모두 황 팀장님의 관리하에 이루어졌다. 워낙 꼼꼼하고 캐치를 잘하는 덕에 각자의 이미지에 맞는 광고나 화보를 잘 골라주시는 분이었다. 그렇기에 황 팀장의 호출이라면 어디선가 제의가 왔다는 거였다. 그러나 아직까지 진별은 그 어떠한 광고도 받지 않겠다고 말한 터라 황 팀장의 호출이 웬일인가 싶었다.

"괜찮은 광고가 하나 들어왔는데 조건 보고 진지하게 생각해 보라고 광고 콘티랑 같이 주셨어."

"그래? 그냥 생각 없다고 하지."

"일단 봐."

해송은 여전히 차를 출발시키지 않고 조수석에 있는 서류 봉투를 집어 뒤에 앉은 진별에게로 내밀었다. 아무 생각 없이 진별이 받아 들어 봉투를 열려고 할 때 해송이 저지했다.

"그냥 보지 마. 내가 그냥 이 광고 마음에 안 든다고 결정 내렸다고 말할게."

"왜 그래."

"그냥, 보지 마라. 난 네가 그거 보는 거 마음에 안 들어."

여전히 얼굴 가득 먹구름을 머금은 해송이 이유 모를 말만을 계속했다. 분명 무슨 이유가 있는 것 같지만 진별은 일단 서류 봉투부터 열었다.

J건설.

서류 봉투 안에 들어 있는 종이를 꺼내 든 진별의 얼굴 표정이 일순간 굳어졌다. J건설에서 지은 아파트 광고다. 대한민국의 수많은 건설회사 중에서 하필이면…… 상우의 회사다. 그동안 잊고 지내고 있었던 진상우의 이름이 다시금 떠올랐다.

"그쪽 회사에서 홍보팀 부장인가 하시는 분이 직접 찾아오셨대."

덤덤하게 말을 내뱉는 것 같지만 해송의 목소리가 그 어느 때보다 묵직했다. 절대 가벼움을 느낄 수가 없었다.

"그냥 못 본 걸로 해."

"왜…… 나한테 제의한 거야?"

그 옛날, 상우와 사귀기 전에 찍은 광고 이후로 그 회사와 관련된 것은 모조리 거절했다. 그리고 헤어지기 직전 제의를 받은 광고도 상우가 거절하라고 했었다. 마지막을 정리하는 자리에서 그는 앞으로 절대 자기네 회사에서는 자신을 광고 모델로 기용하는 일이 없을 거라고 철석같이 말했었다. 그런 그의 회사에서 광고 제의를 해왔다.

"1년짜리 광고인데 돈도 엄청 불렀어. 거기다가 계약서 조항에 1년 안에 결혼만 금지고 다른 건 어떠한 제지도 없어."

아무렇지 않은 듯, 평온한 척 연기를 하려고 했지만 마음먹은 대로 되지 않았다. 얇은 종이 한 장을 넘기는 진별의 손이 파르르 떨렸다. 이 상황을 어떻게 받아들여야 할지 몰라 진별은 당황스러웠다.

종이를 몇 장 넘기자 계약서가 눈에 들어왔다. 하나하나 조항을 빠지지 않고 읽어보자 이거는 이례적이라고 할 만큼 파격적이었다. 이건 그야말로 광고 모델에게 모조리 유리한 쪽이었다. 더불어 1년짜리 광고 계약치고는 파격적인 금액을 제시하고 있었다. 할리우드 스타라고 해도 1년짜리 광고에 이러한 금액은 한국에서 받지 못할 정도였다.

"그냥 잊어."

"오빠……."

단호한 말을 못 들은 건지 진별이 떨리는 손으로 여전히 계약서를 움켜잡은 채로 해송을 불렀다. 줄곧 앞만 바라보던 해송이 고개를 돌려 뒤에 앉은 진별을 바라봤다.

"왜…… 갑자기 이러는 거지? 벌써 끝난 지 5년도 넘었잖아."

"그냥 잊어버리라고. 그 자식이 미친 거야."

"나한테 분명 그랬어. 앞으로 평생 내가 활동하는 동안에 자기네 그룹에서 가지고 있는 모든 계열사의 광고 모델로 난 사용하지 않을 거라고. 그러니 절대 마주칠 일은 없을 거라고. 평생 그렇게 살자고 그렇게 말했었어."

그 옛날의 일이 떠오르는 건지 말을 하는 진별의 음성이 잔뜩 떨렸다. 악한 말들만 하고 끝을 낸 진상우가 다시금 자신의 존재를 드러냈다. 현재 상우는 J그룹의 본부장이 아닌 J건설의 사장자리에 앉아 있었다. 그렇기에 광고제의 자체가 진별에겐 불안함으로 다가왔다.

"그 새끼 미친 거야!"

억누르고만 있던 해송이 드디어 화를 표출했다. 그때 당시 해송은 상우의 멱살 한 번 잡지 못한 것이 한이라면 한이었다. 마냥 밝기만 하던 진별의 얼굴에 먹구름을 드리우게 한 인간이다. 그리고 무엇보다 진별이 남자를 믿지 못하도록 만들었다. 이것만 생각하면 아직까지도 해송은 머리털이 쭈뼛 서는 기분이 들었다.

"다 잊어!"

"……."

"몇 년이 지나더니 그 새끼가 미친 거야! 그렇게 생각하고 넘겨, 그러면 돼!"

"……."

"너 지금 행복하잖아. 그러니까 그 새끼 머리카락 한 가닥도 생각하지 마!"

진별이 행여나 다시금 몇 년 전의 일을 떠올리며 힘들어할까 봐 해송은 단호한 목소리로 계속해서 소리쳤다. 이건 미친 거라고. 잘못된 거라고. 진상우, 그 새끼가 몇 년 사이에 미친 거라고. 이런다고 될지는 모르지만 일단 진별이 허튼 생각을 하게 만들고 싶지는 않았다.

11. 혼란스러움과 믿음직함

그 말도 안 되는 광고 제의를 받고 거절한 지 오늘로 꼬박 일주일이 되었다. 상우의 회사 측에서 한 번 더 고려해달라는 연락이 오기는 했지만 진별은 똑같이 거절했다. 물론 해송도 옆에서 두 번 다시 생각할 것도 없다며 단호했다. 생각하지 않으려고 해도 이따금씩 상우의 존재가 머릿속에서 불쑥 하고 튀어나올 때면 진별은 미칠 것만 같았다.

"오늘의 시청률 28.3퍼센트!"

매니저 해송이 밝게 웃으며 시청률 표를 들고 와 진별에게 내밀었다. 동시간대 드라마 중에서는 단연 독보적인 시청률. 곧 30퍼센트를 바라보니 다들 기대치가 높아지고 있었다. 드라마의 인기에 힘입어 출연 배우들 모두가 관심을 받았다. 한 번도 나온 적이 없는 신인들조차 조명을 받고 있을 정도였다.

"오늘은 집에 들어가서 쉴 수 있을 거야."

예상외로 촬영도 빨리 진행되고 있었고, 오늘 진별의 촬영 분량도 얼마 없었다. 그렇기에 이대로만 진행된다면 예상보다 더 일찍 끝이 날 것 같았다.

"언니, 우리 해외 촬영 없어요?"

"후반부에 하와이나 일본 쪽으로 이야기가 나오기는 했었는데, 어디로 결정날지는 모르겠네?"

"이왕이면 좀 멀리 보내주지."

"얘가 아직 해외 촬영의 힘든 맛을 몰라서 이러는 거지?"

해외 촬영 핑계를 대고 조금이라도 구경을 하고 싶은 민정과 달리 해송은 싫어하는 편이었다. 해외 로케이션 촬영이 많은 드라마를 찍느라고 무려 두 달 가까이 이곳저곳을 다니느라 해송만이 아니라 진별과 하나도 고생을 했었다. 시차와 음식에 조금 적응을 할 만하면 다른 곳으로 이동을 하니 여간 힘든 것이 아니었다. 그 드라마 이후에 해송과 진별은 해외 촬영이라고 하면 그다지 반기지 않는 쪽이었다.

"그 덕에 구경도 하고 좋잖아요."

"난 대한민국만 해도 힘들어. 비행기랑 배는 그다지 타고 싶지 않아."

매니저 생활만 제법 길게 하다 보니 이제 해송도 베테랑이 되었다. 그 덕에 해송은 대한민국 내, 그것도 배를 타지 않아도 되는 곳만 좋아했다.

"이진별 씨?"

이런저런 이야기를 하며 웃고 있을 무렵 대기실 문이 열리며 말끔하게 양복을 차려입은 남자가 들어왔다.
“누구시죠?”
“J건설 진상우 사장님 비섭니다.”
갑작스레 나타난 상우의 비서에 진별과 해송은 표정이 싸늘하게 굳어졌다. 그저 누군지 모르는 민정만이 눈을 크게 뜨고 낯선 사람을 쳐다봤다.
“진상우 사장님께서 이진별 씨를 뵙기를 원하십니다.”
“만날 이유가 없다고 전하세요.”
빨리 정리를 해야겠다는 생각에 해송이 먼저 나서서 비서를 향해 싸늘하게 답했다.
“이만 돌아가 주시죠.”
“여기까지 왔는데 얼굴은 보고 가야겠습니다.”
해송이 비서에게 그만 돌아갈 것을 요구한 그때, 대기실 문이 열리며 또각또각 구두 소리를 내며 상우가 들어왔다.
“이진별 씨?”
낮은 중저음의 목소리. 몇 년 전이나 지금이나 변함이 없다. 진별의 시선은 윤혁의 날이 서 있는 바지와 반짝이게 닦인 구두가 눈에 들어왔다. 저것 또한 변함이 없었다. 항상 옷은 날이 서 있었고, 신발은 항상 반짝이게 윤이 나도록 닦여 있었다. 한참을 신발과 바지에게만 머물던 진별의 시선이 상우를 향했다. 헤어스타일이 예전에 비하면 조금 더 짧아진 것과, 살이 빠진 탓인지 턱 선이 날렵해진 것을 제외하면 변함이 없었다. 언제나처럼 단정하고 말끔한 모습 그대로였다.
“이진별 씨랑 잠깐 대화를 나누고 싶은데요?”

"여기가 어디라고 찾아온 겁니까. 이만 돌아가 주세요."

"제가 못 올 데라도 온 것처럼 이야기를 하시네요."

"그럼 여길 그쪽이 와도 되는 곳이라고 생각하셨나요? 참 뻔뻔하시네요."

해송은 그 누가 봐도 눈치챌 만큼 상우를 향해서 불편한 기색을 드러냈다. 그런 해송의 모습에 당황한 것은 민정이었다. 무슨 일이든지 어떠한 사람을 만나도 웃으면서 대하는 해송의 모습만 봐온 민정은 지금 이 상황이 더 낯설게만 느껴졌다.

"오빠, 민정이 데리고 잠깐만 나가 있어줘."

"이진별!"

"부탁할게."

이 상황을 중재할 수 있는 사람은 현재 자신뿐이라는 것을 진별은 잘 알고 있었다. 상우에게 돌아가 달라고도 할 수 있지만, 그렇게 했다면 다시금 찾아올 것이라는 알았다. 어차피 마주쳐야 한다는 것을 진별은 잘 알았기에 해송에 나가달라 말한 거였다.

"잠깐이야. 20분 안에 끝내."

이번 한 번뿐이라고 말하는 진별의 표정에 해송은 할 수 없이 수긍을 한 것에 불과했다. 마음에 들지 않지만 어쩔 수 없었다. 해송이 먼저 민정의 손을 잡아끌고 대기실 밖으로 나갔다. 상우도 그와 동시에 비서에게 나가 있을 것을 지시했다.

모든 사람이 나가자 대기실 안에는 진별과 상우 단둘만 남았다. 둘만 남자 어색한 기운이 감돌았다. 어느 누구도 먼저 입을 열지 않고 침묵을 유지했다. 그렇게 얼마나 지났을까. 굳게 닫혀 있던 상우의 입이 먼저 열렸다.

"잘 지냈어?"

그다지 볼 것도 없는 대기실 안을 살피던 상우의 눈이 의자에 앉아 있는 진별에게로 향했다. 한때는 뜨겁게 사랑했던 그녀를.

"여전히 예쁘군."

상우의 말에 진별의 입에서 저도 모르게 피식하는 비웃음이 흘러나왔다. 3년이 넘는 연애의 마지막을 영원히 잊지 못할 만큼 잔인하게 끝낸 남자가, 몇 년 만에 나타나서 하는 말치고는 기가 막혔다. 아니, 웃겼다.

"드라마 잘 봤어. 연기력도 많이 늘었더라."

"당신한테 그런 칭찬 받고 싶지 않아요."

듣고만 있던 진별의 입이 열렸다. 정말 기가 막히다 못해 더 이상 듣고 있자면 화가 날 것 같았다. 연애를 할 때도 한 번도 해준 적 없는 말을 헤어지고 나서 하고 있다.

"할 말 있으면 얼른 하고 가요."

"왜 이래, 딱딱하게."

"허……."

진별의 입에서 기막히다는 뜻의 한숨이 흘러나왔다. 딱딱하게란다. 그럼 이 상황에 웃고 떠들면서 몇 년 만에 만나서 반갑다고 포옹이라도 해야 옳겠는가.

"우리 이야기 좀 하자."

"우리라는 단어 빼요."

정말 듣기 거북했다. 상우의 입에서 나오는 '우리'라는 그 단어에 진별은 온몸에 소름이 돋을 정도였다.

"한때는 그래도……."

"한때라? 언제요? 생각하기 싫으니까 말하지 마요."

저 얼굴을 보고 있는 것만 해도 예전 일이 떠올라 마음이 편치 않다. 그런데 저 입으로 그 일을 회자하려고 드니 진별은 미칠 것만 같았다.

"할 말 없으면 이만 돌아가요."

더 이상 상우가 뭐라고 말하기 전에 차단하고 싶었다. 그리고 무엇보다 지금 그와 있는 시간을 단 1분이라도 줄이고 싶은 것이 진별의 솔직한 마음이다.

"진별아……."

"내 이름 부르지 말아요. 짜증나니까요."

여전히 냉랭하기만 한 진별의 얼굴을 바라보며 상우가 입을 다물었다. 그렇게 또다시 대기실 안에는 침묵만이 감돌았다.

"할 말 없으면 그만 돌아가 주세요."

침묵이 감도는 이 공간에 단둘만 있는 것이 불편해 진별의 입이 먼저 열렸다.

"광고 왜 거절했어?"

"몰라서 물어요?"

정말 뻔뻔하다, 저 남자. 자신이 한때는 사랑했던 남자가 맞을까 싶은 생각이 들었다. 왜 거절했냐는 질문에 진별의 입에선 기가 막힌 웃음이 저절로 흘러나왔다.

"하하하하하."

미친 사람처럼 한참을 웃어젖히던 진별이 웃음을 멈추고 싸늘한 표정으로 되돌아와 상우를 똑바로 응시했다.

"몰라서 물어요?"

몇 년 전의 이진별과 똑같다고 생각했었는데 전혀 다른 모습이 현재 상우의 눈앞에 펼쳐지고 있었다. 순수하고 여리기만 했던 그녀의 모습은 이제 상우에게 보이지 않았다.

"본인이 했던 말도 기억 못해요?"

딱딱하던 진별의 음성이 싸늘하게 변했다. 정말 몰라서 묻는 것인지 궁금해 진별은 상우에게 질문을 되돌렸다.

"J그룹과 관련되는 모든 일은 나한테 오지 않게 할 거라면서요. 그쪽과 내가 한때는 연결고리가 있을 때부터 당신이 한 말이에요. 그 관계가 끝이 날 때도 그랬었죠. 회사에서 제안을 해 온 광고 거절하라고요."

또박또박 진별은 다시금 상우에게 상기시켜줬다. 그래서 거절을 한 거라고. 아니, 그리고 현재 자신은 그 광고를 받아들일 그 어떠한 이유도 없다고 알려줬다.

"다시 생각해."

"생각은 변함없어요."

"왜 싫은데. 조건도 그만하면 괜찮잖아."

당당했다. 그 정도 조건을 줄 수 있는 회사는 아무 데도 없다는 것을 상우는 강조했다. 광고를 거절한 이유를 분명 밝혔음에도 뻔뻔하게 굴고 있는 상우의 모습에 진별은 치가 떨렸다. 정말 자신이 한때는 사랑했던 사람이 맞을까 싶을 정도로 끈덕지게 굴었다.

"계약 조항이 마음에 안 들어요."

"어떤 면이? 그만한 조건 없어."

"결혼해요. 그래서 거절했어요."

계약 조항에는 광고가 끝이 날 무렵까지 결혼은 금지되어 있었다. 그걸 되새기며 진별은 상우에게 말했다. 물론 결혼은 언제 할지 모르는 일이었다. 그러나 지금 당장이라도 윤혁에게 결혼을 하자고 하면 그는 오케이를 할 것이 분명했다.

"거짓말."

"당신만 결혼하라는 법은 없잖아요."

결혼한다는 말에 상우는 충격을 받은 표정이었다. 믿지 못하겠다는 듯이 상우는 진별의 말을 부정하려 들었다. 그러나 진별은 그 말을 듣지 못했다는 듯이 자리에서 몸을 일으켰다. 그러곤 현재 떨리고 있다는 것을 숨기기 위해 진별은 온몸에 힘을 준 채로 또박또박 대기실 문 앞으로 걸어갔다.

"촬영 준비를 해야 하니까 이만 돌아가 주세요."

대기실 문까지 활짝 열어젖히며 진별이 상우에게 나갈 것을 재촉했다. 그런 진별의 모습을 바라보다가 상우가 비틀거리며 나갔다. 상우가 대기실을 벗어나 발소리가 멀어지자 진별은 그대로 스르륵 자리에 주저앉아 버렸다.

"괜찮아?"

해송이 대기실 안으로 뛰어 들어와 주저앉아 버린 진별을 발견하고는 일으켜 세웠다. 비를 맞은 것처럼 바들바들 떨리는 진별의 몸을 해송이 있는 힘껏 감싸 안았다.

"오빠……."

"잘 버텼어, 잘했어."

민정에게는 다른 데 가서 놀라고 한 다음에도 해송은 불안한 마음에 대기실 밖에서 줄곧 기다리고 있던 차였다. 그렇기에 진별이 상우와 나눴던 대화를 어느 정도 들을 수 있었다.

"너무 떨렸어."

말처럼 진별의 몸이 얼마나 떨렸는지 말해주고 있었다. 그런 진별의 모습이 해송은 안쓰러웠다. 겉으로는 강한 척, 쿨한 척, 힘들지 않은 척, 온갖 척은 다 해도 속은 여전히 여리기만 한 진별이기에 종전의 그 순간이 얼마나 힘들었을지 말하지 않아도 알 수 있었다.

"괜찮아, 괜찮아."

해송은 진별을 자신의 품에 꼭 끌어안은 채로 괜찮다는 말만 되풀이했다. 이제 다 끝이 났으니 걱정하지 않아도 된다고 말이다.

"정말 뻔뻔했어, 나한테……."

"말하지 않아도 돼. 다 알아."

가녀리기만 한 진별의 등을 토닥토닥 쓸어내리며 해송은 위로했다. 이제 다 지나갔다고, 그저 또 한 번의 태풍이 휩쓸고 지나간 거라며 진별을 다독였다. 이제 두 번 다시 이런 일은 없을 거라면서 말이다.

어떻게 촬영을 했는지 모르겠다. 예상외로 NG도 많이 내고 진별은 평소엔 하지 않던 기본적인 실수마저 했다. 몇 년을 해온 일에서 그 흔한 동선이 헷갈려 버벅거렸다. 평소와 다른 진별의 행동을 다들 이상하게 생각할 정도였다. 그 탓에 촬영은 훨씬 더 많이 지체되어 저녁이 되어서야 집으로 돌아왔다.

"아무 생각 하지 말고 푹 자."

"응."

"무조건 자!"

걱정이 되는 해송이 몇 번이나 진별에게 당부했다. 귀가 따가울 정도로 들은 해송의 당부를 뒤로하고 진별은 힘없이 집 안으로 들어갔다. 그러나 집 안은 화기애애하다 못해 소란스러웠다.

"우리 딸, 왔어?"

현관문 앞으로 소라가 나와 진별을 맞이했다.

"누구 왔어?"

"윤혁이 찾아와서 같이 저녁 먹는 중이었어."

진별은 윤혁이 왔다는 소라의 말에 눈이 커졌다. 분명 연락을 할 때만 해도 일찍 퇴근해서 집으로 가서 쉬어야겠다고만 말했었다. 근데 지금 자신의 집에서 가족들과 함께 밥을 먹는 중이라니 진별은 놀랄 수밖에 없었다.

"왔어?"

주방에서 윤혁이 웃으면서 걸어 나왔다. 너무나 자연스러워 보이는 윤혁의 행동에 진별은 더 놀랐다.

"이야기 나눠요."

소라가 다시금 주방으로 향하자 윤혁은 성큼 진별에게 다가왔다. 윤혁의 행동이나 소라가 대하는 것만 봐도 한두 번 온 것이 아니라는 느낌을 받을 수 있었다.

"왜 이렇게 피곤해 보여?"

"그냥 좀……."

"밥은 먹었어?"

"대충요."

"밥 먹을래?"

대답 대신 진별이 고개를 저었다. 오늘따라 어깨가 축 처져 있는 진별을 윤혁이 자신의 품으로 끌어안았다. 어제까지만 해도 괜찮았거늘 아침부터 힘이 없던 진별의 모습이 윤혁은 여간 신경이 쓰인 것이 아니었다.

"아, 진짜 너무하네."

여전히 현관 앞에서 끌어안은 채로 있는 윤혁과 진별의 모습을 바라보며 지아가 투덜거렸다.

"미성년자 관람불가 행동은 방 안에서 하라고요."

"그냥 못 봤다 생각하고 지나가줘, 지아 처제."

"여긴 미성년자도 있는 공간이라고요. 아시죠, 형부?"

"알았어. 앞으론 조심할게."

지아가 투덜거리며 발소리가 멀어졌다. 윤혁은 진별을 품에서 떼어내 손을 잡았다.

"방으로 가자."

"어떻게 된 거예요?"

"뭐?"

"형부는 뭐고 처제는 또 뭐예요."

윤혁이 지아를 향해 처제라고 부르는 것도, 지아가 윤혁을 향해 형부라고 부르는 호칭이 자연스러워 보였다. 그런 둘의 행동이 진별은 뭔가 어색하게 다가왔다. 자신이 모르는 뭔가가 있는 것 같았다.

"설명해줘요."

"일단 방으로 가자."

그저 웃기만 할 뿐 윤혁은 진별의 궁금증을 당장 풀어주지 않았다. 그런 윤혁의 얼굴을 바라보며 진별은 궁금했지만 더 이상 추궁하지 않았다.

"이제 진짜 우리 둘뿐인가?"

방 안으로 들어와 문을 걸어 잠근 윤혁은 진별을 아까보다 조금 더 꽉 끌어안았다. 절대 놓아주지 않겠다는 듯이 꽈악.

"진짜 어떻게 된 거예요."

"당신 가족들한테 점수 따야 할 거 같아서."

"네?"

"결혼은 둘만 하는 것이 아니랍니다, 아가씨."

대답을 들었음에도 불구하고 진별은 여전히 시원하지 않았다. 뭔가 여전히 왜? 라는 물음표가 달려 있었다. 그런 진별의 마음을 아는 것인지 윤혁이 차분히 입을 열었다. 여전히 품에 안은 채로 윤혁은 진별의 귀에 속삭이듯이 말해줬다.

윤혁의 입에서 나오는 말을 들으면 들을수록 진별은 깜짝깜짝 놀랐다. 어찌 보면 왜 이리 치밀해, 라는 생각이 들고 한편으로는 가족들까지 생각하고 챙겨준 윤혁에게 고마웠다. 드라마 촬영이 들어간 직후부터 윤혁은 틈만 나면 찾아와 가족들과 밥을 먹었다고 한다. 하루는 수한과 술을 마시기도 하고, 또 하루는 바둑이나 장기를 두고 갔다고 한다. 금별과 이런저런 대화를 나누는가 하면, 지아와 혜아는 고민을 들어주며 다독여줬다고 한다. 고삼 수험생의 힘든 것을 언니인 자신도 못해주고 있는데 그 일을 윤혁이 찾아와 대신 해준 것이다.

"고……."

"고맙다는 말은 사양할게."

"……."

"앞으로 평생 할 일인데, 평생 고맙다고 할 거 아니면 애초에 하지 마."

윤혁은 진별에게 고맙다는 말을 듣고 싶지 않았다. 그런 말을 듣고 싶어서 한 행동이 아니었다. 그저 진별이 바빠서 가족들에게 소홀하니 그 일을 그저 대신해주고 싶은 것에 불과했다. 한번 촬영에 들어가면 가족들 얼굴을 언제 봤는지 기억조차 나지 않을 만큼 바빠진다. 그러니 그 기간 동안에 윤혁은 그저 진별의 가족들과 친해지고 대신 그 노릇을 해주고 싶었다.

"아무리 그래도 벌써 형부 처제라뇨."

"왜? 아버님이랑 어머님은 벌써 장 서방이라고 부르시는데."

어느새 정말 자신의 가족들 사이에서 자리를 잡은 윤혁이 진별은 놀라웠다. 정말 이 남자의 배려와 생각은 어디까지일까 하는 생각이 들었다. 아무것도 해주는 것 하나 없는 자신을 위해서 이만큼 배려하는 윤혁의 마음에 진별은 왈칵 눈물이 쏟아졌다.

"미안해요."

"연인 사이에 고맙고 미안한 건 없어야 해."

언제나 자신을 먼저 생각하고 따뜻한 품을 내어주는 윤혁의 마음에 진별은 자꾸만 눈물이 쏟아졌다.

"울어?"

자신의 가슴 쪽이 촉촉하게 젖어드는 느낌에 윤혁이 서둘러 진별을 자신의 품에서 떼어냈다. 혹시나 했는데 진별의 눈에서 맑은 액체가 쉼 없이 흘러내리고 있었다.

"왜 울어."

"……."

갑자기 눈물을 흘리는 진별의 모습에 당황해 윤혁은 어찌해야 할지 판단이 서지 않았다. 허둥거리며 할 수 있는 거라고는 자신의 손으로 그녀의 뺨에 흘러내리는 눈물을 닦아주는 일밖에 없었다.

"내가 뭐 잘못했어?"

"……."

"미안해. 내가 다 잘못했어."

무슨 일인지 몰라도 진별이 울고 있는 것이 자신의 잘못인 것만 같아 윤혁은 일단 사과부터 했다. 평소와 달리 당황스러워하는 윤혁의 모습을 바라보며 진별은 피식하며 웃음이 흘러나왔다.

"잘못한 거 없어요."

"근데 왜 울어."

서서히 잦아드는 진별의 눈물을 연신 닦아주며 윤혁은 여전히 당황스러웠다. 울지 않고 웃게만 해주겠다고 다짐을 했었다. 그런데 갑자기 자신의 품에 안겨 울어버린 진별에게 윤혁은 당황할 수밖에 없었다.

"감동해서."

"응?"

진별이 손을 뻗어 윤혁의 가슴 위에 올렸다. 갑작스런 제스처에 윤혁이 흠칫하기는 하지만 진별이 하고 있는 행동을 가만히 지켜봤다.

"당신의 따뜻한 마음에 감동해서."

가슴 위에 손을 올린 채로 또박또박 자신의 마음을 솔직하게 표현한 진별의 말에 윤혁은 그대로 굳어버렸다. 그와 동시에 평소보다 훨씬 더 빠른 맥박수로 윤혁의 심장이 두근거렸다. 진별을 생각하기만 해도 두근거려 미칠 것 같은 윤혁의 심장이 지금은 더 심하게 반응했다. 솔직한 그녀의 말이 윤혁의 심장에 휘발유를 들이부은 격이었다. 이렇게 두근거리다가는 심장이 다 타버려 숨을 쉬지도 못하겠다는 생각이 들었다.

그런 진별의 모습에 참지 못하고 윤혁은 그대로 거칠게 입을 맞췄다. 천천히 부드럽게 다가갈 만한 여유가 현재 윤혁에겐 없었다. 거칠고 강하게 다가온 윤혁의 입술을 거부하지 않고 진별은 그대로 받아들였다. 진별과 윤혁은 키스를 나누고 있음에도 뭔가가 부족해 좀 더 갈구했다. 서로를 꽉 끌어안고 연신 쓰다듬으며 숨 쉴 틈도 없이 입을 맞추고 있음에도 부족하다는 생각밖에 들지 않았다.

"하……."

아주 잠시 입술이 떨어진 틈을 타 윤혁과 진별은 거친 숨을 몰아쉬었다. 그러나 그것도 잠시, 둘은 다시금 서로를 갈구하듯 입을 맞췄다. 거칠고도 뜨거운 입맞춤에 누가 먼저랄 것도 없이 달아오르고 있었다. 서로를 원하는 마음이.

입을 맞추면서 서서히 둘의 몸이 침대 위로 눕혀졌다. 침대 위에 몸을 누이고 나서도 진별과 윤혁의 입은 떨어지지 않았다. 아니, 오히려 더 밀착을 해서 깊은 입맞춤을 나눴다. 한참 동안이나 입에만 머물러 있던 윤혁의 입술이 진별의 목덜미로 내려앉았다. 자잘한 입맞춤을 계속해서 맞추던 윤혁이 진별이 위에 입고 있는 얇은 니트를 벗겨냈다.

분홍빛의 니트가 벗겨지자 윤혁의 눈에 진별의 봉긋한 가슴과 스킨색의 브래지어가 눈에 들어왔다. 분명 브래지어 안에 가라져 있음에도 진별의 풍만한 가슴은 숨겨지지 않았다. 바라보기만 해도 윤혁은 숨을 제대로 쉴 수가 없었다.

"흡."

저도 모르게 윤혁은 숨을 깊게 들이마셨다. 계속해서 바라보기만 하는 윤혁의 행동에 진별이 부끄러운 마음에 손으로 가리려고 들었지만 곧 저지당했다.

"예뻐."

솔직한 윤혁의 말에 진별의 얼굴이 붉게 달아올랐다. 그런 진별의 뺨에 입을 맞추기 시작하면서 점차 밑으로 내려왔다. 목에서 쇄골로 떨어지던 윤혁이 입술이 브래지어 밖의 가슴에도 끊임없이 입을 맞췄다. 천천히 손을 뻗어 브래지어를 벗겨내자 가려져 있던 가슴이 출렁이며 자신의 존재를 드러냈다. 하얗고 뽀얀 가슴을 윤혁은 한 치의 망설임도 없이 자신의 손에 쥐었다. 자신의 손에 꼭 맞춰 들어오는 진별의 가슴을 윤혁은 천천히 만졌다. 자신의 손의 움직임에 따라 진별의 가슴이 같이 들썩였다.

손을 떼어낸 윤혁이 이번엔 입으로 진별의 가슴을 입안 가득 머금었다. 천천히 입이 아래로 내려오자 다홍빛 유두가 윤혁을 반겼다. 입안 가득 들어찬 가슴을 윤혁은 맛있는 음식을 먹는 것처럼 머금었다. 춥춥 하는 소리까지 내며 윤혁은 진별의 가슴을 맛봤다. 혀를 이용해서 가슴을 꼼꼼히 핥는가 하면 유두를 집중적으로 공격하기도 했다. 꼿꼿하게 선 진별의 다홍빛 유두를 윤혁이 살짝 혀로 깨물기까지 했다.

"하……."

그 순간 참지 못하고 진별의 입에서 야릇한 숨소리가 들려왔다. 그 소리에 자극을 받은 윤혁의 손이 진별이 입고 있는 치마 자락 안으로 들어갔다. 스타킹이나 그 어떠한 장치가 없으니 쉽사리 윤혁의 손이 진별의 팬티 위에 닿았다.

"하아."

뜨거운 숨소리와 함께 긴장한 것인지 굳어 있는 진별의 몸이 느껴지고 나서야 윤혁은 정신이 번쩍 들었다. 여기가 진별의 집이자 방이라는 것이 떠올랐다. 가족들이 다 있는 집 안에서 뜨거운 사랑을 나눌 수는 없는 일이었다. 윤혁은 아쉽지만 어쩔 수 없다는 듯이 손을 거둬들였다. 그러곤 진별의 상반신 위로 이불을 덮어줬다.

"다음번엔 절대 이대로 안 끝낼 거야."

아쉬움이 가득 담긴 말을 뱉으며 윤혁은 진별의 이마에 입을 맞췄다. 벌써 두 번째였다. 지난 번 차 안에서 멈춘 것에 이어 말이다. 그 탓에 윤혁은 더 달아오를 수밖에 없었다. 이번에는 지난번보다 더 달아오른 자신의 것이 안타까울 뿐이었다. 항상 분출하지 못하고 달아올랐다가 가라앉아야 하니 말이다.

어쩔 수 없는 일이니 윤혁도 할 수 없다는 듯이 진별의 옆에 몸을 눕혔다. 그러곤 자신의 팔 위에 진별의 머리를 올려놓았다. 그 순간 진별이 스르륵 윤혁의 가슴팍으로 얼굴을 묻었다.

"꼭……."

한참을 아무 말 없이 그 자세 그대로 있던 둘 사이에 진별이 먼저 입을 열었다. 뭔가 할 말이 있는 것 같았다.

"시청률 40퍼센트 넘어야 프러포즈할 거예요?"

"응?"

"대답이나 해요. 시청률 40퍼센트 넘어야 프러포즈할 거냐고요."

"그 전에는 시집 안 온다면서. 나 만나고 시청률 40퍼센트 넘은 잘나가는 여배우하고 결혼하고 싶어."

진솔한 속마음이야 지금 당장이라도 결혼하자고 진별에게 말하고 싶었다. 미리 준비해놓은 반지가 책상 서랍 안에서 울고 있는 상황이었다.

"꼭 넘어야겠네."

"응?"

"아니에요."

아주 작게 혼자 중얼거린 진별의 말을 듣지 못한 것인지 윤혁이 되물었지만 다시 말하지 않았다. 진별은 오늘 아침 상우를 만나고 난 뒤에 그런 생각이 들었다. 빨리 결혼하고 싶다는 생각. 다 필요 없고 진상우 보란 듯이 결혼을 해야겠다는 생각과 함께 윤혁의 얼굴이 떠올랐다. 진상우에게 본때를 보여주기 위함이 아니라 정말 결혼이라는 울타리 안에 들어가고 싶다는 생각이 들었다. 윤혁이 보듬어주는 그 든든하고 따뜻한 울타리 안에서 지내고 싶었다.

그날이 있은 이후 진별은 다시금 평소의 모습으로 되돌아왔다. 광고 제의가 들어온 그날부터 진별은 단 하루도 마음이 편한 적이 없었다. 물론 상우가 찾아와 마음을 뒤집어놓은 그날은 마음이 더 심란했다. 아니, 머리가 복잡했다. 어쩜 이렇게 자신의 인생에서 사라지지 않고 계속해서 불쑥불쑥 자신의 존재를 드러내 마음을 헤집는 것인지. 자신의 인생에 딱 한 번 해본 연애가 어쩜 이렇게 자신을 괴롭히는 것인지. 진별은 다 짜증이 났었다. 시간을 되돌릴 수만 있다면 상우를 만나기 전으로 되돌아가고 싶을 정도였다.

그날 저녁 촬영을 마치고 집으로 돌아갔을 때 와 있던 윤혁의 모습에 진별은 모든 것이 다 해결되고 스르륵 녹아버리는 것 같았다. 그가 어떠한 행동을 해서가 아니었다. 그가 어떠한 말을 해서도 아니었다. 그저 얼굴을 마주하고 이런저런 이야기를 나누고 품에 꼭 끌어안아주는 그 모습만 해도 다 해결이 되는 것 같았다. 어느새 윤혁은 그러한 존재가 되어 있었다. 진별의 마음에 있어서.

"오늘 내일 몰아서 세트 촬영하고 모레부터 3일 정도는 야외 촬영 들어가자고 감독님이 그러시더라. 그리고 야외 촬영은 2팀 감독님이 맡아서 하기로 하셨대."

마지막 헤어 손질을 하고 있는 진별에게 해송이 다가와 일정을 알렸다. 2팀까지 돌려가면서 촬영을 하고 있어도 일주일에 120분 분량을 찍어 내기란 힘들었다. 다행이라면 보균의 대본이 재빨리 나오고 있다는 것과, 양쪽에서 촬영 속도를 제법 높이고 있다는 거였다. 그 속도를 맞추려니 배우들도 덩달아 바빴다.

"머리 끝나면 잠깐만 나가 있어줘라."

"왜요? 나 빼고 비밀 이야기 할 거 있어요?"

"너 욕 좀 하려고."

"헉! 알았어요……. 용준 오빠네 매니저하고 놀고 있을게요."

해송이 진별에게 따로 할 말이 있기에 민정에게 자리를 피해달라고 했다. 상우가 찾아오고 난 뒤로는 진별과 따로 대화를 나눌 틈이 없었기에.

"너 좀 수상하다? 요즘 제법 그 매니저랑 자주 어울린다?"

"뭐가 수상해요. 재미있으니까 그렇죠."

얼굴까지 붉혀가며 대답을 하는 민정을 바라보며 진별은 피식 웃음을 터트렸다. 어쩜 저리 거짓말을 하고 있다는 것을 얼굴이 말해주는지.

"연애는 좋은데, 싸우거나 헤어져서 일에 지장 주는 일만 없으면 돼."

항상 해송에게 제일 중요한 것은 일이었다. 배우의 뒤를 따라다니다 보니 자연스레 매니저와 코디 사이에 정이 생기기도 했다. 물론 거기까지는 항상 좋았다. 문제는 헤어지거나 싸우는 데서 생겨났다. 종종 배우들의 스케줄에 지장을 입히기 때문에 해송에게는 그것이 제일 큰 문제였다.

"아직 그런 사이 아니에요."

"그럼 이제 곧 그런 사이가 된다는 말이네."

아까 전보다 얼굴이 더 붉어져서는 부정을 하는 민정을 바라보며 진별이 더 장난을 쳤다. 곧 연인 사이가 된다는 말에도 민정은 얼굴이 붉어져 어찌할 줄을 몰라 했다. 그런 민정의 모습에 진별과 해송은 웃음이 절로 흘러나왔다.

"다 됐어요."

서둘러 머리 손질을 마치고 민정이 후다닥 대기실을 뛰어나갔다. 그런 민정의 뒤에 대고 해송이 한마디 말을 뱉었다.

"둘이 손이나 꼭 잡고 있다가 돌아와."

"어우, 오빠도 짓궂어."

"용준이 쪽에도 알고 있을까?"

"모를걸? 용준이 걔는 그런 쪽으로는 눈치가 무뎌서."

아마도 오늘 진별이 가서 그쪽 매니저랑 우리 코디랑 둘이 좋아하는 것 같다고 말을 해줘도 믿지 않을 사람이 바로 용준이다. 그것도 부족해 만에 하나 사귄다고 하면 '에이, 설마.' 이러고 남을 터였다. 다른 일은 눈치도 빠르면서 유독 이런 쪽으로는 느렸다. 남들의 몇 배나.

"기분은 어때?"

"괜찮아."

"그 기분 말고."

현재 해송이 묻는 것이 진짜 무얼 뜻하는지 진별이라고 모를 리는 없었다. 현재의 기분을 묻는 것인지, 아님 상우의 등장 이후의 기분을 묻는 것인지 쯤은 알았다.

"이젠 아무렇지도 않아."

"정말?"

"처음엔 짜증났는데 이제는 괜찮아."

입꼬리를 끌어 올려 환하게 웃으며 말하는 진별의 모습에 해송은 진심이 느껴져 안심이 되었다. 해송이 진별의 곁으로 다가가 어깨 위에 손을 올리곤 숨겨뒀던 진심을 밝혔다.

"결혼해."

"결혼은 혼자 해?"

"있잖아, 사장님."

"오빠!"

"사장님이 너 좋아한다고 처음부터 말씀하셨어."

진즉에 알고 있었다는 해송의 말에 진별의 놀람으로 가득 들어찼다. 그런 진별의 얼굴을 바라보며 해송이 웃음을 터트렸다.

"이왕이면 아들 딸 가리지 말고 10명쯤 낳아서 살아. 진상우 그 자식 혈압 올라서 뒤집어지게."

"애 열 낳고 컴백하려면 50살은 되어야겠네."

맞받아치는 진별의 말에 해송의 웃음소리가 더 커졌다. 하긴 가만히 생각을 해보니 현재 진별의 나이가 29살이니 내년부터 한 명씩 출산을 한다고 해도 쌍둥이가 아닌 이상 한참은 걸릴 것이다.

"제발 그렇게 살아. 그게 내 소원이다."

몇 년 전, 상우의 결혼식이 있는 그날 진별은 결국 병원에 입원을 했었다. 밥도 제대로 먹지 않고 버티다가 결국 쓰러진 것이다. 그날을 생각하면 해송은 아직도 뒷골이 쭈뼛하고 설 지경이다.

결혼을 한 지 몇 년이 지나도록 아직 상우에게서는 아이가 없었다. 활동을 쉬다가 다시 시작할 무렵 임신을 했다고 기사가 나왔지만 얼마 지나지 않아 유산이 되었다. 그 뒤로 여전히 상우에게서는 아이 소식이 없었다. 그렇기에 해송은 진별에게 저런 말을 한 터였다.

"알았어. 그렇게 살아줄게."

"좋았어, 이진별."

꼭 그렇게 살아주겠다고 답하는 진별이 마음에 들어 해송은 얼굴 가득 만족스런 미소를 지었다. 현재의 상황에서는 진별이 결혼을 하고 아이까지 낳은 뒤에 컴백해서 보란 듯이 여배우로서의 매력을 뽐내는 것이 상우에게 보여줄 수 있는 것 중에 최고의 복수다.

"이제 슬슬 촬영하러 나가볼까?"

미리 세트장에 가서 다른 배우들이 촬영하는 것을 보는 것도 연기에 좋은 공부가 되는 거였기에 가끔은 이런 시간을 가졌다. 진별이 의자에서 몸을 일으키려고 할 무렵 대기실 문이 열렸다.

문이 열림과 동시에 진별과 해송의 표정이 거짓말처럼 동시에 굳어졌다. 보기 싫은 인간은 어떻게 해서든 나타난다고 하더니 딱 그 꼴이었다.

"요즘 웬수는 외나무다리가 아니라 대기실에서 만나는 모양이군."

부러 들으라고 하는 말인지 해송은 목소리를 더 크게 해서 말했다. 그 말을 들은 것인지 상우의 눈매가 뒤틀렸다.

"잠깐 이야기 좀 해."

"할 말이 남았던가요?"

이미 이야기는 전에 다 끝났다는 듯이 진별이 싸늘하게 상우를 향해 대꾸했다. 그런 진별의 모습에 상우의 얼굴 표정이 뒤틀렸다.

"난 아직 할 말 남았어."

"어떻게 할까?"

당장이라도 끌어내라고 하면 그렇게 할 태세로 해송이 진별에게 물었다. 며칠 동안 부쩍 까칠해진 진별의 얼굴이 해송은 신경이 쓰였다. 그런 진별이 오늘에서야 예전으로 돌아온 것 같아 다행이라 생각했는데 다시금 나타난 상우가 해송으로서는 마음에 들지 않았다.

"10분만."

"괜찮겠어?"

"이진별이잖아."

싸늘하게 굳어진 진별의 표정이 눈에 밟히기는 했지만 해송은 더 이상 묻지 않고 대기실 밖으로 몸을 옮겼다.

"왜 왔어요. 광고는 이미 거절했잖아요."

더 이상 들을 말이 없고 저번에 다 끝냈다는 듯이 말을 하는 진별의 앞으로 상우가 불쑥 코앞까지 다가왔다.

"결혼해?"

"네."

"언제?"

"이번 드라마 끝나면요."

질이 낮아도 한참 낮은 상우의 질문에 진별은 기가 막혔다. 그러나 진별은 내색하지 않고 상우를 향해서 대꾸했다. 정말 곧 결혼을 할 것처럼.

"남자는 어떤 사람이야?"

"진상우 씨하고 반대되는 사람이라고 하면 되겠네요."

"헤어져."

아무렇지 않게 '안녕?'이라고 친구에게 하는 것 같이 뱉은 상우의 말에 진별의 입에선 참지 못하고 어이없는 실소가 터졌다.

"가진 것 하나 없이 몸뚱이 하나만 잘난 놈이면 당장 헤어져."

"무슨 상관이에요. 내가 어떤 남자랑 결혼을 하든 말든."

제발 신경을 꺼달라는 진별의 말에 상우는 주먹을 꽉 그러쥐었다. 내 여자였던 여자가 다른 남자랑 결혼을 한단다. 그것도 부족해 자신에게 이제 신경을 꺼달라고 말하는 진별의 모습에 상우는 주먹을 꽉 그러쥐었다.

"별 시답잖은 놈 만날 거면 다시 나한테 와."

"미쳤군."

말도 안 되는 소리를 하고 있는 상우를 바라보며 진별이 얼굴 가득 인상을 찌푸렸다. 기가 막힘을 넘어서 이제는 짜증이 치밀어 올랐다. 조금만 더 같이 있다가는 멀쩡한 자신마저 미친 사람이 될 것 같았다.

"다시 나한테 오라고!"

이젠 소리까지 버럭 치는 상우의 모습에 진별이 얼굴이 얼음장 같이 굳어졌다. 그 순간 대기실 문이 열리며 진별의 귀에 낯익은 음성이 들려왔다.

"내 여자한테 무슨 말입니까."

뭔가 짜증이 난다는 듯 얼굴을 굳힌 윤혁이 진별을 향해 한달음에 다가왔다. 자신이 사랑하는 여자 앞에 서 있는 상우의 얼굴을 노려보며 윤혁은 자연스럽게 진별의 어깨에 손을 올렸다.

"여긴 어떻게 왔어요?"

"어머님 심부름."

"엄마요?"

"어머님이 연락 오셔서 부탁하시기에 내가 왔어."

윤혁은 자신의 손에 들린 종이봉투를 진별에게 내밀었다. 그걸 받아 들면서 얼굴 가득 환한 미소를 짓고 있는 진별의 모습에 상우의 그러쥔 주먹이 부들부들 떨렸다.

"매니저하고는 다 어디 갔어?"

"용준이 쪽에 가서 있을 거예요."

대기실 문 앞에 서 있던 해송에게 대략을 상황을 듣고 들어왔지만 윤혁은 보지 못했다는 듯이 진별을 향해 물었다. 마치 자신들의 앞에 서 있는 상우는 없는 존재라는 듯이.

"이 자식이야?"

"진별아, 잠깐 나가 있어줄래?"

"싫……."

"난 괜찮으니까 용준 씨 쪽에 가서 있을래? 금방 갈게."

"이 자식이냐고!"

자신은 이 공간에 없는 존재라는 듯이 둘이 시선을 교환하며 대화를 나누는 진별과 윤혁의 모습에 상우는 분노가 치밀어 올랐다. 거짓으로 생각했는데 정말 진별의 옆에 남자가 있다. 그것도 정말 결혼을 할 남자인 것 같았다.

"빨리 와야 해요."

걱정스런 표정을 얼굴 가득 머금고 있는 진별을 향해 윤혁은 안심하라는 듯이 미소를 지으며 고개를 끄덕였다. 마음은 놓이지 않지만 진별은 의자에서 몸을 일으켜 대기실 밖으로 향했다.

"저랑 이야기하시죠."

진별이 나간 대기실 문을 뚫어져라 바라보고 있는 상우에게 윤혁이 먼저 말을 걸었다. 언젠가는 한 번 마주할지도 모른다는 생각은 하고 있었었다. 아니, 이왕이면 평생가도 마주할 일이 없었으면 했었다.

"그쪽이랑은 할 말 없습니다."

"전 할 말 있습니다. 지금 제가 사랑하는 여자의 옛 남자 친구잖아요."

옛이라는 단어에 악센트를 준 윤혁의 말에 상우의 주먹이 아까 전보다 더 심하게 부들거렸다. 그런 그의 모습의 모습을 물끄러미 바라보며 윤혁은 실소를 지었다.

"얼마 전에 진별이에게 광고 제의하신 것 잘 봤습니다."

"……."

"제가 진별이 소속사 사장님입니다."

이미 상우의 존재를 잘 알고 있지만 윤혁은 상대방은 모를 것이니 자신이 어떠한 사람인지에 대해 먼저 밝혔다.

처음엔 이상했었다. 분명 좋은 조건의 광고를 진별이 거절한 것을 보고 윤혁은 한참을 이상하다고 생각했었다. 그러나 거절을 한 진별에게 윤혁은 그 어떠한 질문도 하지 않았다. 분명 타당한 이유가 있을 것이라고 생각하며 말이다.

며칠 전, 출근길에 사무실에 들렀다 가는 해송을 마주쳤었다. 해송은 별다른 말 없이 지나쳐 가는 것 같더니 다시금 되돌아와서 자신에게 부탁을 했다. 혹여나 디시금 J건설에서 광고 제의가 온다면 회사 측에서 거절해줄 것을 말이다. 해송의 음성에서 이미 짜증이 잔뜩 묻어 있는 것 같았다. 뭔가 이상한 것을 느낀 윤혁이 해송에게 물었었다. 이상하다고는 느꼈지만 진별에겐 묻지 않았는데, 무슨 일인지 궁금하다며 해송에게 말해줄 수 있느냐고. 그때 해송은 한참을 망설이다가 한때는 진별이 사랑했던 사람이라고만 말을 할 뿐, 그 이상의 말은 없었다.

그 말 한마디로 윤혁은 모든 상황이 정리가 되었다. 왜 그토록 진별이 결혼에 반감을 표시했는지, 좋은 조건의 광고를 왜 거절했는지도 알 수 있었다.

오늘도 소라의 심부름으로 오랜만에 진별의 촬영장으로 찾아온 터였다. 며칠 만에 마주할 진별의 얼굴에 윤혁은 기분 좋게 찾아왔지만 그런 그를 반긴 것은 해송의 초조한 얼굴이었다. 대략의 상황을 듣고 대기실 안으로 들어온 윤혁은 이 상황이 마음에 들지 않았다. 현재 자신의 앞에 서 있는 상우를 마주하는 것 자체가 불편하고 불쾌했다.

"이번 드라마가 끝나는 대로 진별이랑 결혼할 생각입니다. 이미 양가 허락을 다 받고 결혼을 준비하고 있습니다."

"허……."

"그쪽이 왜 찾아왔는지는 모르겠지만 앞으로는 이런 일이 없었으면 좋겠군요. 이미 결혼하신 것으로 아는데……. 한 번만 더 찾아오심 진상우 씨의 아버지 되시는 분께 바로 연락을 드리겠습니다."

이쪽 바닥에서 일을 하다 보면 윤혁은 온갖 말을 다 듣게 된다. 물론 재벌가 이야기는 딱히 관심을 가지고 전해 듣지 않으면 모르는 일이었다. 그러나 윤혁은 그동안 들어온 이야기가 있기에 아무렇지 않게 상우에게 말했다.

현재 진상우를 조종하는 것은 그의 아버지라는 것을. 아들 녀석이 아무리 사업적 능력이 좋아도, 결혼을 하고 원만한 가정생활을 하지 못하는 상우는 이미 기업에서 뒤로 밀려나 건설 사장으로 가 있는 터였다. 물론 항간에는 상우가 그동안 바람을 여러 번 피운 것이 쌓이고 쌓여 조만간 이혼을 한다는 소문도 돌고 있었다. 그 말이 전혀 터무니없는 말인지 아닌지는 모르지만.

"지금 협박하시는 겁니까?"

"제가 어떻게 대기업의 아들분을 협박하겠습니까. 전 그저 제가 사랑하는 여자를 지키려는 것뿐입니다. 물론 그 여자를 흔들려고 한다면 전 어떠한 짓이든 할 겁니다."

"하……."

"저도 사업하는 사람인지라 이런저런 소문은 듣고 있습니다.

예전에는 어떠한 위치에 있으셨는지 모르지만, 지금은 이미 뒤로 밀려난 분이라는 것 정도는 익히 들어 알고 있죠."

"지금 내가 누군 줄 알고 협박하는 거야!"

끓어오르는 화를 참지 못하고 밖으로 표출하는 상우를 바라보며 윤혁은 오히려 미소를 지었다. 자신의 감정 하나 컨트롤하지 못하는 상우가 같잖아 보인다는 듯이.

"J그룹 셋째 아들 진상우. 나이는 서른여섯이고 현재는 결혼을 한 상태이며 J건설 사장이죠. 밖에서 낳아온 자식이지만 뛰어난 사업가 기질로 아버지 밑에서 힘을 키웠지만 결혼을 한 뒤로 정착하지 못하는 바람에 J건설로 쫓겨나셨죠. 뭐, 물론 이혼한다는 소문이 들리기도 하던데 그건 진짠지 모르지만요."

자신이 알고 있는 것 중 일부만 말한다는 듯이 여유로운 윤혁의 모습에 상우의 온몸이 파르르 떨렸다.

"당신……! 당신 회사 망가트려 버릴 거야!"

"훗. 그쪽의 힘 정도에 망가질 정도의 회사는 아닙니다. 뭐, 망가트리고 싶으시면 그렇게 하시죠. 전 재기하면 되지만, 그쪽은 제가 망가트려 버리면 두 번 다시는 재기하지 못하실 텐데. 괜찮으시겠어요?"

상우는 여기서 이혼까지 하면 그야말로 아버지에게서 멀어질 상황이라는 것을 들어서 알고 있는 윤혁이었다. 그렇기에 조금 더 여유롭게 상우를 상대하고 비웃음까지 지을 수 있었다. 아니, 만에 하나 상우가 예전과 같이 잘나가는 상황이었다고 해도 윤혁은 끄덕도 하지 않았을 것이다. 오히려 진별을 지키기 위해 더 악독하게 굴었을 것이다.

“이진별 제 여잡니다. 건들지 마십시오.”

마지막으로 윤혁은 으르렁거리듯이 상우를 향해 경고를 날렸다. 한 번만 더 나타나면 정말 가만두지 않겠다는 듯이.

12. 떳떳하고 설레는 고백

윤혁의 집 안에는 조용한 적막이 흘렀다. 함께 있으면서도 진별과 윤혁은 그 어떠한 말도 꺼내지 않았다. 현재 윤혁은 진별에게 시간을 주는 거였다. 마음이 복잡하다는 것을 윤혁은 말하지 않아도 알기에 진별에게 생각할 틈을 주고 있었다.

무엇보다 윤혁은 진별이 말을 하지 않으려고 한다면 딱히 물을 생각이 없었다. 분명 자신에게 말을 해야 한다면 진별은 마음속 깊이 숨겨왔던 상처를 헤집어야 할 것이다. 괜스레 그녀에게 그런 고통을 안겨주고 싶지 않았다.

"……미안해요."

함께 있은 지 2시간여 만에 굳게 닫혀 있던 진별의 입이 열렸다. 그러나 진별의 입에서 나온 첫말이 윤혁의 가슴을 아프게 만들었다. 지금 그녀가 미안해야 할 이유는 전혀 없었다. 그렇기에 윤혁은 진별의 저 말에 마음이 아팠다.

"미안할 거 없어."

"그래도……."

"내가 더 미안해."

현재 미안해야 할 사람은 진별이 아닌 윤혁 자신이라는 생각이 들었다. 오늘 자신이 그 자리에 나타나지 않았다면 진별이 자신을 놔두고 생각을 하지 않았어도 되니 말이다.

"오늘 내가 나타나지 않았다면 이러지 않아도 되잖아."

"아니에요. 그런 말이 어딨어요."

괜찮다, 아무렇지 않다, 저 사람은 돌이다, 더 이상 사람이 아니다, 이렇게 백 번, 천 번을 생각하고 마주해도 떨리는 거는 숨길 수 없었다. 처음 상우를 마주했을 때는 너무 오랜만이라 멍한 상태였다. 그러나 오늘은 달랐다. 어떻게 대해야 할지 자신이 생기지 않았다. 그러던 와중에 윤혁이 혜성처럼 등장했다. 그러곤 아무런 말 없이 자신을 내보내고 홀로 상우를 대했다. 대기실 밖에 문을 통해서 들리는 윤혁의 말들에 진별은 더할 나위 없이 든든함을 느꼈다.

정말 이 사람이구나, 싶은 믿음이 들었다. 이 남자라면 평생을 함께해도 된다는 확신이 생겼다. 그는 그 자리에서 자신에게 그 어떠한 질문도 하지 않았다. 어떻게 알았는지 몰라도 윤혁의 목소리만 들어서는 상당히 여유롭게 상우를 대한 듯했다. 그리고 자신을 '내 여자'라고 말해주는 윤혁의 그 말이 너무나 좋았다.

"그런…… 사람인지 몰랐어요."

다시금 진별의 입이 조심스럽게 열렸다. 그런 진별의 얼굴을 윤혁이 지긋이 바라봤다. 온갖 고통과 슬픔이 다 담겨 있는 진별의 얼굴을 더 이상 보지 못하고 윤혁이 자신의 품으로 끌어안았다.

"힘들면 말하지 마."

무얼 말하려는지 윤혁은 알 것 같았다. 저토록 힘겨워하면서 무슨 말을 하려는 것인지. 윤혁으로서는 오히려 그 사실이 더 가슴 아팠다.

"철이 없었어요. 아니…… 좋아한다고 다가오니깐 그게 너무 좋았어요."

그랬다. 그동안 단 한 번도 남자를 만난 적이 없는 자신에게 다가온 상우에게 거리감도 느껴졌지만 한편으로는 관심이 가는 것도 사실이었다.

"그 누구에게 말도 한마디 못하고 만나면서도 너무 좋았어요. 그땐 그게 당연한 거라고 생각했어요. 처음엔 나를 위해서라고 말했고, 나중엔 자신의 입지가 좀 더 굳어진 다음에 밝히자는 그 말도 다 믿었어요."

"……."

"매일 사랑한다고 말해주고 그 말에 바보같이 행복했어요. 그리고 그 말이 100퍼센트 진심일 거라고 생각했어요. 단 한순간도 거짓이라고 생각해본 적이 없어요. 지금 생각해보면 남들처럼 평범한 데이트를 해본 적이 없어요. 매일 그가 얻어놓은 오피스텔에서 이루어졌으니까요. 거기서 밥해 먹고, 영화 보고, 드라마 보고, 같이 자고…… 그게 전부였어요."

보균의 말에 의하면 제법 긴 시간 만난 걸로 아는데 그 기간 동안 집 안에서만 데이트를 했단다. 그런 진별의 말이 윤혁은 어이없고 화가 났다. 어쩜 그럴 수 있는 것인지 윤혁으로서는 이해가 되지 않았다.

"그렇게 3년을 넘게 만났어요. 정말 3년 동안 해외를 나가는 일을 제외하고는 줄곧 똑같은 만남을 가졌어요. 그땐 그것도 행복이라 여겼어요. 지금 생각해보면 행복이 아니라 그저 나를 숨기고 만나기 위한 방패에 불과했지만."

"……."

"결혼을 하자고 프러포즈를 하는데 세상을 다 가진 것만 같았어요. 정말로 그땐 그 사람하고 결혼을 할 단꿈에 젖어 있었어요. 매일매일 그 생각만 했어요. 결혼하면 집은 어떻게 꾸미고, 아이를 낳으면 어떻게 키웠어야지 하는 그런 생각들만 하고 지냈어요. 지금 하는 작품만 끝나면 당당하게 모든 사람에게 그 사람하고의 만남도 밝힐 수 있다는 것에 행복했어요. 그런데…… 그 사람의 결혼 기사가 발표됐어요."

최대한 덤덤하게 말하고 있는 진별의 말에 윤혁의 입에서 깊은 한숨이 터져 나왔다. 답답함이 가득 담긴 탓인지 이렇게 한숨을 쉬어도 뭔가 해소되지 않고 오히려 꽉 막힌 느낌이 들었다.

"처음엔 거짓말이라고 믿었어요. 바보같이 굳게……. 그런데 진짜였어요. 결혼 기사가 나고 연락도 안 되더니 갑자기 나타나서는 그러더라고요. 자기 같은 재벌 집 아들이 정말 나 같은 딴따라 계집애하고 결혼할 줄 알았냐고요. 그저 데리고 논 상대에 불과하다고 말하는데 하늘이 무너졌어요."

계집애. 딴따라. 데리고 논 상대.

이 세 단어만이 윤혁의 머릿속을 잔뜩 헤집었다. 뒤돌아 생각하니 아까 상우의 얼굴을 한 대 때리지 못한 것이 원한이 맺힐 지경이었다. 시원하게 한 대 갈겨주고 끝냈어야 하는 건데 하는 생각에 윤혁은 부글부글 끓어올랐다.

"그렇게 끝이 났어요. 진짜 사랑이라고 믿었던 그 사람하고의 만남이 그렇게 상처만 남기고 정리됐어요. 그 뒤로 그 사람은 결혼했고 나는 활동을 접었어요. 그러다가 시간이 흐르고 나서야 다시 시작할 수 있었어요."

왜, 왜, 왜…….

윤혁은 이런 의문만이 계속해서 맴돌았다. 그도 그럴 것이 잘못은 분명 다른 이가 했다. 그럼에도 불구하고 상처는 진별이 받고 그 좋아하는 연기까지 쉬었다니. 답답한 마음에 가슴이 터져나갈 것 같았다. 자신이 한국에 없는 사이에 진별이 연애 한 번 하지 않을 거라 생각하지는 않았다. 그러나 그 사랑이 이렇게 진별에게 상처를 안겨줬을지는 몰랐었다.

이제야 알 것 같았다. 왜 그토록 진별이 남자를 못 믿는다고 말했는지. 결혼은 싫고 무조건 싫증 날 거라고 단정 지었는지 다 이해가 되었다. 그 모든 것이 상우에게 받은 상처에서 온 거라는 생각에 윤혁의 마음은 더 아플 수밖에 없었다. 여러 번의 사랑도 아닌 단 한 번의 사랑이 가져다준 진별의 마음속 상처를 어찌 헤아려야 할지.

"더 말하지 않아도 돼."

"난 괜찮아요."

"내가 안 괜찮아."

괜찮다고 말하는 진별의 저 말도 진실이 아닐 것이다. 지금 현재 진별의 음성이 파르르 떨리고 있었다. 그 자체가 괜찮지 않다고 말해주고 있었다.

"이젠 앞으로……."

조금 전보다 좀 더 꽉 윤혁은 진별의 몸을 꽉 끌어안았다. 그러곤 진별의 귀에 조심스럽고 낮은 목소리로 말했다.

"아프지 않게 할게. 울지 않게 해줄게."

이런 말을 백 번, 천 번 한다고 해서 진별의 마음이 치유되지는 않을 것이다. 진별의 마음을 치유하는 것은 진실된 행동일 것이다. 그걸 잘 아는 윤혁은 자신의 마음에 다시금 되새기기 위해 다짐을 하듯 말한 거였다.

"나한테 넌 천사고 선물이야."

윤혁은 진별을 자신의 품에서 떼어낸 다음 눈을 꼭 맞추고 말했다. 그 어린 시절 윤혁에게 진별은 그러한 존재였다. 웃을 일이 그다지 없던 생활에 하늘에서 내려준 천사였다. 진별로 인해 웃으며 생활하라고 하늘로 간 아빠가 준 선물이 아닐까 한 생각을 한 적도 있었다. 그건 지금도 마찬가지였다. 다른 사람도 아닌 진별과 있으면 자신이 숨을 쉬는 것 같았다.

"앞으로 내 곁에 꼭 붙어 있어. 네가 하고 싶다는 거 다 할 수 있게 해줄게. 네가 원하는 꿈을 펼칠 수 뒤에서 도와줄게."

분명 특별한 말이 아니다. 그럼에도 불구하고 진별의 눈에서는 한 줄기 눈물이 또르륵 뺨을 타고 흘러내렸다. 갑작스런 진별의 눈물에 윤혁의 두 눈이 커졌다.

"정말이에요?"

"응."

"그럼 나…… 서른다섯 되면 결혼할게요. 기다려 줄래요?"

눈에는 눈물이 흐르면서 진별의 입꼬리는 올라가 있었다. 난데없는 진별의 말에 윤혁의 표정이 순식간에 굳어졌다. 이건 말이 안 되는 소리였다. 꿈을 펼칠 수 있게 도와준다니깐 서른다섯에 결혼을 할 거라니.

"내 꿈 펼칠 수 있게 도와준다면서요."

"허……."

저 말을 저렇게 해석하다니. 윤혁의 입에선 저절로 어이없는 실소가 터져 나왔다. 이걸 대체 어떻게 받아들여야 할지 몰라 윤혁의 표정이 난감하게 굳어졌다.

"내 말대로 기다려 줄 거죠?"

자그만치 21년을 돌고 돌아 한국으로 왔다. 원래 예정은 늦어도 진별의 나이 스물셋에는 돌아올 생각이었다. 그러나 진별이 갑작스레 연예계 쪽으로 진료를 바꾸는 바람에 덩달아 윤혁의 귀국도 늦어진 거였다. 그런데 이제 와서 진별의 나이 서른다섯이면 6년을 더 기다려야 한다는 소리였다.

"하……."

이걸 어떻게 생각하고 받아들여야 할지 몰라 윤혁의 입에선 한숨이 자꾸만 새어 나왔다. 6년 뒤면 자신의 나이는 마흔. 서른넷이라도 늦었다고 생각하고 있는데 마흔에 결혼이라니. 갑자기 머릿속이 혼란스러워지는 느낌에 윤혁은 도저히 진별에게 어떠한 말도 하지 못했다.

"그걸 진짜 믿어요?"

복잡 미묘한 표정을 얼굴 가득 드러내고 있는 윤혁의 모습에 진별은 참지 못하고 웃음을 터트렸다. 그저 농담을 한번 해본 거였다. 어떻게 반응을 하는지 보고 싶었기에.

"이 아저씨, 생각보다 순수하네."

"이진별……!"

자신을 가지고 놀았다는 사실에 윤혁은 으르렁거리듯 진별의 이름을 내뱉었다. 대체 이 아가씨를 어찌해야 하나 싶은 생각밖에 들지 않았다.

"이젠 날 데리고 장난까지 친다, 이거지?"

"뭐…… 어릴 때는 내가 항상 이겼던 것 같은데."

그땐 그러했다. 윤혁은 도저히 진별을 이길 수 없었다. 아니, 이기자면 이길 수야 있었겠지만 윤혁은 딱히 그러하지 않았다. 뭐든지 진별이 말하는 대로 원하는 대로 따라가 주는 편이었다. 그렇기에 그 시절 진별은 항상 반대하고 싫다고만 하는 금별과 보균에 비해 자신의 말을 잘 따라주는 윤혁이 참 좋았었다.

"그래? 그럼 오늘도 날 이기는지 두고 보겠어."

한쪽 입꼬리만 끌어 올린 채로 윤혁이 사악한 미소를 지으며 자리에서 일어나 진별의 몸을 번쩍 안아 들었다.

"악! 뭐예요!"

"뭐긴. 이진별이 날 이기는지 테스트해보려고 그러지."

윤혁은 진별의 몸을 안아 들고는 한 치의 망설임도 없이 침대로 향했다. 오늘만큼은 이대로 보낼 수 없었다. 그동안 아쉬움을 뒤로하고 물러선 것이 몇 번인가.

침실로 들어온 윤혁은 진별의 몸을 침대 위에 눕히고는 그대로 그녀의 몸 위로 올라갔다. 약간 버둥거리는 진별의 몸을 고정시키기 위해 윤혁은 양쪽 팔을 딱 잡았다.

"아무리 앙탈부려도 오늘은 그냥 못 돌려보내."

갑자기 진지하게 바뀐 윤혁의 목소리에 진별은 저도 모르게 침이 꿀꺽하고 삼켰다.

"오늘은 널 내 여자로 만들 거야."

으르렁거리듯이 윤혁은 진별을 향해 늑대 본성을 드러냈다. 오늘만큼은 진별을 그냥 돌려보낼 수 없었다. 오늘의 이 시간이 지나면 언제 또 진별의 촬영이 일찍 끝날지, 그것도 아님 언제 또 이렇게 진별과 이런 시간을 가질지 기약할 수 없었다.

"싫으면 지금 말해. 오늘은 중간에 멈추는 일 없을 거야."

입을 맞추기 위해 윤혁은 진별의 입술 바로 코앞까지 내려간 다음 그녀의 두 눈을 보고 말했다. 지금이 싫다고 피할 수 있는 마지막 순간이라며 윤혁이 진별에게 마지막 기회를 줬다. 그럼에도 진별은 피하지 않고 윤혁의 두 눈을 똑바로 응시했다. 피할 마음 따위는 전혀 없다는 듯이.

"이제 기회는 지났어."

두 번 다시 피할 수 있는 기회는 없다는 말을 남긴 윤혁이 진별의 입을 한입에 집어삼켰다. 부드럽게 천천히 입맞춤을 하고 싶었지만 윤혁은 마음이 급해져 그럴 수가 없었다. 진별과 쉼 없이 입맞춤을 나누면서 윤혁은 한 치의 망설임도 없이 윗옷를 벗겨냈다. 그러곤 진별의 등 뒤로 손을 뻗어 브래지어를 단숨에 풀어냈다.

입술에만 머물러 있던 그의 입과 손이 천천히 그녀의 봉긋한 가슴 위로 내려앉았다. 뜨겁고 조금은 거칠었던 입맞춤과는 달리 부드럽고 느긋하게 움직였다. 천천히 진별의 가슴을 한 손에 다 움켜쥐고 쥐었다 풀었다를 반복했다. 한쪽 가슴은 손으로 계속해서 자극을 하고 반대쪽 가슴에는 윤혁이 입술을 댔다. 천천히 가슴 주변부터 자잘한 입맞춤부터 시작해서 혀로 자극을 줬다. 주변을 계속해서 공략하던 윤혁의 혀가 선홍빛의 유두를 맛있는 사탕을 먹는 것처럼 쓱 핥았다가 입안으로 넣었다.

"하……."

윤혁의 자극을 이기지 못하고 진별의 입에서 뜨거운 숨이 흘러나왔다. 몸이 뜨거워지면서 윤혁이 가져다주는 야릇한 기분에 진별의 몸이 살짝 살짝 뒤틀렸다. 그런 진별의 몸놀림에 오히려 윤혁은 좀 더 농밀하게 혀를 움직였다.

진별의 가슴에서 입이 밑으로 내려가면서 윤혁은 자신의 옷을 벗었다. 이제 윤혁에게 남은 것은 얇은 팬티 한 장이 전부였다. 배와 잘록한 허리 라인에도 빠짐없이 입을 맞추면서 윤혁은 진별의 스커트의 지퍼를 열어 벗겨냈다. 한 치의 망설임도 없는 과감한 행동 하나에도 진별의 몸은 조금 더 달아올랐다.

이제 그녀의 몸에서 남은 단 하나의 얇은 속옷을 바라보며 윤혁은 최대한 느긋하게 움직였다. 장골 라인부터 혀로 자극을 주며 밑으로 내려오면서도 윤혁은 그녀의 은밀한 곳으로는 그 어떠한 숨결도 주지 않았다. 허벅지 안쪽까지 입맞춤을 하면서도 윤혁은 손 한 번 뻗지 않았다. 그렇게 그녀의 발가락까지 입맞춤을 다 끝내고 나서야 윤혁의 시선이 다시금 서서히 위로 올라갔다.

"하아……."

다시금 진별의 입에서 참지 못하겠다는 듯이 뜨거운 숨이 뱉어졌다. 진별의 숨결에 이미 단단해진 그의 아랫도리가 움찔거렸다. 은밀한 곳을 가리고 있는 얇은 속옷에 윤혁의 손가락이 다가갔다. 그녀의 수풀이 젖어 있는 것을 느낀 윤혁은 만족스런 미소를 지으며 그제야 얇고 이미 힘이 없어진 속옷을 벗겨냈다.

드디어 드러낸 그녀의 은밀한 공간을 바라보며 윤혁의 입에선 짧은 탄성마저 쏟아져 나왔다. 그런 윤혁의 시선이 부끄러워 진별이 다리를 모으려고 했지만 단숨에 그의 손길에 의해 제지당했다. 다리를 모으려고 하면 할수록 윤혁의 힘에 의해 더 많이 벌어질 뿐이었다.

한참을 응시하기만 하던 윤혁의 입이 천천히 다가왔다. 이미 젖어 뜨거운 물을 흘러내리고 있는 그녀의 은밀한 곳을 윤혁은 혀로 쓱 핥았다. 달콤한 초콜릿이라도 된다는 양 윤혁은 혀를 이용해 이곳저곳을 부드럽게 핥았다. 그런 윤혁의 행동에 진별의 입에서는 연신 뜨거운 숨이 뱉어졌다. 계속해서 혀를 이용해 자극을 주던 윤혁이 이번엔 손가락을 이용해 은밀하고도 깊은 곳까지 들어갔다. 그 순간 진별의 몸이 그가 가져다주는 자극을 이기지 못하고 뒤틀렸다.

진별의 몸이 천천히 다시금 제자리로 돌아가자 윤혁은 천천히 손가락을 움직이기 시작했다. 천천히 안에서 움직이던 윤혁의 손가락이 조금씩 빠르게 움직였다.

"하…… 그만……."

윤혁의 손가락 움직임에 진별이 먼저 소리쳤다. 그러나 계속해서 자극하는 윤혁의 행동에 진별의 말은 제대로 끝을 맺지 못했다.

"못 참겠……."

다시금 진별이 뭐라 말을 하려고 했지만 윤혁은 듣지 못한 척 이번에는 다시금 혀를 이용해 자극을 줬다. 그런 윤혁을 밀어내려 진별이 손을 뻗어봤지만 그럼 그럴수록 좀 더 깊고 뜨거운 자극이 될 뿐이었다.

"하…… 하…… 하……."

이젠 입에서 나오는 뜨거운 숨소리도 한 번에 뱉어지지 못할 만큼 진별의 몸이 달아올라 있었다. 그제야 윤혁은 만족스러운지 자신의 아랫도리를 조이고 있던 팬티를 벗어 내렸다. 그 순간 진별과 키스를 할 때부터 달아올라 있던 윤혁의 아랫도리가 더 이상은 커질 수 없을 만큼 커진 상태로 위엄을 드러냈다.

"아!"

잔뜩 부풀어진 윤혁의 아랫도리가 단숨에 진별의 은밀하고도 깊숙한 곳까지 들어갔다. 동시에 진별의 입에서 꽉 들어찬 느낌과 갑작스런 남성에 등장에 놀라 짧은 소리가 터져 나왔다.

"아파?"

"아니에요."

진별의 입에서 나온 소리에 윤혁은 자신이 너무 거칠게 들어갔나 싶어 조심스럽게 물었다. 고개를 저으면서 아니라고 대답하는 진별의 말이 끝나고 나서야 윤혁은 천천히 몸을 움직였다. 그녀의 안에서 모든 것을 다 쏟아내려는 듯이 그 어느 때보다 뜨겁고 열정적이었다.

서로의 마음도 확인하고 뜨거운 밤을 보낸 이후로 다시금 현실로 돌아온 진별은 정신이 없었다. 계속해서 촬영장에서 밤샘 촬영의 연속이었다. 드라마의 인기가 날이 갈수록 좋아지니 그만큼 인터뷰 요청이나 여기저기서 들어오는 제의에 진별의 몸은 현재 12개라도 부족한 상황이었다.

현재 시청률 36퍼센트. 조금만 더 올라가면 반 농담으로 뱉었던 시청률 40퍼센트가 이루어지는 순간이었다. 40퍼센트가 넘지 않아도 프러포즈를 하려고 했던 윤혁은 현재의 상황이 얼떨떨했다. 이러다가 정말 시청률 40퍼센트를 찍은 다음에 하게 될 것 같았다.

"다녀올게."

–언제 와요?

"일단 일주일 예정."

미국에 있는 동안 자신이 설립하고 키워오던 연예기획사에 문제가 생겨 윤혁은 오늘 출장을 겸해서 나가려고 현재 공항에 와 있었다. 한국으로 들어오면서 아버지의 회사 밑에 있으면 미국의 회사도 잘될 거라고 여겼던 윤혁의 예상과 달랐다. 사장이 직접 자리에 없는 것은 차이가 컸다. 그렇기에 윤혁은 잠시나마 미국에 들러 일도 돌보고 어느 정도 처리를 해야 할 것 같았다.

"보고 싶을 거 같지?"

–전혀요.

"또 마음에 없는 소리 한다."

–음…… 보고 싶을 거예요. 조심히 다녀와요.

조금 뜸 들이는 모습과 함께 솔직한 마음을 뱉어주는 진별의 모습에 윤혁은 피식 웃음이 절로 흘러나왔다. 시크한 척, 괜찮은 척 굴어도 결국엔 자신의 마음을 뱉을 줄 아는 진별의 모습에 요즘 윤혁은 하루하루가 새롭게 느껴졌다.

"나도 보고 싶을 거야. 아니, 벌써 보고 싶다."

–솔직하시네.

"네 몸도 보고 싶어. 이거 너무한 거 아닌가?"

–뭐가요?

"하룻밤 치정도 아니고. 벌써 2주나 지났다고."

–너무 노골적이시네.

"노골적이 아니라 정말 미칠 거 같다고."

뜨거웠던 하룻밤이 끝나고 벌써 2주나 지났지만 윤혁은 진별과 함께 있는 시간을 가지지 못했다. 아니, 것보다 진별의 얼굴조차 제대로 볼 시간이 없었다. 촬영장에 찾아가도 10분 정도 얼굴을 마주하는 것이 전부니 윤혁으로서는 그리움이 더 짙어질 수밖에 없었다.

"이번 드라마 끝나기만 해봐. 6개월 정도는 아무것도 못하게 할 거야."

–드라마 끝나면 광고 찍어야죠.

"내가 반대야. 이만큼 독수공방 만들었으면 됐지, 더 하라는 거야?"

속마음 같아서는 일사천리로 밀어붙여 드라마 촬영이 끝나자마자 곧장 예식장으로 들어가고 싶었다. 그 뒤로 한 달 정도는 신혼여행을 핑계 삼아 진별과 내도록 침대 위에서만 지내고 싶다는 생각을 윤혁은 한두 번 한 것이 아니었다.

진별에게는 비밀로 하고 조용히 소라의 도움을 받아 결혼 준비를 조금씩 하고 있는 중이었다. 프러포즈만 하고 나면 한 달 이내로 식장에 들어가고 싶은 것이 그의 본심이었다. 그렇기에 이미 식장도 조용히 알아보고 있는 중이었다. 아버지 성욱도 이제 드디어 며느리를 맞이하냐며 은근히 빨리하기를 기다리고 계셨다. 아들 녀석이 둘인데 둘 다 장가를 가지 않으니 은근히 답답해하고 계시던 중이었다.

–거짓말이었어. 꿈을 위해 도와준다고 한 말은.

"기본적인 욕구부터 해결하고 나서 도와줄게."

차라리 같이 밤을 보내지 않았을 때가 더 나은 편이라는 생각도 들었다. 막상 하룻밤을 보내고 나니 윤혁은 더 심하게 달아오를 수밖에 없었다. 지금 마음 같아서는 진별의 꿈을 도와주고 싶은 생각이 들지 않았다. 또다시 진별이 영화나 드라마를 찍기 시작하면 자신은 꼼짝 없이 독수공방 신세일 테니 말이다.

–조심히 다녀와서 봐요. 나도 이제 촬영하러 가야 해요.

"알았어. 촬영 잘하고 아프지 말고 있어."

드라마 촬영 전에 함께 한의원에 가서 지은 보약 덕분인지 진별은 크게 아프지 않고 특별히 많이 피곤해하지도 않고 지금까지 버티고 있었다. 일교차를 다 겪으니 감기도 매번 걸린다고 했었는데 진별은 아직 감기에 걸리지 않고 있으니 그보다 좋은 일은 없었다.

"사랑해, 이진별."

전화를 끊기 전 윤혁은 진별에게 달콤한 말을 한마디 남겼다. 저 말을 하고 나면 공항을 벗어나 촬영장으로 뛰어갈 것만 같아 하지 않으려고 했었다. 그렇지만 하지 않으면 더 후회를 할 것 같았다. 매일 그녀에게 하는 말이지만 한국과 미국으로 일주일 정도 떨어져 있자니 윤혁으로서는 그다지 내키지 않는 일이었다.

미국으로 출장을 간 윤혁을 뒤로하고 진별은 일주일째 이어지고 있는 밤샘 촬영에 서서히 지쳐가고 있을 무렵이었다. 아주 잠깐 촬영 준비가 지연되어 쉬고 있을 때 대기실 문이 열리며 용준이 튀어 들어왔다.

"이진별!"

의자에 앉아 고개를 뒤로 젖힌 채 눈을 감고 있는 진별을 바라보며 용준은 한심하다는 듯이 혀를 찼다. 그런 용준의 모습에 진별은 고개를 똑바로 들었다.

"왜 그래."

해송도 통화를 하러 나가 있었고 민정도 용준의 매니저에게 가버린 상황이라 진별 혼자만의 시간을 가지며 쉴 수 있는 시간이었다.

"아직 못 봤어?"

"뭘."

"이진별 스캔들."

"누구? 나?"

난데없는 용준의 말에 진별은 당황스러워 자신을 손으로 가리키며 되물었다. 갑자기 스캔들이라니. 아직 해송이나 자신에게 연락도 없었는데 말이다.

"너랑 나랑?"

"아니."

"그럼?"

"실망이다, 친구."

밑도 끝도 없는 용준의 말에 진별은 눈살을 찌푸렸다. 그런 진별에게 용준이 자신의 손에 들려있는 휴대폰을 내밀었다. 휴대폰을 받아 들어 액정에 뜬 기사를 바라보며 진별의 두 눈이 커졌다.

〈이진별 소속사 사장과 목하 열애 중!

현재 시청률 1위를 달리고 있는 드라마 '준'에서 여주인공으로 열연을 하고 있는 이진별이 열애 중인 것으로 알려졌다. 최고의 여배우를 꿰찬 행운의 주인공은 이진별의 소속사 사장님인 장윤혁으로 밝혀졌다. 180센티가 넘는 훤칠한 키에 호남형의 외모로 이진별과도 잘 어울렸다.〉

"이, 이게 어떻게 된 거야?"

"그건 내가 물어야지."

분명 조심한다고 했는데 어떻게 된 것인지 진별로서는 당황스러웠다. 그 밑에 뜬 사진은 자신이 윤혁의 차에 올라타는 모습이 담겨 있었다.

"진짜구나?"

"하……."

옆에서 용준이 뭐라고 묻고 있음에도 불구하고 진별의 입에선 한숨이 흘러나왔다. 이런 식으로 열애설이 나고 싶지는 않았다. 드라마 촬영이 끝나고 나면 떳떳하게 밝히고 싶었던 진별의 예상이 철저히 어긋나 버렸다.

“기사 뜬 지는 30분도 안 됐는데 벌써 검색어 1위야.”

이 기사를 적은 신문사를 보니 파파라치를 찍어 갑작스레 기사를 팡 하고 터트리는 곳으로 유명한 곳이었다. 하필 이런 곳에서 먼저 터지다니. 그것도 윤혁이 미국으로 출장을 간 사이에 말이다.

“어이, 친구, 얼마나 된 거야?”

“…….”

“기사에서는 벌써 1년도 더 넘었다던데?”

“미친.”

이제 겨우 시작한 지 3개월도 되지 않은 커플한테 무슨 1년인가. 1년이면 그때의 윤혁은 한국이 아닌 미국에 있을 시기였다.

“어쨌든, 축하는 한다만 좀 섭섭하다?”

“뭘.”

“내가 그만큼 사귀자고 할 때 끄덕도 안 하는 데는 다 이유가 있었어.”

“됐고. 시끄러우니까 입 다물어.”

갑작스런 기사에 진별의 신경이 곤두서버렸다. 그 탓에 용준을 향하는 말도 그다지 곱지 않았다.

그때 대기실 문이 열리며 해송이 들어왔다. 대기실 안에 진별과 용준의 모습을 보아하니 스캔들이 터진 것을 알고 있는 것 같아서 해송은 괜스레 호들갑을 떨 필요도 없었다.

“형, 바빠지겠어요.”

“그러게.”

여기서 이만 퇴장을 해야겠다는 느낌을 받은 용준이 자신의 휴대폰을 챙겨 해송에게 한 번 웃어주고는 대기실을 나섰다. 기사가 먼저 나지 않았다면 좋았겠지만, 이미 터진 기사이니 이제 어떻게 수습을 할지만 남은 상황이었다.

"사무실에서는 사장님은 출장 중이고 너는 촬영에 바빠 연락이 닿지 않아서 기다리는 중이라면서 기사 냈다고 전화 왔어."

"빠르네."

"사장님하고도 따로 통화를 했는데 당장 오늘 저녁이나 밤이든 비행기표만 구할 수 있으면 오신다니까 기다리라고 하더라. 그런데……."

열 걸음 정도의 거리지만 떨어진 상태로 말을 하던 해송이 진별에게 성큼성큼 다가왔다. 공식적으로 매니저로서 연기자에게 전해야 하는 말은 다 전했지만, 개인적으로 할 말이 있다는 듯이 말끝을 흐렸다.

"네가 먼저 기사를 내."

"응?"

"네 마음만 확실하다면 사장님이 오시기 전에 기사를 내라고."

지금까지 진별의 매니저로 따라다니면서 진짜 열애설이 터진 적은 처음이었다. 그리고 얼마 전 상우의 등장으로 혼란스러워했지만 윤혁 덕분에 얼마 지나지 않아 평상시 모습으로 돌아온 진별의 모습을 보며 해송은 생각했었다. 이런 남자라면 진별이 아프지 않을 것 같았다. 물론 처음 사무실로 전화가 와서는 스캔들 기사의 진실 여부를 물을 때는 정신이 멍했다. 그러나 한발 뒤로 물러나 생각을 하니 이 기회에 진별도 자신의 마음을 제대로 확인했으면 하는 바람에서 한 제안이었다. 물론 받아들이고 받아들이지 않는 것은 진별의 선택이다.

"너한테 좋은 남자가 생긴 것 같아서 매니저로서든 이진별을 오랫동안 알아온 오빠의 입장으로서든 다 기뻐. 그런데 난 네가 당당해졌으면 좋겠어. 남들에게 쉬쉬하며 비밀로만 해야 했던 그런 연애 이제 하지 않아도 되잖아."

"……."

"내 생각은 그렇다고. 선택은 너한테 맡길 거야."

혼자만의 시간을 주겠다는 듯이 해송이 진별의 어깨를 한번 툭 치고는 나갔다. 둘이 있을 때는 몰랐지만 해송이 나가자 진별은 마음이 복잡해졌다.

[갑자기 기사 나서 많이 놀랐지? 일단은 조용히 촬영만 해. 한국으로 가서 내가 해결할게.]

휴대폰을 찾아 들자 윤혁에게서 온 메시지가 먼저 눈에 들어왔다. 자신을 배려하는 윤혁의 말에 진별은 전활 걸었다. 듣고 싶었다, 그의 목소리와 심정을.

–여보세요.

신호음이 흐른 지 얼마 지나지 않아 윤혁이 전활 받았다. 뭐라고 말을 해야 할지 몰라 진별은 쉽사리 입이 떨어지지 않았다.

–많이 놀랐지?

"조금."

–신경 쓰지 말고 촬영만 해. 지금 비행기표 알아보고 있으니까.

출장을 간 지 3일만에 일어난 일이었다. 아직 미국에서의 일이 분명히 처리가 덜되었을 텐데 한국으로 온다는 윤혁의 마음에 진별의 입에 자조적인 미소가 걸렸다.

"일 끝나면 와요."

–너 혼자 있으면 힘들잖아.

"괜찮아요."

분명 더 놀란 것은 윤혁일 것이다. 그러나 그걸 내색하지 않고 의연하게 대처하려는 윤혁의 모습에 진별은 든든함이 느껴졌다.

"열애설의 주인공이 된 심정이 어때요?"

–얼떨떨한 정도?

"기분은 어때요?"

–무슨 기분?

"이진별과 진짜 열애설이 터진 기분요."

–조금 놀랍지만 하늘을 나는 기분이라고 해야 하나? 은근히 기분은 좋은데 나만 생각할 수는 없잖아.

하긴. 열애설이 터지면 자신만 생각할 수 없는 것이 사실이다. 공인인 자신과 달리 윤혁은 이런 상황이면 당황할 것이 분명할 텐데 그런 내색은 하지 않고 있었다. 오히려 자신만을 배려하는 윤혁의 모습에 진별은 갑작스런 열애설로 치솟았던 화가 가라앉았다.

"일 처리 다 하고 와요."

–아니야.

"내 말 들어요. 이번에는 내가 알아서 할게요."

가만히 놔두면 정말 한국으로 들어올 것만 같은 윤혁을 제지시킨 다음에야 진별은 전활 끊었다. 이제 남은 것은 이 열애설 기사를 자신이 알아서 해결할 일만 남았다. 처음엔 이 일에 어떻게 반응해야 할지 몰라 난감했던 진별의 마음은 윤혁과의 통화에서 이미 결정이 났다. 이제 그대로 실행에 옮기는 일만 남은 거였다.

진별은 심호흡을 한 번 길게 뱉고는 사무실로 전화를 걸었다. 그러곤 열애설 등을 관리하는 분에게 촬영장으로 와줄 것을 부탁했다.

그날 오후 인터넷은 온통 진별의 열애 사실로 가득했다. 포털 사이트 검색어 1위는 진별과 윤혁의 이름이었다. 진별은 당당하게 열애 사실과 함께 결혼 계획을 밝힌 터였다. 그 덕분에 현재 해송과 진별은 걸려 오는 전화를 다 받기가 어려울 정도였다.

"1위 이진별 열애, 2위 이진별 결혼, 3위 이진별 장윤혁, 4위 이진별, 5위 장윤혁."

촬영이 비어 있는 틈이면 용준은 진별의 옆으로 다가와 중요 포털 사이트 검색 순위를 읊어주고 있었다. 아주 친절하게 읊어주는 통에 진별은 따로 기사라든지 그런 것을 검색을 해볼 필요가 없을 정도였다.

"푸훗! 여기 헤드라인 제목이 너무 웃겨. '충격! 이진별 5살 연상의 기획사 사장과 열애 중!' 이렇게 되어 있어. 네 연애가 왜 충격이긴 한 모양이다."

진별이 소속사를 통해 보도한 열애설이 진짜라는 사실을 밝힘과 동시에 뒤이어 나온 기사에는 모두 충격이라는 표현이 포함되어 있었다. 그도 그럴 것이 지금까지 진별은 용준을 제외하면 딱히 열애설이 난 적이 없었던 것이다. 더불어 지금까지 그 누구와도 열애를 한다고 말한 적이 없으니 오늘의 발표가 신선하기는 할 터였다. 동시에 결혼 계획까지 밝혔으니 더할 만도 했다.

"아, 짜증나! 누군 연애를 하다 못해서 결혼까지 한다는데 난 이게 뭐냐고!"

계속해서 옆에서 새롭게 뜨는 기사와 네티즌들의 반응을 말해주던 용준이 휴대폰을 손에 꼭 쥔 채로 팔을 이리저리 흔들며 짜증을 표출했다. 그런 용준의 반응에 맞은편에 앉은 진별의 입에 웃음이 절로 나왔다.

"너도 이제 그만 정착해."

"그럴 만한 여자가 생겨야 말이지."

"넌 제발 자유로운 영혼 타령만 안 하면 돼."

"치, 됐어."

정곡을 찌르는 진별의 말에 해송은 콧잔등을 찌푸리며 불만을 드러냈다. 그런 용준을 바라보며 진별은 고개를 절레절레 흔들었다.

"친구로서 진짜 진지하게 한번 물어보자."

"뭘?"

"대체 어떤 모습을 보고 결혼을 결심한 거야?"

"날 먼저 배려하고 생각해주는 마음과 진실한 마음."

"그게 전부?"

믿지 못하겠다는 표정으로 용준이 진별을 진지하게 바라봤다.

그런 용준을 바라보며 진별은 이번에는 혀를 끌끌 찼다. 뭔가 대단한 것이 있을 거라 생각했던 것 같은 용준의 모습이 한편으로는 웃기기도 했다.

"더 추가한다면 믿음직한 모습."

"허……."

뭔가 눈에 띄거나 특별한 것이 아닌 내면의 모습만을 말하는 진별을 바라보며 용준의 입에선 약간은 어이없는 실소가 터져 나왔다.

"외모? 키? 능력? 이런 거는 안 보냐?"

"얘가 아직 철없는 소리를 하네. 외모랑 키 뜯어먹고 살 거야? 능력 때문에 풍족한 삶은 살 수 있겠지만 그게 전부는 아니잖아? 남자가 돈 없으면 내가 드라마 한 번, 영화 한 편 더 찍으면 되는 거야. 그리고 돈이란 있다가도 없는 거라고."

뭔가 어느새 어른이 된 듯한 진별의 말투와 모습에 용준은 두 눈이 커졌다. 마치 쟤가 갑자기 어디 가서 머리에 총이라도 맞았나 하는 표정을 짓고 있었다.

"너 갑자기 철이 든 거 같다?"

"친구, 그건 기본이라고."

항상 장난치고 가볍게 굴던 친구의 모습이 아니라 철이 든 것 같은 진별의 모습이 용준에겐 색다르게 다가왔다. 결혼을 앞두면 사람이 저렇게 변하는가 싶은 생각도 들었다.

"난 촬영하러 갑니다. 좀 이따 봅세."

자리에서 일어난 용준이 대기실 밖으로 나가는 모습을 보며 진별은 피식 미소를 지었다. 진별은 손을 뻗어 휴대폰을 집어 들었다. 열애설이 진짜라고 밝히고 나자 기다렸다는 듯이 지인들에게서 걸려오는 전화에 진별은 전화에 무음으로 바꿔놓은 지 오래였다. 부재중 전화를 확인하던 중에 엄마에게서도 전화가 걸려 와 있었다. 진별은 당장 엄마에게 전화를 걸었다.

–우리 큰딸.

그 언제나처럼 따뜻한 음성으로 자신을 불러주는 소라의 목소리만 들어도 진별의 입가엔 절로 미소가 피어올랐다.

"엄마."

진별은 이렇게 아무 말 없이 '엄마'라고 부르는 것이 제일 좋았다. 예전엔 미처 몰랐던 일이었다. 엄마라고 부르는 것이 이렇게 행복한 일인지.

–우리 딸, 대견해.

"……."

–당당하게 사랑하는 사람이 생겼다고 밝힐 줄도 알고. 엄마는 오늘 놀랐어. 우리 큰딸이 마냥 어리다고만 생각했는데 오늘 보니 어른이었어.

항상 조곤조곤 무슨 일이든 잘했다고 칭찬해주는 엄마였다. 오늘도 역시나 엄마는 잘했다고, 대견하다고 칭찬해주고 있었다. 그런 소라의 모습에 진별은 갑자기 울컥 눈시울이 붉어졌다.

"역시, 우리 엄마."

–응?

"엄마라면 칭찬해줄 거라고 생각했거든."

–아빠도 놀라신 모양이더라. 뿌듯해하시는 거 같았어.

아마 엄마의 말처럼 아빠도 놀라셨을 것이다. 아마도 현재 금별과 지아, 혜아까지도 모두가 비슷한 반응을 보이지 않았을까 싶었다. 아, 물론 보균이 이 기사를 알게 된다면 대본을 쓰다 말고 당장 자신을 찾아오지 않을까 싶은 생각도 들었다.

–장 서방이랑은 연락했어?

"엄마, 그 호칭 너무 어색해."

–뭐가 어색하니. 우리 딸이랑 결혼할 사람인데.

"어우! 아직 기사 못 본 모양이야. 연락이 없어."

'장 서방'이라는 호칭에 진별은 절로 진저리가 쳐졌다. 아직까지 진별에게 저 호칭은 어색하게만 들렸다. 쉽사리 적응이 될 거 같지 않은 느낌이 들었다. 그런 진별의 마음을 아는지 모르는지 소라는 계속해서 윤혁을 '장 서방'이라고 칭하고 있었다.

–바쁜 모양이구나. 성욱 삼촌한테도 연락드려, 알았지?

"아, 맞다. 연락드려야죠."

정신이 없어 깜빡 잊고 있었던 윤혁의 아빠인 성욱 삼촌이 엄마가 말하고 나서야 떠올랐다. 결혼을 하게 되면 그 이후부터는 삼촌이 아닌 시아버지가 되는 거였다. 이 사실을 생각하자 진별은 더 어색한 기분이 들었다. 뭔가 결혼 하나로 모든 것이 어색한 호칭으로 바뀌는 거 같았다.

한국으로 급히 돌아올 것 없이 일을 다 처리하고 오라고 했던 진별의 말을 윤혁은 대수롭지 않게 생각했었다. 무슨 생각이 있는 걸까 하는 느낌도 받았지만 워낙 일이 많은 탓이었다.

아침부터 밤늦게 까지 일 때문에 정신없었던 윤혁은 친구의 전화를 받고 나서야 현재 한국에서 어떠한 일이 일어났는지 알 수 있었다. 친구는 잔뜩 흥분한 채로 전화가 와서는 이진별과 사귀는 남자가 정말 자신이 맞느냐고 열 번이나 더 되물었다. 그때까지 윤혁도 어떠한 상황인지 몰랐기에 급히 전화를 끊고 기사를 보고 나서야 알 수 있었다.

"하……."

이미 수많은 기사가 온통 인터넷을 점령하고 있는 탓에 윤혁은 몇 개만 읽어도 정신이 멍해져 아무런 말을 할 수가 없었다. 회사로 전화를 걸어 확인을 해보려고 하자 모두 진별이 직접 한 일이라는 말만 들었다. 자신에게는 비밀로 하라고 부탁한 탓에 보고를 하지 않았다고 한다.

도저히 여기서 일을 처리할 자신이 없었다. 지금 당장 진별의 얼굴을 봐야만 할 것 같았다. 아니, 보고 싶었다. 자신에게도 비밀로 하고 이렇게 당당하게 열애 중이라고 밝힌 진별이 그리웠다. 그동안 제대로 된 마음 표현도 하지 않고 틱틱거리던 진별이 자신에게 이러한 선물을 안겨줄 거라고는 윤혁은 생각지도 못했었다.

아무리 일이 급해도 더 이상 미국에서 일을 다 처리하고 한국으로 간다는 것은 이미 말도 안 되는 소리였다. 윤혁은 더 이상 참지 못하고 당장 공항으로 전화를 걸어 한국으로 가는 제일 빠른 시간대의 비행기표를 알아봤다.

그렇게 윤혁은 한국으로 향하는 제일 빠른 비행기표를 예약하고는 서둘러 한국으로 돌아왔다. 그 시간 동안 윤혁은 진별에게 그 어떠한 연락도 취하지 않았다. 그저 한시라도 빨리 가서 진별과 마주하고 싶은 생각뿐이었다. 아마 현재 진별도 그 흔한 문자나 전화 통화가 아닌 얼굴을 마주하고 싶을 거라는 생각이 들었다.

한국으로 돌아온 윤혁은 해송에게 전화를 걸어 현재 어디에서 촬영 중인지를 전해 듣고는 곧장 그쪽으로 향했다. 진별이 촬영하고 있는 곳까지 얼마 남지 않았지만 그럴수록 윤혁은 조급함이 생겨났다. 신호 하나 걸리고 차가 조금만 막혀도 윤혁은 조바심에 더 마음이 급해졌다. 미국에서 한국까지 오는 비행기 안에서의 시간과는 또 다른 기분이었다.

"오셨어요?"

진별이 촬영하고 있는 곳으로 오자 해송이 제일 먼저 윤혁을 반겼다. 지금쯤이면 올 것이라 예상하고 해송이 나와 있었던 거 같았다.

"진별……."

"진별이 지금 촬영 중이에요. 곧 끝날 거 같으니까 미리 대기실에 들어가 계세요."

딱히 묻지 않아도 윤혁이 뭘 묻을지 잘 알기에 해송이 알아서 먼저 답했다. 어딘가 모르게 다급해 보이는 윤혁의 모습에 해송은 피식 웃음이 흘러나왔다. 그 언제나 반듯하고 느긋해 보이는 윤혁의 모습은 찾을 수가 없었다. 진별이 저렇게 만들었다는 것을 잘 알기에 해송으로서는 현재 윤혁의 저 다급한 마음도 이해가 되었다.

텅 비어 있는 대기실 안으로 들어온 윤혁은 자리에 앉지도 못하고 멀뚱히 서서는 이리저리 걸었다. 뭐가 이리 자꾸 급한 마음이 드는 것인지 윤혁은 자리에 앉아 있기가 힘들었다. 줄곧 윤혁의 시선이 향하는 곳은 손목에 있는 시계였다. 언제 촬영이 끝이 날지 모르니 이렇게 무작정 기다리고 있자니 더 애가 타는 마음이었다.

그렇게 두 시간 남짓 기다렸을까. 대기실 문이 열리며 진별의 얼굴이 윤혁의 두 눈에 들어왔다. 그 순간 윤혁은 참지 못하고 진별에게로 다가가 와락 끌어안았다.

"어떻게……."

지금 이 순간 진별은 놀랄 수밖에 없었다. 연락도 없더니 갑자기 자신 앞에 나타난 윤혁이기에 진별은 두 눈이 커졌다. 분명 지금쯤이면 미국에 있어야 했다.

"내가 정말 이진별 너 때문에……."

"……."

"사람 놀라게 하는 재주도 여러 가지다."

왜 이렇게 갑자기 한국에 온 것인지 알게 된 진별은 윤혁의 모습에 피식 웃음이 흘러나왔다. 진별의 웃음소리에 윤혁은 자신의 품에서 풀어주고 두 눈을 마주했다.

"웃음이 나와?"

"뭘 그렇게 놀라요."

"너 정말……!"

평소와 달리 항상 여유로운 윤혁의 모습은 그 어디에도 없었다. 다만 반대로 진별의 모습이 그 어느 때보다도 느긋했다. 심지어 별대수롭지 않다는 듯이 말하는 진별의 모습에 윤혁은 기가 막혔다.

"선물이에요."

조용히 자신의 품에 안기며 진별이 윤혁에게 말했다. 아무런 말도 없이 열애설을 인정한 이유에 대해서.

"당신이 나한테 해준 거에 비하면 부족하지만 나도 뭔가를 해주고 싶었어요. 뭔가를 해줄 수 있는 게 없을까 싶었는데 해송 오빠가 그러더라고요. 먼저 당당히 인정하라고."

사실 처음 해송의 말을 들었을 때 진별은 당황스러웠다. 열애 사실을 인정하는 것이 어려운 것은 아니었다. 다만 약간 자신이 없어 멈칫한 것은 사실이었다. 그러나 곧장 진별은 생각을 바꿨다. 이렇게 하는 것이 윤혁에게는 선물이 될 수 있다는 생각이 들었다.

"기특하다."

"뭐가요?"

"그런 생각도 할 줄 알고."

마치 어린아이를 칭찬하듯이 말하곤 거기에 걸맞게 머리를 쓰다듬어 주는 윤혁의 행동에 진별은 기가 막혔지만 좀 더 꽉 안겨 들었다.

"어린애 취급은 사절이에요."

"넌 나한테 머리 땋아달라고 고무줄 내밀던 꼬맹이야."

"내가 그랬어요?"

"응. 갑자기 다가와서는 '오빠, 머리 땋아줘요.' 이러기에 내가 못한다고 했더니 바보라면서 그것도 못하냐고 하면서 울어버리던데?"

언제 적 이야기인지 진별은 생각도 나지 않는 시절의 자신의 모습을 알려주자 진별은 새로웠다. 자신의 머리에는 부분부분 기억으로만 남아 있던 그 시절을 윤혁은 여전히 기억하고 있다니. 그것 또한 진별에게 고마운 일이었다.

진별은 살며시 윤혁의 품에서 벗어나 그의 두 눈을 똑바로 응시했다. 뭔가 할 말이 있는 것 같은 눈빛을 하고 있는 진별의 눈을 윤혁도 피하지 않고 바라봤다.

"평생……."

"……."

"함께해요."

생각지도 못한 진별의 말에 윤혁의 두 눈이 커졌다. 놀란 마음도 아주 잠시, 윤혁의 입가에 미소가 번졌다.

"이거 프러포즈야?"

얼굴 가득 장난기 가득한 미소를 머금고서 프러포즈냐고 묻는 윤혁의 모습에 이번엔 진별의 두 눈이 커졌다.

"이진별이 먼저 프러포즈도 해주고."

"……."

"난 프러포즈 받고 결혼하는 남자네."

이런 반응이 나올 줄 몰랐던 진별로서는 윤혁의 반응이 당황스러웠다. 그런 진별의 마음을 아는지 모르는지 윤혁은 프러포즈를 안 해도 되겠다며 어린아이 같은 해맑은 미소를 짓고 있었다.

"기사로 내야겠어. 이진별에게 프러포즈받고 결혼하는 남자로."

"하! 어떻게 그게 프러포즈예요!"

"평생 함께하자는 말이 프러포즈지."

"생각을 잘못했어요. 방금 한 말 취소!"

"한번 뱉은 말을 취소하는 게 어딨어."

다시금 윤혁이 여유로워졌다. 자신에게 주도권이 넘어왔다는 만족스런 미소와 함께 윤혁은 진별을 약 올리기에 바빴다. 반응을 재깍재깍 해오는 진별이 재미있어 윤혁은 좀 더 장난을 칠 생각을 하고 있었다.

"아, 몰라요. 난 프러포즈 안 받고는 결혼 못해요."

"이진별이 했는데 내가 할 필요는 없잖아."

"나는 못 받았잖아요!"

며칠 만에 얼굴을 마주한 두 사람 사이에 반가움 대신 자신이 졸지에 프러포즈를 하게 된 것이 마음에 들지 않는 듯한 진별의 목소리가 대기실 가득 울려 퍼졌다.

에필로그_별 아지악 이야기

사무실 책상에 앉아 서류를 훑어보는 윤혁의 눈빛이 굳어졌다. 배우들 스케줄과 그 배우들에게 들어온 광고, 영화, 드라마 제의를 바라보던 윤혁은 주먹을 불끈 쥐었다.

이거야 원, 대한민국 미시 배우들은 하나도 없는 것인지. 아님 모조리 휴식을 취하는 것인지. 이토록 대본이 자주 많이 들어오는지 윤혁은 못마땅했다. 소속사 사장의 입장으로 본다면 진별의 많은 활동은 회사와 배우에게 좋은 것이니 환영해야 마땅하다. 그러나 반대로 남편의 입장으로 본다면 당장 은퇴를 시키고 싶었다.

결혼 6년차.

아이를 낳아도 거뜬히 셋은 낳을 수 있는 시기에 윤혁과 진별에겐 귀여운 딸 하나뿐. 예식장을 계약하러 가는 그날에 진별은 이 작품은 꼭 하고 싶다며 대본을 가져왔다. 할리우드로 진출할 기회를 만들어줄 감독의 대본이었다.

일에 대한 욕심이 대단했고 또한 윤혁도 진별이 꿈을 이룰 수 있도록 도와주겠노라 약속했기에 오케이를 했다. 물론 그 작품 때문에 임신을 미뤄야 하는 것은 어쩔 수 없는 일이었다. 아니, 일부러 임신을 미룬 것이 아닌 그럴 수밖에 없었다. 처음 한 달은 지방촬영으로 집에 없었고, 3개월은 해외촬영으로 집에 없었고, 마지막 한 달은 막바지 촬영에 진별의 얼굴을 보기가 힘들었다.

여기서 바로 하늘을 봐야 별을 딴다는 말이 나오는 거구나 싶었다. 얼굴을 마주할 시간도 없는데 언제 아이를 만들겠는가. 거기다 영화 개봉과 할리우드 진출까지 겹쳐 윤혁은 꼼짝 없이 독수공방 생활을 제법 길게 이어가야만 했다.

긴 시간이 지나고 나서야 진별은 임신을 하고 작품 활동을 잠시 중단했다. 그러나 그것도 잠시, 아이가 태어나고 백일이 지났을 무렵부터 진별에게 하나둘씩 대본들이 들어오기 시작했다. 처음엔 윤혁이 조금씩 활동을 시작하라고 했지만 진별은 모든 제의를 고사했다.

딸아이의 육아를 조금 더 하고 싶어 했다. 소라처럼 완벽하고 더할 나위 없는 100점짜리 엄마는 되지 못해도 50점짜리 엄마는 되고 싶다고 했기에 윤혁도 고개를 끄덕였다. 오히려 그런 진별의 마음이 윤혁은 고마웠다.

딸이 돌이 갓 지났을 13개월 무렵, 보균은 꼬박 2년 만에 새로 드라마를 시작하는지라 진별이 꼭 카메오로 잠깐 등장해줬으면 했다. 다른 사람도 아닌 보균이었고 잠깐 카메오로 출연하는 것이라 시간이 오래 걸리지 않을 것이니 진별도 승낙을 했다.

지금 생각해보면 그때, 카메오를 못하게 말렸어야 했다. 어찌 된 것인지 연기에 대한 열정이 육아에 빠져 식었나 싶었는데 전혀 아니었다. 카메오로 잠깐 촬영을 하고 오더니 진별은 다시금 연기를 하고 싶어 하는 욕구가 강해졌다. 처음엔 윤혁도 집에만 틀어박혀 육아만 하는 진별보단 밖에서 어느 정도 연기 활동도 하며 지내는 것이 보기 좋을 것 같았다.

그러나 그 생각은 얼마 지나지 않아 윤혁의 착각이었다는 게 밝혀졌다. 한 작품을 끝내고 나면 어느 정도 쉬고 다시 시작하겠지 하는 윤혁의 생각과는 달리 진별의 활동은 줄줄이 이어졌다.

결혼을 하고 나면 인기가 줄어들기도 한다던데 그건 진별에게 있어 예외였다. 오히려 결혼과 출산 이후 인기가 더 좋아졌다. 연기력도 한층 더 성숙해졌다는 평가를 받으며 진별은 승승장구했다. 그런 진별의 모습이 윤혁도 처음에는 한없이 보기 좋고, 남편으로서 뿌듯했다.

그러나 지금은 전혀 달랐다. 딸아이의 나이가 4살이 되었음에도 진별은 둘째를 가질 계획은 전혀 없어 보였다. 계속해서 옆에서 윤혁이 귀가 따가울 정도로 둘째, 둘째, 둘째를 외쳤지만 진별은 '이번 작품만 끝나면.' 이라는 말만 할 뿐이었다.

"하……."

오늘만 해도 진별에게 들어온 대본만 무려 7개.

이 대본들을 바라볼 때면 윤혁의 입에선 절로 한숨이 나왔다. 이 작품 대본들을 본다면 진별은 또 욕심을 낼 것이 분명했다. 거기다 이번엔 보균의 작품도 포함되어 있으니 진별이 더 하고 싶어

할 터였다.

[너까지 대본 보내고 싶냐?]

윤혁은 참지 못하고 휴대폰을 집어 들어 보균에게 신경질적으로 메시지를 보냈다. 얼마 전에 보균이 다시금 드라마를 하나 맡은 것은 알았지만 진별에게 대본을 보내올 줄은 몰랐다. 현재 자신의 상황과 심정을 잘 아는 보균이기에.

그런 윤혁의 마음을 잘 아는 것인지 얼마 지나지 않아 휴대폰이 울렸다. 발신자는 다름 아닌 보균이었다. 윤혁은 신경질적으로 전화를 받았다.

"왜."

–동생 전화를 누가 그렇게 받아.

"너 같음 내가 지금 곱게 받게 생겼니?"

약간은 악에 받친 듯한 윤혁의 말투에 뭐가 웃긴지 보균은 킥킥거리며 웃었다. 그런 보균의 웃음소리에 윤혁은 짜증이 더 솟구쳐 올랐다.

"넌 동생이 되어서……."

–형 동생이기 전에 난 작가기도 해. 그러니 어쩔 수 없어.

"아무리 그래도 이건 좀 아니지 않냐?"

–내가 반대해도 감독님이 보내셨을 거야.

"힘 있는 작가님이 이 형을 도와줄 수는 없니?"

–형 좋자고 이 동생 작품은 망해도 괜찮아?

"꼭 진별이 아니더라도 되잖아."

사이좋은 형제지간인 윤혁과 보균이 서로 다른 입장을 놓고 대립을 했다. 지금껏 한 번도 없었던 일이었다. 현재 윤혁은 진별의 남편 입장으로서, 보균은 드라마를 생각해야 하는 작가의 입장으로서 말을 하다 보니 대립이 될 수밖에 없었다.

"네 조카 동생 좀 만들어주자."

–이왕 미뤄진 거, 이번 드라마만 끝나고 만들어.

"장보균, 너 정말 이럴래?"

–형, 우리 이러지 맙시다.

"뭘?"

–어차피 선택은 진별이가 할 거잖아.

하긴. 아무리 윤혁이 반대를 한다고 해도 진별이 한다고 하면 어쩔 수 없는 일이었다. 남편과 한 가정의 가장으로서 생각을 한다면 분명 반대해야 되는 일이지만, 또 한편으로는 사랑하는 사람이 하고 싶은 일을 하며 날개를 펼치는 모습 또한 보기 좋았다.

–형, 방법은 하나다.

"무슨 말이야?"

–확 임신시켜.

"넌 그게 말처럼 쉽니?"

–임신 안 하려면 지금 피임할 거 아니야. 콘돔에 구멍이라도 내.

간단하고 쉽게 생각하는 보균의 말에 윤혁은 피식 웃음이 흘러나왔다. 어디 윤혁이라고 그 생각을 안 해봤겠는가. 아니, 이미 콘돔에 구멍을 내는 일은 벌써 열 번도 더 했었다.

진별의 활동 중간중간, 쉬는 날짜와 배란일이 맞아 들어 콘돔을 구멍을 낸다고 해도 그야말로 딱 하룻밤, 한 번에 성공해야 하는 거였다. 첫아이 때는 정말 딱 하룻밤에 되던 일이 둘째는 윤혁의 마음대로 되지 않았다.

"임신이 말처럼 쉽니?"

―하긴.

"그야말로 하늘에서 점지해주시는 거란다, 동생아."

여전히 솔로 생활을 고집하고 있는 보균에게 윤혁은 가르침을 주듯이 말했다. 정말 임신이 말처럼 쉬운 것 같으면 얼마나 좋겠는가 하는 생각을 윤혁도 수도 없이 했었다.

"그나저나 넌 이번에도 아니야?"

―응.

"제발 좀…… 적당히 하자, 동생님."

이번엔 윤혁이 보균을 타일렀다. 이제 보균의 나이 서른여섯. 남들이라면 결혼을 하고 이혼을 하고 재혼을 하고도 남을 시기에 보균은 여전히 혼자만의 시간을 즐겼다. 그런 보균을 바라보며 성욱은 답답함에 홀로 가슴을 내려쳤다. 그런 성욱이 한 달에 두 번은 꼬박꼬박 보균의 맞선자리를 마련하고 있지만 그때마다 보균은 번번이 퇴짜를 놓았다. 가끔은 여자 쪽에서 보균의 욕을 잔뜩하며 퇴짜 놓기도 했다.

"이제 장가 좀 가야지?"

―때가 되면 갑니다.

"나이를 생각하세요, 장보균 작가님."

―아직 젊어.

“이러다가 네 자식이 대학 들어갈 때 넌 환갑잔치해야 될지도 몰라.”

–뭐, 이왕 늦어진 거 내 자식이 초등학교 입학하면 난 환갑잔치 하면 되겠네.

어디 작가 아니랄까봐. 곧 죽어도 말로는 지지 않는 보균 덕분에 윤혁의 입에선 한숨이 더 짙어졌다. 회사 일에, 진별의 일에, 하나뿐인 딸아이의 하루하루 다른 성장만 해도 윤혁은 충분히 바쁜데 거기다가 보균까지 걱정거리를 안겨다 주고 있었다. 처음엔 알아서 하겠지, 하고 잠시 접어둔 일이었는데 뒤돌아보니 보균의 나이와 아버지의 주름살과 흰머리가 상황을 잘 대변해주고 있었다.

“올해 안에 결혼할 여자 안 데리고 오면 아버지가 너 필리핀 여자랑 국제결혼이라도 시키실 모양이더라.”

–허…….

“그 정도로 아버지가 네 결혼에 관심과 걱정을 많이 하신다는 말이야.

–아, 진짜. 아버지 재혼을 좀 시켜드려야겠어. 이거야 원, 귀찮아서 못살겠어.

재혼을 하라고 해도 굳이 하지 않고 홀로 살아가는 성욱이 윤혁의 마음에서는 걱정이 되었지만 어찌할 방도가 없었다. 손녀가 있으니 이제 외롭지 않다는 아버지에게 강제로 여자를 붙여드릴 수는 없는 노릇이었다. 자신의 재혼은 싫어도 아들 녀석의 결혼만은 꼭 시켜야겠다는 일념을 가진 성욱을 윤혁도 말릴 수는 없었다.

–자꾸 이러면 정말 확 아무 여자나 데려다가 결혼해버리는 수가 있어.

"그 아무 여자라도 좋으니 좀 데리고 와서 보여줘."

–형까지 이럴래?

"난 형이기 전에 아버지의 걱정을 덜어드려야 하는 아들이니까."

당당한 윤혁의 말에 보균은 한숨을 푹푹 내쉬고는 전활 끊었다. 근 반년 동안, 윤혁과 보균은 통화만 하면 같은 상황으로 통화가 마무리되었다. 윤혁은 보균에게 결혼 좀 하라는 말을 하고, 보균은 곧 죽어도 생각 없다고 말했다. 지금껏 의견 한번 충돌하지 않았던 형제간에도 결혼은 다른 문제인 것 같았다.

휴대폰을 책상 위에 내려놓은 윤혁은 눈앞에 보이는 대본을 몽땅 집어 들었다. 둘째, 둘째, 매번 노래를 부르며 진별이 활동을 쉬었으면 하면서도 윤혁은 바보같이 매번 대본을 챙겨 집에 가져갔다.

차를 집 앞에 세운 윤혁은 한 손에는 대본이 담긴 종이봉투를, 한 손에는 장모님이 좋아하시는 쿠키와 딸이 좋아하는 딸기를 들고 내렸다.

매일 손녀를 어린이집이 끝나는 시간에 맞춰 데리러 가서, 딸이 결혼한 집으로 와서 사위가 퇴근을 할 무렵까지 봐주시는 장모님에게 윤혁은 고맙고 죄송한 마음이 함께였다. 결혼을 하고 효도를 충분히 해드려도 부족할 텐데 손녀의 육아까지 책임지고 있으니 말이다.

"어머니, 접니다."

초인종을 누르고 윤혁은 자연스레 소라를 향해 어머니라는 호칭으로 불렀다. 결혼과 동시에 소라는 윤혁에게 장모님이 아닌 엄마가 되어 있었다. 그날 이후 자연스레 윤혁도 소라에게 어머니라고 불렀고 소라 또한 윤혁을 아들이라 불렀다.

대문이 열리고 작은 마당을 지나 윤혁은 현관문을 열고 집 안으로 들어갔다. 그런 윤혁을 제일 먼저 반긴 것은 분홍색 핀을 머리에 꽂은 딸 윤진이었다.

"아빠. 아빠. 아빠."

자신의 다리에 매달려 아빠 소리를 연신 내뱉는 윤진을 윤혁이 손에 들린 물건을 내려놓고 번쩍 안아 올렸다.

"잘 놀았어요?"

"네!"

언제나 해맑게 웃는 윤진을 바라보며 윤혁도 덩달아 미소 지었다. 웃는 모습 하나는 진별을 그대로 닮아 있었다. 별처럼 빛나는 엄마와 잘 어울리는 딸이었다.

"오늘도 어린이집 잘 다녀왔어요?"

"네."

"선생님 말씀도 잘 듣고, 친구들하고도 사이좋게 놀았죠?"

"네."

매일 똑같이 하는 윤혁의 질문에도 뭐가 그리 좋은지 윤진의 얼굴에서는 미소가 떠나지 않았다. 이런 딸을 볼 때면 윤혁은 둘째 생각이 더 간절했다. 첫째도 이토록 귀엽고 예쁜데 둘째는 어떨까 하는 기대감이 컸다.

"우리 딸, 잠깐 내려가자."

윤혁은 딸의 머리를 쓰다듬어 주며 소파에 내려놓았다. 그런 다음 윤혁은 자신이 사왔던 것을 소라에게 내밀었다.

"어머니 좋아하시는 쿠기 좀 사왔어요."

"뭘 이렇게 사와."

"어머니 고생하시는데 이 정도는 얼마든지 해드려야죠."

"윤진이가 얼마나 착해. 이건 고생도 아니지."

무슨 말이든지 한 번만 말하면 알아듣고, 나쁜 일과 좋은 일을 구별할 줄 아는 윤진을 돌보는 일은 소라에게 전혀 버겁지 않은 일이었다. 겨우 오후에 몇 시간 봐주는 것쯤은 쉬운 일이었다. 더불어 자신의 딸이 마음 편히 연기를 할 수 있게 도와주는 일이기에 소라에겐 진별의 집을 오가는 일이 어렵고 번거롭지 않았다.

"윤진아, 아빠가 딸기 사오셨네?"

"우와!"

소라가 봉투를 열어 딸기를 발견하고는 꺼내 들었다. 주방으로 향하는 소라의 뒤를 윤진이 졸졸 따라갔다. 진별을 닮아 식성도 비슷했다. 딸기와 딸기우유만 있으면 윤진에게는 그 어떠한 것도 필요가 없었다.

깨끗이 씻은 딸기를 꼭지까지 따서 소라가 윤진에게 내밀었다. 윤진은 한 치의 망설임도 없이 딸기를 받아 들어 입안으로 넣었다. 제법 큰 딸기를 한입 가득 넣은 윤진은 오물오물거리며 맛있게도 먹었다.

"어쩜 이리 진별이랑 똑같을까."

"오늘도 딸기우유 많이 먹었어요?"

"2개밖에 안 먹었어."

하루에 딸기우유를 기본적으로 5개 정도는 거뜬히 먹는 윤진을 생각하면 2개는 애교에 가까운 숫자였다. 어쩜 이리 어릴 때의 진별과 똑 닮아 딸기를 좋아하는 것인지. 이따금씩 윤혁은 불안했다. 웬 남자가 딸기우유만 사주면 좋다고 결혼하자고 할까 봐.

저녁까지 같이 먹고 소라가 돌아간 이후, 윤혁은 윤진과 나란히 앉아 DVD를 관람했다. 요즘 아이들에게는 대통령으로 불린다는 캐릭터가 나오는 거였다. 저 안에서 나오는 노래를 따라 부르며 윤진은 뭐가 즐거운지 춤까지 췄다. 그런 윤진의 재롱에 윤혁의 입가엔 내도록 웃음이 매달려 있었다.

윤진이를 분홍빛의 딸기가 그려진 잠옷으로 갈아입히고 재운 후, 윤혁은 홀로 거실로 나와 진별을 기다렸다. 오늘은 혼자 광고 촬영을 한다고 하더니 생각보다 늦어지는 모양이었다. 새벽 일찍 나갔음에도 불구하고 밤 10시가 넘도록 진별은 귀가하지 않았다.

거실에 있는 대문 밖으로 차 불빛이 느껴졌다. 집 앞이다 보니 진별일 것을 알아차린 윤혁은 조용히 현관문을 열고 밖으로 나갔다. 2층 자기 방에서 자고 있는 윤진이 혹여나 문을 여닫는 소리에 깰까 봐 조심하는 거였다.

"왔어?"

차에서 내려 매니저에게 인사를 한 진별의 귀에 들리는 윤혁의 음성이 들렸다. 뒤를 돌아 윤혁을 발견하고는 진별은 눈을 동그랗게 떴다.

"왜 나와 있어요?"

"우리 예쁜 마누라 누가 채갈까봐."

기분 좋은 립서비스에 진별은 윤혁을 향해 눈을 흘기면서도 얼굴 가득 미소를 머금었다. 결혼한 지 6년이 넘도록 아직도 윤혁의 눈에는 콩깍지가 벗겨지지 않은 것 같았다.

"누가 채간다고? 아줌마는 관심도 안 줘요."

"당신더러 누가 아줌마래?"

"이젠 나도 아줌마에요. 대한민국 30대 아줌마."

결혼을 막 하고 혼인신고를 했을 무렵 윤혁이 진별에게 이제 아줌마라고 할 때마다 민감하게 굴던 모습은 이제 없었다. 오히려 이젠 아줌마라는 단어를 본인 입으로 뱉고 있었다. 그런 진별의 모습에 윤혁은 피식 웃음이 흘러나왔다.

"나한테 당신은 영원한 꼬마 숙녀야."

"7살 꼬맹이?"

"응. 딸기우유에 결혼하자고 하던 순수한 7살 꼬마 아가씨."

옛날 일을 되새기는 윤혁의 말에 진별의 입에선 참지 못하고 웃음이 터져 나왔다. 아무리 철이 없는 나이라고는 하지만 딸기우유에 넘어가서 결혼하자고 했던 그 시절을 생각하면 진별은 웃음이 멈춰지지 않았다.

"윤진이도 걱정이야."

"왜요?"

"딸기우유만 사주면 당신처럼 결혼하자고 할까 봐."

"안 돼!"

양팔로 엑스까지 그어가며 안 된다고 소리치는 진별을 윤혁이 물끄러미 바라봤다.

"왜? 나 같은 남자면 괜찮지 않나?"

"괜찮긴 하지만……."

"그런데?"

"어릴 때부터 한 남자한테 코 꿰이는 거 난 싫어요."

진별의 말을 다 들은 윤혁은 눈을 가늘게 뜨고 시선을 맞췄다.

"그래서 나한테 코 꿰였다?"

"우린 20년 넘게 떨어져 있었으니 그건 아니죠."

"너무 오래 떨어져 있었어."

윤혁의 말에 진별은 고개를 끄덕였다. 결혼을 해서 같이 살다 보니 진별은 가끔 이런 생각도 들었다. 조금 더 일찍 만났다면 어땠을까. 그랬다면 같이할 수 있는 시간이 길었을 테니 좋지 않을까 하는 생각을 한 적도 많았다.

"가끔은 같이 어린 시절의 이야기를 공유할 수 있으니 그건 좋아요."

"우리처럼 한쪽만 기억하면 서글퍼져."

"아니, 그럼 첨 만났을 때부터 한국이름을 말했어야지. 누가 미국에서 쓰던 이름으로 소개하래요? 안녕하세요, 헨리입니다. 어우, 기막혀."

몇 년이 훨씬 지난 일임에도 불구하고 여전히 진별과 윤혁은 이 문제로 아웅다웅 했다. 한국이름을 말했으면 첨부터 기억을 했을 거라는 진별과 그렇게 했더라도 기억을 하지 못했을 거라는 윤혁의 의견이 매번 충돌되었다.

"배고파요. 먹을 거 있어요?"

"어머니표 순두부찌개."

"얼른 들어가요."

소라가 끓인 순두부찌개라는 말에 진별이 윤혁을 놔두고 앞서 걸어갔다. 그런 진별의 뒤를 따라가며 윤혁이 투덜거렸다.

"이거 좀 섭섭하군."

앞서 걷던 진별이 멈춰 서 몸을 뒤로 돌려 윤혁을 바라봤다.

"어머니 음식에 신랑을 버려?"

"이젠 음식에도 질투해요?"

"응."

"좀 있으면 온갖 사물에 다 질투하겠네."

여전히 뭔가에 질투를 해주는 윤혁이 좋으면서도 진별은 아무렇지 않은 듯이 다시금 몸을 돌려 앞서 걸었다. 그런 진별의 뒤를 따라가며 윤혁이 입을 삐죽거렸다.

"며칠 사이에 들어온 대본들 가져왔어."

"마음에 드는 작품 있어요?"

"2개 정도?"

윤혁의 말에 진별이 고개를 끄덕였다. 결혼을 하고 아이를 낳으면 제의가 줄어들 줄 알았는데 그렇지 않았다. 오히려 연기할 수 있는 캐릭터의 폭이 늘어나 더 많아졌다. 그런 것에 진별은 감사함을 느꼈다.

"보균이 작품도 있어."

"당장 봐야지."

"보균이가 전화 왔었는데, 긍정적으로 검토 좀 해달라고 하더라고."

"당연히 그래야죠. 누구 작품인데."

아이를 낳고 카메오로 보균의 드라마에 출연한 진별을 두고 항간에는 말이 많았었다. 어찌 섭외한 거냐는 식의 질문을 놔두고 말이다. 그때 진별과 보균이 가족이 되었다는 사실이 보도되어 가족의 파워라는 식으로 많이들 떠들었다.

"당분간 쉴까요?"

집 안으로 들어와 옷도 갈아입지 않고 손만 씻고 식탁에 앉은 진별이 윤혁을 향해 조심스럽게 말을 건넸다. 냉장고 안에서 반찬을 꺼내던 윤혁의 두 눈이 커져 진별을 바라봤다.

"웬일이야?"

"당신이 원하는 일이니까."

"그런 말 하지 마. 당신이 쉬고 싶을 때 쉬어."

속마음이야 당장이라도 진별에게 '잘 생각했어. 이제 좀 쉬어.' 라고 말하고 싶지만 윤혁은 그 속내를 꼭 감췄다. 자신 때문에 괜스레 진별이 자신의 날개를 꺾어버리게 만들고 싶지 않았다.

"우리 신랑은 자기가 한 말은 다 지키네."

"난 그런 남자야."

결혼하고 지금까지 단 한 번도 본인의 말을 지키지 않은 적이 없었다. 그런 윤혁을 생각하면서 진별은 새삼 자신이 참 대단한 남자랑 산다는 느낌이 들었다.

"아, 배고파."

"아무것도 못 먹었어?"

"10시 좀 넘어서 샌드위치 하나?"

"지금 시간이 몇 시야."

걱정스러운 표정을 얼굴 가득 담은 채로 말을 하는 윤혁을 바라보며 진별이 괜찮다는 듯이 웃어 보였다. 에어컨 광고 촬영과

지면 촬영까지 같이하느라고 하루 종일 진별은 바람을 맞으며 킬힐을 신고 서 있어야 했다.

"어서 먹어."

진별이 숟가락을 들고 소라가 해놓고 간 순두부찌개를 한입 먹으며 얼굴 가득 행복한 미소를 머금었다. 그런 진별을 바라보며 윤혁은 윤진의 얼굴이 같이 떠올랐다.

"그 엄마에 그 딸이야."

입안 가득 밥을 넣어 오물거리며 진별이 윤혁을 바라봤다.

"아까 윤진이도 당신하고 똑같은 표정 지었어."

자신을 똑 닮은 윤진 때문에 진별은 웃음이 터져 나올 것 같아 손으로 입을 틀어막았다. 집에 들어오자마자 진별은 곤히 잠들어 있는 윤진의 얼굴을 잠깐 봤었다. 근래에 바빠 윤진과 함께하는 시간을 가지지 못한 것이 미안했다.

"둘째도 꼭 딸로 낳아줘."

"그게 내 맘대로 되나?"

"날 닮은 딸이 필요해."

임신 전에는 진별에게 윤혁은 항상 말했었다. 당신 닮은 딸이면 만족한다고. 그랬던 윤혁은 윤진이 태어나고 생각이 바뀌었다. 진별을 닮은 딸이 있으니 자신을 닮은 딸이 있으면 어떨까 하고 말이다.

"윤진이는 식성만 날 닮았지, 성격은 딱 당신이에요."

이제 겨우 4살 된 딸이 어찌나 꼼꼼한지 진별은 가끔씩 혀를 내둘렀다. 머리를 묶는 것도 좌우 균형을 똑같이 해야만 했다.

"뭐, 성격은 나 닮으면 안 되지만."

혼잣말로 중얼거리는 진별의 말을 들은 윤혁은 피식 웃음을 터트렸다. 배 속에 윤진이 있을 때부터 진별이 항상 하던 말이었다. 까칠한 자신의 성격은 닮으면 안 된다며 말이다. 뭐, 지금은 윤진은 진별의 말을 잘 들어서 태어난 거라고 할 수 있었다.

"잘 먹었어요."

"얼른 씻고 옷 갈아입어."

밥 두 그릇을 비운 진별이 의자에서 몸을 일으켰다. 피곤한지 어깨가 축 처져 방으로 걸어가는 진별의 모습에 윤혁의 마음이 편하지 않았다.

설거지까지 마친 윤혁이 남은 딸기를 작은 접시에 담아서 방으로 향했다. 방문을 열자 환한 빛이 아닌 스탠드만 켜진 상태였다.

"빨리 와요."

"불은 왜 껐어?"

"침대 위에 올라오면 알죠."

이제 보니 화장대 위에 초까지 피워놓고 진별이 윤혁을 향해 손짓했다. 이제야 진별의 의도를 알아차린 윤혁이 딸기가 담긴 접시를 화장대 위에 올려놓고 슬금슬금 다가갔다. 입가 가득 늑대와 같은 미소를 지은 채로.

"흠……."

윤혁이 침대 가까이로 다가 오자 진별은 기다렸다는 듯이 몸을 덮고 있던 이불을 걷어냈다. 그 안에서 진별은 속살이 훤히 비치는 하늘하늘한 슬립을 입고 다리를 꼬아 요염한 자세를 잡고 있었다.

"어때요?"
"맘에 들어."
만족스러운 웃음을 지으며 윤혁의 그대로 침대 뛰어들어 진별의 몸 위로 올라갔다. 오랜만에 깜짝 쇼를 한 진별의 이마에 윤혁은 연신 입을 맞췄다.
"언제까지 이마에 머물 거예요?"
기다리기 지루했는지 진별이 입을 삐죽거리며 윤혁에게 물었다. 그런 진별의 물음에 화답을 하려는지 윤혁의 손이 단박에 그녀의 은밀한 곳까지 침범했다.
"아!"
단박에 침입한 윤혁의 손길에 진별의 입에선 신음이 흘러나왔다.
"자꾸 유혹하면 가만히 안 놔둘 거야."
"가만히 안 놔두면요?"
"해 뜰 때까지 괴롭힐 거야."
능글맞은 미소를 지으며 말하는 윤혁의 입을 바라보며 진별은 한쪽 눈을 살짝 감아 윙크를 했다. 오늘 정말 유혹하려고 작정한 듯한 진별의 신호에 윤혁의 입이 그녀의 가슴으로 향했다.

오랜만에 친구 하나와 마주 앉은 진별의 얼굴엔 편안함이 가득했다. 그런 진별의 맞은편으로 하나가 남산만 한 배를 만지며 자리에 앉았다.
"얼마 안 남았지?"
"3주 정도."

어느새 셋째를 임신한 하나의 모습을 보며 진별은 고개를 절레절레 흔들었다. 첫째 아이를 낳을 때만 해도 더 이상의 출산은 없을 거라던 하나였다. 그런 하나가 얼마 안 있으면 세 아이의 엄마가 된다는 것이 진별은 이상했다.

"이왕이면 넷째도 낳아."

"재수 없는 소리 할래?"

"셋까지 낳는데 넷이면 뭐 어때서."

둘째까지는 어찌 남편의 설득에 못 이겨 낳았는데 셋째는 그야말로 갑작스런 일이었다. 예정에도 없던 셋째 임신으로 하나는 결혼하고 지금까지 자신이 임신하고 출산만 반복하는 듯한 기분이 들었다.

"윤진이는?"

"아이스크림 사들고 올 거야. 준이 오빠랑 아이스크림 먹어야 한다면서 제 아빠 손을 기어코 잡아 이끌고 가더라고."

"며칠 전부터 준이가 윤진이 언제 오냐고 내도록 묻는데 미치는 줄 알았어."

2살 터울인 준이랑 윤진은 제법 친하게 지냈다. 둘이 만나면 딱히 크게 하는 것도 없는데 뭐가 그리 즐거운지 둘은 헤어지자고 하면 울음을 터트리기까지 했다.

"나중에 윤진이 내 며느리 되는 거 아닌 가 몰라."

"성격 감당되겠어? 내 딸인데?"

"나랑 사니? 준이가 데리고 살 건데 알아서 하겠지."

한발 뒤로 물러나 강 건너 불구경하는 것 같은 하나의 말에 진별은 고개를 끄덕였다.

"넌 둘째 생각 없어?"

"드라마 한 편만 찍고 나면 생각해봐야지."

"또?"

"이번엔 진짜야. 도련님 작품인 데다가 너무 좋아서 어쩔 수 없었어."

진별이 둘째 생각을 할 때마다 작품이 걸려 번번이 미루어진 지 벌써 2년째였다. 그런 진별을 바라보며 하나는 고개를 절레절레 흔들었다.

"그러다가 윤진이 중학교 들어가겠다."

진지한 하나의 말에 진별은 경악하는 표정을 지으면서도 정말 더 이상 미루다가는 그렇게 될지도 모르겠다는 생각도 들었다.

"이왕이면 빨리 가져."

"그래야지."

"윤진이도 동생 원한다면서."

"그건 전부 다 엄마, 아빠, 오빠도 부족해 애 아빠까지 윤진이만 보면 동생이라는 단어를 주입시켜 놨으니 그러지."

온 가족이 똘똘 뭉쳐 둘째를 저토록 기다리고 있으니 진별은 기가 막혔다. 온 가족이 뭉쳐서 결혼을 밀더니 이번에는 임신이다. 가족들끼리 단합 하나는 좋다는 생각을 하며 진별은 한숨을 쉬었다.

"준이 오빠!"

아이스크림을 손에 든 윤진이 하나의 집 안으로 뛰어 들어오며 준이를 찾았다. 그런 윤진의 모습에 하나는 웃음을 터트렸다. 현관문을 열어준 자신에겐 배꼽인사만 하더니 준이는 저토록 큰 목소리로 부른다. 그런 윤진의 모습에 하나는 기가 막히면서도 웃음이 자꾸만 터져 나왔다.

"오빠!"

"진별아!"

큰 목소리로 부르는 윤진의 목소리에 준이가 방에서 나왔다. 준이의 얼굴에도 진별의 발견하고는 함박웃음이 걸렸다. 그런 둘의 모습을 바라보며 윤혁을 비롯한 진별과 하나는 웃음이 절로 나왔다. 4살, 6살의 두 아이들의 모습이 보기만 해도 귀여웠다.

"오빠, 나랑 아이스크림 먹자."

"응."

윤진이 내민 아이스크림을 준이가 받아 들었다. 둘이 쌩하니 준이의 방으로 들어가는 윤진의 모습을 바라보곤 윤혁이 소파로 다가왔다.

"여기, 아이스크림."

"우리 것도 사오고, 역시 센스가 좋으셔."

하나가 윤혁을 칭찬하며 아이스크림이 든 봉지를 반겼다. 제일 먼저 하나가 아이스크림이 담긴 덮개를 열고는 스푼을 집어 들었다. 진별도 아이스크림을 스푼 가득 떠서 입안으로 넣었다.

"욱!"

입안으로 아이스크림이 들어가자마자 진별이 입을 틀어막았다. 그런 진별의 모습에 놀라 윤혁이 티슈를 뽑아 진별에게 건넸다.

"왜 그래? 맛이 이상해?"

티슈에 아이스크림을 뱉어낸 진별이 인상을 찌푸렸다. 그런 진별의 모습에 윤혁과 하나는 어리둥절하게 바라봤다.

"맛은 괜찮은데."

"아, 몰라. 난 못 먹겠어. 이상해."

얼굴 가득 눈살을 찌푸리며 못 먹겠다는 진별을 바라보며 하나가 아이스크림을 한번더 먹어보곤 고개를 갸우뚱했다. 그 순간 하나의 머리에 스치고 지나가는 생각이 하나 있었다.

"혹시 임신 아니야?"

"임신?"

"그래, 너 윤진이 때도 아이스크림 못 먹었잖아."

하나의 말에 진별이 고개를 갸웃거렸다. 그런 진별을 뒤로하고 하나는 서둘러 윤혁에게 임신테스트기를 사오라고 시켰다. 윤혁도 혹시나 하는 마음에 서둘러 집 밖으로 나갔다. 그런 윤혁이 나가고 진별은 손가락으로 날짜 계산을 해봤다.

"맞아?"

"그게 좀……."

맞는 거 같기도 하고, 아닌 거 같기도 해서 진별은 확실한 대답을 하지 못했다. 한 달 전쯤에 슬립을 입고 윤혁을 유혹했던 그날이 진별은 살짝 걸렸다. 설마 맞을까 하는 생각을 하며 진별은 약간 초조했다.

"둘째면……."

"드라마 못 찍네."

임신 초기에 드라마 촬영을 밀고 나가는 거는 무리가 있을 것이다. 아마 하나의 말처럼 보균의 드라마는 진별의 것이 아니게 되는 거였다. 내일 만나서 계약서에 도장을 찍기로 했는데 말이다.

약국에 가서 사온 임신테스트기를 윤혁이 진별에게 내밀었다. 진별은 몸을 일으켜 화장실로 향하면서도 연신 고개를 갸웃거렸다. 한편으로는 임신이기를, 한편으로는 임신이 아니기를 바라는 마음이 양쪽에서 동시에 작용하고 있는 중이었다.

"둘째면 좋겠죠?"

"당연하죠."

난감해하는 진별과 달리 둘째를 바라는 윤혁의 모습에 하나는 속으로 웃었다. 부부가 서로 다른 생각을 하고 있다는 것에 말이다. 물론 현재 하나도 진별이 임신이었으면 하고 바랐다.

"윤진아, 이거."

"우와!"

한편, 준이가 주방에서 어제 사둔 딸기우유를 가져와 윤진에게 건넸다. 딸기우유를 받아 든 윤진의 얼굴 가득 미소가 피어올랐다.

"오빠가 최고야."

윤진이 엄지를 치켜들어 준이를 향해 내밀었다. 그런 행동에 준이의 얼굴이 붉게 물들었다.

"오빠한테 시집오면 매일 딸기우유 먹을 수 있어."

"정말?"

"응!"

당돌한 준이의 말에 윤진은 잠깐 뭔가를 생각하는 것 같더니 얼굴을 붉히며 입을 열었다.

"오빠한테 시집갈래."

부끄러운지 얼굴을 붉게 물들인 채로 말하는 윤진의 모습에 윤혁은 어이가 없었다. 이, 이건 진별과 그냥 장난으로 했던 말이었다. 어쩜 저리 딸기우유에 쉽게 오케이를 하는 것인지.

"윤진이는 제 며느리가 될 모양이네요."

"하하."

이 상황이 너무 기가 막혀 윤혁의 입에선 헛웃음밖에 나오지 않았다. 어쩜 저리 진별과 똑같은 것인지. 딸기우유에 넘어가 홀랑 시집간다고 대답하는 윤진의 모습에 윤혁은 할 말이 없었다.

기분 좋은 미소를 머금은 하나와 멍한 윤혁의 앞으로 진별이 다가왔다. 오른손에는 임신 테스트기를 든 채로 말이다.

"한 줄? 두 줄?"

무거운 몸을 일으켜 하나는 진별의 손에 들린 임신테스트기를 집어 들었다. 하얀색의 임신테스트기 위에 빨간 줄이 두 줄 그어진 것을 확인한 하나는 터져 나오려는 웃음을 뒤로하고 윤혁에게 건넸다.

"축하해."

둘째 임신이라는 사실에 진별은 온몸에 힘이 빠져 소파에 주저앉았다. 그런 진별의 입에서도 계속해서 간헐적으로 웃음이 터져 나왔다.

"이, 이건……!"

임신이 확인 되는 선명한 두 줄 표시에 윤혁은 두 눈이 동그랗게 커졌다. 설마, 설마 했는데 진짜 임신인 것이 확인되자 윤혁은 믿어지지 않았다.

"축하해요, 둘째 임신."

둘째 임신이라는 단어에 힘을 줘 하나가 윤혁에게 축하 인사를 건넸다. 그런 하나의 인사에 윤혁은 웃음으로 답을 대신했다. 자리에서 일어난 윤혁이 진별의 곁으로 다가갔다.

"고마워."

꼭 끌어안은 윤혁에게 진별이 정신을 차려 입을 열었다.

"당신 닮은 딸이기를 빌어요."

"당신 닮은 딸이어도 좋아."

임신 전에는 자신을 닮은 딸이었으면 했던 윤혁도 이젠 상관없었다. 아들이든 딸이든 윤진이처럼 건강하게만 태어나면 바랄 것이 없었다.

-마침-

작가 후기

오랫동안 제 품안에 있던 글을 떠나보내려고 하니 두근거리기도 하고 걱정스럽기도 하고 마음이 복잡하네요. 『결혼을 지속하는 기간』의 주인공의 2세인 쌍둥이 중 진별을 주인공으로 잡고 글을 시작했습니다. 물론 이 글을 처음 생각한 거는 오래전인데 계속해서 쓰다가 접고를 무한 반복하다가 2014년이 되어서야 이렇게 세상 빛을 보게 되니 뭔가 이상하네요.

이 글을 쓰기 전에 생각하던 것이 있습니다. 한 번의 사랑으로 상처를 입은 한 여자의 마음을 품어주고, 그 여자의 진면목을 알아주는 그런 남자 이야기를 쓰고 싶었습니다. 바로 그 인물들이 진별과 윤혁이고요. 과연 글에 제대로 표현됐는지 모르겠네요. 그 판단은 이 책을 덮는 독자님들께서 해주실 것이라고 생각합니다.

항상 제 글에 제일 많은 도움을 주시는 안정은 작가님, 감사합니다. 가끔 뵈어서 노트북을 가지고 만나서 같이 글을 씁니다. 그때 제가 이름이 필요하다고 졸랐더니 곧장 즉석에서 뭔가를 보고 이름을 말해주시더군요. 더불어 수정 과정에서도 이름이 필요해서 그 새벽에 톡을 보내서 같이 검색을 하면서 정했다죠. 물론 막판에는 요즘 빠져 있는 인물 이름을 가져다가 썼지만요. 헨리와 아슬라는 언니와 저만 아는 비밀로 하고 넘어가도 되겠죠?

글을 쓰면서 제가 참 감사하게 생각하는 것이 있습니다. 글이라는 공통점 하나만 가지고 만난 작가님들. 나이와 직업 사는 곳까지 모두 다릅니다. 그럼에도 불구하고 어느새 서로의 마음을 어루만져주고, 만나는 것이 설레고 기분 좋게 해주는 작가님들을 만난 것을 행운이라고 생각합니다. 이런 마음을 저와 연락을 하시는 작가님들은 모두 아실 거라고 생각합니다.

참 많이도 부족한 저에게 하늘에서 선물을 하나 주셨습니다. 별과 같이 빛나는 사람을 곁에 둘 수 있는 행운을요. 운동이라는 공통점 하나로 만나서 어느새 서로에 대해서 알아가고, 지금은 그저 만나면 즐거운 사이가 되어버렸네요. 참 예쁘고 착한 사람. 그 마음이 어찌나 고운지 곁에 있기만 해도 기분이 좋아집니다. 뭐라고 말해도 부족한 사람입니다. 아이 셋의 엄마라고는 믿어지지 않는 몸매와 외모의 소유자라 부럽기도 한 사람. 무슨 일이든지 잘한다, 최고다, 라고 말해주는 그대가 있어서 힘들지만 여기까지 왔어요. 이렇게 후기에 쓰는 것만으로도 눈시울이 붉어지네요. 그 고마운 마음을 아니까요. 너무 고맙고 또 고마워요,

이렇게 나의 소중한 지인이 되어줘서. 앞으로 같이 힘내서 조금 더 으쌰으쌰해요! 늘 지금처럼 우리 함께해요, 늘 곱고 착한 울 그대, 은혜 씨.

시크한 것 같지만 마음만은 비단결인 J언니. 어찌 뭐라고 표현해야 할까 한참을 생각하지만 역시나 천사 언니. 이래저래 많이 힘들어서 징징거리고 툴툴거려도 다 받아주고 도움이 되어주는 멋진 사람. 1박 2일로 함께한 조금 어이없는 코스에도 좋다고 해주고, 별거 아닌 음식도 다 맛있다고 엄지손가락 치켜세워주고, 항상 고맙고 또 고마워. 비록 멀리 떨어져 살지만 마음만은 함께 한다는 것을 알기에 언제나 든든해. 언니가 해주는 특유의 그 말도 듣고 싶고, 수정을 하는 내도록 파이팅 외쳐준 그 마음 기억하고 있어요.

손가락이 어찌나 느린지 나무늘보가 저더러 형님이라고 할 정도입니다. 이랬던 저랬던 간에 계약만 해놓고 원고를 징하도록 늦게 줘서 마음 고생하셨을 와이엠북스 김 팀장님, 죄송해요. 그래도 마지막에는 정말 미치도록 노력했답니다. 물론 거기다가 원고도 넘기면서 팀장님께 골라주세요, 하고 넘겨버리기도 했으니까요. 똥배짱인 작가 때문에 고생 많으셨어요. 출간을 앞두고는 주말도 없이 고생하신 팀장님! 그래도 이렇게 같이 작업을 할 수 있게 되어 좋았습니다. 꽃피는 봄이 조금 지났지만 이렇게 나오네요.

언제나 내 마음속에 머물러 있을 누나 동생, 온달이, 대박이.

너희 두 녀석 때문에 참 많은 것을 배웠고 느꼈다. 그 시간 동안에 누나는 참 많이도 행복했다. 하늘에서는 아프지 않고 건강하기만 해도 누나는 소원이 없다. 행복했던 시간의 몇 배는 더 힘들어야 눈물이 흐르지 않을지 모르겠다. 고마웠고, 사랑해. 이 누나의 마음속에는 언제나 너희들이 함께한다.

진별이와 윤혁이를 떠나보내려는 이 시점에 저도 모르게 울컥하는 마음이 듭니다. 그러나 이제 그만 여기서 마무리 지을까 합니다. 오랫동안 제 품에 있었던 만큼 많은 사람들에게 사랑을 받았으면 하는 마음으로요.

이 책을 읽고 덮으시는 독자님들의 마음이 따뜻해졌기를 바랍니다.

-현희 드림.